Rowohlt Verlag GmbH, Kirchenallee 19, 20099 Hamburg

Kontaktadresse nach EU-Produktsicherheitsverordnung:
produktsicherheit@rowohlt.de

Linda Graze verbrachte ihre Kindheit im Nordschwarzwald. Nach einer Ausbildung zur Dolmetscherin beschloss sie: nicht die Texte anderer übersetzen, lieber selber schreiben! Sie wurde Werbetexterin und arbeitete für die großen Agenturen des Landes, von München über Hamburg bis Frankfurt. Sie schrieb Kampagnen für Kameras und Kosmetik, textete für Sahnebonbons, Schokoriegel und Schrauben. Inzwischen betreibt sie eine Recruiting-Agentur für die Werbebranche in Stuttgart. Mit «Schmälzle und die Kräuter des Todes» legte Linda Graze ihr furioses Krimidebüt vor, rasant, sehr lustig, mit einem unverwechselbaren Ton. «Schwarzwälder Morde» ist der zweite Band um Justin Schmälzle: Veganer, Badener mit haitianischen Wurzeln, ehrgeiziger Kommissar von Bad Wildbad.

«Schauplätze, Waldgebiete, Hochmoore, Namen, Gebäude, Straßen und Einrichtungen, in denen der Krimi in und um Bad Wildbad spielt, sind authentisch … Die Handlung jedoch ist natürlich frei erfunden. Es macht Spaß, sich mit dieser spannenden, in flottem Stil geschilderten Geschichte auf die Couch zurückzuziehen.»

Schwarzwälder Bote über «Schmälzle und
die Kräuter des Todes»

Linda Graze

Schwarzwälder Morde

Kommissar Justin Schmälzle ermittelt

Rowohlt Taschenbuch Verlag

2. Auflage Februar 2024

Originalausgabe
Veröffentlicht im Rowohlt Taschenbuch Verlag,
Hamburg, Mai 2021
Copyright © 2021 by Rowohlt Verlag GmbH, Hamburg
Redaktion Elisabeth Mahler
Covergestaltung und -abbildung
HAUPTMANN & KOMPANIE Werbeagentur, Zürich
Satz aus der TrinitéNo2
bei Dörlemann Satz, Lemförde
Druck und Bindung BoD – Books on Demand GmbH, Bad Hersfeld
ISBN 978-3-499-00208-3

Weil was wird ist was war

Montag, 6. Mai

Während im Bannwald
die frühen Vögel zwitschern

Du musst unten anfangen zu graben, Harald. Im Keller. Da liegt die erste Leiche. Um die geht es, bei jeder Serie.» Schmälzle nippt an seinem Reismilch-Macchiato und bringt den Schreibtischstuhl in Schräglage. Aus den Augenwinkeln betrachtet er den Polizeipostenleiter, der am anderen Schreibtisch sitzt und sich über eine aufgeschlagene Zeitung beugt. Schmälzle glaubt, zwei, drei neue Silberfäden in den dunklen Haaren des Kollegen auszumachen. Könnte aber auch am Licht liegen – der Posten ist sonnendurchflutet.

Scholz fragt: «Von welcher Serie sprichst du? Wir haben nicht mal einen einfachen Mord.»

«Noch nicht, Kollege.» Schmälzle fährt sich über die Stoppelhaare und seufzt. «Wenn sich mal die Särge vor uns stapeln, finden wir bei der ersten Leiche das Motiv.»

Der Postenleiter sieht ihn scharf von der Seite an. «Ist alles okay mit dir, Schmälzle?»

«Das ist Polizeipsychologie, Harald.»

«Aha.»

«Es ist symbolisch gemeint. Metaphorisch. Also im übertragenen Sinne.»

«Übertragene Leichen. Metaphorische Tote. Soso.» Scholz legt die Zeitung weg und knackt seine Finger.

Das Seminar gestern war gut, fand Schmälzle. Er hat die

alten Kollegen getroffen, sie haben über Täterprofile und Tatmotive diskutiert und danach zwei Bier über den Durst getrunken. Er vermisst das Dezernat 1.1 Kapitalverbrechen, Selbsttötungen, Brände und Beamtendelikte der Kriminalinspektion Karlsruhe. Hätte die Rommel-Klinik nicht gerufen und seine Frau nicht geklagt – «Justin, ich kann dieses Angebot nicht ablehnen!» –, er säße heute noch dort. «Wir könnten pendeln», hatte er vorgeschlagen. «Und Sam geht im Zug zur Schule?», hatte sie entgegnet.

Seitdem sitzt Schmälzle in der Bätznerstraße 2, im Posten des beschaulichen Bad Wildbads, wo ihn eine tiefe Stimme ermahnt: «Während du nach symbolischen Leichen gräbst, Kollege, kümmere ich mich um die Anzeige.» Mehrmals tippt Scholz auf ein Papier, das auf seiner Zeitung liegt.

Schmälzle kann nicht lesen, was auf dem Papier steht, weil Scholz' Schreibtisch zwei Meter von seinem entfernt steht. Quer. Also fragt er höflich: «Was für eine Anzeige, Harald?» Dabei streicht er das blaue T-Shirt über seinen Bauchmuskeln glatt. Es spannt – er hatte viel Zeit zum Trainieren in den vergangenen Monaten.

«Eine echte Anzeige, Schmälzle. Aus dem Hier und Jetzt.»

«Okay, Harald. Du kümmerst dich um die Anzeige, und ich löse die Kriminalfälle.»

Scholz hebt die Brauen.

«Also wieder nichts Neues.» Frustriert leert Schmälzle den Macchiato.

«Der Reichsbürger sitzt im Knast. Und der böse Wolf ist fort», sagt Scholz.

«Der Flüchtling aus Norddeutschland. Wie hieß der noch mal?»

«GW852.»

«Du hattest doch so großes Verständnis für ihn, Harald.»

«Der war ja auch ein einsamer Wolf.» Mit diesen Worten hebt der Postenleiter das Papier auf seiner Zeitung hoch und faltet es der Länge nach.

«Er hat dreißig Schafe gerissen. In einer einzigen Nacht.» Schmälzle fragt sich, was der Kollege wohl vorhat?

Scholz klappt die rechte obere Ecke zur mittigen Linie um. Grummelt: «Es war eine blutrote Nacht.» Dann wiederholt er das Ganze mit der linken Ecke.

Schmälzle erinnert sich gut an den Tag, an dem vierundvierzig Schafe auf der Landstraße zwischen Bad Wildbad und Enzklösterle getötet wurden. «Wildbad wird Wolfsland», unkte die Presse. Danach gab es noch Probleme mit einem renitenten Reichsbürger. Bei dessen Festnahme im Ortsteil Calmbach wurde ein Kollege angegriffen und musste im Krankenhaus behandelt werden. All dies geschah im letzten Jahr. In diesem Jahr gab es bisher nur eine Drogenrazzia. Hundert Kollegen waren beteiligt, die über sechzig Kilo Marihuana, zudem Ecstasy, Bargeld sowie Waffen sichergestellt und eine Cannabis-Aufzuchtanlage trockengelegt haben. Sieben Gebäude wurden allein in Bad Wildbad durchsucht, weitere im Raum Böblingen und im Ortenaukreis. Wochenlang waren sie dran. Schmälzle hatte Blut geleckt. Inzwischen ist das Blut wieder getrocknet.

Scholz holt ihn zurück in die Gegenwart. «Die Anzeige betrifft dich, Schmälzle.»

Sein Schreibtischstuhl dotzt auf dem Holzboden auf. «Mich? Wieso mich?»

Scholz faltet das Papier jetzt längsseitig und lässt eine Ecke die erste Tragfläche bilden. Dann wendet er das Blatt und widmet sich der zweiten Tragfläche. Vorsichtig nimmt er das Konstrukt in die Hand und schlägt die Enden zu Stabilisatoren um. Danach schickt er es auf die Reise. Flugrichtung Schmälzle. Der fängt den Papierflieger mit Daumen und Zeigefinger ab und lässt ihn zum Postenleiter zurücksegeln. Flach über die Schreibtische hinweg jagt das Objekt durch den Luftraum. Mit einem kühnen Hechtsprung schnappt Scholz nach dem Flieger und ruft: «Was du wieder für ein Glück hast, Kollege.»

Schmälzle taxiert Scholz. Warum dieser vor einem halben Jahr seine Uniform gegen Schwarz eingetauscht hat, weiß er bis heute nicht. Aber es ist jeden Tag das Gleiche: schwarzer Pulli zur schwarzen Stoffhose. Schwarzes Hemd zur schwarzen Cargohose. An diesem Tag steht schwarzes T-Shirt zu schwarzen Jeans auf dem Kleiderzettel.

«So einen Chef hatte ich nie», sagt Scholz. «Hätt ich immer gern gehabt.»

«Wie meinst du das, Harald?»

«So, wie ich es sage, Schmälzle. Weder symbolisch noch metaphorisch.»

Bevor Schmälzle Zeit hat, das Gesagte in seinem Hirn zu verarbeiten, düst das Flugobjekt über seinen Kopf hinweg. Weil die Fenster weit geöffnet sind – das Thermometer kletterte schon am Vormittag auf 20 Grad –, segelt der Flieger in die Freiheit. Er passiert die Stacheln des Kaktus, windet sich ein-, zweimal in der Schwarzwaldluft und steuert geradewegs auf den Gehweg zu. Schmälzle ist ans Fenster getreten und starrt dem Flieger erschrocken nach. Dabei erspäht er eine Seniorengruppe, die mit Walkingstöcken bewaffnet das ehemalige Forsthaus mit den hübschen grünen Fensterläden bestaunt. Als der Flieger über ihre Häupter gleitet und hernach im freien Fall zu Boden geht, ruft ein Weißhaariger: «Ha, waaas!»

«Ha, no!», pflichtet ihm eine Seniorin bei, die sich nach vorne beugt, den Blick auf den Flieger gerichtet. Schmälzle schaut auf einen Rücken voller Rosen.

Ein ballonartiger Glatzkopf schleicht sich an das Papier heran und verkündet mit kehliger Stimme: «Des kommt von der Wildbader Bolizei!»

«Ha, ja!», antwortet die Rosenbluse. Beide gehen in die Hocke und taxieren den Flieger argwöhnisch. Doch der liegt reglos im Rinnstein und macht keine Anstalten zu explodieren.

«Die henn an schwarze Kommissar, henn ihr des gwusst?», fragt der vierte Senior. Sein gelbes Käppi lässt Schmälzle an den Schrecklichen Pfeilgiftfrosch denken.

«An schwarze Kommissar?» Der Weißhaarige klingt nicht erstaunt, er klingt belustigt.

«Der guckt grad zom Fenschter raus», berichtet Seniorin Nummer fünf. Den Kopf in den Nacken gelegt, schiebt sie ihr türkises Stirnband zum Haaransatz hoch.

Die Rosenbluse formt Daumen und Zeigefinger zu Kringeln und kreist damit ihre Augen ein, als befürchte sie, die bloße Sehkraft würde ihr ein Schnippchen schlagen. Sie mustert Schmälzle neugierig.

Der beugt sich weiter aus dem Fenster. Wedelt mit den Armen, um sich Aufmerksamkeit zu verschaffen. «Entschuldigen Sie bitte!», schreit er. «Der Flieger da, also der ist uns versehentlich entwischt, ich hol ihn gleich, lassen Sie ihn einfach liegen.»

«Isch des ein Corpus Delicti?», fragt der Pfeilgiftfrosch.

«Net anfasse!», warnt die Rosenbluse. «Da könntet Spure drauf sei.»

«Entführt die Leut jetzt scho Papierflieger?», wundert sich der Glatzkopf.

In das laute Lachen der Senioren tönt der Bass von Scholz. «Schmälzle! Pass auf, dass die das nicht zu lesen kriegen.»

Schmälzle wird das Gefühl nicht los, erneut eine Karte aus dem Stapel gezogen zu haben, die mit dem Buchstaben A beginnt. Er überlegt, ob er springen soll. Es ist das Hochparterre, keine große Sache. Aber es würde komisch aussehen, wenn ein Hauptkommissar aus dem Fenster seines Postens hüpft, ohne dass im Hintergrund die Flammen lodern. Erleichtert stellt er fest, dass die mit dem türkisen Stirnband den Flieger aufgehoben hat.

Sie hält ihn triumphierend in die Luft. «Des isch net g'sund, wenn mer sich uffregt», sagt sie und nähert sich mit einem verschmitzten Zwinkern dem Fenster. Dann fügt sie hinzu: «Senn Sie mit dem, wie heißt der nomal, Werner, wie ...»

«Will Smith», lacht der Pfeilgiftfrosch.

«Senn Sie mit dem verwandt?», fragt die Rosenbluse.

Schmälzle verneint. Dann beugt er sich weiter aus dem Fenster, tief hinab, bis er den Flieger zu fassen kriegt.

Auch Scholz ist inzwischen ans Fenster getreten und späht über Schmälzles Schulter auf die konzertierte Seniorenaktion. «Wollen Sie eine Meldung machen?», brüllt er in die Runde.

«Ha, noi», sagt der Weißhaarige.

«Wer weiß», fiept der Pfeilgiftfrosch, worauf wieder fünfstimmiges Lachen folgt.

Doch Scholz versetzt der heiteren Runde den finalen Stoß: «Die Arrestzelle ist gerade frei. Sie ist frisch geputzt, immer hereinspaziert.»

«Dankscheh», haucht die Rosenbluse.

«Mir esset unser Gnadenbrot lieber in der Wirtschaft», meint der Glatzkopf. Eiligst verabschieden sich alle Fünfe und stapfen schnellen Schrittes und schnaufend den steilen Berg hinauf, den Stöcken nach, die dockdockdock dockdockdock den Takt vorgeben.

Erst jetzt erfährt Schmälzle, dass der Papierflieger tatsächlich eine Anzeige ist. Eine anonyme. Sie betrifft einen Falschradler. Nicht nur am hellen Tag schände dieser den Kurpark, auch in finsterer Nacht sei er gesichtet worden, heißt es da. Schmälzle wird blass um die Nase, als Scholz weiterliest, während er das Blatt wie ein Akkordeon aufzieht: «*Der Kurpark ist Fußgängerzone. Bis auf die Radwege, die deutlich als solche ausgewiesen sind. Vorne wie hinten und in der Mitte erst recht dürfen die idyllischen Fußwege nicht auf Zweirädern befahren werden. Das dunkle Erscheinungsbild des Täters, der kurzgeschorenes Haar trägt, um die 185 Zentimeter groß und schlank ist, weist stark darauf hin, dass dieser im Polizeiposten der Stadt sein Brot verdient. Dies ist eine Jessassauerei, weil ein Staatsdiener Vorbild zu sein hat!*»

Stille in der Bätznerstraße 2. Allein die Fliege, die hinter einem Fensterflügel umherschwirrt, surrt vor sich hin, aggressiv, wie irre in Anbetracht der vielen Sprossen auf der Scheibe. Dabei müsste sie nur um die Ecke fliegen, denn das Fenster steht nach wie vor sperrangelweit offen.

Schmälzle räuspert sich. «Das mit der Anzeige, Harald. Das ist ein Witz.»

Scholz schüttelt den Kopf. «Also?»

«Ich, äh ...»

«Du bist nicht ... oder etwa doch?»

Schmälzle ist natürlich nicht nur etwa, sondern sehr häufig mit dem Rad im Kurpark unterwegs, und das nicht nur auf Fußwegen, sondern mit größter Begeisterung wiesenauf und -ab. Die unzähligen Ausflüge im vergangenen Jahr haben seine Muskeln gestählt und obendrein seine Gedanken in Fahrt gebracht. Er hustet, hüstelt nach und fragt leise: «Was machst du damit?»

«Was wohl», sagt der Postenleiter und lässt den Flieger in einen Drahtkorb segeln.

«Danke, Harald.»

«Scho' gschwätzt.» Mit einem energischen Fußtritt befördert Scholz den Papierkorb unter seinen Schreibtisch.

Mai 1869

In der Ferne schlug die Kirchturmuhr vier Mal. Es war finster in der Stube, kein Stern erhellte mein Dasein, keine Laterne warf ihren Lichtstrahl auf mein Bett. Stumm schlug ich die Decke zurück, verließ die Höhle der mich wärmenden Federn und schlüpfte in die alten Pantoffeln, deren Filz sich an den Rändern bereits auflöste. Dann richtete ich den Blick auf Gustav. Er regte sich nicht. Vorsichtig stopfte ich das Federkissen unter die Bettdecke, sodass sie sich wölbte. Gustav sollte glauben, ich schlafe, wenn er mit seinen groben Händen nach mir tastete. Halbwach schlich ich durch die kalte Stube zur Tür, warf einen letzten Blick auf den gleichmäßig Schnarchenden und tapste über das Holz. Beim ersten Knarzen verharrte ich und schielte zurück auf das Bett. Gustavs dicker Bauch hob und senkte sich mit jedem Atemzug, seine Lider waren fest geschlossen. Friedlich wirkte er, stattlich. Nur die groben Hände, die auf der Decke ruhten, verrieten, dass kein feiner Herr in meinem Ehebett lag.

Dienstag, 7. Mai

Die Bahnhofsuhr zeigt auf fünf vor,
ups, auf fünf nach zwölf.

Herr Scholz! Herr Schmälzle!»
Noch kann er sie nur hören, aber seine Phantasie läuft auf Hochtouren. Schmälzle imaginiert einen pinkfarbenen Jogginganzug den kargen Flur entlanghuschen.

Schon mit dem nächsten Wimpernschlag wird die Tür zu dem Raum aufgestoßen, in dem die Kommissare beschäftigt sind. Der eine mit seinem Smartphone, der andere mit seinen Fingernägeln.

Während die Perle des Polizeipostens Bad Wildbad eine Haarsträhne zurück in das blonde Nest auf ihrem Kopf befördert, sagt sie: «Gut, dass Sie da sind!»

«Es ist nicht Putztag, Frau Meichle», blafft Scholz.

Schmälzle reckt die Nase in die Luft. Ein süßlicher Duft umhüllt die füllige Figur der Frau. Maiglöckchen. Blitzschnell öffnen sich ihre Lippen, die farblich aufs Outfit abgestimmt sind. Sie schnappen nach Luft.

Frau Meichle sagt: «Sie henn doch nix zom do.»

«Wir haben immer was zu tun, Frau Meichle», erklärt Scholz. Schmälzle will die Beine vom Schreibtisch nehmen, da registriert er, dass sie den Flachwischer nicht dabeihat. Was ist los?

«S'isch was passiert», keucht sie. «S'isch ernscht!»

Scholz bricht in schallendes Gelächter aus. «Ist der Ernst nicht aus der Wirtschaft heimgekehrt?»

«Sie müsset nach Nonnenmiß, Herr Scholz. Da hat einer Steine versetzt», sprudelt es so schnell aus ihr hervor, dass sie sich fast verschluckt.

«Bei uns werden bloß Berge versetzt, Frau Meichle.» Scholz knackt die Finger seiner rechten Hand.

«Illegal, Herr Scholz, des waret Grenzsteine.»

«Was für Grenzsteine?», mischt sich Schmälzle ein.

«Die sind g'wandert, Herr Schmälzle. Zwei, drei Meter ins Nachbargrundstück nei. Heimlich! Mitte in der Nacht.»

«Sagten Sie Nonnenmiß, Frau Meichle?» Schmälzle hat ein Déjà-vu.

«Dort wohnt mei Tochter», erzählt sie.

«Da wohnen noch hundert andere Leute.» Scholz zieht die Finger seiner linken Hand lang, bis es auch da fünfmal knackt.

Frau Meichle betrachtet den Postenleiter missbilligend. Dann beugt sie sich weit über seinen Schreibtisch und sieht ihm in die Augen. Scholz rollt den Stuhl einen halben Meter zurück, als fürchte er sich vor einer Duftattacke der Maiglöckchen. «Des hat dem net g'falle!», zischt Frau Meichle.

Scholz wird ungeduldig. «Wem hat was nicht gefallen? Frau Meichle, Sie sprechen in Metaphern!» Er zwinkert Schmälzle zu. «Es sind symbolische Worte, die Sie von sich geben.»

Sie droht mit dem rechten Zeigefinger. «Herr Scholz! Dieser Inveschtor isch in Gefahr.»

«Was für ein Investor?», fragt Schmälzle.

«Sie meint einen Stäffelesrutscher, Kollege.»

«Einen, der im Benz über die A81 brettert?»

«Weil er glaubt, er kann sich alles einverleiben, was keine dreitausend Euro den Quadratmeter kostet.»

«Der fährt Porsche», unterbricht Frau Meichle. «A riesigs Schiff isch des, dem sei Fahrzeug.»

«Ein Cayenne», präzisiert Schmälzle.

«Weil man die Stäffele nicht mit dem 911er runterfahren kann», sagt Scholz.

«Deshalb braucht man in der Landeshauptstadt einen SUV.»

«Damit kann man sogar durch die Innenstadt brettern.»

«Wenn die Ampel ausnahmsweise auf Grün schaltet, ist man in vier Sekunden auf hundert.»

«Und fährt dem Feinstaub davon.»

Frau Meichle räuspert sich. «Also der hat a Grundstück kauft, dieser Inveschtor.»

Scholz winkt ab. «Das tun sie alle, Frau Meichle.»

«Nebe der Schnapsfabrik! Da willer a Villa nobaue. Und a Ferieanlage.»

«Nobaue?», echot Schmälzle.

«Hinsetzen, -stellen, -legen, such dir was aus», antwortet Scholz, dann fragt er Frau Meichle: «Was für eine Ferienanlage?»

«Ha, des Vorzeigeprojekt von unserm Bürgermeischter!» Die Putzfrau richtet ihre so kurz wie breit geratene Gestalt auf und stemmt die Hände in die Hüften. «Alles isch da passiv, die Öko-Werte – tipptopp. Weil die Ferienanlage mit Solarenergie und Windenergie betriebe wird. Bloß die Villa ...» Sie stößt einen Seufzer aus. «Die ... also des soll a neumodisch's Designerhaus werde. Viereckig. Ällas wird grad. Sogar's Dach.»

«Schön!», freut sich Schmälzle. «Es geht gut ohne Erker und Türmchen auf dem Wintergarten, Frau Meichle.»

«Henn Sie was gege Türmle und Wintergärte, Herr Schmälzle?»

«Worum geht's, Frau Meichle?», bellt Scholz. Laut. Wie der GW852.

Die Putzfrau setzt eine bedeutungsschwere Miene auf.

«Dem hat einer d'Reife uffgstoche. Und des isch strafbar nach dem Paragraphe, nach dem, welcher isch des nomal, des isch doch der 315b. Absatz, Absatz ...»

«Der Paragraph 315b Absatz 1 betrifft die Beschädigung eines Gullideckels, Frau Meichle», klärt Scholz auf.

«Was meinen Sie mit ‹uffgstoche›?» Auch im zweiten Jahr seiner Tätigkeit in der Kurstadt ist Schmälzles Schwäbisch alles andere als perfekt. Bei seinen unzähligen Radausflügen ins Umland hat er Wörter gehört, deren Sinn sich erst beim Niederschreiben erschließt und in Fällen wie «Blaffo» oder «Schässlo» nur nach dem Heranziehen der französischen Sprache.

«Aufgestochen, Herr Schmälzle!» Frau Meichle zieht ein Schweizer Messer aus ihrer Hosentasche, öffnet es in Windeseile und sticht damit auf die Schreibtischplatte ein, hinter der Schmälzle sitzt. Der starrt auf das Messer, das vor ihm aus dem Holz ragt. Der rote Griff mit dem weißen Kreuz wiegt sich im lauen Sommerwind.

«Frau Meichle!», tadelt Scholz.

«Des isch Sachbeschädigung», sagt sie.

«Allerdings.» Schmälzle zieht das Messer aus seinem Schreibtisch und inspiziert die Klinge. Sie ist ziemlich scharf.

«Warum wissen wir nichts von dieser Reifenaufstecherei?», posaunt Scholz.

«I sag's Ihne doch grad, Herr Scholz», flötet Frau Meichle und reißt Schmälzle das Messer aus der Hand. «Am beschte machet Sie Ihre Arbeit, on i mach meine», sagt sie. Dann beugt sie sich vornüber, wobei sie Schmälzle ihr Hinterteil entgegenstreckt, und beginnt, mit der Messerspitze ein paar festsitzende Staubkörner von den Sockelleisten zu kratzen.

«Okay, Kollege, schauen wir, was es damit auf sich hat.»

Scholz steht auf und gibt Schmälzle ein Handzeichen, was nicht nötig wäre, denn der ist ihm bereits auf den Fersen. Fast wären sie mit einem groß- und breitflächigen Mann zusammengestoßen, der gerade den Posten stürmt, ein schwarzes Cap mit Porsche-Emblem auf dem Kopf.

«Sind Sie der Cayennefahrer?», fragt Scholz.

Der Großflächige lacht. «Beschäftigt die Polizei jetzt schon Hellseher? Sagen Sie jetzt bitte nicht, dass ich Zahnarzt bin.»

Schmälzle schaut den Mann fragend an.

«Na, der Pole knackt Autos, und der Zahnarzt fährt Cayenne», kichert der Mann. «Aber ich kann Sie trösten, ich bin Notar.»

«Praktisch», sagt Scholz. «Da bekommt man Wind von Anlageschnäppchen, bevor das Normalvolk davon erfährt.»

«Wär ja komisch, wenn es nicht so tragisch wäre.»

«Wir nehmen es zu Protokoll. Das mit den Reifen.» Scholz kehrt an seinen Schreibtisch zurück und zeigt auf den Besucherstuhl.

«Sorry, ich komme von der Baustelle.» Der Mann beäugt seine dreckigen Schuhe. Sie erinnern Schmälzle daran, dass er sein eigenes Haus endlich fertig sanieren muss.

«Name?», fragt Scholz, nachdem der Notar Platz genommen hat.

«Langner», sagt der Notar.

Scholz brüllt: «Leo. Protokoll!»

«Leonie ist im Urlaub», sagt Schmälzle.

«Was?»

«Andreas Langner», sagt der Notar.

«Wieso ist die im Urlaub? Unsere Assistentin kann doch nicht einfach ...» Übellaunig fährt Scholz seinen Rechner hoch und wendet sich wieder an den Notar. «Kennzeichen?»

«BB-AL 100.»

«Sie sind gar kein Stäffelesrutscher?», fragt Schmälzle.

Andreas Langner grinst. «Sind die Stuttgarter hier so unbeliebt wie bei uns?»

«I kenn Böblinge gut, Herr Langner, da kommt mei Schwager her.» Frau Meichle reibt sich mit dem Ärmel ihres pinkfarbenen Oberteils über die erhitzte Wange. Der Griff des Messers liegt drohend in ihrer Faust, die Klinge ist spitz auf den Notar gerichtet. Der dreht sich zu ihr um. Seine dunklen Locken wippen mit, aber er scheint den Sachverhalt nicht zu begreifen.

«Feierabend, Frau Meichle!» Scholz scheucht die Putzfrau mit einer wedelnden Handbewegung aus seinem Blick und fasst zusammen: «Also, Herr Langner. Was ist wann, wie und weshalb vorgefallen?»

«Wie Sie vielleicht wissen, baut die Stadt eine Ferienanlage in Nonnenmiß.»

«Des isch in der Zeitung g'stande!», ruft Frau Meichle aus dem Hinterhalt.

«Ich gehöre zu der Investorengruppe, die das Projekt mitfinanziert», fährt der Notar fort und wirkt, als wisse er nicht, an wen er das Wort richten soll.

«I hab des dene Herre gsagt! Ällas hab i dene gsagt.»

«Tür zu!», befiehlt Scholz.

«Bin scho weg.» Die Putzfrau lässt die Tür hinter sich ins Schloss fallen.

Schmälzle ermuntert den Notar weiterzusprechen.

«Der Architekt hat einen Verstoß aufgedeckt. Laut Bauplänen und Teilungserklärungen ist die Grenze um dreieinhalb Meter verschoben worden. Zu unseren Ungunsten.»

«Dafür ist das Ordnungsamt zuständig.»

«Bei der Stadtverwaltung war ich schon. Aber die Reifensache, die hängt irgendwie damit zusammen.»

«Welcher Reifen war es?», fragt Scholz.

«Alle vier», stöhnt Andreas Langner. «Wissen Sie, was so ein Reifen kostet? Dazu der Abschleppwagen, für den musste ich dreihundert Euro vorschießen.»

«Wann war das?», fragt Schmälzle.

«Gestern Vormittag.»

«Geht's genauer?»

Der Notar hält sein Handy hoch. «Hier, sehen Sie, das war ... um zwölf Uhr vierundzwanzig.» Schmälzle erkennt einen schwarzen Porsche Cayenne, Modell E-Hybrid. Die platten Reifen sind nicht zu übersehen. «Den Termin hatte ich um zwölf Uhr, also ...»

«Ist es zwischen zwölf und zwölf Uhr vierundzwanzig passiert», schlussfolgert Scholz.

«Und vom Täter?», fragt Schmälzle.

«Keine Spur.»

«Warum sind Sie dann erst heute hier?», fragt Scholz.

«Ich hatte einen Gerichtstermin und musste weg. Da hab ich schnell ein Taxi genommen.»

«Weshalb waren Sie vor Ort, und wo waren Sie, als es passiert ist?», will Schmälzle wissen.

«Ich war mit dem Architekten, dem Bauleiter und dem Bürgermeister auf dem Platz, wir haben über die Anlage gefachsimpelt. Den Wagen hatte ich nicht im Blick, der stand unten, an der Straße.»

«Haben Sie eine Vermutung, wer das getan haben könnte, Herr Langner?» Schmälzle richtet seinen Drehstuhl so aus, dass er den Notar im Blick hat.

Der nickt. «Das war der Nachbar. Dieser Schnapsbrenner.

Der verhält sich schon die ganze Zeit aggressiv, schleicht dauernd auf dem Platz herum und will uns vertreiben. Auch den Bürgermeister hat er angeblafft.»

«Der Willi ist manchmal ein Hitzkopf», beschwichtigt Scholz.

«Willi?» Schmälzle reibt sich die Nasenwurzel.

«Willi Hauck», klärt Scholz auf.

«Hauck! Ja, genau», sagt Andreas Langner.

«Der macht den besten Obstbrand in der Gegend», sagt Scholz.

«Hat er Sie bedroht?», fragt Schmälzle.

«Und ob! Ich hab ihn höflich darauf hingewiesen, dass sein gläserner Anbau viel zu weit ins Nachbargrundstück hineinreicht, da hat er vor mir auf den Boden gespuckt.»

«Aber Sie haben nicht gesehen, dass er die Reifen aufgestochen hat», mutmaßt Schmälzle.

«Leider nicht», sagt Andreas Langner.

«Gibt es sonst jemanden, dem Sie die Tat zutrauen?», fragt Scholz.

«Sie meinen, ob ich Feinde habe? Logisch. Jeder, dem ich eine Rechnung geschrieben habe.» Langner schmunzelt.

«Wir könnten die Reifen auf DNA-Material untersuchen», schlägt Schmälzle vor.

Scholz protestiert. «Viel zu aufwendig.» Dann wendet er sich an den Notar: «Sie haben doch eine Vollkaskoversicherung. Die zahlt bei Vandalismus.»

Andreas Langner bejaht. Dann nestelt er in seiner Hosentasche und zieht ein zerknülltes Papier hervor. «Jemand hat mir das unter den Scheibenwischer geklemmt ...» Er faltet den Zettel auseinander. «*Hau ab! Hier braucht dich keiner. Hier will dich keiner*», liest er vor.

«Ein Drohbrief.» Schmälzle begutachtet das linierte DIN-A5-Blatt. Die Buchstaben sind rot. Mit einem Buntstift gekritzelt. Sam benutzt so was im Zeichenunterricht.

«Das ist ja eine Hiobsbotschaft nach der anderen!», ruft Scholz.

Hiob wäre froh gewesen ob des Inhalts dieser Nachrichten, denn es scheint kein Sohn in Gefahr zu sein, und eine richtige Tragödie ist das auch nicht, denkt Schmälzle. Und sagt: «Vielleicht waren es gelangweilte Kids. Im Pulk sind die besonders stark. Oder es war einer, dem die Nacht zusetzt.»

«Oder es waren die Geister, die er nicht loswird», lacht Andreas Langner.

Scholz spricht das Polizeipostenleiterwort: «Wer immer das getan hat, dem ziehen wir die Ohren lang.»

Nachdem sie den Notar verabschiedet haben, greift Scholz nach dem Schlüsselbund, der unter einem hohen Papierstapel auf seinem Schreibtisch verborgen lag. «Wir ermitteln morgen in der Sache. Ich hab jetzt einen Termin.»

Schmälzle starrt dem Postenleiter nach. Dann spaziert er in die winzige Küche, in Slow Motion, passend zu einer Western-Melodie von Ennio Morricone, die sich in seinem Kopf abspult. Er greift hinter den geblümten Vorhang und zieht ein ausrangiertes Milchkännchen hervor, füllt es mit kaltem Wasser und marschiert zur Fensterbank. Er trägt das Kännchen vor sich her wie John Wayne einst seine Knarre. Dann hebt er den Arm. Zweihundertfünfzig Milliliter Wasser rinnen über das vertrocknete Gewächs. Schmälzle hält erst inne, als die Flüssigkeit über den Rand des Kaktustopfes tritt und auf den Holzboden tropft. Er muss es tun. Heute ist einer jener Tage, an denen er Schreie vernimmt, die sonst keiner hört. Die Hilferufe aller Kreaturen. Wie Klumpen setzen sie sich in seinem

Magen fest. Kurz bevor etwas Schlimmes passiert, flüstert ihm der Klumpen zu: «Der Sensenmann, der Sensenmann hat sein Opfer längst im Bann.» Schon in der Schule hat der Klumpen zu ihm gesprochen. Drei Tage bevor sein bester Freund vom Fahrrad gefallen ist und er außer seinen Cousinen wochenlang niemanden zum Spielen hatte.

Nach dieser Heldentat hat er einen Reismilch-Macchiato verdient.

Mai 1869

Die Uhr an der Wand zeigte Viertel nach vier, als ich in die Küche huschte und mir einen Kaffee zubereitete. Ich nahm nicht den Alltagskaffee aus Zichorie, sondern holte den Sonntagskaffee aus dem Buffet. Schon gestern hatte ich ihn gemahlen, als Gustav in der Rußhütte gewesen war. Ich roch an den Bohnen, und der Duft der Wohlhabenden kitzelte meine Nasenhärchen. Ich lächelte, als das Wasser durch den Filter sickerte. Heute gönnte ich mir nicht nur ein Stück Schwarzbrot mit ein wenig Butter, ich legte zwei Stück Schwarzbrot auf mein Frühstücksbrett und bestrich sie mit einer Messerspitze mehr Butter. Es war kein gewöhnlicher Montag oder Dienstag, Mittwoch, Donnerstag, Freitag oder Samstag. Es war der erste Montag im Monat. Ein Monat ohne r. Ein Sonnenmonat. Gierig biss ich in das selbstgebackene Brot und schmatzte vor Vergnügen. Ich erschrak. Gustav durfte nicht aufwachen, ich musste mich still verhalten. Doch sein Schnarchen drang durch die geschlossene Tür an mein Ohr. Ich kaute mit Bedacht. Ich wusste, dass mich das Brot kaum stärken würde für den Weg, der vor mir lag. Aber der Hunger nagte an uns allen. In winzigen Schlucken schlürfte ich den heißen Kaffee. Er sollte mich von innen wärmen. Ich zog die Wolljacke enger, damit sie meinen Leib umarmte, von dem Gustav sagte: «Klapperdürr, wie du bisch, krieget mir nie a Kind.» Aber er tat nichts dafür, dass ich mehr Fleisch auf die Knochen bekam, denn sein Einkommen reichte kaum für das Allernötigste.

Ich strich das Unterkleid glatt, das mir weit über die Knie reichte, und streifte mein Winterkleid über. Es berührte fast den Boden. Darüber legte ich meinen warmen Mantel, den guten aus Wolle, den ich in die Kirche trug. Die Arbeitsstiefel schnürte ich so fest, dass mir die Knöchel schmerzten. Ich musste mich sputen. In einer Viertelstunde würde Gustav auf den Beinen sein. Ich huschte aus der Stube und legte mir im Gehen den Bausch auf den Kopf, den ich aus Stoffresten gefertigt und mit Spreu gefüllt hatte und der am Garderobenhaken hing. Das Mohrle stand an der Tür und kratzte am Holz, miaute laut. Ich hielt mir den Zeigefinger an die Lippen. «Psst, Mohrle, still!», flüsterte ich. Die Katze maunzte weiter, strich um meine Waden und wich mir nicht von der Seite. Ich streichelte sanft das weiche Fell und schlug seufzend die Tür hinter mir zu. Ich zerrte die große, bauchige Flasche aus dem dichten Holunderstrauch neben dem Schuppen, holte den Jutebeutel mit meinem Hab und Gut hervor und legte ihn mir am Lederriemen über die Schulter. Mit beiden Händen stemmte ich die Glasflasche hoch und stellte die schwere Last auf meinen Kopf. Ich rückte sie so lange zurecht, bis sie auf dem Tragring verharrte. Lautlos schlich ich die Ascherhau entlang in den Wald hinein. Wie ein Einbrecher, der in pechschwarzer Nacht auf Beutezug geht.

Dienstag, 7. Mai

Vom frühen bis in den späten Nachmittag

Während sie in Scholz' altem Saab von der Bätznerstraße stadtauswärts cruisen und vom ersten Kreisverkehr geradeaus in den zweiten Kreisverkehr geradeaus in den dritten biegen, fällt kein Wort. Auch nicht, als Scholz in den Tunnel hinein und aus dem Tunnel heraus in die Kernerstraße fährt und den Kurpark rechts liegen lässt. Erst als die Zweispurige zur L351 wird und ohne nennenswerte Kurven und Ampeln an den wenigen Häusern von Christophshof und Sprollenmühle vorbei nach Nonnenmiß führt, schiebt der Polizeipostenleiter eine CD mit 1970er-Jahre-Rock ins Autoradio. Bald lauschen sie *Lucky Man*, *The Wizard* und *Locomotive Breath*.

Schmälzle wundert sich, dass der Schrammel- und Synthierock direkt in die Beine geht. Er stampft mit den Füßen auf den Wagenboden, fühlt den Rhythmus mit seinem Pulsschlag eins werden, während er einer samtigen Stimme lauscht. «*He was the wizard of a thousand kings, and I chanced to meet him one night wandering, he told me tales, and he drank my wine, me and my magic man kinda feeling fine ...*» Er hängt seinen Gedanken nach. Bis die L351 zur Talwiesenstraße wird und eine rote Ampel seine Konzentration fordert. Scholz lenkt seinen Youngtimer in den Dietersbrunnenweg, lässt ihn steil den Berg hochkeuchen.

Schmälzle ruft: «Harald, wir sind im Wald! Hast du dein Navi falsch eingestellt?»

Der Youngtimer tuckert weiter. Bis er sich in eine Haarnadelkurve legt. *Ascherhau,* liest Schmälzle. Ein Abend kommt ihm in den Sinn: Es war kurz nach seinem Amtsantritt in der Kurstadt. Sie lagen am Waldrand, auf dem Asphalt, neben der Mauer, auf der Lauer in der Kräuterdrogensache und warteten auf Hintermänner, die nicht kamen. Der Abend steckt ihm noch in den Knochen – er war lang und der Untergrund hart.

Scholz parkt den Wagen vor einem Anwesen, das aus mehreren Gebäuden zu bestehen scheint, und der Sound verstummt. Schmälzle folgt dem Postenleiter auf einen breiten Kiesweg, der leise unter seinen weißen Sneakersohlen knirscht. Rechts und links des Wegs erheben sich mit der Nagelschere in Form geschnittene Buchsbäume, die den Zugang zum Haupthaus vom akkurat getrimmten Rasen abgrenzen. Nach zwölf, dreizehn Metern bleiben sie stehen. Schmälzle blickt auf einen majestätischen Buddha, der in ein weitläufiges Sandbeet gebettet ist. Ein Zengarten! Eine solche Begrüßung hätte er nicht erwartet, denn das Haus selbst ist verwinkelt und mit Erkern versehen. Neben der breiten Tür, die einen kugelsicheren Eindruck macht, erspäht er ein kleines Messingschild mit den Initialen W. H. Darüber prangt ein größeres Schild mit der Aufschrift *Spirituosen Hauck GmbH.* Scholz drückt den Knopf neben dem großen Schild. *Dongdong,* hallt es melodisch aus dem Haus.

Kurz darauf reißt ein knapp Fünfzigjähriger mit dunkelblonden Haaren die Türe auf. «Was verschafft mir die Ehre?», zwitschert er frohgelaunt.

Schmälzle erfasst graue Lederslipper, eine helle Leinenhose, ein weißes Leinenhemd. Und eine sportliche Figur. Einer der Typen, die ins Fitnessstudio gehen. Weniger, um Muskeln aufzubauen, als um jünger auszusehen. Willi Hauck verkörpert die Eitelkeit derer, die es geschafft haben.

«Kommet rei», sagt der Eitle uneitel. Er schreitet voran, einen breiten Flur entlang, von dem ein längerer Gang abbiegt. Das Innenleben des Hauses ist so minimalistisch wie der Zengarten. Keine Schuhe. Keine Jacken. Nur weiße Wände. Und eine leere schwarze Vase. Vor einer Glastür hält Willi Hauck an. Stolz deutet er auf den dahinterliegenden trapezförmigen Anbau, der ringsum Aussicht auf die idyllische Landschaft bietet.

«Das ist neu, Willi», sagt Scholz und pfeift anerkennend.

«Die Gäschte werdet anspruchsvoller», sagt Willi Hauck. «Die wellet net bloß a Verkoschtung, die brauchet einen Showroom. Alles musch inszeniere.»

«Früher ist man in einen Verein gegangen. Heute besucht man ein Event.» Scholz lacht.

Hauck betätigt einen unauffälligen Knopf in der Wand. Lautlos surrt das Glas zur Seite, der Schnapsbrenner geht voran. Scholz folgt ihm drei Stufen nach unten in den Showroom. Schmälzle nimmt eine Rampe wahr. Rollator- und rollstuhltauglich, denkt er. Er hängt sich an Scholz' Fersen und reißt die Augen auf: Dieser Anbau käme bei einem Architekturwettbewerb gut weg. Er ist gut zweihundert Quadratmeter groß, unbehandeltes Holz überzieht Decke, Rückwand, Fußboden. Nicht im schnuckeligen Landhausstil oder im Retrolook wie in seinem Bungalow. Hier ist alles hypermodern. Er liebt diesen Stil. Seit er ab und zu in Claudias Wohnmagazinen blättert, kann er nicht genug davon bekommen. Während Scholz mit Hauck Familienangelegenheiten bespricht und Sätze wie «Schön, Willi» und «Ja, der Frühsommer ist zu kalt» und «Die Kinder werden älter» fallen lässt, wandert Schmälzles Blick durch den Raum.

An der rückwärtigen Wand bleibt er hängen. Fasziniert starrt Schmälzle auf eine Wasserwand, die es sicher nicht im

Baumarkt für ein paar tausend Euro gibt. Sie ist circa vierzig Meter breit und gut vier Meter hoch, aus gebürstetem Edelstahl, und lässt ihre Flut nicht einfach in die Tiefe stürzen, sie führt eine Performance auf: Von unzähligen LED-Leuchten angefeuert, blubbert das Wasser in mystischem Purpur in ein Edelstahlbecken. Schmälzle lässt den Blick weiter schweifen, über meterlange Regalbretter, auf denen hohe Glasflaschen stramm nebeneinanderstehen wie Soldaten. Sie sind nach den Farben der enthaltenen Flüssigkeiten aufgereiht, von klar über Weiß, Gelb, Orange, Rot zu Dunkellilablau – es dürften an die hundert Gefäße sein. Daneben, darüber und darunter herrscht Weglasslook. Da ist nichts. Noch nichts. Schmälzle weiß zu gut, dass sich leere Räume mit den Jahren füllen. Er inspiziert die übrigen zwei Wände. Auch sie bestehen komplett aus Glas, nur schmale Rahmen deuten darauf hin, dass der Anbau irdisch und mit der Erde verankert ist. Er vermutet, dass sich die Front im Sommer öffnen lässt. In der Mitte des Raumes sind zwei Dutzend elegante Barhocker in apfelgrünem Leder um einen hohen, knapp vier Meter langen Eichentisch gruppiert. Jeder Sitz bietet freie Aussicht in die Natur. So soll dem Verkostenden wohl das Gefühl gegeben werden, dass er im Wald auf einem Designer-Hochsitz thront und sich Tropfen einverleibt, die der Himmel zusammengebraut hat. Gleich ertönt wahrscheinlich Vogelgezwitscher aus integrierten Lautsprechern, und eine Rauchschwade mit würzigem Tannenduft steigt auf.

Willi Hauck zupft an seinem Ärmel. «Bittschön», sagt der Schnapsbrenner und deutet auf die apfelgrüne Sitzgruppe. Scholz hat seinen Hocker bereits okkupiert und klopft auf das Polster neben ihm. Während Schmälzle auf den Hochsitz steigt, schreitet Hauck seine Regale ab. Entschlossen greift er nach einer klaren Flasche und füllt drei kleine Gläser bis zum Rand.

«Wir sind im Dienst», sagt Schmälzle, der weiß, dass ihm der Duft von Hochprozentigem leicht die Sinne vernebelt.

Hauck lacht. «I au», sagt er, «i bin au im Dienscht.»

«Der ist gut, Willi», sagt Scholz. Er rutscht auf dem Barhocker in eine bequemere Position, greift nach dem dargebotenen Glas und prostet dem Gastgeber zu. Der schnüffelt in sein Glas, nippt genüsslich, schmatzt ein wenig, nippt erneut. Erst dann neigt er den Kopf nach hinten und kippt den edlen Tropfen in seinen Rachen.

Schmälzle nimmt einen winzigen Schluck. Der Brand duftet nach Kirsche und schmeckt ungewöhnlich würzig.

«Unser Schwarzwaldgeischt wird nach altem Familienrezept gebrannt.» Hauck stellt das leere Glas auf dem Tisch ab. Dann bearbeitet er mit den Händen die Eichenplatte, wohl, um zu verhindern, dass Tropfen in das teure Holz sickern. «Des isch an Edelbrand auf Kirschebasis. Aber da isch viel mehr drin», schwärmt er. «Des Rezept isch streng geheim. Es gibt Spitzenkonditore, die nehmet nur unseren Schwarzwaldgeischt für ihre Schwarzwälder Kirschtorte.» Scholz schlürft den letzten Tropfen aus seinem Glas. Der Schnapsbrenner gießt nach. Und schwärmt weiter: «Mir exportiert nach Russland, China, USA, quer durch Europa. Und nach Bahrein.»

Schmälzle sieht ihn erstaunt an.

«Au die Diplomate en de arabische Länder henn Durscht.»

«Durscht.» Schmälzle späht in sein noch immer randgefülltes Glas. Er spürt den Blick des Schnapsbrenners auf sich.

Der rastert ihn wie ein Körperscanner Punkt um Punkt ab, während er leise weiterspricht: «Wer weiß, vielleicht liefret mir au bald nach Afrika.» Schmälzle weiß nicht, was soll das bedeuten.

Im Gegensatz zu Scholz, denn der Kollege johlt: «Du meinst,

wenn die Leute nichts zum Fressen haben, haben sie wenigstens was zum Saufen!» Er kippt den zweiten Schnaps.

Hauck grölt mit, und Schmälzle versucht, den Groll in sich zu bändigen. Dieser Alltagsrassismus geht ihm fürchterlich auf den Senkel. Aber er lässt es sich nicht anmerken.

«Mir schbendet viel», sagt der Schnapsbrenner und sieht seinen Gast nachdenklich an.

«Wir sind nicht hier, um uns zu betrinken», sagt Schmälzle. «Es geht um Sachbeschädigung.»

«Sachbeschädigung! He, he. An meiner Leber oder an Ihrer?» Frohgelaunt zeigt der Schnapsbrenner auf Schmälzles Glas. Der schüttelt den Kopf.

«Willi», sagt Scholz. «Wir ermitteln tatsächlich in einer Sache. Ein gewisser Notar Langner hat aufgestochene Reifen gemeldet.»

«I kenn kein Notar Langner», sagt der Schnapsbrenner.

«Der will angeblich eine Ferienanlage bauen. Direkt neben deinem Glaskasten hier.»

«Ach so, des isch der Saukerle aus Böblinge! Der verbaut uns die ganze Aussicht.»

«Kein Grund, ihm die Reifen aufzustechen, Herr Hauck», sagt Schmälzle.

«Oder ihm einen Drohbrief zu schreiben, Willi!», schimpft Scholz. «Auch das ist nicht in Ordnung.»

«Reife aufsteche, Drohbrief schreibe – dass i net lach.»

«Ein Verbrechen ist selten komisch, Herr Hauck.»

«I hab koi Zeit für so an Scheiß.» Der Schnapsbrenner schaut auf Scholz: «Harry! Des weisch du so gut wie i. Wenn einer selbständig isch, isch er selbscht im Einsatz. Schtändig.» Er klopft dem Postenleiter auf die Schulter.

Schmälzle deutet auf die vordere Glasfront, die weit in den

Wiesengrund hineinragt. «Ein Teil Ihres Anbaus steht angeblich auf dem Nachbargrundstück.»

«Des hab i dem Kerle scho g'sagt und dem Bürgermeischter au: Des isch mei Grund und Bode. Die sollet mi in Friede lasse.»

«Willi, das kann man nachweisen, dazu musst du nur in die Grundbücher schauen», sagt Scholz.

«I hann des Anwese geerbt, Harry. Von meim Vadder, und der hat's von seim Vadder. Und der von seim und so weiter. Des weiß jeder in Nonnenmiß. Da senn halt a paar Leut neidisch, weil i den Showroom nobaut hab.»

Schmälzle lächelt spitzbübisch, weil er «nobaut» simultan übersetzen konnte. Er hustet. «Der Geschädigte hat aber Sie beschuldigt.»

«Soso, hat der des.»

«Willi! Du weißt, dass wir jeder Anschuldigung nachgehen müssen», sagt Scholz.

«Und Sie haben ein Motiv», fügt Schmälzle hinzu.

«Also eins sag i euch zwei Grashopfer: I hab mit der Sache nix zu tun.»

Schmälzle überhört das mit den Grashüpfern großzügig. Polizeibeamte tragen seit zehn Jahren keine grüne Uniform mehr. Er ist als Kriminalbeamter sowieso in Zivil unterwegs. Sneakers, Washed-out-Jeans, Hemd oder T-Shirt. Und Scholz trägt seine Uniform nur, wenn der Staatsanwalt kommt. Oder bei einer Ehrung. Heute ist kein Ehrentag. «Dann haben Sie ein Alibi», sagt er.

Der Schnapsbrenner sieht ihn stumm an, bevor er langsam weiterspricht: «Da müsset ihr mi mit de Füß z'erscht naustrage, bevor i mei Schnapsfabrik hergeb.»

«Keiner nimmt dir deine Schnapsfabrik», beschwichtigt

Scholz. «Es geht um Recht und Ordnung, das muss ich dir nicht erklären.»

Schmälzle legt nach: «Wenn Sie in der Grundbuchdatenzentrale nicht fündig werden, ist das Katasteramt im Landratsamt Calw zuständig. Die wissen in jedem Fall, wo die Grenzen Ihres Flurstücks verlaufen.»

«Wenn i sag, des interessiert mi net, dann interessiert mi des net.» Willi Hauck rutscht vom Hocker und baut sich vor Schmälzle auf.

Der erhebt sich und funkelt den Schnapsbrenner an. «Sie sollten das nicht auf die leichte Schulter nehmen, Herr Hauck. Wenn Ihnen eine absichtliche Verschiebung der Grundstücksgrenze nachgewiesen werden kann, wenn Sie also Grenzsteine verrückt oder entfernt haben, um sich mehr Land zu verschaffen, als Ihnen zusteht, haben Sie sich strafbar gemacht. Sie müssen mit einer Freiheitsstrafe von bis zu fünf Jahren rechnen. Mit viel Glück kommen Sie mit einer Geldstrafe davon.»

Hauck schnaubt. «Bürschle!»

Schmälzle entgeht nicht, dass die Zähne im Unterkiefer des Schnapsbrenners in Bewegung sind. Perfekte Stimmung, um den Bohrer aus der Tasche zu holen. «Wo waren Sie am Montag zwischen zwölf und dreizehn Uhr?»

«Worom?»

«Im Moment stellen wir die Fragen, Herr Hauck.»

«Das ist die Tatzeit, Willi», sagt Scholz beschwichtigend.

Willi Hauck fuchtelt mit beiden Händen in der Luft. «I hab kei Tat begange, also gilt für mi au kei Tatzeit.»

Schmälzle hat schon andere Kaliber weichgekocht. «Wir erwarten Sie morgen früh um neun Uhr bei uns im Posten. Und vergessen Sie die Grundbuchauszüge nicht. Wenn Sie alles vorlegen können, haben Sie nichts zu befürchten.» Der Schnapsbrenner setzt zur Widerrede an, aber Schmälzle schneidet ihm das Wort ab: «Natürlich dürfen Sie Ihren Anwalt mitbringen.» Er stiert dem Schnapsbrenner in die Augen.

Der massiert mit der Zunge seine blütenweißen Vorderzähne. Geruch von Schnaps vermischt mit alkoholhaltigem Mundwasser steigt Schmälzle in die Nase. Sekunden später wendet sich der Schnapsbrenner an Scholz. Er klingt, als wähle er jedes Wort mit Bedacht. «Harry, dei Kolleg, des isch an scharfer Hund. Den musch z'rückpfeife. So einer beißt. Lang bevor er bellt.» Dann räumt er die Gläser weg.

Mai 1869

Erst nachdem die vierzehn Häuser von Nonnenmiß hinter mir kleiner wurden und von den hohen Tannen verschluckt waren, atmete ich langsam aus. Ich hielt inne, spürte die eisige Morgenluft in meinem Gesicht. Sie war so kalt, dass es fast schmerzte. Ich saugte den Sauerstoff durch die Nasenlöcher in mich hinein. Es war dunkel im Wald, aber ich war nicht alleine. Die Tiere waren munter. Ihr Zirpen, Ziepen, Fiepen, ihr Fauchen, Rascheln und Rufen beruhigten mich. Ich musste achtgeben, musste mich mit kleinen Schritten fortbewegen und den Kopf hochhalten, denn die Flasche auf meinem Bausch wog schwer. Sie drückte mich zu Boden, als fühlte ich mich nicht schon wie ein Wurm. Die Sonne würde sich bald erheben. Noch nahm ich nur Schatten wahr, die vage als Bäume auszumachen waren und mich kaum das Grau vom Schwarz unterscheiden ließen. An manchen Stellen lag noch Schnee, die Bäume standen dicht nebeneinander, und die Sonnenstrahlen erreichten kaum den Boden. Obgleich der kürzeste Übergang von Württemberg nach Baden keine eineinhalb Stunden von Nonnenmiß entfernt lag, wählte ich den Umweg, denn vor Weisenbach patrouillierte ein Zöllner, der in Kaltenbronn wohnte. Er war hinter jedem her, der sich in Grenznähe aufhielt. «Ein Denunziant», sagten die Leute, und ich nahm mich vor ihm in Acht, weil er mit den Männern abends im Wirtshaus saß. Auch mit Gustav, meinem Ehemann. Um diesen Abschnitt weit zu umgehen, musste ich in Richtung Hohlohsee und von dort weiter nach Gernsbach marschieren. Der Umweg führte vier Stunden durch die Wildnis. Dennoch kam ich hier, wo ein Pfad in den anderen gabelte und die Kreuzungen einander zum Verwechseln ähnelten, mit geschlossenen Augen zurecht. Sechzehn Kilometer lang. Ich hatte die Strecke zweiundzwanzig Mal genommen in den letzten acht Jahren, seit Mutter gestorben war und ich den letzten Halt verloren hatte. Sie hatte sich nicht verabschiedet, hatte einfach die Augen geschlossen und nie wieder geöffnet. Doch sie spukte mir durch den Kopf, wenn der Teufel an meinen Eingeweiden nagte und mich von innen fraß.

«Was machst du, mein Kind?», sagte sie. «Du weißt, es ist unrecht.»

«Ja, Mutter», sagte ich.

«Noch kannst du es ungeschehen machen.»

«Nein, Mutter. Ich kann es nicht ungeschehen machen.»

«Kehr um. Martha! Geh zurück, nach Hause.»

«Ich habe kein Zuhause. Schon lange habe ich kein Zuhause mehr.»

«Warum, Kind? Ich verstehe dich nicht. Du bist keine von uns, du lehnst dich auf.»

«Es ist nicht deine Schuld.»

«Ich bin deine Mutter.»

«Es ist die Last, der Tag, es ist jeder Tag, er zehrt an mir, nagt an meinem Fleisch. Und es ist der Mann neben mir. Er ist mir ungeheuer.»

«So ist es, und so war es immer. Dein Leben wie meines wie das unserer Ahnen.»

«Ich bekomme kein Kind.»

«Es liegt in Gottes Hand.»

«Er will es aber.»

«Warum hast du den alten Rußbrenner zum Mann genommen?»

«Du weißt, dass Vater mich gezwungen hat. Und du hast mich alleingelassen. Allein in dieser Einöde. In dieser Kälte. In diesem Trübsinn.»

«Ich hätte dich schützen müssen, Martha. Vor dir selbst, mein Kind.»

«Ich war so jung, als du von mir gegangen bist.»

«Du bist bei deinem Mann.»

«Gustav ist nicht mein Mann. Ich kenne ihn nicht. Ich liebe ihn nicht. Mutter! Er redet kaum mit mir.»

«Er ist dein Schicksal, Martha.»

«Er tut mir nichts. Nichts Böses. Und nichts Gutes.»

Dienstag, 7. Mai

Vom frühen bis in den späten Abend

Harry, bedauere, habe morgen keine Zeit zum Kaffeekränzchen bei euch. Laut § 163a Abs. 3 Satz 1 der Strafprozessordnung kann das Erscheinen zu einer Vernehmung nur vom Staatsanwalt oder einem Gericht angeordnet werden. Aber netter Versuch. Wir sehen uns.

Soeben hat Scholz eine SMS von Willi Hauck erhalten und sie laut vorgelesen. Sie stehen mitten auf der L351. Es ist kurz vor fünf, Feierabendverkehr. Aber der Postenleiter hat den Saab einfach angehalten, als sein Handy surrte. Hat das Blaulicht – ein Flohmarktfund aus Paris, das hat er Schmälzle an einem langen Abend im Weinkeller erklärt – vom Rücksitz geholt und auf das Dach des Youngtimers gesetzt. Hat ohrenbetäubenden Lärm eingeschaltet. Und Schmälzle die vier Emojis gezeigt, die Willi Hauck hinter seine Nachricht gesetzt hat. Ein zähnebleckendes Mondgesicht mit Tränen in den Augenwinkeln. Ein fröhliches Gesicht mit klatschenden Händen. Daneben eine Clownsmaske, gefolgt von einem Smiley mit Heiligenschein.

Schmälzle ist, als stünde ihm Schaum vorm Mund. «Der verarscht uns!», blafft er.

«Der treibt's Michele mit uns», bestätigt Scholz.

«S'Michele?»

«Lern endlich Schwäbisch, Schmälzle! Das heißt, er verseggelt uns.»

«Und das lassen wir uns gefallen?»

«Wir haben nichts Konkretes in der Hand.»

«Diese reichen Säcke glauben, dass sie mit ihren Stecken nur einmal durch die Waschstraße fahren müssen, und – Abrakadabra – ist alles klinisch rein.»

«Was für Stecken?»

«Wo der Dreck dranhängt, Harald.»

«Wart's ab.» Scholz schiebt das Handy in die Brusttasche seines Hemds, dann holt er das Blaulicht vom Dach und wirft es auf den Rücksitz, beugt sich zum Beifahrersitz rüber, weit über Schmälzle, der nicht weiß, wohin, denn er ist schon ganz tief ins Polster gerutscht. Das Rasierwasser des Kollegen steigt ihm, mit Schweiß vermischt, in die Nasenlöcher – bei der prähistorischen Ausstattung des Saabs war keine Klimaanlage vorgesehen. Scholz fischt eine CD aus dem Handschuhfach, dann schließt er die Klappe wieder.

Schmälzle schnappt nach Luft. «Auf was soll ich warten, Harald? Dass er noch vier Reifen aufsticht?»

«Frühschoppen, Kollege. Nach dem dritten Viertele löst sich bei allen die Zunge. Sogar beim Willi.»

«Du meinst, wenn du ihn in die Wirtschaft vorlädst, gesteht er? Einfach so.»

«Den muss ich nicht vorladen. Der Willi kreuzt freiwillig auf.» Scholz dreht die CD in seiner Hand, kratzt mit dem Daumennagel Schmutzpartikel ab und wischt sie an seiner Hose sauber. Der Fahrer hinter ihm hupt und zeigt den Stinkefinger, während er überholt. Scholz winkt dem enervierten Fahrer mit der CD zu. Dann gibt er Gummi.

«Es ist Dienstag», sagt Schmälzle. «Und der Frühschoppen …»

«... ist am Samstag.»

«Das sind vier Tage!»

«Lieber kurz die Füße stillhalten als lang dumme Fragen stellen.»

«Zum Beispiel, ob Willi Hauck bis dahin jemanden gefunden hat, den er für ein Alibi bezahlt?»

«Macht der nicht.»

«Wieso nicht?»

Der Verkehr ist inzwischen dichter geworden. Scholz schaut stur geradeaus, als er sagt: «Weil wir im Ländle sind.»

Auch Schmälzle starrt stumm in die Ferne. Eine innere Unruhe hat von ihm Besitz ergriffen. «Ich werde nicht untätig rumsitzen bis zum Wochenende.»

«Besorgen wir uns Einblick in die Grundbücher. Leo kann sich drum kümmern.»

«Konjunktiv, Harald. Sie könnte und würde das super machen. Wäre sie nicht im Urlaub.»

«Die war doch gestern im Urlaub!»

«Das hat Urlaub so an sich, dass er länger dauert.»

«Hast du das genehmigt?»

«Ne, du, Harald. Hast gesagt, sie soll ihre Überstunden abbummeln.»

«Stunden, Schmälzle! Ich sagte Stunden, nicht Tage.»

«Wie oft hat sie an Sonntagen Dienst geschoben, weil du befürchtet hattest, die Touristenströme würden zunehmen und die Diebstähle ebenso, was nicht im Ansatz der Fall war, weil die Leute hier so beschäftigt sind, dass sie keine Zeit zum Klauen haben. Also sind ein paar freie Tage das Mindeste. Außerdem ist sie nächste Woche wieder da.»

Scholz wütet leise weiter. Schmälzle lässt seinen Blick über das Gelände schweifen. Die idyllische Landschaft übt eine sedierende Wirkung auf ihn aus. Rechts von ihm klettern meterhohe Schwarzwaldtannen die Böschung hinauf, links wechseln sich Täler mit lauen Auen, Wald und Wiesen ab. Der frühe Sommer hat ein sattes Grün in die Landschaft gestreut und einen Märchenwald geschaffen. «Wir müssen psychologisch an die Sache rangehen», sagt er.

«Du behauptest allen Ernstes, dein Rumgestochere im Hirnlabyrinth des Täters ist meiner Wirtshausstrategie überlegen?», erwidert Scholz.

«Wetten wir!»

«Eine Flasche Rotwein?»

«Und einen langen Ermittlerabend. Bei dir im Keller.»

«Aber davon mal abgesehen – wenn er kein Alibi vorweisen kann und die Reifen wirklich aufgestochen hat ...»

«... oder hat aufstechen lassen ...»

«... brummt ihm der Richter ein paar tausend Euro Strafe auf, verwarnt ihn, solche Sperenzchen künftig zu unterlassen, und was macht er?»

«Zahlen. Sich ins Fäustchen lachen. Schnaps aufmachen.»

«Schmälzle! Du wirst mir jeden Tag sympathischer.»

Schmälzle seufzt. «Wann findet dieser Frühschoppen statt?»

«Von neune bis zwölfe.»

«Ich muss mich um mein Haus kümmern.»

«Den Willi knack ich alleine. Und hinterher komm ich zu dir in die Alte Steige. Dann kratzen wir die alten Tapeten gemeinsam ab.»

«Wasserhähne, Harald. Es sind drei Stück.»

«Alle kaputt?»

«Gold. Sie sind goldfarben.»

Scholz grinst.

«Und sie stecken auf bordeauxroten Waschbecken.» Schmälzle sieht den Bungalow vor sich, den er im Liebesrausch gekauft hat. Aber wie so oft bei Liebe auf den ersten Blick erschließen sich die kleinen Mängel erst auf den zweiten und grobe Fehler nach dem dritten Blick. Wenn das Rückgabedatum verstrichen ist.

Scholz schiebt die CD in die Anlage. So überlassen sie die weitere Unterhaltung Uriah Heep. Die verbrüdern sich mit den Tätern dieser Welt. Wo immer sie sich befinden, besingt David Byron ihr Schicksal: «Well, I spent twenty long years in a dirty old prison cell, I never saw the light of day, if you could understand, oh, that kind of living hell, that's the price I have to pay, that's the price I have to pay ...»

Mittwoch, 8. Mai

Das Haus des Gastes macht die Tore weit.

Im Posten laufen die Heizlüfter Amok. Im Duett. Auf jedem Schreibtisch rotiert einer auf der höchsten Stufe und wirbelt die kalte Luft auf. Die Temperatur ist letzte Nacht auf 5 Grad gesunken. Die Heizkörper befinden sich schon im Sommerschlaf, schließlich hat man den Maibaum vor einer Woche aufgestellt. Beide Kommissare brüten über der Schnapsbrennerangelegenheit, als sich die Tür öffnet.

«I möcht jetzt doch a Meldung mache», ruft jemand mit einer hellen Stimme atemlos. Es ist die Frau mit dem türkisen Stirnband, das heute lila ist. Auch ihr Zwinkern hat sie nicht dabei – sie wirkt aufgeregt.

Schmälzle weist freundlich auf einen Stuhl. «Nehmen Sie Platz», sagt er. «Wollen Sie ein Glas Wasser?»

Die Frau schaut ihn dankbar an. Während Schmälzle in die Küche eilt und Leitungswasser in ein Glas gießt, stellt sie sich mit «Kunkel» vor. «Lieselotte Kunkel.»

«Frau Kunkel, was können wir für Sie tun?» Schmälzle geht davon aus, dass sie auf den Enkeltrick reingefallen ist oder ihr einer in der Fußgängerzone die Börse aus der Tasche gezogen hat. Weit gefehlt.

«I muss an schlimme Fund melde», stößt sie hervor. Gierig leert sie das Wasserglas.

Scholz sieht kaum vom Schreibtisch hoch, während

Schmälzle auf alles gefasst ist. Zum Beispiel, dass sie sich darüber auslassen wird, wer im Strickkreis die Nadeln fallen ließ.

«Da liegt a Leich!»

«Eine Leiche?», fragt Schmälzle.

«Wo soll die liegen?» Auch die Aufmerksamkeit von Scholz ist jetzt ganz bei Frau Kunkel.

«Obe, am See», sagt sie. «Im Sumpfgebiet.»

«Da hat einer gebadet und den Toten Mann gespielt», mutmaßt Scholz.

«Rabeschwarz», sagt Frau Kunkel. «Die Leich isch rabeschwarz.»

Schmälzle legt die Stirn in Falten.

«Ein Ausländer?», fragt Scholz.

«Vielleicht», sagt Frau Kunkel, «vielleicht au net.»

«Sie sagten, der oder die Tote sei schwarz», sagt Schmälzle.

«Ha, ja. Des isch au a Moorleich. Und a Moorleich isch schwarz, au wenn se weiß isch.» Sie lächelt Schmälzle an. Der ein wenig verwirrt ist.

«Wo genau haben Sie die Leiche gefunden», fragt Scholz, «und wann?»

«Vor zwei Stunde», sagt Frau Kunkel. «Mir senn uff'm Berg spazieregwä.»

«Und warum haben Sie nicht gleich angerufen?» Scholz wirkt angefressen.

«Kein Empfang, Herr Kommissar.» Lieselotte Kunkel zieht ein Handy der neuesten Generation aus ihrem Rucksack.

«Mit wem waren Sie spazieren?», will Schmälzle wissen.

«Mir senn a Wandergruppe. Sie henn uns doch gestern kenneglernt.»

Schmälzle erinnert sich sehr wohl an die Seniorenversammlung vor dem Fenster. «Wo sind die anderen Zeugen, also der Rest der Wandergruppe?», fragt er.

«Die senn scho beim Brunch. I bin als Botschafterin g'schickt worre», erläutert die Frau. Ihre kurzgeschorenen Haare sind schlohweiß, und ihr Lächeln ist verschmitzt.

«Also noch mal: Sie haben beim Wandern auf dem Berg eine Leiche entdeckt. Am See, ist das korrekt?» Schmälzle beobachtet Frau Kunkel genau, er hat keine Lust, vorgeführt zu werden.

«Am Wildsee», korrigiert Scholz. Ja, auch er wirkt, als könne er einer älteren Dame durchaus einen Wunsch abschlagen, sollte sie wagen, ihn zu verseggeln.

Frau Kunkel scheint im Vollbesitz ihrer geistigen Kräfte zu sein, denn sie sagt «noi», und in den drei Buchstaben steckt keinerlei Missverständnis. Nicht mal ein tiefenpsychologisch gedeutetes.

«Wo sonst?», fragt Scholz.

«Am Hohlohsee, Herr Kommissar.»

«Der gehört zu Gernsbach.»

«Net amal der Winter hat an richtige Schnee bracht. Nex isch nemme recht.»

«Korrekt, Frau Kunkel.»

«Nex», mischt sich Schmälzle ein. «Nemme?»

«Nichts ist nichts mehr, Kollege», sagt Scholz. «Das Wasser um das Moorrandgebiet ist tatsächlich einen halben Meter gesunken. Das kann die Leiche freigelegt haben.»

«So ein Moor ist über tausend Jahre alt», überlegt Schmälzle.

«Des isch zum Ende der Eiszeit entstande», sagt Frau Kunkel, dann spezifiziert sie: «Hochmoore nähren sich aus Regenwasser. Des heißt auf wissenschaftlich *ombrotroph*.»

Schmälzle zieht sein Smartphone aus der Tasche.

Scholz vermutet: «Die Leiche kann schon ewig dort liegen.»

«Obwohl's dieses Jahr mehr regnet als sonsch, senn die Böde immer no austrocknet.»

«Letztes Jahr war es monatelang heiß, da hätte längst einer die Leiche entdeckt», sagt Schmälzle.

«Noi», widerspricht Frau Kunkel. «Weil an der Stelle, wo mir gwäse senn, sonsch keiner isch.»

Scholz: «Wie meinen Sie das, machen Sie da Ihre Wassergymnastik?»

Frau Kunkel bewegt freudig die Plisseefalten ihrer Mundregion. «Mir suchet nach Libelle, die mer nur im Moor findet! Die Hochmoor-Mosaikjungfer isch so schee, die muss mer einmal im Lebe gsäh hann. Wenn die mit ihre Flügele schlägt, hach, des isch a Freud.» Bei diesen Worten entblößt sie zwei makellose Zahnreihen.

«Mosaikjungfer», wiederholt Scholz.

«Die Aeshna subarctica ist eine Edellibelle mit einer Flügelspannweite von zehn Zentimetern», entnimmt Schmälzle dem Bildschirm seines allwissenden iPhones, das er flink mit beiden Daumen bearbeitet.

«Das sollten wir dem Bürgermeister erzählen. Da macht der was draus», sagt Scholz.

«So nah wie mir trauet sich die junge Leut net ans Moor», ergänzt Frau Kunkel.

«Siehst du, Schmälzle», sagt Scholz stolz. «Bei uns glotzt man nicht Rentner-TV, bei uns stapfen die Senioren durch Wald und Moor und betreiben wissenschaftliche Studien.»

«So isches, Herr Kommissar.» Frau Kunkel nimmt einen weiteren Schluck Wasser, dann stellt sie das leere Glas ab und erhebt sich.

Scholz legt sein Veto ein. «Moment!»

«Wir müssen Ihre Aussage zu Protokoll nehmen», ergänzt Schmälzle.

«Mei Seggdle wartet auf mi.» Frau Kunkel schiebt ihr Stirnband zurecht und nimmt Kurs auf den Ausgang.

«Seggdle.» Noch kann Schmälzle vier schwäbische Konsonanten am Stück nicht deuten.

Scholz sagt: «So ein Schaumwein, Frau Kunkel, der ist gut für den Kreislauf, gell?» Sie lächelt.

Schmälzle setzt sich vor seinen Rechner und legt die Finger auf die Tastatur. Er fügt vorsichtig eine Silbe an die andere. «Frau Kunkel. Schildern Sie den Sachverhalt bitte der Reihe nach. Ich schreibe alles mit. In Ihrem Tempo, ich nehme mir gerne für Sie Zeit.»

Frau Kunkel sieht ihn an, als predige er von der schwindenden Lebensfreude älterer Mitbürger, setzt sich aber brav auf ihren Stuhl. Im Affenzahn betet sie herunter: «Wie scho gsagt, guckt die Leich aus dem Hohlohsee raus, Herr Kommissar. Mir henn den Schädel und a paar Knoche gsäh, der Rescht isch no im Moor versunke. Mir senn net näher hin, sonscht müsstet Sie noch mal fünf sterbliche Hülle berge.»

«Wie konnten Sie erkennen, dass es ein Mensch ist?», fragt Scholz, und Schmälzle pflichtet ihm bei: «So eine Moorleiche hebt sich kaum vom Untergrund ab, und Sie waren bestimmt zwei, drei Meter entfernt.»

«Das kann auch ein Hirsch gewesen sein», sagt Scholz.

Schmälzle liest in Scholz' Mimik, dass der Kollege das Fiasko vor einem Jahr im Sinn hat, bei dem sich ihr Leichenfund als kapitaler Hirsch entpuppt hat.

«Nach meiner Augen-OP säh i, wie wenn i zwanzig wär», klärt die Frau sie auf.

«Können Sie präziser beschreiben, wo die Moorleiche liegt?», fragt Schmälzle.

«Der Kollege meint, ob das rechts vom See war oder eher linker Hand. Und ob es am großen See war oder am kleinen», präzisiert Scholz.

«Es muss nicht haargenau sein», fügt Schmälzle hinzu. «Aber eine annähernde Ortsangabe wäre hilfreich.»

«Unsere Leute von der Spusi können nicht stundenlang um den Sumpf waten so wie unsere Unruheständler», sagt Scholz.

«Ha ja, die Spusi.» Frau Kunkel hackt mit zwei Fingern auf ihr Handy ein, dann hält sie es hoch in die Luft und zeigt auf eine Ziffernkombination: 48°42′28″N 8°24′59″E.

«Sie haben die Koordinaten?» Schmälzle ist baff.

«I kann sie Ihne per Mail schicke. Oder per WhatsApp.»

«WhatsApp?» Scholz ist nicht weniger erstaunt.

Schmälzle kapiert. «Wer mit den Enkeln kommunizieren will, muss technisch auf der Höhe sein.»

Frau Kunkel nickt. Schließlich hinterlässt sie ihre Adresse. «Viel wichtiger isch mei Handynummer. Am beschte schicket Sie mir a SMS. I bin ja dauernd uff Achse.»

«Aber nicht morgen nach Übersee reisen und auch keine Kreuzfahrt buchen, Frau Kunkel!», mahnt Scholz, und Schmälzle bedankt sich für die Aussage.

Mit einem «Basset Sie uff sich uff, da obe. Ei Leiche kommt selte allein» verabschiedet sich Frau Kunkel.

Nachdem sie den Posten verlassen hat, fragt Scholz, als sei dieser Tatbestand noch auf dem Weg zu seinem Hirn: «Hast du gesehen, wie die ihr Handy bearbeitet hat?»

Schmälzle hat es gesehen. Und viel mehr. Er findet heraus, dass die Bergung unverzüglich zu erfolgen hat. «Ihr müsst euch beeilen», sagt der Rechtsmediziner gerade am Telefon. Schmälzle übersetzt es für Scholz: «Lothar meint, eine Moorleiche zersetzt sich, wenn sie mit Luft in Berührung kommt. Die muss in die Rechtsmedizin. Jetzt.»

Keine halbe Stunde später doziert Scholz, dass es einen großen und einen kleinen Hohlohsee gibt, dass unweit von beiden ein Turm namens Hohlohturm steht und der See einen Kilometer vom Wanderparkplatz Kaltenbronn entfernt liegt. Zeitgleich steuert er den alten Saab durch den Bannwald. Munter hoppeln sie über Schotterwege und Pfade, die für den Autoverkehr nicht gemacht sind, und wenig später schunkeln sie den Diebstichweg entlang, um zum Hühnerwässerle vorzudringen. Scholz zeigt auf eine Schmugglerstrecke, die rechter Hand liegt und direkt nach Baden führen soll.

«Eine Schmugglerstrecke, was soll das heißen?», fragt Schmälzle.

«Als Baden und Württemberg noch eine Landesgrenze hatten, haben die Leute alles Mögliche illegal über die Grenze geschafft. Leinen. Rauchfleisch. Kaffee. Schnaps.»

«Schnaps?» Schmälzle fällt es schwer, sich in das Schicksal derer einzufühlen, die Hunger litten, oder jener, die den Hals nicht voll bekamen.

Eine Weile ist es still im Wagen. Bis der Youngtimer rechts abbiegt und an hohen Bäumen vorbeischaukelt, die neben, vor und hinter weiteren hohen Bäumen stehen.

«Da!» Scholz bremst scharf. «Der Auerhahnstein.» Der Postenleiter steigt aus und klopft ans Fenster. «Los, komm, Schmälzle, ein wenig Regionalkultur kann nicht schaden.»

«Wir sind erst bei 48 Grad 42 Nord und 8 Grad 26 Ost», quengelt Schmälzle. Mürrisch folgt er dem Polizeipostenleiter.

«Hier steht's», sagt Scholz.

Schmälzle liest die Inschrift, die in den hohen roten Stein gemeißelt ist:

> **Carl Friedrich Großherzog von Baden erlegte**
> **am 22. April 1797 morgens drei Auerhahnen,**
> **und hier fiel der dritte, der letzte,**
> **welchen der Hochselige schoss.**

Ehrfürchtig betrachtet Scholz den Stein, der einem Grabmal gleicht.

«Damals gab's wohl keinen Tierschutz», stänkert Schmälzle.

«Der gilt für Hochselige selbst heute nicht, Kollege», erwidert Scholz. «Denk an den König von Spanien und seine Großwildjagd.»

Groll steigt in Schmälzle auf. «Nicht nur der Alte hat auf Elefanten gezielt, auch die Dumpfbackensöhne von diesem amerika...»

«Dumpfbacken gibt's überall, Schmälzle. Sogar bei uns.»

Wortlos steigen sie wieder in den Wagen. Bald passieren sie einen Schilderwald, der sie nach wenigen hundert Metern zum großen Hohlohsee bringt.

Schmälzle hat die Koordinaten vor sich. «Du musst abbiegen!», schreit er.

«Kein Grund zu brüllen, Schmälzle», sagt Scholz und deutet auf das rote Absperrband, das direkt vor ihnen im Wind flattert. «Die Spusi zeigt uns schon den Weg.»

Mai 1869

Als das Sonnenlicht durch die Zweige brach, hatte ich die Ebene erreicht, auf der ich das Moor schon riechen konnte. Seine vertraute Bedrohlichkeit stieg mir in die Nase und half meiner Orientierung auf die Sprünge. Nonnenmiß lag seit einer guten Stunde hinter mir. Nachdem ich in den Schöngarnweg eingebogen und den Hügel hochgestapft war, hatte ich mich von den Bäumen umschlingen lassen, aufnehmen wie von einer Höhle. Der Duft der Tannen begleitete mich. Tau lag auf den Zweigen, und frische Spitzen schossen in hellem Grün aus ihren Enden hervor. Bald würde ich den Hohlohsee erreichen, dort würde ich ein gutes Drittel meiner Strecke zurückgelegt haben. Ich dachte immerzu an Marie, mein Mariele, was würde aus ihr werden, wenn ich nicht mehr bei ihr war. Die Siebenjährige war so zart, so empfindsam. Es zerriss mir die Seele. Doch ich musste sie zurücklassen. Ehe sich meine Augen mit Tränen füllten, hob ich die Karte aus der Blechdose und hielt sie mir vor die Brust. Er wartete auf mich, drüben, auf der anderen Seite des Meeres. Er rief mich, ich konnte ihn hören. Und ich konnte es fühlen, das Leben ohne Kälte, die langen Tage voller Sonnenschein, wie sie die Haut wärmten und unter sie krochen, mir die Seele zu erheitern. Mein Herz machte einen Freudensprung. Auch wenn mein Gewissen mir unentwegt zuflüsterte, dass ich mich schwer versündigte.

Martha, es wird dir gefallen bei uns in Blumenau. Die Arbeit ist hart, aber sie ist gut. Wir roden den Urwald, hier stehen Palmen, so hoch, wie du sie dir gar nicht vorstellen kannst. Wir leiden keinen Hunger. Dr. Blumenau hat mich unter seine Obhut genommen. Ich will Apotheker werden, so wie er. Ich warte auf dich.
Dein Hans.

Ich presste die Karte an meine Brust, sie war schon ganz zerknittert. Hans. Die Erinnerung war schwach, kaum konnte ich sein Gesicht vor mir sehen, und doch dachte ich unentwegt an ihn. Obgleich mir bange war. Denn er wusste nichts von Gustav und nicht viel von mir. Ewigkeiten lagen zwischen uns. Ach, könnte ich das Mariele mitnehmen! Sie war nicht mein Kind, sie war das Kind der Cousine, der sie nichts bedeutete, weil Sofie nur Augen für sich hatte. Und für meinen Gustav.

Immer noch Mittwoch, 8. Mai

Das Haus des Gastes macht die Pforte zu.

Scholz stellt den Youngtimer «weit weg vom Sumpf» auf einer Wiese ab und kriecht nach Schmälzle unter dem rotweißen Band mit der Aufschrift Polizeiabsperrung durch. Es ist weitläufig um den Rand des Sees gespannt und an hohen Bäumen befestigt. Vier Männer und Frauen huschen in weißen Ganzkörperanzügen umher und wirken in der gespenstischen Moorlandschaft wie Geister.

Der Untergrund ist schlickig, und der Boden schmatzt unter seinen Füßen, als Schmälzle sich heranschleicht. Dummerweise trägt er seine 220-Euro-Sneakers. Der Untergrund wird zunehmend feucht. Er sinkt leicht ein, der Sumpf dringt schon durch seine Socken. Lautlos flucht er vor sich hin, aber seine Lippen bewegen sich tonlos, während er dem Postenleiter hinterherstakst.

Scholz tippt einem Mann von der Spusi auf die Schulter. Der dreht sich um, ruft: «Ey, Harry!»

Nach dem kurzen Austausch von Begrüßungsfloskeln zückt der Mann seine Kamera und schießt weitere Fotos vom Fundort. Eine zweite Gestalt, geschlechtlich nicht einzuordnen, kniet auf dem Boden und nimmt Proben vom Moor. Vorsichtig füllt sie diese in ein Röhrchen. Als sie die Ermittler sieht, lüftet sie ihre Kopfbedeckung. Ein junges Gesicht kommt zum Vorschein, bildschön, umrahmt von strohblonden Haaren.

Schmälzle fragt: «Wo ist die Leiche?» Die Schöne deutet auf die Torfschicht, unter der sich eine Silhouette abzeichnet.

Scholz tritt näher an die Leiche heran, während Schmälzle auf die Füße des Kollegen starrt: Sie stecken in schwarzen Boots, die aussehen, als würden sie Kriege unbeschadet überstehen.

Die Schöne sagt: «Wir müssen sie im Wasser lagern.»

«Damit sie nicht zerfällt», ergänzt Scholz.

Schmälzle will sich ein Bild von der Leiche machen, Schuhe hin oder her. Er geht zwei Schritte vor, drei weitere, steht knöcheltief im Matsch. «Sch...!», ruft er.

Scholz wirft ihm einen tadelnden Blick zu. Dann beugt er sich über die Schöne im weißen Ganzkörperanzug: «Es ist also eine weibliche Leiche.»

Sie bejaht.

«Todeszeitpunkt?», fragt Scholz.

Sie rollt mit den Augen, dann wendet sie sich ab.

«Ich weiß, Sandy, ihr ... ja, also mehr kann man erst nach der Obduktion sagen, aber ihr habt doch irgendeinen Anhaltspunkt», druckst Scholz herum.

Sandy sieht den Postenleiter an, als hätte der sie gefragt, ob die Tote gerade auferstanden sei. Dann erhebt sie sich, gräbt beide Hände in zwei tiefe Taschen, bis sie mit dem Ganzkörperanzug eins geworden sind, und baut sich vor Scholz auf. «Was willst du noch wissen? Ob sie vorher Saitenwürstle mit Kartoffelsalat gegessen hat, danach kurz Geschlechtsverkehr hatte und anschließend ein frisches Bad im Moor genommen hat? Oder ob sie von ihrem untreuen Ehemann ertränkt wurde, von einer Nebenbuhlerin kaltgemacht worden ist oder ...»

«Ihr meldet euch bei uns, Sandy. Gell?» Scholz kratzt sich am Hinterkopf.

«Klar, Harry.» Sie lacht auf.
«Bringen Sie sie nach Heidelberg?», fragt Schmälzle.
«Eher nach Tübingen.»
«Heidelberg», insistiert Schmälzle.
«Wenn sie alt ist ...»
«Einer Moorleiche sieht man das Alter nicht an», unterbricht Scholz.
«Ebendrum muss eine bioarchäologisch-paläopathologische Untersuchung vorgenommen werden», sagt Sandy.
«Lothar übernimmt das», sagt Schmälzle.
«Lothar?» Sandy hebt eine sanftgeschwungene Braue.
«Sein Kumpel von der Rechtsmedizin in Heidelberg.» Scholz deutet mit dem Daumen auf Schmälzle. «Der kann alles.»
«Auf alle Fälle kann er herausfinden, wer oder was die Frau ins Moor getrieben hat», sagt Schmälzle.
«Und was sie da getrieben hat», sagt Scholz.
Sandy rümpft die Nase, setzt die Kapuze ihres Schutzanzugs auf und schiebt die heruntergeklappte Kinnlasche über den Mund.
«Sandy?» Der Postenleiter bekommt keine Antwort, denn sie kniet wieder im Schlamm und gräbt ihr Schäufelchen in den Boden. Der Dreck geht ihr bis zu den Oberschenkeln. Schmälzle beneidet sie um den Anzug, der ihre Füße komplett umschließt, radioaktive Partikel und Infektionserreger abwehrt und den Sumpf außen vor lässt. Auch wenn die Kollegin aussieht wie eine aufgeblasene Made, die sich aus der Leiche gelöst hat und zu einer Monsterlarve mutiert ist – alles nur Optik.
«Für uns gibt's hier nichts zu tun», sagt Scholz. «Lassen wir die Spusi ihre Arbeit machen.» Er zieht Schmälzle am Ärmel seiner Bomberjacke hinter sich her.

«Heidelberg, nicht vergessen!», ruft Schmälzle Sandy zu.

Die sieht kurz auf. Dann hält sie einen Finger hoch in die Luft. Schmälzle glaubt das jetzt nicht. «Die hat mir den Stinkefinger gezeigt!»

«Es war der Daumen, Schmälzle. Bloß der Daumen.»

«Wie bitte?»

«Sie hat dir ihre Anerkennung gezollt.»

«Das war eindeutig ein Finger, Harald. Und es war nicht irgendein Finger, das war der Mittelfinger ihrer rechten Hand!»

«Das ist eben Sandy.»

Schmälzle bleibt stehen. Blickt zurück auf den Tatort. Blafft die Frau an: «Haben Sie mir den Stinkefinger gezeigt?»

Sie sieht nicht auf.

Er insistiert. «Hallo?»

Scholz klopft ihm auf den Rücken. «So ein Daumen befindet sich in unmittelbarer Nachbarschaft zu den Fingern. Kann man schon mal verwechseln, im Eifer des Gefechts.» Mit diesen Worten macht sich der Postenleiter auf den Weg zum Wagen, der im hohen Gras steht wie ein Killerinsekt von einem anderen Planeten.

Schmälzle schickt eine WhatsApp an den Rechtsmediziner: *Tisch schrubben, Lothar! Bald liegt eine Moorleiche auf deinem Platzteller.* Dann kümmert er sich um sein Schuhwerk, wobei der Kummer das Kümmern überlagert hat. Ein erdiger Ton überzieht das unschuldige Weiß, hat es wehrlos eingenommen. Schlacht gewonnen. Er hebt ein Bein, sucht nach einer unbefleckten Stelle. Vergeblich. Sogar die Gummisohle ist braune Masse. Grob scheuert er die Sohlen auf der Wiese ab.

Scholz wirft ihm eine Plastiktüte hin. «Die bitte überziehen», befiehlt er. «Der Wagen ist frisch geputzt. Und dann kannst du sie in die Waschmaschine stecken.»

«Das ist Leder, Harald!»

«Weiße Lederschuhe? Als Veganer? Schmälzle, Schmälzle.»

«Das sind Sneakers. Die trägt man so. Selbst wenn die Sneakers aus Stoff wären – die Kleber sind fast immer tierischen Ursprungs.»

«Luxusscheißdreck, Kollege. Dann hättest du auch die mit den Streifen nehmen können.»

Als Schmälzle nach Hause kommt – die Schuhe hat er vor dem Bungalow auf den Schuhabstreifer gestellt, um sie später unauffällig zu entsorgen –, ist es spät. Während der Fahrt haben sie beschlossen, die Reifenaufschlitzer- und Drohbriefschreiber-Problematik parallel zu lösen. Das Abarbeiten der Kleinkriminalitäten, die sich auf ihren Schreibtischen angehäuft haben, haben sie auf unbestimmt vertagt. Schmälzle ist müde und freut sich auf einen ruhigen Abend.

Gerade öffnet er die Tür zum Bad, als er von einem Bild überrascht wird, das ihn wie der Blitz trifft. Eine umwerfend schöne Frau steht vor dem großen Spiegel und legt sich eine Perlenkette um. Sie trägt eine beige Seidenbluse mit Spitzenbesatz, olivgrüne Culottes und helle Wildlederslipper. Aber ... Spitzen, Perlen, was hat sie vor?

«Wir haben keine halbe Stunde mehr – du willst mich ja wohl nicht in *dem* Aufzug begleiten?», ruft Claudia. Ihr Augenmerk gilt seiner Hose.

Schmälzle späht an sich hinab. Er muss zugeben, dass die Jeans verblichen sind und am Knie stark ausgebeult. Auch die Enden der trendigen Durchbrüche sind nicht sauber vernäht, sondern ausgefranst. Und die Dreckspritzer sind überall.

«Wohin gehen wir?», fragt er. «Du schleppst mich hoffentlich nicht zu einem Kurkonzert!»

«Elternabend», sagt Claudia. «Hab ich dir in deinen Kalender geschrieben.»

Schmälzle eilt ins Schlafzimmer. «Sorry, Claudi, bin gleich fertig!»

«Eine Dusche wäre kein Luxus.» Claudia kräuselt die Nase. «Aber ich fürchte, dafür hast du keine Zeit.»

Während er über ihren Kopf hinweg den Spiegelschrank öffnet, rubbelt er mit der anderen Hand seine Stoppelhaare in Form. Dann bearbeitet er mit dem Deoroller seine Achseln, sprüht einen herben Duft auf, über und neben sich, rennt wieder zurück ins Schlafzimmer, steigt in frische Jeans und zieht ein blütenweißes T-Shirt an. Seine Bomberjacke klemmt er sich unter den Arm. Die neuen Sneakers hätten den Look perfekt abgerundet. Er flucht lautlos, dann schlüpft er in ausgetretene Halbschuhe. Dummerweise muss er am Spiegel im Flur vorbei. «Rasieren!», ruft der ihm zu. Schmälzle streckt die Zunge raus.

«Schick», sagt Claudia, die eben aus dem Bad getreten ist. Sie schnippt einen erdigen Brösel von seinem Oberarm und hakt ihn unter.

Mai 1869

Für wie dumm hielten mich die beiden! Ich schrie den Wald an, schleuderte meine Gedanken in die Baumkronen. «Ich weiß, wie scheinheilig ihr seid, ihr und eure Sprüche, die am Ofen in meiner Küche hängen.» Ich hatte sie auswendig gelernt, hatte die Zeilen in den Wintermonaten vor mich hin gemurmelt wie Gebete. *Demut und Bescheidenheit ernten Achtung weit und breit.* Auch *Züchtig, fromm, bescheiden sein, das steht allen Menschen fein* stand auf einer Tafel an meinem Kachelofen. Doch zwischen den Ermahnungen hingen Botschaften, Sätze, die mir zuflüsterten: «Geh, Martha, du musst gehen. Sie sind falsch. Die Sprüche lügen wie die Menschen. Keiner ist, was er dir vorgaukelt. Wozu hat dir der Pfarrer die schönen Bücher geschenkt? Sie haben dich gelehrt, für dich zu denken und niemandem zu glauben.» Es war mir egal. Sollte der Teufel ruhig in den schwarzen Buchstaben stecken, die sich auf den vergilbten Seiten eng aneinanderschmiegten, wie Kameraden zueinanderhielten. Der Johann Christian Friedrich, die Droste, sie raunten mir unablässig zu: «Wir verstehen dich, Martha!» Auch wenn es nicht recht war und ich sehr wohl wusste, dass es nicht recht war, verschlang ich die Bücher gierig, mit den Augen, mit dem Herzen, mit dem Geist. Immer wenn ich alleine war, was ich oft war, öffnete ich die Schublade von meinem Nachttisch. Verstand ich nicht alles, was ich las, so spürte ich sehr wohl, dass irgendwo da draußen etwas stattfand, das mit meinem Leben nichts gemein hatte.

Dies ging mir durch den Kopf, als ich durchs Lange Ries lief, die Arme hob und um mich schlagen wollte. Mir war, als müsse ich die Scheinheiligkeit, die mich gefangen hielt, von mir wegdrücken. Doch das Gewicht lag schwer auf meinem Kopf. Ich umfasste die Flasche, umklammerte sie, damit sie sich nicht vom Bausch löste. Und dann schrie ich ihre Sprüche in die hohen Tannen, die sie schluckten und mir ein schwaches Echo ließen: «Im Groß und Klein musst ehrlich sein, einmal befleckt, wirst nimmer rein.» Der Bruder hatte es in Holz geschnitzt und am Kachelofen befestigt. Neben der Tafel, die mir die Schwiegermutter zur Hochzeit geschenkt hatte: «Ein kläffend' Weib ist selten stumm, ein still' Weib liebt man um und um.» Dabei war sie es, die nie verstummte.

Donnerstag, 9. Mai

Im Kurstädtle sagt man «Gude Morge».

Der Elternabend war *ausgiebig*. Jedoch wenig ergiebig. Ähnlich verläuft der frühe Vormittag im Posten: Er ist von purer Nichtsnutzigkeit geprägt. Das Telefon schellt und schellt, zahlreiche Anrufer sprechen viel, sagen jedoch nichts.

Scholz quasselt irgendwas von der Ruhe vor dem Sturm. Während Schmälzle auf Lothars Anruf wartet, schaut er aus dem Fenster. Ein laues Lüftchen weht, kein Blatt wagt sich vom Platz und probt den Aufstand. Kein Staubkorn sorgt für eine Abmahnung. Das Kehrwochenland umgibt sich mit einem Heiligenschein. So ein Morgen ist das. Einer, von dem jeder weiß, dass er so beschaulich nicht weitergehen wird, wie er begonnen hat. Nie und nimmer.

Mai 1869

Ich ließ die Wut aus mir heraus, spie sie verächtlich auf den Boden, als die Mutter wieder zu mir sprach. «Martha, Martha!», sagte sie. «So sehr hast du dich vom Bösen einhüllen lassen, dass du das Unheil nicht kommen siehst.»

Ich schaute hoch und erschrak. Dunkle Wolken türmten sich auf. Ein Unwetter kündigte sich an. Warum hatte ich mich so zerstreuen lassen? Ich hätte es sehen müssen. Die Wolken hingen tief, bedeckten die Baumwipfel. Sie mussten schon lange am Firmament stehen. Hätte ich nur einmal nach oben geblickt – längst hätte ich Schutz gefunden, mich unter einen Lindenbaum gekauert. Doch ich hatte mich von meinen Gedanken ablenken lassen. Gleich würde es blitzen, donnern, regnen. Ein Seufzer löste sich aus meiner Brust. Die düsteren Wolken brauten sich noch dichter zusammen, mir war, als überbrachten sie mir eine Botschaft. Sie sprachen vom Tyrannen, der sein Schwert über Damokles erhob, um den, der ihm das schöne Leben neidete, die Demut zu lehren.

Donnerstag, 9. Mai

Im Städtle sagt man jetzt «Grüß Gott».

Als Schmälzle und Scholz nach einem Ermittlerfrühstück aus der Wirtschaft in den Posten zurückstiefeln, brennt die Sonne erbarmungslos gegen die geschlossenen Scheiben. Schmälzle will ein Fenster öffnen, da wird er von einer weiblichen Stimme abgelenkt.

«Gerade kam ein Anruf», sagt Leonie. In einem Kleid, das die Farbe der Sonne feiert und ihre zartgebräunte Haut leuchten lässt, sitzt sie am Schreibtisch. Als wäre es das Selbstverständlichste der Welt, dass ein Mensch, dem zu wenig bezahlt wird und der zu viel arbeitet, vor dem Ende seines Urlaubs zurückkehrt.

Schmälzle blinzelt in die Stube und weiß nicht, was ihn die Augen zusammenkneifen lässt – ihr gelbes Outfit oder das grelle Licht.

Auch Scholz strahlt wie von innen angeknipst. «Unsere Leo ist zurück!», ruft der Postenleiter und hält ihr beide Arme entgegen. Der wird doch nicht ... nein, natürlich umarmt er sie nicht. Er marschiert an ihr vorbei und reißt die Fensterflügel auf.

Leonie lächelt tapfer. «Also dieser Anrufer ...», wiederholt sie.

«Lothar», sagt Schmälzle.

«Nein», sagt Leonie. «Das war nicht die Rechtsmedizin, sondern das Krankenhaus. Es wurde einer eingeliefert.»

«Werden da nicht dauernd Leute eingeliefert?», frotzelt Scholz, der seine gute Laune nicht verbergen kann. Seine göttliche Ordnung ist wiederhergestellt. Schmälzle grinst.

«Jemand ist angeschossen worden», sagt sie.

«Was?» Schmälzle. Scholz. Im Duo.

«Der Verletzte kommt angeblich aus Nonnenmiß. Dort hätte es am Vormittag eine Schießerei gegeben.»

«Auf dem Gelände der Ferienanlage?» Scholz. Solo.

«Ist er schwer verletzt?» Schmälzle. Solo.

Leonie zuckt mit den Schultern. «Sie haben eine Kugel aus seiner rechten Wade geholt, die von einer Pistole oder einem Gewehr stammen soll. Genaueres wollten sie mir am Telefon nicht sagen.»

Schmälzle überlegt nicht lange. «Harald, was denkst du?»

«Dasselbe wie du.»

«Haben sie gesagt, wer geschossen hat, Leonie?»

«Der Verletzte hat wohl was von einem Nachbarn gefaselt.»

«Haben wir ihn!» Schmälzle im Hoch.

«Ich weiß nicht ...» Scholz im Zweifel.

«Harald, das war der Willi! Wer sonst?»

«Welcher Willi?», fragt Leonie, und Scholz muss seiner Assistentin verklickern, dass man alles verpasse, wenn man in den Urlaub fahre und sein Hirn mit Sand bedecke. Weil man danach von allen Geistern verlassen sei, von den guten zumindest, denn in einer Woche könne passieren, dass in der Heimat kein Stein mehr auf dem anderen stehe. Heile Welt: futschikato. Nach dieser Ansprache schnappt der Postenleiter nach Luft.

«In Nonnenmiß wird eine neue Ferienanlage gebaut. Direkt neben der Schnapsbrennerei», übersetzt Schmälzle geduldig.

«Und dieser Willi?», fragt Leonie.

«Das ist der Schnapsbrenner.»

«Und der hat was?»

«Sich das Nachbargrundstück einverleibt. Ohne Genehmigung. Behauptet der Architekt. Seitdem ist die Kacke, du weißt schon ...», sagt Scholz, der sich wieder beruhigt hat.

Leonie wedelt mit der Rechten vor ihrem Gesicht herum, als müsse sie den Gestank vertreiben.

«Das Land gehört angeblich seit Generationen den Haucks. Aber er legt keine Pläne vor», ergänzt Schmälzle.

«Soll ich mal im Vermessungsamt anrufen?», fragt Leonie.

Scholz winkt ab. «Da fahren wir selber hin.»

«Wetten, das geht bei mir schneller?» Die Assistentin lässt den Diamanten auf ihrem Eins-Vierer-Zahn aufblitzen.

Schmälzle betrachtet sie. Sie hat ihm gefehlt. Ihr Haarschopf, der monatlich den Schnitt und vierteljährlich die Farbe wechselt, ist ein Lichtblick im Posten. Auch ihren Humor und ihren Scharfsinn hat er vermisst.

«Bestechung, Leo», rügt Scholz, «die ist illegal.»

«Ein Freundschaftsdienst ist nicht illegal, Harry.» Sie pustet eine Haarsträhne aus ihrem Gesicht.

«Noch mal zu diesem Mann im Krankenhaus: Heißt der vielleicht Langner?», fragt Schmälzle.

«Ja», liest die Assistentin von ihrem Notizblock, «Andreas Langner.»

Scholz seufzt.

«Das ist der Notar», sagt Schmälzle.

Leonie schaut ihn fragend an. «Haltet ihr es für möglich, dass dieser Nachbar seine Waffe vorsätzlich auf den Notar gerichtet hat?»

«Wärst du hier gewesen, wüsstest du das so gut wie wir.» Scholz streicht sich übers Kinn, als könnte diese Geste die Bart-

stoppeln der vergangenen Woche zum Verschwinden bringen.
«In welcher Wüste warst du überhaupt?», fragt er dann.

«Sahara», sagt sie und bewegt den Kopf ruckartig nach allen Seiten. Dazu klimpert sie mit ihrem Berberschmuck aus altem Silber, an dem schwere Korallen und riesige Karneolen baumeln und Ohrläppchen, Handgelenke und Finger nach unten ziehen.

«War's nicht schön?», fragt Schmälzle, und Leonie stöhnt.

Scholz blickt auf, eine tiefe Grübelfalte auf der Stirn.

«Der Strand war viel zu voll. Und die einsamen Männer waren überall.»

«Aber du bist doch Single, oder?», fragt Schmälzle.

«Schon. Aber die waren fürchterlich lästig.»

«Also hast du gedacht, kann ich gleich zu Hause bleiben», sagt Scholz, «da gibt's auch lästige Männer.»

«Freilich seid ihr Nervensägen.» Sie lacht. «Aber nicht so aufdringliche.»

«Wart's ab», droht Scholz.

Leonie steht auf und tritt vor den Postenleiter, der am Türrahmen lehnt. Sie reicht ihm bis zu den Ohren, in die sie zischt: «Ich möchte eingeweiht werden, Harry! In diesen und alle weiteren Fälle.»

Nachdem Scholz und Schmälzle der Kollegin die Sache mit der Reifenaufschlitzerei und dem Drohbrief bis ins letzte Detail erläutert haben, fragt sie: «Warum sollte dieser Schnapsbrenner auf den Notar schießen? Hat der keine Anwälte?»

Scholz scheint ihre Meinung zu teilen. «Ja. Willi braucht kein Gewehr, um einem ans Bein zu pissen.»

Schmälzle schüttelt den Kopf. «Das seh ich anders. Dieser Kerl ist ein Choleriker. Der tobt, wenn ihm eine Fliege aufs Pausenbrot scheißt.»

«Du übertreibst, Kollege.»

«Er hat sich nicht im Griff, ist ständig im Krieg. Mit seinem Umfeld, aber am meisten mit sich selbst.» Schmälzle rekapituliert die Täterprofile aus dem letzten Seminar: Ein Choleriker ist ein zutiefst verletzter Mensch, der sich minderwertig fühlt, hieß es. Er nutzt die Macht über andere Menschen, um sie zu beherrschen. Und wenn sie sich wehren, flippt er aus. So in etwa hat er das in Erinnerung.

«Aber der ist doch Geschäftsmann, Justin, wieso soll er einen Aufenthalt im Knast riskieren?», zweifelt Leonie.

«So einer kommt nicht ins Gefängnis», sagt Schmälzle.

«Weil?», fragt Leonie.

«Weil so einer einen kennt.»

«Und wenn er keinen kennt?», fragt Scholz.

«Dann kennt er einen, der einen kennt, Harald.»

«Habt ihr sein Alibi überprüft?»

«Jepp», sagt Scholz. «Er war auf einer Obstplantage in Polen.»

Schmälzle ist verwirrt. «Wann hast du das gecheckt?»

«Hab eben mit seiner Frau gesprochen.»

Schmälzle runzelt die Stirn. «Auf seiner Website steht, dass diese Edelbrände von Schwarzwaldkirschen, Him- und Heidelbeeren stammen. Die wachsen sicher nicht in Polen.»

«Natürlich tun die das, Schmälzle.»

«Dann verarscht der uns auf der ganzen Linie!»

«Ja, glaubst du, hierzulande bückt sich einer stundenlang, um winzige Beeren aus dem Gestrüpp zu befreien? Wo lebst du, Kollege? Der Stundenlohn wäre viel zu hoch.»

Leonie nickt. «Das kommt alles nicht mehr aus Süddeutschland. Nicht einmal der Schwarzwälder Schinken.»

Scholz: «Der wird nur hier geräuchert und abgepackt. Das Fleisch wird aus Osteuropa importiert. Oder aus Dänemark.»

Schmälzle: «Deshalb isst man besser keinen Schinken.»

Scholz: «Okay. Fahren wir zu diesem Notar. Wenn der unseren Schnapsbrenner eindeutig identifiziert, haben wir ihn an den ... Sorry, Leo», Scholz hält im Satz inne.

«Lass es ruhig raus, Harald.» Die Assistentin hält ihm eine Adresse hin. «Der Mann liegt im Klinikum Sindelfingen-Böblingen. Zimmernummer steht drauf.»

Schmälzle stöhnt. «Wir müssen über die 294 nach Neubulach, Holzbronn, Deckenpfronn und dann auf die A81. Da stehen wir bis Böblingen im Stau.»

«Höfen, Schömberg, Liebenzell, Schmälzle. Wir schleichen uns von oben ran», schlägt Scholz vor.

«Und im Anschluss, da fahrt ihr doch zu diesem Schnapsbrenner!»

Beide drehen sich neugierig zu der Assistentin um.

«Dann bringt mir bitte eine Flasche Schwarzwaldgeist mit.» Sie stellt ihre Handtasche auf den Kopf, Schminkutensilien purzeln auf den Schreibtisch, ein Lippenstift kullert über die Platte und macht kurz vor dem Abgrund halt. «Meine Oma hat nächste Woche Geburtstag, und sie hat gemeint, dass sie was Besseres in diesem Leben nicht mehr kriegt.»

«Das kann ich nachvollziehen, Leo», sagt Scholz.

«Die wird sich vielleicht freuen!» Die Polizeiassistentin kramt in ihrer Geldbörse.

«Wir sind dienstlich bei Willi Hauck, Leonie.» Schmälzle will Ergebnisse sehen. Weil er die Kollegin aber mag, zuckt er freundlich mit den Schultern.

Scholz nimmt den Zwanzig-Euro-Schein entgegen. «Kein Thema, Leo. Diese Mission unterliegt der Dringlichkeitsstufe Eins A.»

Donnerstag, 9. Mai

Ländleein, Ländleaus heißt's
«Isch scho Feierabend?»

«Er hat sich selbst entlassen», sagt die Ärztin im weißen Kittel, die ihre Haare im Amy-Whinehouse-Stil toupiert hat. Nachdem sie eine Viertelstunde im Foyer des Klinikums Sindelfingen-Böblingen in den Kliniken Böblingen in der Abteilung Unfallchirurgie in der Bunsenstraße 120 gewartet haben, hat sie sich als «Doktor Gruber» vorgestellt, die «diensthabende Ärztin». Neben dem Stethoskop baumelt ein Smartphone um ihren Hals.

«Wieso hat der sich entlassen? Hatte er nicht eine Schusswunde?», fragt Scholz.

«Doch», sagt die Ärztin.

Schmälzle runzelt die Stirn. «Und trotzdem spaziert der Patient aus dem Krankenhaus, einfach so?»

«Die Kugel ist in seine rechte Wade eingedrungen, aber er hatte Glück: Der Knochen und auch wichtige Blutgefäße waren nicht verletzt. Wir haben die Kugel entfernt und einen Verband angelegt. Er hat Novalgin bekommen, ein starkes Schmerzmittel, und Krücken. Wir hätten ihn ja eine Nacht dabehalten, aber ...»

«Ist wohl kein Privatpatient?», fragt Scholz.

Sie entgegnet nichts. Nur ihr linkes Auge zuckt, was Schmälzle irritiert, weil sich ihr rechtes keinen Deut bewegt. Voll im Stress, denkt er. «Es war seine Entscheidung», sagt sie.

«Haben Sie die Kugel aufbewahrt?», fragt Scholz.

Die Ärztin vertieft sich in ihr Smartphone. «Hm», sagt sie beiläufig, «ja, doch, ich denke schon.»

«Das Projektil liefert Hinweise auf die Waffe, aus der sie abgegeben wurde», erläutert Schmälzle.

Sie tippt unbeteiligt in ihr Handy. Mit beiden Daumen, wobei einer die Führung übernimmt. Linkshänderin, denkt Schmälzle.

Er sagt vorwurfsvoll: «Frau Gruber!» Sie sieht auf. «Der Täter wird nicht sagen: ‹Ich war's, verhaften Sie mich bitte›, verstehen Sie?» Und mit mehr Nachdruck schickt er hinterher: «Wir brauchen das Projektil!»

«Gleich», murmelt sie und hackt weiter auf ihr Handy ein.

Scholz hebt seine Stimme um ein, zwei Phonstärken an: «Es geht hier möglicherweise um einen Mordversuch!»

Schmälzles rechter Fuß setzt sich in Bewegung. Er muss diesem Willi das Handwerk legen. Er weiß, dass die Uhr tickt und er die Bombe ad hoc zu entschärfen hat, weil sie, wenn sie nicht unverzüglich entschärft wird, detoniert.

Die Ärztin schaut auf. «Entschuldigen Sie, wir haben drei Ausfälle, und das Haus ist brechend voll.»

«Ganz so wild wie bei *Grey's Anatomy*, wo die Ärzte im Aufzug eine Thorakotomie durchführen, um eine verletzte Hauptschlagader abzuklemmen, dürfte es hier nicht sein», frotzelt Scholz.

Die Ärztin lächelt. «Also einen Brustkorb schneidet man auch in Amerika nicht im Fahrstuhl auf, Herr Kommissar.» Rasch lässt sie ihr Handy in die Kitteltasche gleiten. «Aber fragen Sie bei der Stationsschwester nach. Sie weiß, wer die OP geleitet hat.»

«Wir bräuchten noch die Adresse des Patienten. Wir müssen

ihn vernehmen. Er ist unser wichtigster und möglicherweise einziger Zeuge», sagt Schmälzle.

«Zu Hause werden Sie ihn nicht antreffen. Er hat gesagt, er könne es sich als freiberuflicher Notar nicht leisten, Termine zu canceln. Danach hat er seine Entlassungspapiere unterschrieben und ist weggehumpelt. Mehr kann ich wirklich nicht für Sie tun.»

«Wissen Sie, wo dieser Termin stattfinden soll?», fragt Scholz.

«Leider nicht. Aber fahnden Sie nach einem Mann mit einer aufgeschnittenen Anzugshose.» Sie schmunzelt. «Eine Hosenbeinnaht ist bis zum Knie offen. So was fällt auf.»

Schmälzle ärgert sich, dass die Visitenkarte des Notars in einer Hose steckt, die zu Hause auf einem hohen Stapel Wäsche liegt. Doch als er die Ärztin nach der Handynummer des Notars fragt, schüttelt sie den Kopf.

«Den Datenschutz nehmen wir hier im Krankenhaus sehr ernst.»

«Bei Gefahr im Verzug ist der Datenschutz ausgehebelt», sagt Scholz.

«Na, dann. Versuchen Sie Ihr Glück unten, am Empfang.» Bevor sich die Kommissare verabschieden können, hat sie sich auf den Sohlen ihrer weißen Birkenstocks umgedreht. Die schwarzen Haare, die im Turban keinen Platz gefunden haben, pendeln hin und her wie ein Perpendikel. Ihr weißer Kittel wird im langen Flur kleiner, bis er nichts als ein Punkt ist, der hinter einer Zimmertür verschwindet.

Während sich Scholz zur Stationsschwester aufmacht, um die Kugel zu konfiszieren, will Schmälzle die Empfangsdame becircen. Er muss alle Register ziehen, denn die Dame ist ein Herr, und der verzieht keine Miene. Nach dem Bemühen sämtlicher legaler Foltermethoden einschließlich des Einsatzes von unermüdlichem In-die-Augen-Stieren und Breitbeinig-dastehen-und-nicht-weichen-egal-wie-viele-Leute-hinter-einem-husten, hat er die Handynummer von Andreas Langner in sein Handy eingetippt. Schmälzle lässt es endlos klingeln. Wählt noch mal.

«Ich bin mitten im Beurkundungsverfahren», zischt der Notar, der endlich abnimmt.

«Wie lange dauert das noch?», fragt Schmälzle.

«Gute zwei Stunden.»

Schmälzle lässt nicht locker. «Wir müssen Sie befragen. Es ist wichtig.»

«Okay. Dann treffen wir uns im Check Inn. Das ist in der Motorworld.»

Scholz hechelt, während er den Flur mit dem Projektil in der linken Hand entlangsprintet. Als ihm Schmälzle «Motorworld» zuflüstert, hält er den rechten Daumen hoch.

Schmälzle legt das Treffen auf neunzehn Uhr, dann fragt er den Kollegen: «Was machen wir so lange?»

Scholz zwinkert ihm zu.

«Holen wir das ausgefallene Mittagessen nach, Harald?»

«Bessere Idee, Schmälzle. Wir gehen Schätzchen gucken. Ich meine, richtig alte Schätzchen.»

«Du willst sagen, die Oldtimer stehen da frei rum?»

«Ne, natürlich tun die das nicht. Aber sind wir Bullen, oder was?»

Schmälzle schnalzt mit der Zunge. Und stellt sein Smartphone auf den Flugmodus.

Donnerstag, 9. Mai

Sagt man schon «Guts Nächtle»?

Der Mann, der gegen neunzehn Uhr dreißig ins Check Inn humpelt, ist in Begleitung. Eine blutjunge Frau hat ihn untergehakt. Wie ein vertrautes Paar betreten sie das weiträumige Lokal. Scholz, der neben Schmälzle an einem Vierertisch sitzt, pufft dem Kollegen in die Seite. Dann winkt er die beiden heran.

Der Notar kommt freudestrahlend auf sie zu und stellt die junge Frau als «Vanessa Langner. Meine Chauffeurin» vor.

«Hat Papa was ausgefressen?» Schmunzelnd reicht Vanessa Langner den Kommissaren die Hand.

Schmälzle schätzt sie auf 180 Zentimeter, die sie in einem wadenlangen Kleid unter einem modischen Strickmantel gut versteckt hält. Nicht allein die Locken, die sich im Nacken kräuseln, hat sie vom Papa. Auch ihre Nase ist, wie die des Vaters, minimal nach rechts gebogen. Dann wandert Schmälzles Blick zur rechten Wade des Notars, die in einem weißen Druckverband steckt. Das Hosenbein schlackert drum herum. Die Ärztin hatte recht, der Look ist auffällig.

«So geht mein Papa zum Termin!» Die Tochter schüttelt den Lockenkopf und schiebt ihrem Vater einen Stuhl hin. «Ich konnte gerade noch verhindern, dass er seine Flipflops trägt», erklärt sie lachend.

Während der Notar seine Krücke an den Tisch lehnt und

sein Schwergewicht dem filigranen Bistrostuhl anvertraut, der für Größen gemacht ist, denen man kein XL für ein XS vormachen kann, bestellt Scholz ein «Dienstbier», Schmälzle wie der Notar einen Kaffee und die Tochter einen grünen Tee.

Dann kommt Schmälzle zur Sache: «Was genau ist vorgefallen?»

Der Notar lehnt sich vorsichtig in seinem Stuhl zurück. «Ich war auf der Baustelle und habe auf den Bürgermeister gewartet. Wir wollten noch mal die Stelle abschreiten, die für den Outdoorpool vorgesehen ist.»

«Outdoorpool», echot Scholz.

«Gibt es auch einen Indoorpool?», fragt Schmälzle neugierig.

«Klar. Ein Infinitybecken. Wo man direkt in die Natur rausschwimmt!» Der Notar klingt stolz. «Das Projekt ist für die Stadt ein wichtiges Vorhaben. Es gibt kein einziges Fünf-Sterne-Hotel in Bad Wildbad. Und die Vier-Sterne-Häuser sind die Auszeichnungen kaum wert. Im internationalen Vergleich.»

Schmälzle nickt vielfach – wie ein Wackeldackel.

«Es darf gerne weitergehen», drängelt Scholz.

«Auf einmal taucht dieser Großkotz vor seinem Glashaus auf. Fuchtelt mit einem Gewehr herum. Völlig irre sah der aus.»

«Und dieser Großkotz war Willi Hauck?», fragt Schmälzle.

Der Notar unterdrückt ein Gähnen, bevor er seinen Kaffee hinunterschüttet und weiterspricht: «Ja. Der hat gebrüllt, wir sollen die Aktion abblasen. Dann hat er gedroht: Wenn wir nicht endlich akzeptieren, dass eine Ferienanlage in Nonnenmiß unerwünscht ist, geschieht noch ein Unglück.»

Scholz hebt beide Brauen.

«Wie haben Sie reagiert?», fragt Schmälzle.

«Ich wollte ihn beschwichtigen. Ich kenn solche Typen ja, vom Gericht.»

«Geht's konkreter?», will Scholz wissen.

«Ich hab ihm erklärt, dass die Anlage auf jeden Fall gebaut wird und er damit rechnen muss, dass sein Anbau abgerissen wird. Dann hab ich vorgeschlagen, gemeinsam aufs Rathaus zu gehen, zum Bauamt, wo wir die Sache klären können. Weil die Bagger sonst irgendwann anrücken. Da ist er ausgerastet. Beim Wort Bagger ist der Kerl völlig ausgetickt.» Der Notar sieht sich um, gibt der Bedienung ein Handzeichen und bestellt noch einen Kaffee.

«Sein Trigger», sagt Schmälzle.

«Und danach hat er auf Sie geschossen?», fragt Scholz.

«Erst hat er rumgeschrien: ‹Da rückt kein Bagger an! Solange ich lebe, ruckelt kein Bagger auf meinem Grundstück rum.› So in der Art.»

Schmälzle hat keine Mühe, den Tobsuchtsanfall des Schnapsbrenners zu visualisieren.

«Warten Sie», der Notar sucht in einer Jackentasche nach seinem Handy. Dann spielt er eine Nachricht ab. «*Ihr Bagasche!*», schreit eine männliche Stimme. «*Runter von meinem Grund und Boden!*»

«Das soll der Willi sein?», fragt Scholz.

«Handyaufnahmen klingen schon mal verzerrt», sagt Schmälzle.

«Ne, ne, Schmälzle.»

«Da sind Hintergrundgeräusche drauf, Harald.»

Scholz lässt sich das Band noch mal vorspielen. Schüttelt den Kopf. «Der da auf dem Band, der spricht nicht schwäbisch.»

«Wieso ist das nicht Schwäbisch?»

«Weil es aufgesetzt ist. Pseudoschwäbisch. *Bagasche*. So

schwätzt keiner, der hier geboren ist», sagt Scholz. «Haben Sie ganz deutlich gesehen, dass das der Willi war?»

«Ich ... ähm ... ja, also meine Brille hatte ich nicht auf.»

«Mensch, Papa! Du hast es versprochen.» Vanessa Langner wendet sich von ihrem Vater ab und den Kommissaren zu: «Er sieht alles verschwommen. Mit zweieinhalb und drei Dioptrien kann er einen Maulwurf nicht von einem Fußball unterscheiden.» Die Bedienung stellt den zweiten Kaffee vor den Notar. Die Tochter fährt fort: «Oder eine Kaffee- von eine Teetasse. Weil er zudem unter monokularer Diplopie leidet.»

«Geht das auch auf Deutsch?», fragt Scholz.

«Doppelbilder. Man hat alles zweimal vor Augen, Herr Kommissar.»

Zwei Maulwürfe. Zwei Fußbälle. Zwei Tassen im Schrank. Schmälzle sieht Clarence vor sich, den Löwen mit dem Knick in der Optik. Seine Oma hatte ihre alten Daktari-VHS-Kassetten rauf- und runtergespielt, wenn er zu Besuch war. Weil da ein schwarzer Schauspieler mal nicht den Bösen spielte. Eher den Blöden. Aber das wusste er damals nicht. Oma mochte den Blöden, und er mochte alle, die Oma mochte. Auch Clarence liebte er. Wie oft kniff er die Augen zusammen, und doch konnte er nie so schön schielen.

Der Notar bläht beide Wangen auf, gibt die Luft langsam frei, meint: «Eine Brille ist wie eine Horde Fliegen, die einem auf der Nase rumtanzt. Und Kontaktlinsen vertrag ich nicht.»

«Sie haben also nicht gesehen, wer vor Ihnen stand?» Das Fragezeichen in seinem Gesicht wird von einem Ausrufezeichen gejagt, so verwundert blickt der Postenleiter drein.

«Na ja, eher nein, ich dachte halt ...», druckst Andreas Langner herum.

«Wie weit waren Sie entfernt?», fragt Schmälzle.

«Vielleicht dreißig Meter.» Der Notar räuspert sich. «Aber es war seine Physiognomie. Eindeutig. Der Mann war etwas kleiner und schmaler als ich. Nicht viel.»

«Willi Hauck», bestätigt Schmälzle. Dann fragt er: «Was ist danach passiert?»

«Ich hab ihm klargemacht, dass er das nicht entscheiden wird mit der Anlage. Dann bin ich zum Auto gegangen. Er hat weiter getobt und rumgebrüllt. Der hat sich gar nicht mehr beruhigt. Ich dachte, gleich hyperventiliert er noch. Und dann hat er geschrien: ‹Lump, du bist ein Lump ... ein liederlicher Haderlump!›»

«Haderlump.» Scholz stutzt.

«Irgendwann ist es mir zu blöd geworden.» Der Notar legt eine Pause ein.

«Und?», will Schmälzle wissen.

«Haderlump», wiederholt Scholz.

«Wie haben Sie reagiert?», bohrt Schmälzle.

«Mir sind die Sicherungen durch», sagt der Notar.

«Klartext!» Scholz faltet die Hände hinter dem Kopf.

«Ich hab zurückgebrüllt.»

«Nur gebrüllt?» Schmälzle zweifelt. «Was haben Sie gebrüllt?»

Der Notar weicht seinem scharfen Blick nicht aus. «Dass er aufhören soll, sein Umfeld zu schikanieren, dass mir seine Frau leidtut und er im Knast besser aufgehoben wäre als auf dem freien Feld. Ich weiß, das war nicht korrekt, und als Notar sollte mir so was nicht passieren, aber ...»

«Du bist auch bloß ein Mensch.» Die Tochter tätschelt seinen Oberarm.

Er drückt ihre Hand. «Auf einmal hat er abgedrückt. Ich hab

gar nicht gesehen, dass er das Gewehr in Position gebracht und auf mich gezielt hat, also ... ich stand ja mit dem Rücken zu ihm. Ich bin zu Tode erschrocken und in Panik weggelaufen, aber es war zu spät.»

«Gott sei Dank hat er nur deine Wade getroffen», sagt Vanessa.

«Der Willi ist ein guter Schütze.» Scholz klingt nachdenklich.

«Das ist Körperverletzung», sagt Schmälzle, und die Tochter korrigiert: «Vorsätzliche Körperverletzung.»

Scholz fragt: «Und?»

Schmälzle fragt: «Was geschah dann?»

«Ich hab geschrien wie am Spieß», sagt der Notar. «Das tut höllisch weh, so ein Schuss, es war der Wahnsinn. Das Blut ist an meiner Wade runtergeflossen, ich konnte nicht fassen, was passiert ist. Ich war so mit mir beschäftigt, dass ich nicht weiter auf ihn geachtet habe.»

Schmälzle fixiert sein Gegenüber.

«Und da ist er abgehauen», vermutet Scholz.

Der Notar stimmt zu. Seufzt. Als falle die Anspannung von ihm ab, sagt er leise: «Das wird Wochen dauern. Ich kann nicht konzentriert arbeiten, geschweige denn Auto fahren.»

«Neben dem Strafverfahren, um das wir uns kümmern, könnten Sie auf Schadenersatz klagen. In einem Zivilverfahren. Das gewinnen Sie auf jeden Fall», sagt Schmälzle.

Scholz faltet ein Taschentuch auseinander. Er präsentiert das Projektil, auf dem das Blut die Spuren des Bösen hinterlassen hat. Betrachtet versonnen seine Trophäe. «Ein 0.27-er Kaliber. Aus einem Jagdgewehr, einer Winchester vermutlich. Wir lassen das noch überprüfen.»

«Schnappen Sie den Kerl», sagt Andreas Langner. «Dem Bürgermeister erweisen Sie einen Riesengefallen damit. Es macht ihm zu schaffen, dass es nicht vorangeht.»

Scholz führt ein Selbstgespräch, an dem er alle teilhaben lässt: «Willi hat knapp dreißig Jahre gebraucht, um eine florierende Schnapsfabrik aufzubauen. Endlich hat er es geschafft, exportiert in die ganze Welt. Der hat anderes im Sinn, als den Racheakt des kleinen Mannes aufzuführen.»

«Der Glasanbau hat bestimmt einen sechsstelligen Betrag verschlungen», entgegnet Schmälzle. «Wenn er den abreißen muss, ist das mit dem Florieren Geschichte. Das steckt kein Betrieb weg, ein Familienunternehmen schon gar nicht. Kein Wunder, wenn er da ausrastet und sein Gewehr zückt.»

«Ich weiß, wie es ist, wenn man etwas sagt, das man hinterher bereut.» Der Notar hat Schmälzles volle Aufmerksamkeit. «Aber wenn einer mit einer Waffe herumläuft, ist das kein Affekt.» Nach einer kurzen Pause meint er: «Ich sollte nach Hause fahren, das Bein hochlegen und mir eine Ibuprofen einverleiben.» Die Tochter streicht ihrem Vater liebevoll über den Rücken, und der Notar drückt ihre Hand. «Sie wird irgendwann meine Kanzlei übernehmen», sagt er stolz.

«Noch studiere ich», erwidert sie. «Aber mein Weg ist vorgegeben.»

«Wir sind alle Notare», klärt Andreas Langner auf.

«Opa, Papa, Onkel, die ganze Sippe.» Seine Tochter lacht.

«Höchste Zeit, was für die Frauenquote zu tun», meint Schmälzle. Dann will er noch wissen: «Was war mit dem Bürgermeister, Sie sagten doch, Sie haben auf ihn gewartet. Kann er die Tat bezeugen?»

«Ne, er hat kurzfristig abgesagt. Wichtiger Termin. Ich war der Einzige, der auf dem Gelände war und ...»

Scholz fällt ihm ins Wort. «Und die genaue Tatzeit?»

Der Notar zückt abermals sein Handy. «Also das Wort *Bagasche* fiel um zwölf Minuten nach zehn.»

Höflich verabschieden sich die Kommissare, und der Notar verspricht, sich zur Verfügung zu halten. Abschließend sagt er: «Wenn der Kerl hinter Gittern sitzt, rufen Sie mich an. Dann köpfen wir eine Flasche.» Seine Tochter hakt ihn fröhlich unter, und sie steuern den Ausgang an.

Eine nette Familie, denkt Schmälzle, während er die Kaffeetasse von Andreas Langner einpackt, die voller DNA-Material ist. Als ihn die Kellnerin ertappt, formt er mit den Lippen das Wort «Polizei». Sollte Willi Hauck wirklich ein Alibi vorweisen, könnte er eine DNA-Untersuchung in Auftrag geben und die Tasse mit den Spuren auf dem Drohbrief abgleichen lassen. Der Notar könnte sich die Schusswunde schließlich selbst zugefügt haben, um den Verdacht auf den Schnapsbrenner zu lenken, mit dem er im Clinch liegt. Dennoch ist das Motiv zu schwach. Andreas Langner kommt ihm nicht vor, als wäre er bereit, für einen kleinen Rachefeldzug autoaggressives Verhalten einzusetzen. Obwohl ihn die Erfahrung gelehrt hat, dass es nichts gibt, was es nicht gibt, erscheint ihm diese Version nicht logisch. Er stellt die Tasse zurück auf den Tisch und folgt Scholz zum Parkplatz.

Mai 1869

Mein Herz pochte bis zum Hals, und das Klopfen wollte nicht aufhören, so wild war es geworden. «Gleich springst du mir aus der Kehle», flüsterte ich in die Angst hinein und konnte sie doch nicht besänftigen. Die grauen Regenwolken, die seit Minuten über mir hingen, wichen nicht vom Fleck. Dennoch marschierte ich weiter, durfte keine Zeit verlieren. Argwöhnisch begutachtete ich den düsteren Himmel und umfasste im Gehen die Last auf meinem Kopf, um sie festzuhalten, wenn ich den Blick nach oben richtete und in das Unheil schaute. Ich jammerte, betete, flehte, doch der Himmel verfinsterte sich mehr und mehr. Bald glichen die Tannen hohen Schatten, die mich einkreisten und mir zuflüsterten: «Wir haben dich, Martha. Du entkommst uns nicht.» Die Wolken neigten sich zu mir herab und drohten mir. Wenige Minuten später spuckte es auf mich hernieder. Dicke Tropfen fielen auf die Tannen. Mehr noch fürchtete ich den Blitz, der schon so manchen im Wald erschlagen hatte. Ich hielt inne, suchte eine Buche, denn von den Eichen sollst du weichen, und die Tannen boten keinen Schutz. Gut, dass der Vater mich einst gelehrt hatte, die Kiefer- von der Lärchennadel, das Eich- vom Ahornblatt zu unterscheiden.

Seufzend nahm ich den Glasbehälter vom Kopf, stellte ihn auf den feuchten Waldboden neben einen schützenden Buchenbaum. In der Hocke kauernd, rieb ich mir den schmerzenden Nacken. Dann nahm ich den Bausch von meinem Kopf, verbarg ihn unter dem Gewand und versuchte, die Angst aus meinem Kopf zu verscheuchen. Der Schnaps könnte verhindern, dass ich mir einen Husten einfing. Dennoch rührte ich ihn nicht an, horchte stattdessen in den Wald hinein. Von den Tieren war nichts zu vernehmen. Nicht einmal das Fiepen eines vorwitzigen Eichhörnchens, das über Zweige tapste, um sogleich senkrecht an einem Baumstamm hochzuhuschen. Die Waldbewohner hatten sich versteckt. Die einen waren in die schützende Erde gekrochen, die anderen in die Baumwipfel geklettert. Allein das Rascheln des Laubs mengte sich unter das Rauschen des Regens. Sonst drang kein Laut an mein Ohr. Es war wie auf dem Friedhof. Totenstill.

Freitag, 10. Mai

Das dauert heute etwas länger.

«Nah damit!», sagt Willi Hauck und erhebt sein Glas. Abermals stehen sie im Anbau, haben sich durch das Wohnhaus in den gläsernen Showroom führen lassen, nachdem sie sich mit den Worten «Wir müssen Sie vernehmen» (der eine) und «Willi, wir haben bloß ein paar Fragen» (der andere) Zutritt verschafft haben. «Unsere neueschte Deschtillation», hat Hauck gesagt und seinen Gästen je einen Heidelbeergeist in die Hände gedrückt.

Schmälzle rührt das Glas nicht an. Erneut hat er das Gefühl, dass sich der Schnapsbrenner des Ernstes seiner Lage nicht bewusst ist.

«Nah», unterbricht Scholz sein Zögern, «das heißt: auf ex, Schmälzle.» Er pufft dem Kollegen in die Rippen, dann leert er seinen Schnaps in einem Zug.

Auch Willi Hauck hängt seine Nase zufrieden über das Glas, dann trinkt er in langsamen Schlucken, schüttelt sich mit einem lautstarken «Pah!» und prahlt: «An bessere Tropfe kriegsch nirgendwo. Net weit, net breit.»

Schmälzle nippt höflich am Glas. Ein wenig Flüssigkeit befeuchtet seine Kehle. Und – er muss zugeben, dieser Heidelbeergeist schmeckt köstlich. Er ist ganz mild, mit einem feinen Nachgang. Das Aroma von Blaubeeren tanzt auf seinen Geschmackspapillen. Aber Dienst ist Dienst. «Ein Mann liegt im

Krankenhaus, Herr Hauck», sagt er und stellt das Glas ab. «Jemand hat seine Waffe auf ihn gerichtet. Auf Ihrem Nachbargelände, da hinten.» Er hebt das Kinn und deutet in die freie Natur.

«Des isch net mei Nachbargelände.» Hauck wirft Schmälzle einen Blick zu, der diesem nicht gefällt. «Des isch mei Gelände. Ällas da draußen isch meins.»

«Den Beweis sind Sie uns immer noch schuldig, Herr Hauck.»

«Willi», pflichtet Scholz dem Kollegen bei. «Das ist kein Kavaliersdelikt. Reifenaufstechen und Briefle schreiben, okay, das ist Sachbeschädigung, im schlimmsten Fall versuchte Nötigung. Aber wenn einer mit dem Gewehr auf einen zielt und abdrückt, dann liegt eine schwere Straftat vor.»

«Ha, was», sagt Willi Hauck.

Schmälzle beobachtet den Mann. Hat jede Regung im Auge. Liest zwischen den Gesten, den Blicken, den Fältchen, die sich in beide Wangen des Schnapsbrenners eingegraben haben.

«Es geht um den Notar», sagt Scholz.

«Andreas Langner», präzisiert Schmälzle.

«Ha, so.» Der Schnapsbrenner gibt sich, als ginge ihn das alles nichts an, als wäre er reine Staffage in diesem Affentheater.

«Dem hat man in den Fuß geschossen», sagt Scholz.

«In die rechte Wade», korrigiert Schmälzle.

«Der schwäbische Fuß, Herr Kommissar, der geht von unte bis obe», sagt Willi Hauck. «Der schließt die Wade mit ein.» Dann kichert er, als stünde er auf der Bühne und müsste das Lachen über seinen eigenen Witz aus sich herausschütten, damit das Publikum es kapiert.

Schmälzle bleibt gelassen. «Herr Hauck. Das ist nicht komisch.»

«Doch. Des isch komisch. Weil i net auf den Notar gschosse

hab. Was daran komisch isch, senn ihr zwei Vögel. Weil ihrs net checkt.»

«Wo waren Sie gestern, am Vormittag?», fragt Schmälzle unbeirrt. «Zwischen zehn und zehn Uhr dreißig?»

«Fraget Sie mei Frau, die macht meine Termine.»

«Nicole. Wo ist sie denn?», fragt Scholz.

«Was weiß i.»

«Sie werden doch noch wissen, wo Sie gestern waren!», blafft Schmälzle.

Hauck zuckt mit den Schultern. «I bin viel unterwegs.»

«Willi, hast du ein Jagdgewehr?», legt Scholz nach.

«Ja, freilich hab i a Jagdgewehr», ruft Willi Hauck erstaunt. «I hab au a Jagd.»

«Dann haben Sie also einen Jagdschein», sagt Schmälzle.

«Au den hann i.»

«Können wir den sehen? Und das Gewehr auch?»

Tonlos schlurft der Schnapsbrenner aus dem Glashaus. Dann dreht er sich um. «Saufet net mein ganze Schnaps leer!», feixt er, und Schmälzle sagt: «Der benimmt sich nicht wie einer, der was vertuschen will.»

«Mein Reden», erwidert Scholz.

Schmälzle richtet sein Augenmerk in die Ferne. «Das ist ein schönes Fleckchen hier», schwärmt er.

«Das versaut werden soll mit einem Bauvorhaben, das kein Mensch braucht», meckert Scholz.

«Das wird meine Frau anders sehen. Sie steht auf gerade Linien, auf Infinitypools, auf ...»

«Luxus, Schmälzle. Du hast ein teures Weib daheim. Ob du den richtigen Beruf hast?»

«Claudia verdient mehr als ich, Harald.»

Hauck kehrt zurück, das Gewehr in der einen, den grünen

Pass in der anderen Hand. Schmälzle späht nach dem Gewehr, während Scholz den Jagdschein inspiziert.

«Danke», sagt der Postenleiter. «Das passt.»

«Was isch mit meim Gwehr?», fragt Willi.

«Das wandert in die Ballistik», stellt Schmälzle klar und will danach greifen.

Hauck drückt das Gewehr eng an sich. Umfasst es mit beiden Händen, als wollte er es vor der Unbill des Lebens schützen.

«Es ist keine Jagdsaison, Willi. Also?», sagt Scholz.

Der Angesprochene reicht dem Postenleiter die Waffe. Widerwillig. Aber nicht wortlos. «Des isch die dritte Tat, die ihr net aufkläre könnet», bruddelt er. «Und weil's so praktisch isch, schiebet ihr mir älles en d'Schuh. I sag's no einmal, und des isch das letzchte Mal: I war des mit de Reife net, i war des mit dem Drohbrief net. Gschosse hab i au net. Und jetzt lasset an unbescholtene Bürger in Ruh.»

Scholz packt das Gewehr und prüft, ob die Kammer entladen und das Gewehr gesichert ist.

«Des isch net scharf, Harry», sagt der Schnapsbrenner. «Und eing'schlosse isch des bei mir au. Net so wie in Winnede. In mein Haus gibt's kein Amoklauf, weil i mei G'wehr net offe rumliege lass.»

Scholz rutscht von seinem apfelgrünen Hocker und stellt sich vor den Schnapsbrenner. «Willi», sagt er. «Wenn du nicht beteiligt warst, hast du vielleicht eine Information, die uns weiterhilft.»

Willi Hauck schweigt.

«Irgendwas enthalten Sie uns doch vor», sagt Schmälzle unlocker vom Hocker. Um sich zu beruhigen, greift er noch mal zum Glas und nippt an dem Schnaps.

«Was soll i euch vorenthalte?», tobt Willi Hauck.

«Wir bräuchten die Kleidung, die Sie gestern getragen haben. Jacke, Hemd, Hose, alles», sagt Schmälzle.

«Und in mei Unterhos, willsch dei Nas da vielleicht au neistecke!» Der Schnapsbrenner reißt Schmälzle das halbvolle Glas aus der Hand.

Scholz geht dazwischen. Energisch. «Der Kollege muss das tun, Willi! Wenn du es nicht warst und dein Gewehr nicht bedient hast, sind keine Schmauchspuren an deiner Kleidung. Das entlastet dich.»

«Harry», sagt Willi Hauck mit einem beschwörenden Unterton. «I hab di g'warnt.»

«Wir machen nur unseren Job.»

«Des isch kein Job, des senn Mafiamethode. Und meine Kleider senn in der Waschmaschine, wo se hing'höret.»

«Von heute auf morgen?», faucht Schmälzle.

Scholz spielt den Schlichter. «Du kannst deine Wäsche waschen, wann und wie du willst, Willi, wenn du eine weiße Weste hast.»

«Aber nicht, wenn nicht», sagt Schmälzle, «denn hier geht's um gefährliche und vorsätzliche Körperverletzung. Bei der sich im Gegensatz zu einem einfachen Verletzungsdelikt keiner mit Geld freikaufen kann. Darauf steht Gefängnis.» Willi schnaubt. Zieht scharf die Luft ein. Doch ein Schmälzle lässt sich nicht aus dem Fluss jagen, er wird den Verdächtigen so lange in die Zange nehmen, bis der gesteht. «Sie haben hier freie Sicht auf den Bauplatz», sagt er und zeigt aus dem Fenster. «Da ist nicht mal ein Fernglas nötig. Als der Notar alleine unterwegs war, ohne Architekt, ohne Bauleiter, ohne Bürgermeister, da sind Sie zu ihm raus. Mit dem Gewehr. Der Tatort liegt im toten Winkel und ist vom Nachbargrundstück aus nicht zu sehen.

Deshalb konnte es am hellen Tag passieren, und Sie konnten sicher sein, dass Sie keinen Zaungast haben.» Während dieser langen Rede zerlegt Schmälzle in Gedanken das Nachbargrundstück. Er sieht Grün, Grün, Grün in allen Tönen. Vom Hellgrün, das die Unschuld vorgaukelt, bis zu dunklem Tannengrün, in dem die Schatten ihr Unwesen treiben.

Selbst Willi Hauck scheint die Schatten zu sehen, denn er sagt ungewohnt leise: «Was stiefelt der au dauernd da rom.»

«Na, also!» Schmälzle triumphiert. Hat er ihn.

«Der isch selber schuld», sagt Willi Hauck.

«Also bist du doch in die Sache involviert.» Scholz wirkt besorgt.

Hauck begutachtet seine Fingernägel. «I wiederhol es gern für euch», sagt er. «Aber bloß noch einmal. I war des net. Au wenn der's verdient hat.» Dann zieht er ein Schweizer Messer aus seiner Hosentasche und bearbeitet mit der winzigen Feile seine Fingernägel.

Schmälzle reißt der Geduldsfaden, und Scholz wird richtig schroff. «Willi!», schreit er. «Das ist die Gelegenheit zu reden!»

«I muss jetzt schaffe.» Der Schnapsbrenner steckt die Feile in die Hosentasche und marschiert zur Tür.

Mit einem Satz ist Schmälzle neben ihm. Herrscht ihn an: «Herr Hauck! Wir werden Ihre Aussage einfordern.»

«Sie!» Eine erhobene Faust fuchtelt vor Schmälzles Nase herum. Der Blick des Schnapsbrenners verharrt in seinen Augen. «Sie drosslet jetzt mal Ihr Tempo. Sie stehet nämlich auf meiner Gehaltsliste. Und einer, der sein Schnaps net trinkt, isch kei richtiger Kerl. Die Romnibberei ...»

Schmälzle zischt den Schnapsbrenner an: «Ich stehe ganz sicher nicht auf Ihrer Gehaltsliste.»

Doch sein Kontrahent bleibt seelenruhig. «Von meine Steuern werdet ihr zahlt. Sie genauso wie Ihr Chef.»

Schmälzle bläht die Wangen auf, lässt die Luft im Schneckentempo ab.

Auch Scholz ist aufgestanden. Er legt Willi Hauck die Hand auf die Schulter. «Wir wollen lediglich wissen, ob du was mit der Sache zu tun hast, und wenn nicht, ob du was gesehen hast, Willi, ob dir was zu Ohren gekommen ist.»

«Des glaubsch du, Harry. Dass i mit dem Sofakisse am Fenschter hock und horch, was die Granadejessasbachel schwätzet?»

«Das ist kein Kaffeekränzchen, Herr Hauck!»

«Harry», schnaubt der. «Du hasch dein Mitarbeiter net im Griff!»

«Das ist nicht mein Mitarbeiter, Willi. Der hat den gleichen Dienstgrad wie ich.»

Willi Hauck fragt irritiert: «Bisch du Poschteleiter oder net?»

«Ja, das bin ich. Und deshalb frag ich dich zum letzten Mal: Was weißt du über die Sache?»

«Nix!»

«Einem Haderlumpen wie dir, dem entgeht doch nichts.»

«Haderlump? Hehe, wo hasch du den alte Spruch uffgabelt?» Im nächsten Moment wiehern Hauck und der Postenleiter um die Wette.

Weil er befürchtet, dass sie gleich die Skatkarten rausholen, erdrosselt Schmälzle jäh die gute Laune: «Herr Hauck, wir werden Sie vorladen. Offiziell, mit einer Anordnung des Staatsanwalts.»

Hauck stapft wortlos davon und verschwindet im Wohnhaus. Während Scholz die Achseln hebt, wandern Schmälzles Augen durch den Raum.

«Vergiss es, Schmälzle», sagt Scholz.

«Was soll ich vergessen?»

«Wir schnüffeln hier nicht rum. Ohne Beschluss vom Staatsanwalt machen wir gar nichts.»

«Ich mach doch nichts», mault Schmälzle, der seinen inneren Ermittler eingeschaltet hat. Er will etwas finden, das Licht in die Sache bringt. Und er muss nicht mal groß wühlen. Die Erleuchtung steigt nicht wie der Geist aus der Flasche, sie liegt offen da, auffällig, macht sich keine Mühe, sich zu verbergen. Einfach so offenbart sie sich auf einem der Regalbretter, zwischen Flaschen mit farbloser Flüssigkeit. Als Schreibblock. A4. Liniert. Daneben thront ein Köcher mit extralangen Stiften. In bunten Farben. Rot ist dabei. Blutrot. Schmälzle reißt ein Blatt vom Block und faltet es vier Mal. Dann greift er nach dem Stift und steckt ihn in die Gesäßtasche seiner Jeans. Dass der weit aus seiner Tasche ragt, kann er nicht sehen. Er hat keine Augen hinten. Die hat nur Frau Meichle. Und der Kollege.

«Schmälzle!», ruft Scholz. «Wenn der Willi rausfindet, dass wir uns durch seinen Showroom schnüffeln und Langfinger spielen, und das wird er, glaub mir, dann sagt der gar nichts mehr.»

«Er sagt sowieso nichts, Harald. Der hat uns auf dem Kieker. Tanzt uns auf der Nase rum.»

«Dich, Schmälzle. Dich hat er auf dem Kieker, und dir tanzt er auf dem Zinken rum. Du darfst dich nicht von ihm provozieren lassen. Er legt es darauf an.»

«Weil du ihm alles durchgehen lässt.»

«Irrtum. Du hast immer noch keine Ahnung, wie das hier so läuft.»

«Ach. Dann erklär's mir!»

«Du musst die Leute im Glauben lassen, dass du einer von

ihnen bist. Dass du denkst wie sie, sie verstehst, Ahnung hast, was sie durchmachen. Du musst dich genau so verhalten wie sie.»

«Ich mach mich für sie zum Deppen. Ist es das, was du mir sagen willst?»

«Genau, Schmälzle. So lange, bis sie einen Fehler machen. Und den machen sie, alle.»

«Und wenn sie zwei, drei Schnäpschen kippen, muss ich das auch tun. Ob mir das passt oder nicht.»

Scholz hält anerkennend den Daumen hoch. Mürrisch folgt Schmälzle dem Postenleiter zur Tür. Er muss den Topf vom Herd nehmen, denn es brodelt in ihm, und der Vulkanausbruch steht kurz bevor. Als sie über den Kiesweg zu ihrem Wagen gehen, lässt er den Buddha links liegen, nein, er würdigt ihn keines Blickes. Gleichzeitig schneidet er dem Zenmeister das Wort ab, der ihm soeben einen Satz eintrichtern will. Da kommt ihnen eine fröhliche Frau mit einem Korb entgegen, aus dem Kraut und Rüben ranken. Sie trägt einen engen Pullover mit Lochmuster, der ihre überaus vorzeigbare Oberweite betont, und begrüßt Scholz mit einem Küsschen auf die Wange.

«Harry! Was für eine Überraschung!» Sie lässt ihre Augen unverhohlen über Schmälzle wandern. Dann sagt sie zu Scholz: «Du musst mal wieder zum Essen kommen, Harry. Und bring deinen netten Kollegen mit.» Sie zwinkert Schmälzle zu.

Der stiert in den Gemüsekorb. An einer hohen Lauchzwiebel krabbelt ein schwarzroter Käfer, bahnt sich seinen Weg nach oben, offensichtlich auf der Suche nach der Freiheit. Auch ein Strafgefangener, durchfährt es Schmälzle. Der Käfer rutscht ab und macht sich erneut auf den steilen Weg.

«Gerne, Nicole», sagt Scholz. «Aber erst müssen wir diesen Fall lösen.»

«Was für einen Fall?», fragt sie.

«Es geht um Ihren Mann.» Schmälzle wendet den Blick vom Gemüsekorb ab und mustert sie. Sie dürfte gut zehn Jahre jünger sein als Willi Hauck.

«Hat Willi was ausgefressen?» Sie lacht.

«Wir brauchen bloß eine Zeugenaussage», sagt Scholz.

«Die er verweigert», sagt Schmälzle.

«Er ist halt ein Sturkopf. Der schwätzt nur, wenn er Lust dazu hat.»

«Wenn er nicht mit uns kooperiert, belastet er sich damit, Frau Hauck», erklärt Schmälzle.

«Geht's um die Bausache?»

«Wir dürfen keine Details zu laufenden Ermittlungen preisgeben.»

«Willi ist zurzeit oft in Polen.» Sie wendet sich an Scholz. «Das hab ich dir doch gesagt, Harry. Er ist ständig auf der Obstplantage.»

Scholz nickt.

«Wann war er zuletzt dort?», fragt Schmälzle.

Sie überlegt. «Er ist am Sonntag losgefahren und wie immer ein paar Tage geblieben.»

«Gibt es dafür Zeugen?», fragt Scholz.

«Ja, ich denke schon», sagt sie.

«Es kann also jemand bestätigen, dass Ihr Mann in Polen war, und auch von wann bis wann. Genau?», legt Schmälzle nach.

Sie streift sich eine Haarsträhne aus dem Gesicht. «Das sind keine Felder, wo man sein Körbchen mit Beeren vollpflückt, Herr Kommissar. Da arbeiten, was weiß ich, dreißig, vierzig Leut. Da können Sie jeden fragen, Willi ist dort bekannt.»

«Wie ein bunter Hund», mutmaßt Scholz.

«Er war also am Montag da und am Donnerstag ebenso, ist das korrekt?» Schmälzle bleibt sachlich.

«Bis Mittwoch auf jeden Fall, aber am Donnerstag?»

«Das war gestern», präzisiert Schmälzle.

«Ach so. Da müsste ich nachschauen, ich war ja den ganzen Tag unterwegs.»

«Du hast nichts mitgekriegt von der Sache?», fragt Scholz.

«Was die Leut halt so erzählen.»

«Was erzählen sie denn so, die Leut?», fragt Schmälzle, während er noch mal fasziniert in den Gemüsekorb schielt. Der rotschwarze Käfer hat es geschafft. Freiheit. Endlich.

«Die sind alle angefressen», erzählt Nicole. «Die Anlage ist keinem willkommen. Dauernd spaziert einer bei uns an den Fenstern vorbei. Das ist fast wie auf dem Sommerberg. Dort hat auch keiner mehr seine Ruhe, seit der Baumwipfelpfad da ist, und jetzt haben wir noch die Hängebrücke.»

«Du meinst, diese Ferienanlage will keiner?», fragt Scholz.

«Aber die ganzen Lokale, die profitieren von den spendierfreudigen Gästen», vermutet Schmälzle.

«Eins, Herr Kommissar.»

«Schmälzle», stellt er sich vor.

Sie nickt. «Hier gibt es eine Wirtschaft. Und die ist eh dauernd voll.»

«Also hat die Baudelegation den ganzen Ort zum Feind?»

«Den ganzen vielleicht nicht ...», sagt Nicole.

«Aber den halben.» Scholz klingt verständnisvoll.

Schmälzle gibt noch nicht auf. «Wo finden wir die Widerständler?»

Sie sieht ihn fragend an.

«Die Bruddler halt», präzisiert Scholz.

«Probiert's am Samstag- oder Sonntagmorgen in der Wirtschaft.»

«Frühschoppen. Klar.» Scholz verabschiedet sich mit einem Küsschen.

«Die versteht man wenigstens», grummelt Schmälzle, der neben Scholz über den Kiesweg zurück zum Auto schreitet.

«Ja, die Nicole kommt eigentlich aus Franken. Wenn die mal rrred, wie sie da rrreddet, verstehst du gar nichts mehr», erwidert Scholz.

«Dummbabbler!» Während Schmälzle die Beifahrertür öffnet, die nicht abgeschlossen ist, spricht er im schönsten Badisch, das Nonnenmiß je gehört hat: «Deine muggaseggelige Kommentare kannsch allemittanand in da Milloimer do.»

Scholz starrt ihn an. Wortlos schwingt er sich auf den Fahrersitz und drückt seinen Fuß aufs Gaspedal. Der alte Saab heult auf, als hätte ihn das schiere Entsetzen aus einem Nickerchen geholt.

So entgeht beiden Insassen, dass Nicole ihnen lange nachsieht. Dass sie den Kopf schüttelt. Und ein Zwiegespräch mit ihrem Gemüsekorb führt: «Seit wann protokolliert die Polizei ihre Zeugenbefragung mit einem Buntstift?»

Freitag, 10. Mai

Die Sonne ist hinter dem Sommerberg verschwunden.

Schmälzle grinst in sich hinein, als er sein Smartphone betätigt. Aus seiner Hosentasche flucht Willi Hauck: «*Granadejessasbachell!*» Hat er aufgenommen. Heimlich. Scholz muss nicht alles wissen. Der Postenleiter hat ihn am Kreisverkehr rausgelassen und sich mit fröhlichen Wochenendwünschen verabschiedet. Jetzt flutet Schmälzle seine Lungen mit reiner Luft. Mit Stickstoff, Kohlenmonoxid und Feinstaub made im Schwarzwald. CO_2-neutral marschiert er in den Posten, holt sein Rad und begibt sich zurück zum Kreisverkehr. Aus dem Seniorenstift nebenan ertönt eine bekannte Melodie. Es ist ein Wiener Walzer, gespielt von André Rieu. Der Auftakt zum Auftritt von Commissario Brunetti. Schon wieder 20.15 Uhr. Schmälzle überlegt. Soll er? Nein. Er wird nicht durch den Kurpark, sondern brav durch den Tunnel radeln. Ordnungsgemäß biegt er rechts ab ins Städtchen, um von dort den Berg hinaufzuschnaufen in die Alte Steige.

Schmälzle versucht, den Tag abzustreifen. Doch dieser Hauck lässt sich nicht abschütteln wie ein lästiges Insekt. Er stellt das Rad vor seiner Garage ab. Beiläufig sieht er an seinem Bungalow hoch, überhört jedoch die «Saniere mich! Renoviere mich!»-Rufe. Obwohl die Fassade so trist wirkt, dass ihre originäre Farbe nicht mehr identifizierbar ist, lässt er sie links liegen. Er spurtet die achtundsechzig Stufen hoch, seiner Haustür entgegen. Dabei biegt Schmälzle in Gedanken die muskulösen Arme des Schnapsbrenners nach hinten. Mit jedem Schritt ein Stückchen weiter. So lange, bis der gesteht und er die Handschellen zuschnappen lassen kann. Warum hat er den Mann so auf dem Kieker? Willi Hauck ist keiner von diesen stinkreichen Schnöseln, die sich von allem freikaufen, was sie auf dem Kerbholz haben, und den Staat mit einem Tross smarter Anwälte in seine Grenzen weisen. Der Schnapsbrenner wirkt geerdet, bodenständig. Dennoch stimmt was nicht mit ihm, selbst wenn er sein Land rechtmäßig geerbt und es sich nicht ertrickst hat. Bis dies geklärt ist, wird er sich wie ein Pitpull an Haucks Hosenbein hängen. Aber was hat es mit diesem Haderlumpen auf sich? Scholz beherrscht seine Ländlesprache besser als er, daran hegt Schmälzle keinen Zweifel. Aber die Aussage des Schützen gibt Haucks Standpunkt wieder: «Wenn ich sage, es rückt kein Bagger an, rückt kein Bagger an», zitierte der Notar den Angreifer. Wer sonst hätte einen Grund für eine derartige Äußerung? Schmälzle kann Ungereimtheiten nicht ausstehen, vor allem, wenn er sie nicht lösen kann. Er wird ... «Justin!» Der Zenmeister meldet sich. Sanft säuselt er aus seinem Großhirn: *«Wenn du aufgeregt bist, tue oder sage nichts.»*

«Shut up», zischt Schmälzle.

Aber der Zenmeister gibt nicht klein bei. *«Atme ein und aus, bis du still bist»*, flüstert er.

Schmälzle atmet ein und aus. Zermartert sich den Kopf von neuem. Dieser Hauck hat keinen Zwillingsbruder, er scheint überhaupt keinen Bruder zu haben. Niemanden, der aussieht wie er. Er hat sich bei Frau Meichle erkundigt. Ohne Scholz davon zu unterrichten, überraschte er die Perle in der Küche. Beim endlosen Chatten mit der Tochter, während der Arbeitszeit. Weil er versprach, sie beim Chef nicht anzuschwärzen, plauderte Frau Meichle. Erzählte, dass Willi Hauck eine Schwester habe, deren Mann groß, blond und hager sei. Und von Vetternwirtschaft berichtete sie. Von einem Cousin, der einen Kopf kleiner ist. Von einem anderen, der fünfzehn Kilo mehr wiegt. Es ist vertrackt.

Als Schmälzle an der Haustür angekommen ist, schaut er flüchtig auf die Postkarte, die er aus dem Briefkasten fischt. Sie trägt ein Eiffelturm-Motiv. Grüße von der Schwiegermutter, denkt er. Seit sie ihren Luxuscamper haben, sind Claudias Eltern dauernd unterwegs. Im letzten Jahr haben sie den Stiefel abgeklappert – Palermo, Neapel, Rom, Florenz, Venedig. Jetzt also Frankreich. Er grübelt. Wann ist er mit Claudia und Sam zum letzten Mal im Urlaub gewesen? Das war vor vier Jahren. Zwei Wochen Kroatien. Sonne. Strand. Strand. Sonne. Sonne ... Zu viel Essen. Zu viel Wein. Dennoch hat er die Zeit, in der jeder Zeit füreinander hatte, sehr genossen.

Schmälzle betritt den Flur, ruft «Claudi!» und schickt ein lautes «Sam!» hinterher. Sein Ruf verhallt im Nichts. Keiner da. Kein Küsschen auf die Wange, kein Essen auf dem Tisch. Claudia hat offenbar Dienst, und Sam dürfte bei einem Freund sein. Schmälzle legt seinen Rucksack auf das Tischchen im Flur, neben das Festnetztelefon. Er wollte den Anschluss längst ins Wohnzimmer verlegen lassen. Achtlos wirft er die Karte daneben. Doch dann siegt die Neugierde. Er dreht die Karte um. Fast gleichzeitig rotiert sein leerer Magen mehrfach um die eigene Achse.

Mai 1869

Unruhig saß ich auf dem Waldboden und besah die Pfützen, die sich gebildet hatten. Bald würden sie nicht mehr versickern, sie würden in den Kuhlen stehen bleiben und mir den Weg erschweren. Ich sorgte mich, denn ich hatte nur eine halbe Stunde mehr eingeplant. Für ein Rehkitz, das sich im Gestrüpp verirrte und alleine nicht befreien konnte, oder ein piepsendes Vögelchen, das nach Körnern verlangte. Den Tieren zu helfen kostete mich wenige Minuten, doch das Unwetter war unberechenbar. Ich klagte die Wolken an, schrie ihnen entgegen: «Großer Gott, wir loben dich!» Doch der große Gott antwortete nicht, er zürnte mir, bestrafte mich, so schwer war das Unheil, in das ich mich ohne seinen Segen begab. Wie damals, als der Bruder seine Stimme erhoben hatte: «Schwester, ich weiß nicht, was du tust, aber ich weiß, dass Gott ein Auge auf dich hat.» Der Pfarrer hatte neben dem Bruder gestanden, als sie mich im Morgengrauen im Wald überraschten. Im letzten Sommer war das gewesen. Der Mann Gottes hatte mich getröstet: «Martha, Gott zürnt dir nicht, vertraue ihm. Seine Wege sind verworren wie die des Waldes, der dein Geheimnis kennt. Auch wenn du glaubst, der Herr sieht dich nicht, blickt er doch tief in dich hinein.»

Dies ging mir durch den Sinn, als ich leise wimmerte: «Hans! Hans, wie komme ich zu dir?» Doch der Mann, für den ich alles aufzugeben bereit war, konnte mich nicht hören.

Ein Blitz durchzuckte den Wald, gefolgt von einem heftigen Donnerschlag. Und einer Stimme, die mein Herzklopfen übertönte: «Der Weg ist steinig, und das Ziel ist weit, so weit. Höher als der Himmel. Ferner als deine Träume. Du suchst, was deinem Stande nicht gebührt.»

Freitag, 10. Mai auf Samstag, 11. Mai

So dunkel, dass keiner die Uhrzeit erkennen kann

Schmälzle muss sich setzen, aufs Wohnzimmersofa. Denn die Postkarte, die er in seinen Händen hält, verkündet den Ernstfall. Sie kommt nicht von den Schwiegereltern und auch nicht von seinen Eltern. Sie hat sie gesandt. Es ist nicht ihre erste Karte. Gut acht, neun dürften es inzwischen sein, verteilt über die letzten zehn Jahre. Meist trugen sie ein Motiv aus Haiti. Hübsche Fotografien waren vorne drauf, Szenen vom Markt oder von Wellenreitern am Kabic Beach. Manchmal waren bunte Häuserwände abgebildet, vor denen stolze schwarze Menschen saßen. Die meisten waren an seine Adoptivmutter gerichtet, die sie ihm überreichte. Aber die Karte, die heute in seinem Briefkasten steckte, ist anders. Sie enthält keine ihrer vagen Ankündigungen, ihn zu besuchen. Nie hatte sie ein Datum genannt. Stets hatte sie irgendwann geschrieben, dass sie verhindert sei und ihren Besuch aufs nächste Jahr – ja, doch, gewiss – vertagen müsse. Längst nimmt er sie nicht mehr ernst. Nicht die Karten, nicht die leibliche Mutter, die sie geschrieben und mit einem Ankunftsdatum versehen hat: 18. Mai. Samstag in einer Woche. Schmälzle studiert erneut die Schrift, um sich zu vergewissern, dass er keiner optischen Täuschung aufsitzt. Tut er nicht. Als habe ihn eine Lycosa tarantula gestochen, spurtet er quer durch die Wohnung, läuft zurück in den Flur, zieht sein Handy aus der Hosentasche, durchsucht die Kontakte. Geht auf M. «M» steht für «Mutter». Die echte, wahre. Die ihn vor vierzig Jahren adoptierte, im Alter von zehn Monaten. Gemeinsam mit dem Baba. Da war der noch aktiv als Richter. Seit einigen Jahren ist Wolfgang Schmälzle im Ruhestand.

«Mama, was macht meine Erzeugerin in Paris?», bellt er in den Hörer.

«Irgendwann musstest du es ja erfahren», sagt seine Mutter, gelassen, als hätte er nach einem Rezept für eine Kürbissuppe gefragt.

«Ihr habt das gewusst? Du und … der Baba? Hat er das auch gewusst?»

Sie schweigt.

Er zieht ihr weitere Würmer aus der Nase: «Und meine Adresse, hast du ihr die gegeben?»

Sie druckst herum.

«Mama! Jetzt sag schon.»

«Wir wollten dich nicht belasten.»

«Ich fühle mich nicht belastet, ich fühle mich hintergangen.»

«So darfst du das nicht sehen.»

«Warum ist sie in Paris? Was tut sie da?»

«Sie lebt dort. Seit sie aus Prien weg ist.»

«Prien! Wieso Prien?»

«Am Chiemsee.»

«Sag das noch mal.»

Sie räuspert sich.

«Willst du andeuten, dass meine Erzeugerin, die mich vor vierzig Jahren auf einem Dorfplatz ausgesetzt hat, dessen Namen ich nicht aussprechen kann, dass diese seelenlose Person am Chiemsee gewohnt hat? Dass ihr mir das verschwiegen habt? Und dass ihr … mich im Glauben gelassen habt, die Arme wohnt in einer erbärmlichen Hütte in einem von Erdbeben gebeutelten Land?»

Pause.

«Mama!»

Waltraud Schmälzle spricht leise. «Sie hat es so gewollt.»

Er schnaubt. Spürt, wie das Blut aus seiner Magenregion steigt, direkt in den Kopf, wo es in Wallung gerät.

«Wir haben es erst vor ein paar Jahren erfahren.»

«Und ich erfahr das so ganz nebenbei. Um mich geht's in der Sache ja nicht. Ist es das, was du mir sagen willst?»

«Es ist ihr nicht leichtgefallen, aber sie ... hat sich dir nicht aufdrängen wollen.»

«Ach. Und nun will sie sich aufdrängen?»

«Sie will dich noch mal sehen», sagt sie nach einer weiteren Pause.

Er weiß, dass ihr das Gespräch schwerfällt, aber er kann es ihr nicht ersparen. «Vielleicht will ich sie nicht sehen», sagt er. «Und was heißt hier ‹noch mal›?»

«Sie wird nicht jünger.»

«Sie ist noch keine sechzig.»

«Gib ihr eine Chance, Schastin.» So spricht sie seinen Namen aus. Schastin. Nicht Tschastin. Er achtet schon lange nicht mehr drauf. Es ist keineswegs so, dass ihr das Tsch nicht vornehm genug ist, aber Waltraud Schmälzle ist nun mal sanft. Und Tsch ist nicht sanft. Es ist aggressiv. So wie er in diesem Moment.

«Ich lege keinen Wert drauf», blafft er.

«Irgendwann wirst du froh darüber sein. Glaub mir, Schastin.»

«Sie schreibt, sie landet nächsten Samstag in Echterdingen. Hast du das gewusst?»

«Awa!» Waltraud klingt erstaunt.

«Was will sie von mir?»

«Sie ist deine Mutter.»

«Du bist meine Mutter, hast du das vergessen?»

Bevor er explodiert, kommt der Zenmeister zu Wort: «*Ergib dich nicht der Stimmung dessen, der dich beleidigt, und folge nicht dem Weg, auf den er dich schleppen möchte.*» Dass dieses Zitat von einem römischen Kaiser stammt, der mit Zen womöglich nichts am Hut hatte – sei's drum. Schmälzle rubbelt seinen Buzz Cut.

Seine Mutter räuspert sich ein letztes Mal. Dann bäumt sich ihre Stimme auf. «Du, Schastin, ich könnt eine Schwarzwälder Kirschtorte backe! Kommt doch am Sonntag zu uns. Wir würdet uns freuen. Wir haben den Sam eine Ewigkeit nicht gesehen. Dann sprechen wir in Ruhe über alles.»

«Mir ist nicht danach», zetert er.

«Eine vegane Torte», haucht sie und fügt beschwörend «aus Dinkelmehl» hinzu.

«Mutter!» Er atmet schwer.

Kurz darauf hallt das Freizeichen durch seine Gehörgänge.

Sonntag, 12. Mai

Bevor die Wanne zum Waldbaden ruft

Das Wochenende fing spät an. Vor vier Uhr am Morgen hat Schmälzle keine Ruhe gefunden. Und als er kurz vor Sonnenaufgang endlich in einen Tiefschlaf gefallen ist, plagten ihn düstere Träume. Er stürzte von der Hängebrücke. Ins Bodenlose. Schlug hart auf. Schweißgebadet erwachte er. Brauchte eine Weile, um sich von ungezählten Knochenbrüchen zu erholen. Noch beim samstäglichen Frühstück war er so verwirrt, dass er klaglos mit Claudia zum Einkaufsbummel nach Pforzheim fuhr. Den ganzen Vormittag schlenderten sie durch die Einkaufsstraßen, setzten sich in ein Café, schwatzten über Belanglosigkeiten.

Heute, am Sonntag, ist Zeit für die Natur. Und für eine Rasur. Während er seinem Fünf-Tage-Bart zu Leibe rückt, plant er, zum Ruhestein zu wandern. Steil den Hausberg hoch. Das würde auch Sam gefallen, der sich jüngst beklagte, dass sie zu wenig gemeinsam unternehmen. Danach könnten sie etwas Leckeres kochen, im Garten sitzen, essen, lachen, einander die Ereignisse der Woche erzählen. Im Anschluss würde er mit Claudia vor dem Kamin eine Flasche Wein köpfen. Er würde den ganzen Abend lang zuhören. Sie hatte nicht weniger Stress als er, viele Nachtschichten, dauernd neue Patienten und beklagte sich nie. Zufrieden fährt er mit den Händen über seine Wangen. Aalglatt. Dass der Kamin nicht funktioniert, weil die Abluftsteuerung defekt ist – geschenkt. Dass Claudia vielleicht Bereitschaftsdienst hat – vergessen. Dass Sam schon in wenigen Jahren kein Interesse mehr am trauten Familienleben hat? Ach Mensch!

Lothars WhatsApp-Nachricht erwischt ihn, als der Haussegen in Schieflage gerät.

Claudia wirft ihr Handy in die Ecke und stöhnt. «Notfall! Ich muss in die Klinik.» Sie fügt hinzu, dass sie nicht abschätzen könne, wann sie zurück sein werde.

«Super», sagt Sam und packt seinen Rucksack. «Dann besuche ich meinen Kumpel in Karlsruhe.» Langatmig fügt er hinzu, dass dessen Mutter nicht berufstätig sei. Sie würde einen krassen Ausflug mit ihnen unternehmen und derbe Burger spendieren.

Claudia schmollt, als die Tür hinter Sam ins Schloss fällt. Schmälzle will hinter seinem Sohn herhechten, aber er hält sich zurück. Gönn ihm den Spaß, denkt er. Er hat jedoch keine Lust, den Sonntag alleine zu verbringen, denn ihm ist nicht nach Sinnieren, Kombinieren und schon gar nicht nach Meditieren. Weil man in einer anständigen Nachbarschaft am Sonntag auch keinen Stemmhammer betätigt, kann er nicht mal sein Haus renovieren. Warum also nicht in die Rechtsmedizin fahren? Schmälzle duscht kurz und kalt, schlüpft in seine Freizeitjeans, zieht die neuen Turnschuhe an, die er sich am Tag zuvor gegönnt hat, und radelt zum Posten.

Dort startet er den Polizeiwagen und fährt in die Wichartstraße, um bei Harald Scholz zu klingeln. Dass der Kollege kaum schnurren und freudig erregt in die Höhe springen wird, ahnt er. Aber dass Scholz nicht öffnet, irritiert ihn. Auch nach unzähligen Klingelversuchen rührt sich nichts.

Der Rechtsmediziner hatte geschrieben:

Ich weiß, es ist heiliger Sonntag. Aber mein Kalender ist
voller als euer Baumwipfelpfad am Wochenende.
Wenn du nichts vorhast, komm unbedingt her.
Ich hatte in der Nacht eine Erkenntnis.

Natürlich hätte Schmälzle Lothar lieber ohne Scholz besucht, aber er muss ihn zumindest fragen, ob er ihn begleiten will. Immerhin ist der Kollege Polizeipostenleiter. Also schellt Schmälzle ein weiteres Mal. Scholz wird doch nicht in die Kirche gegangen sein? Der Frühschoppen! Scholz hat ihn mehrfach überreden wollen, beim Wildbader Stammtisch vorbeizuschauen. «Nah am Bürger sein», nannte er das. Schmälzle drückt die Türglocke ein letztes Mal. Dann sieht er ihn, wie er seinen fetten Kater streichelt.

Die Reibeisenstimme, mit der Schmälzle begrüßt wird, wäre in der Classic-Rock-Sammlung des Postenleiters besser aufgehoben: «In meinem Alter braucht man Schlaf, Schmälzle, und zwar sieben Stunden!» Scholz reibt sich die Augen, die quasi im offenen Zustand geschlossen sind. Wie Morpheus, glaubt Schmälzle schon. Der Gott der Träume kann sich in jede Figur verwandeln. Sogar in einen zornigen Kollegen im buntgestreiften Schlafanzug.

Er räuspert sich. «Sorry, Harald. Es ist wichtig. Lothar hat eine Nachricht geschickt: Wir sollen nach Heidelberg kommen.»

«Sicher nicht am Sonntag!»

«Er hat für uns eine Nachtschicht eingelegt.»

«Hat der kein Privatleben?»

«Frau und zwei Kinder. Er muss etwas entdeckt haben, sonst hätte er sich nicht gemeldet.»

«Das mit dem Schlaf ist wie mit der Schinkenwurst,

Schmälzle. Die ist besser am Stück, nicht in Scheibchen. Aber davon hat ein Veganer-Bulle keinen Blassen», sagt die Reibeisenstimme.

«Okay, dann fahr ich allein, Harald, kein Problem, ich ...»

«Zehn Minuten, Kollege.»

Bevor er mit den Autoschüsseln klimpern und «Ich warte im Wagen» sagen kann, ist der gestreifte Pyjama mit dem schlaftrunkenen Scholz hinter der geschlossenen Tür verschwunden. Keine sieben Minuten später steigen sie in den alten Saab.

«Auch wenn dein Oldtimer lahm ist wie eine Ente ...», sagt Schmälzle.

«Das ist kein Oldtimer, das ist ein Youngtimer.»

«... hat der einen cooleren Sound als der neue Silberblaue.»

Scholz reagiert geschmeichelt. «Du findest Gefallen an Uriah Heep?»

«War das diese Megasynthezisernummer?» Schmälzle denkt an die Fahrt nach Nonnenmiß.

Scholz schaut ihn an, als hätte der Kollege gefragt, ob der Bürgermeister neuerdings Plüschoverall trage. «Das waren *Emerson, Lake and Palmer*, Schmälzle.»

Bald fahren sie unter ungezählten Haufenwolken, die ständig ihre Formationen ändern, von Calmbach, Höfen, Pforzheim auf die Autobahn nach Heidelberg und lauschen Keith Emerson, der seinen Synthesizer traktiert, und Greg Lake, der die Ballade schmachtet, die ihm ein lebenslängliches Denkmal gesetzt hat: «*He had white horses / And ladies by the shore / All dressed in satin / And waiting by the door / Ooh, what a lucky man he was.*» Beim zweiten «*Ooh, what a lucky man he was*» singt Scholz mit, knapp einen halben Ton unter dem von Greg. Schmälzle schlägt mit dem Handballen auf das Armaturenbrett ein. Mit einem Lächeln auf den Lippen bewältigen sie die Dramatik des glücklichen Mannes, auch als der für sein Land und seinen König kämpfen muss und von einer Kugel getroffen wird. «*His blood ran as he cried / No money could save him / So he laid down and he died.*» Gleich noch mal: «*Ooh, what a lucky man he was.*» Und Schmälzle jault mit, eine gute Phonstärke leiser als der Kollege, aber nicht weniger inbrünstig.

Das geht so lange, bis der Saab Heidelberg erreicht hat, nach vielen Ampeln und Kurven in die Voßstraße einbiegt und auf dem Parkplatz der Rechtsmedizin zum Stehen kommt. Die Kommissare schreiten dem Neckar entgegen, über den die Touristenboote schippern. Ohne sie eines Blickes zu würdigen, lassen die beiden die belebte Altstadt hinter sich. Seufzend der eine, denn es wartet kein Katerfrühstück auf ihn. Erwartungsvoll der andere, denn Lothars Silhouette taucht hinter einem Fenster auf. Nur der Kenner weiß, dass der Rechtsmediziner keinen Sonntagsbraten zerlegt, sondern mit einer Armada an Knochensägen, Knochenmeißeln und auf Hochglanz polierten Rippenscheren hantiert. Und Zwiesprache mit Gevatter Tod hält.

Die Moorleiche ruht im Gefrierschrank, vor dem der Rechtsmediziner herumspaziert – offenbar bester Laune, ein echter Lucky Man. Die Kommissare stehen ratlos da, als Lothar verkündet, es gebe keinen Ausflug ins ewige Eis. Stattdessen zieht er sein Handy hervor und deutet auf den Bildschirm.

«Fotos gucken?» Scholz klingt verblüfft.

Lothar hat nicht nur Handyaufnahmen parat, er hält darüber hinaus 3D-Fotos hoch, die er auf ein DIN-A4-Format vergrößert hat. Während er mit dem Mittelfinger auf die Aufnahmen der Toten schnalzt, sagt er: «Noch ist die Weichteilkonservierung erhalten, aber ich kann nichts riskieren. Eine

Sumpfleiche ist durch die Huminsäure und den Sauerstoffabschluss im Moor perfekt konserviert. Wenn ich sie ständig aus dem Eisfach hole, zerbröseln mir die Knochen der Guten wie die Streusel auf eurem Sonntagskuchen.»

Schmälzle lugt auf die Fotos. Er erkennt eine fragile, schmale Gestalt. Erblickt glatte Gesichtszüge, die auf ein Leben hindeuten, das in jungen Jahren zu Ende ging. Er sieht Lothar erwartungsvoll an.

Der Rechtsmediziner deutet auf eine Abbildung des Schädels, der am Hinterkopf ein Loch aufweist. «Da war ein scharfer Gegenstand im Spiel, es könnte ein sehr spitzer Stein gewesen sein. Oder eine Hacke», sagt er.

«Die Frau wurde mit einer Hacke erschlagen?», fragt Schmälzle.

«Die braucht man zum Gärtnern», stellt Scholz fest.

«Eine Spitzhacke. Das war zu ihrer Zeit keine unübliche Tötungswaffe», erklärt Lothar.

«Von welcher Zeit sprechen wir?», will Schmälzle wissen.

«Sie hat im vorletzten Jahrhundert das Zeitliche gesegnet. Ich hab eine AMS gemacht.»

Scholz sieht ihn fragend an.

«Eine Beschleuniger-Massenspektronomie, Herr Scholz.»

«Sie haben uns hergeholt, am heiligen Sonntag, für einen Fall, der nicht aus diesem Jahrhundert ist? Und wir dürfen die Leiche noch nicht einmal sehen, sondern sollen Fotoalben betrachten?» Nach einer stummen Pause nörgelt der Postenleiter weiter: «Das ist wie 1979 bei Onkel Bert. Da mussten wir den ganzen Sonntag Dias gucken. Vom Urlaub. Gran Canaria. Und dann kamen die österreichischen Alpen dran.» Scholz knackt seine Finger. Jeden einzelnen. Alle zehn.

Schmälzle verdreht die Augen, und der Rechtsmediziner

sagt: «Die anthropologische sowie die paläopathologische Untersuchung stehen noch aus. Aber für die Feststellung des exakten Todeszeitpunkts bedarf es der MS-Radiokarbondatierung. Neuerdings wird das Gewebe licht- und rasterelektronenmikroskopisch untersucht.»

«Was soll das bringen?», fragt Schmälzle.

«Letzteres weist auf Krankheiten hin, die zum Todeszeitpunkt vorlagen.»

«Und warum sollte uns interessieren, ob die Gute einen Schnupfen hatte oder nicht, Herr Meyer?», stänkert Scholz weiter.

«Herr Scholz», sagt Lothar. «Eine Moorleiche ist so was wie ein Trüffel für den Rechtsmediziner. Manche Ergebnisse befriedigen den Forscherdrang. Sonst nichts. Nennen Sie es Neugierde, wenn Ihnen das lieber ist.»

«Lothar, du hast doch noch was, oder?», bohrt Schmälzle.

«Auf jeden Fall kann sich keiner den eigenen Hinterkopf einschlagen.»

«Du meinst ...»

«Mord, Just. Das mein ich.»

«Aber der Täter oder die Täterin dürfte ...»

«... seit hundert Jahren über den Jordan sein», schlussfolgert Scholz und rümpft die Nase.

«Es gibt kaum mehr als tausend Moorleichen», sagt der Rechtsmediziner. «In ganz Europa.»

«Die ist rothaarig», stellt Scholz fest. «Wie der rote Franz.»

«Das ist richtig, Herr Scholz», sagt Lothar und dreht sich zu Schmälzle um. «Der Franz wurde beim Torfstechen in Niedersachsen entdeckt, im Emsland. Die Leiche war damals sechzehnhundert Jahre alt und unversehrt. Manche Moorleichen sind noch älteren Datums. Aber rote Haare haben sie alle.»

«Und diese Lederhaut, haben die auch alle?» Schmälzle stiert auf die Leiche.

«Sie ist schwarz. *Rabenschwarz*. Hast du doch von Frau Kunkel gehört.»

«Du sagst das jetzt nicht, Harald.»

«Was soll ich nicht sagen, Kollege?» Scholz tut sich schwer, seine plötzlich aufkeimende gute Laune zu unterdrücken.

«Ich will euer lauschiges Tête-à-Tête nicht stören», unterbricht der Rechtsmediziner. «Aber die Hautfarbe einer Moorleiche hat nichts mit der Farbe zu tun, die die Person zu ihren Lebzeiten hatte.»

«Ich fass es nicht.» Schmälzle ist noch nicht fertig mit Scholz. Diese Anspielungen auf seine Hautfarbe gehen ihm auf den Zeiger. Auf den großen Zeiger wohlgemerkt.

Gut, dass Lothar eine politisch korrekte Aussage parat hat. «Diese Fraktur solltet ihr näher in Augenschein nehmen.» Er reicht den Kommissaren eine Lupe.

Schmälzle greift dankbar nach der Ablenkung und schaut durch das Vergrößerungsglas auf den Schädel der Toten. Es ist nicht zu übersehen: Das Loch am Hinterkopf ist keinen Daumennagel groß, aber es ist nicht alleine. Neben ihm ist ein zweites größeres Loch zu erkennen.

Scholz nimmt ihm die Lupe aus der Hand, starrt auf das Foto. «Der Clonycavan Man!»

«Nicht ganz», sagt Lothar. «Dem hat man drei Axthiebe auf den Kopf gegeben.»

«Und er ist komplett ausgeweidet worden», ergänzt Scholz.

«Seine Brustwarzen wurden zerschnitten», sagt Lothar.

Schmälzle fährt sich über die Stoppelhaare.

«Weil das Saugen an der Brustwarze eines Königs als Unterwerfung galt», sagt Scholz.

«Das war so im alten Irland», erklärt der Rechtsmediziner. «Wenn man die Warzen schnipp, schnapp entfernte, konnte der Gute nicht mehr König sein. Das nennt sich Götteropfer.»

Schmälzle geht im Institut auf und ab. «Kann sie auf den Hinterkopf gefallen sein?», fragt er.

«Zwei Mal?», fragt Scholz zurück.

Lothar schüttelt den Kopf. «Alles deutet auf Fremdeinwirken mit einem scharfen Gegenstand hin. Wir erkennen es an den weitgehend glatten Wundrändern und den spitz zulaufenden Wundwinkeln. Am Rand lassen sich ein Hämatom und ein Schürfsaum nachweisen. Auch dass die Wunde tiefer ist als breit, ist ein Indiz für spitze Gewalt.» Er deutet auf das vor ihnen liegende Foto. Dann zieht der Rechtsmediziner ein weiteres Bild aus dem Stapel und hält es hoch. «Die Tote war keine hundertsechzig Zentimeter groß. Der Todesstoß kam horizontal auf sie zu, also nicht von oben.»

«Du meinst, ein Jugendlicher hat sie von hinten angegriffen?», fragt Schmälzle.

«Oder Opfer und Mörder waren minderjährig», mutmaßt Scholz.

Lothar schüttelt den Kopf. «Unsere schlafende Schöne war in jedem Fall um die dreißig Jahre alt, als sie getötet wurde.»

«Die Menschen waren kleiner vor hundertfünfzig Jahren», weiß Schmälzle.

«Die Männer maßen im Schnitt immer noch hundertsiebzig Zentimeter, Just.»

«Also war es eine Täterin?»

«Wenn sie kräftig war, durchaus möglich. Die Gewalt wurde ausgesprochen aggressiv angewandt. Sonst läge keine Schädelfraktur vor.»

Nach einem Anruf, den Scholz mit Sorgenfalten im Gesicht

entgegengenommen und mit knappen Kommentaren beantwortet hat, sagt der Postenleiter: «Auch wenn ich es wiederkauen muss, Kollegen. Wir haben was Besseres zu tun, als in alten Leichen zu fleddern.»

«Ich auch, Herr Scholz.»

«Dann passt das ja, Herr Meyer. Mailen Sie uns Ihre Bildchen nächstes Mal in den Posten. Wir melden uns, sobald wir eine Lücke im Kalender gefunden haben.»

Schmälzle pufft Scholz in die Seite. Es ist ihm peinlich, wie unsensibel der Kollege manchmal ist. Doch der Rechtsmediziner streckt die Hand aus, dem Postenleiter entgegen. «Ich bin Lothar, und ‹Du Arschloch› ist mir lieber als ‹Sie Arschloch›.»

Scholz reicht dem Rechtsmediziner nicht die Hand, sondern tippt an seine Schläfe.

«Er heißt Harald», sagt Schmälzle. «Oder Harry.»

«Nur für meine Freunde», sagt Scholz. «Und nur an Guter-Bulle-Tagen.»

Schmälzle verabschiedet sich mit einem «Alla dann, Lothar».

Ob dieser seine Säge drohend in die Luft hält oder nicht, als Scholz «Du Arschloch» brummt, bekommt Schmälzle nicht mehr mit. Doch der Postenleiter scheint alles Wesentliche gesehen zu haben, denn er eilt in langen Schritten zum Auto.

Schmälzle holt ihn ein und fragt atemlos: «Was war das, Harald?»

«Was war was?» Der Kollege schließt den Youngtimer auf. Ohne Klack-Klack, ganz manuell, mit einem Schlüssel.

«Legen wir noch mal den *Lucky Man* auf?», fragt Schmälzle schließlich.

Scholz starrt auf sein Handy, während er den Wagen startet. Fünf Minuten später sagt er leise: «Der Keith und der Greg sind gestorben. Vor zwei Jahren. Der eine durch Selbsttötung, der andere durch Krebs.»

«Verstehe», sagt Schmälzle. «Beide keine Lucky Men.»

Langsam wird die Stimmung besser, und kurz vor Höfen dreht Schmälzle die Musik leiser. «Harald», fragt er. «Ist heute nicht der Frühschoppen?»

«Gestern, Schmälzle», sagt Scholz. «Gestern war der Frühschoppen.»

«Und, hast du den Willi befragt?»

Scholz schüttelt den Kopf.

«Was, wieso denn nicht?»

«Er war nicht da. Aber keine Sorge, ich hol das gleich nach.»

«Es ist Sonntag. Und der Frühschoppen ist jetzt rum, Harald.»

Ich bin zum Mittagessen eingeladen, bei Nicole.»

«Klar. Wo sonst.»

«Sie hat gesagt, Willi ist auch da. Wir müssen uns beeilen.»

«Wir?»

«Du wolltest ihm doch ein Geständnis entlocken, Schmälzle.»

«Ja, aber ...»

«Du musst endlich lernen, wie man Schnaps auf ex trinkt. Und im Anschluss schrauben wir an deinen Wasserhähnen rum.»

Dass weder das Eine noch das Andere geschieht, hat Schmälzle Claudia zu verdanken. Sie hat eine WhatsApp geschickt, und Sam hat eine Armada an Smileys hinterhergesandt. Claudias Antwort auf sein zurückgeschicktes Fragezeichen mündete in einen zackigen Befehl:

Deine Eltern haben sich angekündigt. Sie kommen zum
Mittagessen und bringen Sam mit. Der hat das mit der
Mutter seines Kumpels falsch verstanden. Ich bestelle was
beim Italiener. Sei pünktlich!

Schmälzle hat die Postkarte seiner leiblichen Mutter vor Augen. Es gibt Klärungsbedarf. Er wird pünktlich sein. Obwohl zu befürchten ist, dass Harald Scholz und Willi Hauck sich beim Essen derart gut verstehen, dass sie darüber den Grund ihres Treffens vergessen.

Mai 1869

Noch grollte Donner in der Ferne, doch das Gewitter zog sich zurück. Vereinzelt waren noch Blitze auszumachen, die ihre Zeichen ans Firmament malten.

Der Regen hatte mein Gewand durchnässt, und ich fror. Die Haut fühlte sich feucht an, mir war, als säße mir der Moder schon in den Knochen. Ich stand auf und strich mit den Händen über meinen Mantel. Die Kälte ließ mich zittern. Aber die Waldohreule war zurück. Tröstend fiepte sie mir zu: «Es wird aufklaren, Martha. Gehe ruhig weiter. Das Gewitter ist vorüber.»

Ich wischte die düsteren Gedanken weg. Dann setzte ich den dicken Bausch zurück auf meine geflochtenen Haarzöpfe, hievte die Flasche hoch und stellte sie auf den Tragring. Mit erhobenem Haupt stapfte ich weiter.

Der Waldboden unter meinen Schuhen war glitschig. Die Nässe war gefährlich: Wenn ich in eine Kuhle trat und aus dem Gleichgewicht geriet, konnte mir der Glasbehälter vom Kopf fallen. Der Pfropfen, mit dem ich mein wertvolles Gut verschlossen hatte, würde sich lösen und der Schnaps in die Erde sickern. Eine winzige Unachtsamkeit, und meine Zukunft war nichts als eine Schimäre, ein Schatten, der mir das Liebste nahm, das ich zu besitzen glaubte. Hans? War es wirklich der Schulfreund? Nein. Es war nicht Hans.

Schlagartig wurde mir klar, dass es die vage Hoffnung war, die mir den Weg wies. Es war die Sehnsucht, an der ich mich ergötzte. Wie an einer duftenden Frühlingsblüte.

Montag, 13. Mai

Zur frühen Morgenstunde

Schmälzle ist baff. Der Kollege sitzt bereits am Schreibtisch, als er gegen sieben Uhr im Posten eintrifft. Auf dem Weg ins Städtchen fiel ihm abermals auf, dass die Alte Steige überdimensionierte Kuhlen aufweist, größer als Tennisbälle. Er sollte den Bürgermeister dringend auf einen Reismilch-Macchiato einladen und ihm erklären, dass die ganzen Millionen nicht ausschließlich in neue Touristenattraktionen fließen dürften, sondern dass auch an die städtische Infrastruktur gedacht werden müsste. Am besten bittet er seine Eltern dazu. Seine Mutter kann sehr überzeugend sein, das hat er am Abend gemerkt. Immer wieder hat Waltraud Schmälzle die ihm unbekannte Erzeugerin aus Haiti in Schutz genommen, egal, was er für Argumente vorgebracht hat. Sie sollte Kanzlerin werden.

Scholz wühlt sich durch einen Berg Papiere auf seinem Schreibtisch. Einige liegen am Boden, andere bilden wild und ungeordnet kleinere und größere Haufen. Mittendrin stehen angetrunkene Kaffeetassen. Eine angebissene Laugenbretzel liegt herum.

«War Frau Meichle nicht da?», fragt Schmälzle, der einen Saustall am Montagmorgen schwer erträgt.

«Sie hatte die Frechheit zu sagen, dass sie uns beim Ermitteln helfen muss und deswegen keine Zeit zum Putzen hat», bruddelt Scholz.

Während Schmälzle über Miss Meichles Identifikation mit Miss Marple nachdenkt, fährt er seinen Rechner hoch. «Du warst Mittag essen bei den Haucks, Harald», sagt er. Er vertagt seinen Impuls, erst einen Kaffee zu holen, denn sein Wissensdurst hat die Oberhand. «Wir hatten abgemacht, dass du ihm auf den Zahn fühlst. Dem Willi.»

«Hatten wir.»

«Und?»

«Nichts.»

«Nichts?»

«Weiter.»

«Wie, was, weiter? Spuck's aus, Harald, was hat Willi Hauck gesagt?»

«Nichts weiter, Schmälzle. Er hat nichts weiter gesagt. Bloß, dass ihm alle auf den Sack gehen.»

«So wie dir.»

«Hä?»

«Dir gehen auch alle auf den Sack.»

«Davon verstehst du nichts.»

«Ach. Ist das so, Harald?»

«Und ob. Weil mir, im Gegensatz zu dir, nicht die Sonne schon als Dreikäsehoch zum Arsch rausgeschienen ist. Weil ich allein in den Kindergarten gewackelt bin. Zu Fuß. Mich hat keiner im Benz da hingebracht.»

«Glaubst du, ich bin in Karlsruhe als Akademikerjunge aufgewachsen, dem man die Hautfarbe überpinselt hat?»

«War dein Vater nicht Richter?»

«Harald! Ich bin schwarz. Ich wohne in einem Land, in dem es Reichsbürger gibt. AfD-Wähler. Und Leute, die verschämt die Straßenseite wechseln. Oder sie starren mich unverhohlen an, weil sie nicht glauben, dass ich Kriminalkommissar bin und nicht der Hilfssheriff, der den Wagen parkt und die Handschellen putzt. Ich weiß, wovon ich rede, glaub mir.»

Scholz sieht auf. Dann seufzt er. «Ach, Schmälzle. Hast es auch nicht leicht gehabt.»

Schmälzle setzt sich an seinen Schreibtisch und legt die Hände übereinander. Dann kommt er zurück auf das wesentliche Thema: «Er hat also gesagt, dass ihm alle auf den Sack gehen. Wen hat er gemeint, Harald?»

«Das ganze Investorenpack.»

«Euer Bürgermeister ist involviert. Auf den lässt du doch nichts kommen.»

«Das Problem sind die reichen Säcke, die mit ihrer Gier durch unsere Fußgängerzone spazieren und gucken, wo sie eine arme Sau noch tiefer in den Schlamm reiten können.»

«Du übertreibst.» Schmälzle checkt seinen Mailaccount und hört mit halbem Ohr zu.

«Ne, Kollege. Wenn hier einer von den wenigen Läden, die wir noch haben, dichtmachen muss, weil die Leute lieber mit der S-Bahn nach Pforzheim fahren, wo sie bis zum Umfallen shoppen können, oder ihren Scheißdreck im Internet bestellen, weil es bequemer ist, ja, was passiert dann?»

Soll er jetzt ein schlechtes Gewissen haben, weil er in Pforzheim einkauft und im Internet bestellt? Schmälzle weiß nicht ...

«Dann düst ein Wichtigheimer daher, Schmälzle.»

«Aus Stuttgart?»

«Auf alle Fälle einer mit vielen Pferdestärken unter seiner Boss-Hose. Und was macht der?»

«Sag's mir, Harald.»

«Der drückt dem ein paar Scheine in die Hand und kauft seinen Laden.»

«Den er von seinem Vater geerbt hat?»

«Und der von seinem.»

«Trotzdem greift er zu.»

«Weil er keine Wahl hat, wenn er nicht zum Daimler fahren will, jeden Morgen um viere.»

«Deshalb kann ein Investor sein Projekt in eure Fußgängerzone stellen. Oder auf eure grünen Auen.»

«Das sind auch deine grünen Auen, Schmälzle.»

Der Abgewatschte legt sein Smartphone auf dem Schreibtisch ab. Bringt seinen Stuhl in Schräglage. «Dieser Notar macht einen vernünftigen Eindruck, Harald.»

«Der Willi hat dazu eine andere Meinung.»

Schmälzle faltet die Hände hinter seinem Kopf und fixiert Scholz.

Der wird laut: «Diesen Säuen ... denen zeig ich's! Alles Wildsäue, der eine wie der andere.» Zwei Spucketropfen lösen sich von seinen Lippen, so aufgebracht ist der Postenleiter, während er Willi Hauck zitiert.

«Das sind Drohungen, Harald.»

«Ach, Schmälzle.»

«Hast du ihn verwarnt?»

«Kollege! Der Rehbraten war vorzüglich.»

«Das war's?»

«Er sagt nicht Haderlump.»

«Woher weißt du das?»

«Ich hab ihn getestet.» Scholz kratzt sich am Hinterkopf.

Da erst sieht Schmälzle näher hin und erkennt, dass er recht hat: Durch die dichte Haarpacht des Kollegen schlängeln sich tatsächlich neue Silberfäden. Oder liegt es an der Pomade, die Scholz dick aufgetragen hat?

«Ich hab ihn mit ‹Na, du alter Haderlump› begrüßt, und er

hat sich auf die Schenkel geklopft und gefragt, was ich neuerdings für Literatur lese, ob ich eine Ganghofer-Sammlung auf dem Flohmarkt ergattert habe.»

«Ganghofer», echot Schmälzle.

«Ein Schriftsteller aus dem letzten Jahrhundert.» Scholz sieht den Kollegen kopfschüttelnd an. Als der nicht reagiert, präzisiert er: «Man sagt das nicht mehr, Schmälzle. Kein Mensch spricht so. Nicht mal ein Achtzigjähriger. Niemand in der Gegend.»

«Und das soll alles sein?»

«Es ist mehr, als du herausgefunden hast. Oder hast du ein Ergebnis aus der Ballistik?»

Mai 1869

Ich kam schneller voran, als ich gedacht hatte, denn das Unwetter hatte sich tatsächlich verzogen, und der Boden auf meinem weiteren Weg war fast trocken. Hier war der Regen milde ausgefallen. Das Moor lag inzwischen weit hinter mir. Es war kaum eine halbe Stunde strammer Fußmarsch bis nach Baden, und die Strecke war leicht, das Gelände dort war eben. Kurz vor der Grenze galt es, achtsam zu sein. Auch wenn der Übergang unbewacht war und zwischen dichtem Baumbestand lag, konnte ich nicht sicher sein. Unverhofft zogen manchmal Zöllner durch den Wald. Ich war froh, meine Schmuggelware bald übergeben zu können und den Beutel mit den Goldstücken in Empfang zu nehmen. Erst danach würde sich das Pochen an meinem Hals beruhigen. Alles würde gut sein. Bald. Sehr bald. Noch atmete ich nicht auf. Noch durfte ich dem Frieden nicht trauen.

Montag, 13. Mai

Zur späten Morgenstunde

Man könnte meinen, die Königin von Saba hält Einzug, denn das Wesen, das zur Tür hereinkommt, geht nicht, es schwebt. Und wahrhaftig handelt es sich um ein gekröntes Haupt: Leonie, die Königin der Recherche. Standesgemäß schreitet sie nicht wie gewohnt am frühen Morgen zur Tat, sondern erst am hellen Tag. Die Haare hat sie wild mit Gel bearbeitet, sodass sie in alle Richtungen abstehen. Das geringelte Shirt ist so kurz, dass es ihren gepiercten Bauchnabel freilegt, und ihr Beinkleid ist ein Zwischending zwischen Hose und Rock. Die Turnschuhe stehen auf Sockeln – fünf, sechs Zentimeter hohen Plateaus. Die Polizeiassistentin verzieht keine Miene, als sie sich auf den Schreibtisch des Postenleiters setzt. Der schaut drein, als habe er eine Erscheinung, und Schmälzle klappt den Mund zu, den er eben geöffnet hat, um Leonie guten Morgen zu wünschen.

Sie raunt: «Jungs, es gibt Arbeit.»

«Glaubst du, wir sind zum Vergnügen hier?», fragt Scholz.

«Ihr müsst noch mal zu diesem Schnapsbrenner», verkündet die Polizeiassistentin und baumelt mit den Füßen.

Scholz nickt.

«Aber diesmal trinken wir keinen Obstler, Harald», warnt Schmälzle.

«Apropos», sagt Leonie. «Habt ihr an die Oma gedacht?»

«Oma.»

«Oma?»

«Oma! Sorry, das haben wir voll verschwitzt!»

«Ich reiß mir den Arsch für euch auf, und ihr?» Wüsste man nicht, dass Leonie Uhlig Leonie Uhlig ist, könnte man meinen, ihr würden gleich die Tränen in die Augen schießen. Aber sie scheint alle zu verschlucken, bevor ihr eine den Gemütszustand versaut. Dennoch wirkt sie, als hätte sie in eine unreife Schlehe gebissen.

Scholz startet eine Charmeoffensive: «Leo ... deine trainierten Pobacken sind doch kein Arsch.»

Schmälzle zwitschert: «Du hast eben gesagt, wir müssen noch mal hin. Wir bringen dir eine Flasche mit, Indianerehre!»

«Der Geburtstag ist heute, ich bin zum Abendessen eingeladen und scheiß auf eure Indianerehre. Ich habe überhaupt keine Zeit mehr, für nichts. Jede freie Minute verbringe ich mit Recherchen», lamentiert sie. «Für euch!»

«Ich hab 'ne bessere Idee, Schmälzle. Wir fahren zum Hardy, jetzt gleich. Der hat den auch, diesen Schnaps. Dann kann er uns gleich ein paar Fragen beantworten.»

«Harald, wer ist Hardy?»

«Vom Schwarzwaldlädle!» Freude huscht über Leonies Gesicht. Sie wirft Scholz einen Luftkuss zu.

«Aber erst erzählst du uns, was du herausgefunden hast», sagt Scholz.

«Es ist positiv. Das Ergebnis. Eindeutig.» Leonie hüpft vom Schreibtisch und schlendert zu ihrem Arbeitsplatz.

Schmälzle hebt die rechte Faust. Siegessicher.

Scholz hebt bloß zwei Brauen. «Du meinst, das Projektil, das in der Wade vom Notar steckte, stammt aus Willis Gewehr?»

Sie nickt. «Ich komme eben aus der Ballistik.»

«Ihr wisst, dass eine ballistische Untersuchung nie hundertprozentig ist», sagt Scholz.

«Wenn Matthias sagt, die Kugeln stimmen überein, dann stimmen die überein. Ich hab selbst durchs Mikroskop geschaut», sagt Leonie trotzig.

«Die scannen alle Bildebenen ab und schneiden die Aufnahme optisch in Scheiben. Dann wird dreidimensional rekonstruiert», weiß Schmälzle.

«Das ist megapräzise, Harry. Wir sprechen vom Nanobereich!»

Scholz nickt. «Prinzip Xenonlicht. Wie beim Auto.»

«Sicher nicht bei deinem, Harald», sagt Schmälzle.

Scholz gibt kein Kontra. Er denkt nach. Laut. «Okay. Dann ist Willis Gewehr die Tatwaffe.»

«Also doch!» Schmälzle biegt in die Zielgerade ein.

Scholz bleibt skeptisch. «Das heißt immer noch nicht, dass er geschossen hat.»

«Wenn es jemand anderes war, muss der aus seinem näheren Umfeld stammen, Harald. Er muss dasselbe Anliegen verfolgen wie er. Und ...»

«... er muss an seinen Gewehrschrank kommen», ergänzt Leonie.

Scholz: «Nicole war das nicht.»

Schmälzle: «Es war definitiv ein Mann. Von der Statur des Schnapsbrenners. So viel kann sogar einer mit drei Dioptrien erkennen.»

Scholz: «Wir sollten die Nachbarn befragen.»

Leonie: «Da wirst du nicht viel rauskriegen. Wer will schon Stress mit seinem Nachbarn? Die müssen morgen noch dort wohnen. Aber ... vielleicht weiß Frau Meichle was?»

Scholz: «Die Meichle? Quatsch.»

Schmälzle: «Sie weiß manchmal Dinge, bevor wir sie erfahren.»

Scholz: «Aus der Bildzeitung.»

Leonie: «Ihre Tochter lebt in Nonnenmiß.»

Schmälzle: «Eben drum hab ich das schon erledigt.»

Ruckartig steht der Postenleiter auf, sodass sein Stuhl umfällt. Seit Schmälzle in der Kurstadt ermittelt, hat er den Postenleiter nicht so wütend erlebt. «Die Meichle ist unsere Putzfrau! Die mischt sich eh dauernd in die Ermittlungen ein, und du unterstützt sie noch dabei?», donnert er. «Wart's ab, Schmälzle, bald sitzt sie bei dir auf dem Schoß, wenn du deine Vernehmungen durchführst.»

«Sorry, Harald. Sie ist nun mal gut vernetzt.»

«Gut vernetzt? Ich fass es nicht.»

Leonie pustet auf ihre Schreibtischplatte, Staubwolken wirbeln auf. Sie kramt in ihrer Handtasche, zieht ein Taschentuch hervor, fährt damit über die Tischplatte, präsentiert das Tuch. Es ist grau. «Ich fürchte, als Putzfrau war sie schon länger nicht mehr im Einsatz.»

«Siehst du!», schreit Scholz.

Schmälzle sieht nur eines: «Der Hauck hat keine männlichen Verwandten, die ihm ähnlich sehen. Das hat sie bestätigt. Und ich hab noch was.» Schmälzle zieht den roten Stift aus seiner Hosentasche, den er im Showroom gemopst hat. Er ist froh, dass er vom Thema Meichle ablenken kann. Es ist ihm selbst peinlich, dass er die Putzfrau mit Fragen bombardiert hat, auf die sie dankbar einging.

«Das ist doch der Stift, den du ...»

«Ausgeliehen hast, Harald, ich hab ihn nicht geklaut. Ich hab ihn mir geborgt. Dann hab ich ihn zur KTU ins KTI gebracht.»

«Und die vom Kriminaltechnischen Institut haben bestätigt, dass der Willi mit dem Stift, den du in der Hand hältst, den Drohbrief verfasst hat?»

«Jepp. Die Zeilen wurden mit diesem Stift geschrieben.»

«Also denkst du, der Verfasser war auch das mit den Reifen? Und mit dem Schuss?», bringt sich Leonie wieder ein.

Scholz: «Kann sein. Muss nicht sein.»

Schmälzle: «Was ist mit den Alibis, hast du was herausgefunden, Harald?»

Scholz: «Als der Schuss auf den Notar abgegeben wurde, war Willi vermutlich in Rumänien.»

«Nicht in Polen?»

«Die Kirschen für seinen Schnaps lässt er in Rumänien anbauen. Und die Heidelbeeren, die kommen aus Polen.»

«Sagt Nicole. Seine Ehefrau.»

«Ja. Und?»

«Sie deckt ihn. Bei der ersten Tat ist er angeblich in Polen gewesen und bei der zweiten in Rumänien.»

«Er ist von Polen direkt nach Rumänien gefahren, Schmälzle.»

«Immer schön weit weg, damit man das Alibi schlecht verifizieren kann. Und wenn ich mich wiederhole, Harald: Die Alibis unseres Schnapsbrenners stehen auf wackligen Füßen.»

«Hast du nicht selbst mit den Polen telefoniert?»

«Ja, aber die hatten ihn nicht die ganze Zeit im Auge.»

«Du meinst, er ist kurz mal hergefahren, hat seinem Erzfeind die Reifen aufgeschlitzt und sich wieder zurückgebeamt? Die Plantage liegt in Zlotniki, das ist von Wildbad neunhundert Kilometer entfernt, Schmälzle. Deshalb ist Willi schon am Sonntag losgefahren. Er war bis Mittwoch in Polen und ist dann aufgebrochen, nach Tămășasa, Rumänien. Am neunten

Mai, also am Tag unserer zweiten Tat, da ist er die vierzehnhundert Kilometer zurückgefahren.»

«Wann hat er das ausgesagt?»

«Ja, ne, er hat es nicht gesagt, also nicht direkt.»

«Was ist das mit dir und dieser Nicole Hauck, Harald?»

Scholz schlägt mit der flachen Hand auf den Schreibtisch: «Kollege! Worauf willst du hinaus?»

«‹Hab nix Zeit, gucken, ob Besuch ist auf Plantasch oder nicht›», zitiert Schmälzle den polnischen Geschäftsführer von MerryBerry. Barsch hatte der die Worte ins Telefon geschleudert. Nach dem vierten Anruf. «Haben Sie keinen Terminkalender?», hatte Schmälzle gefragt. «Muss gucken», hatte der Geschäftsführer gesagt. Und aufgelegt. Nicht mehr zu erreichen. Nur die Sekretärin. Schwafelte: «Ist sähr beschäftigt. Rüft zürück.» Es rüft aber keiner zurück. Und die Rumänen werden ebenfalls nicht zürückrüfen.

«Und die Hotels, hast du die auch überprüft?»

«Er hat eine Airbnb-Wohnung angemietet, in Poznań. Den ganzen Sommer über.»

«Ach. Und?»

«Nichts und! Der Vermieter wohnt in Chicago.»

Leonie hält sich einen Handspiegel vors Gesicht und begutachtet den Diamanten auf ihrem Eins-Vierer-Zahn. Dann streicht sie mit der Fingerspitze über den edlen Stein und ruckelt vorsichtig am Zahn, als würde er wackeln. Dennoch schafft sie es, sich halbwegs verständlich zu artikulieren: «Wir können Amtshilfe beantragen.» Danach lässt sie den Spiegel in ihrer Schreibtischschublade verschwinden.

«Du willst die Kollegen mit einem Foto vom Willi zur Plantage fahren lassen und erwartest, dass die Erntehelfer der rumänischen Polizei mit leuchtenden Augen erzählen: ‹Ja klar, den kennen wir, das ist doch der Willi Hauck! Also der war auf unserer Plantage. Wir haben ihn permanent beobachtet. Sogar aufs Scheißhaus haben wir ihn begleitet›», bellt Scholz.

Schmälzle zupft an seinem linken Ohrläppchen.

Leonie fragt: «Wohnt noch jemand bei dem Hauck im Haus? Ich mein, außer seiner Familie?»

Schmälzle sieht Scholz an. Der schüttelt den Kopf. «Nach meinem Wissen macht Nicole das Schriftliche. Und die Produktion ist ausgelagert.»

«Nach Polen», vermutet Leonie.

«Nach Gompelscheuer», erläutert Scholz.

«Gompelscheuer.» Schmälzle lächelt.

«Nein, Schmälzle, das ist kein Stadtteil von Wildbad. Das ist ein Teilort von Enzklösterle!»

«Weiß ich. War ich. Mit meinem Sohn. Mit dem Rad, Harald. Es ist ein kleiner Weiler.»

«Der Schnapsbrenner hat sicher eine Putzfrau!», insistiert Leonie. «Und eine Sekretärin.»

«Einen Steuerberater, einen Anwalt, einen ...», ergänzt Schmälzle.

«Sein Steuerberater schießt dem Kontrahenten vom Willi in den Fuß, sagt Haderlump und kommt daher wie der Schnapsbrenner? Ne, Kollegen.»

Die entstehende Pause füllt Leonie mit einer raschen Zusammenfassung: «Das Gewehr vom Schnapsbrenner ist die Tatwaffe, und der Buntstift, den ihr bei ihm sichergestellt habt, ist der Tatstift. Ist das soweit korrekt?»

Schmälzle bejaht.

Scholz verneint. «Wir haben den Buntstift nicht sichergestellt. Der Kollege hat ihn mitgehen lassen.»

«Dann können wir ihn vor Gericht nicht verwenden.»

«Weiß ich, Leonie. Ich wollte nur meine Vermutungen bestätigen wissen. Den Prozess abkürzen. Überführen werden wir ihn mit oder ohne Stift.»

«Da bin ich aber gespannt, Schmälzle.»

«Wir vergleichen die Stimmen, Harald. Wenn die identisch sind, haben wir Gewissheit, dass Hauck der Schütze ist. Sein Gewehr, sein Stift, seine Stimme. Bingo!»

«Was für Stimmen?» Scholz stützt den Kopf auf beide Hände, als wäre dieser derart voll, dass er sich nicht von selbst aufrecht halten kann.

«Die Aufnahme, die der Notar gemacht hat, und die Aufnahme, die ich gemacht habe.» Schmälzle bearbeitet sein Handy. Ins Rauschen hinein ruft Willi Hauck: «Die Granadejessasbachel.»

«Granadejessasbachel!», freut sich Scholz. «Genau so redet der Willi. Eindeutig. Das ist er. Aber Haderlump, ne, das sagt der nicht.»

«Eben drum, Harald, hab ich auf den Knopf gedrückt, als wir beim Hauck waren.»

«Was?»

«Ich hab mein Handy auf Aufnahme gestellt.»

«Braucht ihr eine Stimmenanalyse?», meldet sich Leonie zu Wort. «Bitte lasst mich das übernehmen, so was wollte ich schon immer mal machen, das interessiert mich total!» Sie springt in die Luft und klatscht begeistert in die Hände. Ein Berberring fällt auf den Boden, rollt in die linke Zimmerecke und bleibt im Staub liegen. Neben dem Papiertaschentuch, das wie auch immer dort hingekommen ist.

«Das muss der Staatsanwalt genehmigen», sagt Scholz.

Leonie schnappt das Handy, das Schmälzle fest umklammert hat. «Justin!», ruft sie. «Irgendwann macht der Golfplatz zu. Dort passt du Dr. Baisch ab. Direkt am neunten Loch. Immer der roten Fahne nach. Da holst du dir die Genehmigung.»

«Und mein Smartphone?», protestiert Schmälzle, und Scholz blafft: «Wenn du die Stimmen vergleichen willst, musst du noch das Handy vom Notar holen, Leo. Da ist der Satz mit dem Haderlumpen drauf.»

«Weiß ich, Chef, bin schon unterwegs.»

Deutlich vernehmbar ruft ihr Schmälzle hinterher: «Dann nehmen wir den Lumbaseggl endlich fest!»

«Da soll mal einer sagen, auf Badisch lässt es sich nicht schimpfen», sagt Scholz und klopft auf seinen Magen. «Mir ist nach Schwäbischem Rostbraten», fügt er hinzu und fragt, ob Schmälzle mitkommen wolle.

Der möchte lieber ein paar Minuten alleine sein. Mit sich, seinen Gedanken und seinen Dämonen. Die gehörnten Wesen, die sich in seinem Inneren tummeln, tuscheln ihm zu: *Um die Moorleiche musst du dich auch noch kümmern!* Er ignoriert die Wesen wie den Zenmeister, dessen Stimme gegen seine Schädeldecke hämmert: *Mache keinen Moment von dem abhängig, was morgen sein mag. Denke nur an diesen Tag und diese Stunde und deine Treue zum Weg, denn der nächste Augenblick ist ungewiss und ungewusst.*

Der hat gut reden.

Montag, 13. Mai

In den Kurkliniken herrscht Mittagsschlaf.

Die Telefone klingelten ohne Unterlass. Neben einer Nachbarschaftsstreitigkeit wurden zwei verbale Entgleisungen gemeldet. So kam es, dass Leonie zurück war, bevor die Kommissare zum Schwarzwaldlädle aufbrechen konnten.

«Die von der forensischen Phonetik meinten, ihr müsst euch ein paar Tage gedulden. Aber sie würden die akustischen Fingerabdrücke gerne vergleichen», erzählt sie strahlend.

«Und mein Handy?» Schmälzle klopft die Fingerspitzen beider Hände aufeinander. «Wann krieg ich das zurück?»

«Sorry.»

«Leonie! Das geht nicht, ich muss ...»

Zwinkernd reicht sie ihm sein Smartphone. «Die haben eine Kopie gemacht.»

Schmälzle zwinkert nicht zurück. Stattdessen bittet er die Assistentin, bei Willi Hauck anzurufen und einen Termin, nein, nicht einen, sondern den *frühestmöglichen* Termin zu vereinbaren. Er will Klarheit in Sachen Alibis. Zu beiden Tatzeiten. Darüber hinaus muss er wissen, wer Zugang zum Gewehrschrank hat oder sich Zugang verschafft haben könnte.

«Gerne rapido, subito», fügt Scholz hinzu.

«Sollte er wieder in Polen sein oder in Rumänien, Leonie, dann richte ihm aus, dass er für ein Skype zur Verfügung zu stehen hat», ergänzt Schmälzle.

«Eine Vernehmung per Skype?» Scholz rümpft die Nase. Doch dann lenkt er ein. «Okay, Leo, wenn du das erledigt hast, bewachst du den Posten. Und wir gehen ins Schwarzwaldlädle.» Per Handzeichen bedeutet er Schmälzle, ihm zu folgen.

Der ist dicht hinter ihm. Scholz überquert die Bätznerstraße und biegt rechts ab in die König-Karl-Straße. Sie passieren ein paar Schaufenster, in denen es nichts zu sehen gibt. Das Schwarzwaldlädle liegt in Rufweite zum Posten.

Dort wird Scholz von einem hochgewachsenen Mittfünfziger mit weißem Bart begrüßt, der vor der Tür steht – neben einer überlebensgroßen Holzfigur mit einem Bollenhut auf dem Kopf. Nachdem er Scholz kameradschaftlich die Hand geschüttelt hat, mustert er Schmälzle freundlich. «Ich bin der Hardy.»

Schmälzle folgt Scholz und Hardy ins Lädle. Gleich auf den ersten Blick ärgert er sich, dass er hier nie eingekauft hat. Der Raum ist geschmackvoll dekoriert, viel Holz, voll im Trend. Aber er ist immer vorbeigeradelt. Er sollte aufhören, seine Geschenke im Internet zu bestellen.

«Bevor wir es vergessen», unterbricht Scholz seine Gedanken. «Wir brauchen einen Schwarzwaldgeist. Von der Schnapsbrennerei Hauck.»

Während Hardy sein hohes Holzregal absucht und sich Schmälzle nach einem Geschenk für Claudia umschaut – vielleicht eine der schicken Designerkuckucksuhren, die über- und untereinander leise ticken –, mimt das Telefon in Scholz' Tasche eine sich tutend nähernde Dampflok.

«Das ist Leo, da muss ich ran.» Scholz stellt auf laut.

Die Stimme der Polizeiassistentin dringt durch den Hörer: «Tut mir leid, Harry, es ist wichtig.»

«Dein Schnaps ist in Bearbeitung», sagt Scholz. «Hardy holt ihn gerade aus dem Regal.»

«Super. Aber ich hab was anderes für euch.»

«Ja?», fragt Schmälzle, der aufmerksam mithört.

«Die Stimmenanalyse.»

«Das dauert ein paar Tage. Hast du schon gesagt, Leo.»

«Es geht schneller, wenn ich denen die Hintern ein wenig ansenge. Deshalb fahr ich jetzt ins KTI. Bin morgen wieder da. Und danke für den Schnaps.» Weg ist sie.

Die Kommissare sehen sich an.

Hardy fragt: «Alles okay bei euch?» Dann stellt er den Hauck'schen Schwarzwaldgeist auf dem Tresen ab, holt eine Flasche Sprudel aus dem Kühlschrank und sagt: «Trinken wir erst mal was. Ist eh tote Hose.»

«Muss kein Wasser sein», sagt Scholz.

Hardy grinst und geht zu einem anderen Board. Mit einer goldbraunen Flasche kehrt er zurück.

«*47 Monkeys Schwarzwald Dry Gin*», liest Scholz vor.

«Der kommt aus Vierundzwanzig Höfe», weiß Hardy.

«Vierundzwanzig Höfe?», wiederholt Schmälzle.

«Gehört zu Freudenstadt», sagt Scholz.

«Das ist eine ganz junge Brennerei», erzählt Hardy, der ein wenig berlinert. «Die Black Forest Distillers sind total angesagt.» Er füllt drei kleine Schnapsgläser.

«Wacholder.» Scholz nippt versonnen an seinem Glas. «Das schmeckt man deutlich heraus.»

«Und eine Prise Pfeffer.» Hardy steckt seine Nase tief ins Glas. «Dafür gab's eine Auszeichnung, vor zwölf Jahren. Gold in der Kategorie Gin Worldwide. Und das ist nur ein Preis von vielen.»

Schmälzle schnüffelt kurz, stellt sein Glas gleich wieder ab.

Er hat im letzten Jahr vier Kilogramm zugenommen, weil er so oft in Wirtschaften und Ortskneipen Zeugen befragt und mit den Kollegen gebrainstormt hat, und er weiß genau, dass es sich dabei keineswegs um Muskelmasse, sondern um pures Fett handelt. Sollte er länger in der Kurstadt ermitteln, könnte seine Leber einen nachhaltigen Schaden erleiden.

«Kannst es ruhig runterkippen.» Scholz schlägt ihm auf die Schulter. «Das ist voll vegan, Kollege.»

«Gin ist also angesagter als Schwarzwaldgeist?», erkundigt er sich.

«Bei jungen Leuten auf jeden Fall», sagt Hardy.

«Wird der exportiert, dieser Gin aus dem Schwarzwald?», fragt Schmälzle weiter.

«Davon kannst du ausgehen.» Scholz leckt sich genüsslich die Lippen.

«Die Jungs gehören inzwischen zu Pernod-Ricard», sagt Hardy.

«Sie haben sich von einem Konzern kaufen lassen?» Schmälzle überlegt. «Aber unser Schnapsbrenner, der bleibt unabhängig.»

«Das ist ein Querschädel, der lässt sich auf keinen ein», sagt Scholz.

Schmälzle löchert den Käse noch ein wenig. «Wer kauft den Schnaps vom Willi Hauck? Das große Geschäft wird kaum im Kurstädtle gemacht.»

«Der Geist vom Willi spukt im und um den schwarzen Wald herum», frotzelt Scholz.

Hardy beteuert, dass die Edelbrände von Willi Hauck eine große Anhängerschaft haben. «Liebhaber reisen für eine Verköstigung von überallher an. Der Hauck inszeniert das perfekt.»

Schmälzle lässt seine Augen über die schöne Warenwelt wandern. Neben einer Batterie an Likören, Edelbränden und Obstwässern entdeckt er originelle Souvenirs aus der Region. Weiter hinten erspäht er Kirsch- und Heidelbeermarmelade, daneben Dosen mit Schwarzwälder Kirschtorte. Das perfekte Mitbringsel für Claudia. Er nimmt eine, hält kurz inne und holt dann eine weitere Dose vom Regal. Für Frau Meichle. Wendet sich an Hardy. «Kommen hier viele Touristen vorbei, aus Asien, Amerika oder so?»

Der Mann vom Schwarzwaldlädle äußert sich bedächtig, als achte er darauf, nichts zu sagen, was er nicht sagen sollte: «Na ja, die flanieren schon vorbei. Aber die meisten folgen einem strammen Programm. Unsere Sommerbergbahn wartet nebenan.»

«Und die anderen kaufen einen Bollenhut», vermutet Scholz.

Schmälzle kommt wieder auf den Schnaps zu sprechen: «Wissen Sie, wie viel konsumiert wird, so im Schnitt?», fragt er.

«Also, der durchschnittliche Pro-Kopf-Konsum liegt in Deutschland bei circa zwei Litern im Jahr. Das gilt für alle Schnäpse. Gin, Whiskey. Natürlich für die Liköre. Und unsere Edelbrände. Da gibt es nicht nur Kirsch», sagt Hardy.

«Auch Marille, Williams Birne, Heidelbeere, Haselnuss», zählt Scholz auf.

«Nicht alle kommen aus dem Schwarzwald», erklärt Hardy. «In Bayern und Österreich wird viel destilliert. Brand aus Brennkirschen gibt es auch in der Schweiz.»

Scholz stöhnt. «Und im Billigmarkt.»

Schmälzle rümpft die Nase. «Aber nicht in der Qualität.»

«Natürlich nicht», sagt Hardy. «Unser Kirschwasser reift in Eichenfässern.» Mit einem amüsierten Seitenblick auf

Schmälzle, der von seinem Schnaps erst 0,01 cl geschafft hat, fügt er hinzu: «Da sind bis zu 50 Prozent Alkohol drin, Herr Kommissar.»

Schmälzle rechnet. Zwei Schnäpse entsprechen einem Alkoholgehalt von zwanzig Gramm. Kommen am Abend noch ein, zwei Bier hinzu, ist die fahrtaugliche Promillegrenze von null Komma acht weit überschritten. Kein Wunder, dass hierzulande neuneinhalb Millionen Menschen zu viel Alkohol trinken. Er bedankt sich, nimmt die Flasche vom Tresen, zieht die zwanzig Euro von Leonie aus Scholz' Jackentasche und legt sie auf den Ladentisch. Die fünfzehn Euro für die beiden Kirschkuchen holt er aus seinem Portemonnaie.

Hardy lacht. «Zwanzig Euro? Ich fürchte, das reicht nicht ganz, Herr Kommissar.» Schmälzle muss verdutzt wirken, denn Hardy hebt beide Arme, als fürchte er, verhaftet zu werden. «Fünfundvierzig», sagt er. «Den Bullenrabatt hab ich schon abgezogen.»

Nach kurzem Zögern blättert Schmälzle fünf Fünf-Euro-Scheine auf die Theke und beschließt, es Leonie nicht zu verraten. Ihre Oma geht ihm durch den Kopf. Er imaginiert das Gesicht der alten Frau, sieht sie zufrieden die Flasche mit dem köstlichen Schwarzwaldgeist in ihren Händen wiegen. Wie einst ihre Kinder. Lächelnd verlässt er den Laden.

Mai 1869

Während ich das letzte Stück zurücklegte, malte ich mir aus, wie die dunkel gekleideten Männer ungeduldig auf mich warteten. Ich würde sie nicht anschauen, und sie würden mich nicht erkennen, denn ich hatte das wollene Tuch so um Kopf und Gesicht gebunden, dass man nicht mehr als meine bernsteinfarbenen Augen sehen konnte. Die beiden würden nicht sprechen, sie würden eilig die Flasche von meinem Kopf nehmen, den Pfropfen lösen und an der Ware riechen. Dann würden sie eine Kostprobe verlangen und sich aus einem Schnapsglas, das sie in ihren Jankern verborgen hatten, einen Schluck gönnen. Hernach würden sich ihre Gesichter erhellen, denn dieser Schnaps war das Beste, das der Schwarzmarkt bot. Dies war mir zu Ohren gekommen, sie hatten es mir nicht direkt gesagt. Sie zollten ihre Anerkennung stets mit einem Fingerzeig an den Hut und drückten mir jedes Mal ein Säckchen in die Hand. Ich hatte die Silberstücke nie gezählt, denn ich wusste, es waren mehr als die geforderten, und doch waren es zu wenige für mein Vorhaben. Sie würden mir genügen. Munter schritt ich voran, nichts konnte mich aufhalten. Der Frohsinn hatte mich gepackt. Ich wähnte mich im Glück. Wollte tanzen, singen, jauchzen, so hell war mir zumute.

Montag, 13. Mai

In den Rehakliniken gibt's jetzt Kaffee und ein Stückle Kuchen.

Der Schnaps schreit nach einer soliden Grundlage», sagt der Postenleiter, als sie aus dem Schwarzwaldlädle stiefeln. Schmälzle folgt protestlos, denn die Gedanken, die sein Hirn beschäftigen, müssen spürbare Nebelschwaden passieren, bevor sie sich zu einem Inhalt zusammenraufen. Stumm marschieren sie die König-Karl-Straße entlang und setzen sich an einen der hübschen Holztische, in deren Mitte das Gras wächst. Die Gaststätte, die auf saisonal und regional setzt und neben vegetarisch sogar vegan kocht, ist Schmälzles neues Lieblingslokal. Vor allem jetzt, im Sommer. Wenn sie im Freien sitzen können. Links von ihnen plätschert die Enz, und rechts zottelt alle halbe Stunde die S6 vorbei. Derart gechillt waren seine Arbeitstage in Karlsruhe selten. Vielleicht sollte er mehr genießen und weniger grübeln. So wie Scholz.

Eine Dreiviertelstunde später kehren sie, einen feinen Tafelspitz mit Meerrettichsoße im Bauch des einen, köstliche Spinatknödel mit Salat im Magen des anderen, fröhlich pfeifend der eine, intensiv nachdenkend der andere, in den Posten zurück. Schmälzle will Leonie die Flasche mit dem Schwarzwaldgeist überreichen, doch sie ist nicht da.

«Ist der Geburtstag nicht heute Abend?», fragt er, und Scholz bietet an, auf dem Nachhauseweg bei der Kollegin vorbeizufahren, es sei nur ein kleiner Umweg. Noch während sie sich fragen, ob die Assistentin nicht schon bei der Oma sei und wo die wohl wohne, fliegt die Tür auf.

Leonie flattert herein, nach ihrem «Schnaps!» krakeelend. Schmälzle deutet auf die Flasche, und ein Leuchten erhellt ihr Gesicht. Fasziniert betrachtet sie das Etikett auf der durchsichtigen Halbliterflasche. Es zeigt eine blutjunge Bäuerin, die garantiert keine Bäuerin ist. Sie trägt einen Bollenhut auf dem erhobenen Haupt. Und sie hat kirschrote Lippen. Solche Lippen braucht man nicht, wenn man eine Kuh melkt oder ein Feld abräumt. Ein hoher Weidenkorb hängt auf ihrem Rücken. Es ist ein schöner Rücken. Bolzgerade. Einer, der noch keine schwere Last getragen hat.

«Was hast du herausgefunden?», fragt Schmälzle neugierig.

«Sie sind nicht identisch», sagt Leonie, während sie versonnen das Etikett studiert.

Schmälzle hüstelt in die Stille.

«Jetzt lass uns nicht so lange zappeln!», ruft Scholz.

Sie scheint sich in ihrer Überlegenheit zu suhlen, denn Leonie ignoriert die Kommissare weiter. Nach einer Pause sieht sie auf. «Die Stimmen. Der, der auf das Handy von Herrn Langner gesprochen hat, ist nicht der, den du aufgenommen hast, Justin.»

«Also doch», reibt sich Scholz die Fäuste.

Schmälzle muss sich vergewissern: «Willi Hauck hat Granadejessasbachel gesagt, aber nicht Haderlump?»

Leonie bejaht. «Beide Stimmen stammen von männlichen Personen, beide sind Anfang bis Mitte fünfzig. Aber es handelt sich eindeutig um zwei Individuen. Die forensische Spracherkennung hat Klartext gesprochen.»

Schmälzle weiß, dass die Stimmenanalytiker Geschlecht, Alter und sogar Krankheiten heraushören können. Parkinson zum Beispiel. Bereits zwei Jahre vor dem Ausbruch schlagen sich erste Anzeichen wie Ruhezittern auf den Stimmbändern nieder.

«Willi Hauck hat also nicht geschossen», sagt Scholz.

«Dann hat er einen Handlanger eingesetzt. Einen Kumpel, einen Verwandten, einen Angestellten ...»

«Einen Haderlumpen, Schmälzle.» Scholz legt die Hand ans Kinn. Der Postenleiter ist ungewohnt nachdenklich.

«Hardy hat gesagt, das Szenegetränk ist Gin. Nicht Schwarzwaldgeist», sagt Schmälzle, der schon auf der nächsten gedanklichen Überholspur ist.

«Ich kenn den auch bloß von meiner Oma», sagt Leonie, während sie die Flasche mit einem Schleifchen verziert, das sie aus ihrer Schreibtischschublade gekramt hat. «Wenn ich in eine Bar gehe, trinken fast alle Bier, und ein paar bestellen wirklich Gin. Aber das sind Schnösel.»

«Vielleicht war dieser monströse Showroom ein Versuch mitzuhalten, auf dem Weltmarkt eine Rolle zu spielen, auch am großen Rad zu drehen», sagt Schmälzle.

«Weil er als One-Man-Show kaum gegen Spirituosenkonzerne antreten kann», pflichtet ihm Scholz bei.

«Die können Millionen in die Werbung stecken.»

«Und in den Vertrieb.»

«Das kann sich ein kleiner Betrieb nicht leisten.» Leonie steckt die Flasche in ihre Handtasche, drückt die Schleife vorsichtig zur Seite und schließt den Reißverschluss.

Schmälzle kaut auf seiner Unterlippe. «Dieser ganze Spuk hier ... möglicherweise hängt mehr dran, als wir glauben.»

«Du meinst, seine Existenz, Schmälzle.»

«Wir müssen die Zahlen checken, Harald.»

«Auch dazu brauchen wir einen Beschluss.»

Der Diamant auf Leonies Eins-Vierer-Zahn blitzt verdächtig lange auf, so breit ist ihr Grinsen.

«Du kannst nicht einfach in die Bücher eines Mitbürgers schauen, Leo!», schimpft Scholz, der offenbar in ihren Gesichtszügen lesen kann.

Sie grient. «Wozu ist der Bundesanzeiger da?»

«Kannst du Bilanzen lesen?», wundert sich Schmälzle.

«Zwei Semester BWL», triumphiert sie, während sie die Webseite des Bundesministeriums für Justiz öffnet. Rasch tippt sie die Firmierung *Willi Hauck GmbH* ins Suchfeld, dann klickt sie auf *Jahresabschluss 2016*, danach auf das Geschäftsjahr 2017. Kurz darauf stutzt sie. «Oje. Guckt euch das an.»

Schmälzle starrt über ihr nach Limetten duftendes Haar hinweg auf Zahlenreihen, und Scholz stiert an Schmälzles Wange vorbei auf den Bildschirm. Leonie deutet auf das Minus, das vor einer sechsstelligen Ziffernkombination steht.

«Nicht durch Eigenkapital gedeckter Fehlbetrag», liest Schmälzle vor. «Das ist nicht gut, Leonie, oder?»

«Ne», sagt sie. «Das bedeutet, dass er mehr ausgibt, als er einnimmt.»

«Der hat schon immer auf großem Fuß gelebt», sagt Scholz.

«Und wenn man ihm jetzt noch nachweisen kann, dass sein Prachtbau auf dem Nachbargrundstück steht ...»

Die Assistentin fällt Schmälzle ins Wort: «... und er den abreißen muss ...»

«... dann ist er geliefert.»

«Zusammengefasst: Dem geht der Arsch auf Grundeis.» Es könnte durchaus Mitleid sein, das in Leonies Stimme mitschwingt.

Bei Schmälzle jedoch fügen sich die Puzzlesteine zu einem klaren Bild zusammen. «Unser Schnapsbrenner hat also Schulden. Wenn sein Bau weg ist, hat er keine Grundlage mehr. Keine Sicherheiten für die Bank.»

«Aus der Nummer kommt der nie wieder raus», sagt Leonie. «Dafür schießt man schon mal einem in die Wade.»

Scholz hat die Beine übereinandergeschlagen, wippt nervös mit dem oberen Fuß.

«Und beschafft sich ein falsches Alibi», fährt Schmälzle fort. «Lässt seine Frau aussagen, die einen auf jeden Fall deckt. Schließlich geht es auch um ihre Existenz.»

«Die Nicole sagt nicht falsch aus, Schmälzle!» Scholz steht abrupt auf. «Außerdem hast du Leonie gehört. Die Stimmen sind nicht identisch. Er war es nicht, Kollegen.»

«Wissen wir, ob das Bauamt schon entschieden hat, Harald?»

«Du meinst, ob er sein Gebäude wirklich abreißen muss, Schmälzle?»

«Genau das meine ich. Wenn das geschieht ...»

«... können wir die Sicherheit der Bevölkerung nicht mehr garantieren.»

«Zumindest nicht die des Notars.»

«Vergiss den Bürgermeister nicht, Schmälzle.»

«Also überwachen wir ihn.»

«Ihn und sein Umfeld. Wenn er es nicht war, war es einer, den er kennt.»

«Wir müssen sein Anwesen rund um die Uhr im Auge behalten. Mit einer Hundertschaft, die parat steht, weil wir so viele Leute haben, die sonst an den Daumen lutschen.» Schmälzle würde gerne glauben, was er sagt. Tut er aber nicht.

Auch Scholz seufzt. «Wir werden nicht mal eine zehntel Hundertschaft bekommen. Unsere Befürchtungen befinden sich im freien Feld der Spekulationen.»

Leonie nutzt die kurze Pause, schnappt die Tasche mit dem

Schwarzwaldgeist, eilt zur Tür. Hält inne. «Ach so, in der anderen Sache», sagt sie. «Lothar hat angerufen. Ihr sollt hinfahren. Möglichst bald.»

Schmälzle sieht ihr neugierig nach. «Hat er gesagt, warum?»

«Hat er nicht!», ruft sie. Dann schlägt sie die Tür von außen zu.

«Finden wir's heraus.» Schmälzle schielt nach seiner Jacke, aber er hat keine dabei. Da fällt ihm ein, dass er sich am Morgen an den letzten Mai erinnert hat, der unerträglich heiß war, und dachte, das werde noch. Doch das Thermometer stößt heute bei achtzehn Grad Celsius an seine Grenzen. Also schürt er sein innerliches Feuer an. «Harald, worauf wartest du?»

«Der eine Fall ist noch nicht mal ansatzweise gelöst, und der nächste liegt schon auf dem Tisch. Und dann stehen noch tausend Alltagsdelikte an. Wir müssen Prioritäten setzen», stänkert der Postenleiter.

«Und wo liegt deine Präferenz?»

«Da, wo deine nicht ist.»

«Ich schlage vor, wir lösen erst die beiden großen Fälle, danach den Kleinkram.»

«Die Moorleiche ist eine olle Kamelle. Der Mörder ist lange tot. Nicht mal die Würmer interessieren sich noch für den. Da weiß ich, was meine Aufmerksamkeit verdient.»

«Willst du nicht wissen, was es damit auf sich hat?»

«Keine Zeit.»

«Wieso?»

«Weil ich mich auf die Zeugenbefragung vorbereiten muss.»

«Welche Zeugenbefragung?»

Mai 1869

Noch während ich mich in der frohen Stimmung suhlte, übermütig tanzen wollte und fast vergaß, dass ich eine schwere Flasche mit Schmuggelware auf dem Kopf balancierte, wusste ich, dass mein Übermut trügerisch war. Gefährlich. Heimtückisch. Tollkühn. Der Mensch sollte sich von ihm fernhalten, er war des Teufels Werk. Denn dem Übermut folgte stets der Hochmut. Der Gegenspieler des Zauderers. Der Zauberer, der dich verhext, bis du glaubst, du bist der Herrgott selbst. Eine Weile geht es gut. Du wähnst dich oben. Willst noch höher. Dann presst er dein Gesicht an die Wand und zerquetscht dich wie eine Schmeißfliege.

Ich erschrak, denn das mulmige Gefühl war auf einmal da. Lautlos war es durchs Unterholz gekrochen. Bäuchlings hatte es sich an mich herangemacht. Es war kein Tier, das sich versteckt hielt vor dem Menschenkind, das vor ihm stand, und aus Angst zum Angriff überging. Es wurde auch nicht vom heiteren Himmel gesandt. Es kam aus meinen Eingeweiden.

Montag, 13. Mai

*Rushhour total = im Kreisverkehr
ist Stehen angesagt.*

«Wieso weiß ich nichts von einer Zeugenbefragung?», tobt Schmälzle. Er wird nicht nach Heidelberg in die Rechtsmedizin fahren, bevor er weiß, was hier läuft.

«Sie findet eh nicht statt», sagt Leonie atemlos, die mit dem Handy in der Hand zurück in den Posten stürmt. «Sie hat eben angerufen, Harry. Hat keine Zeit.»

«Hat sie einen Grund genannt?», fragt Scholz.

«Du solltest bei deiner Oma sein», geht Schmälzle dazwischen.

«Kundschaft», keucht Leonie. «Aus Dubai. Die wollten wohl tausend Liter Schnaps bestellen. Ihr Mann ist angeblich nicht da. Sie könnte es sich nicht leisten, sich das durch die Lappen gehen zu lassen, hat sie gemeint. Sie entschuldigt sich, aber es ...»

«Und das wusste sie nicht früher?», zischt Scholz.

Schmälzle brüllt: «Was ist das für eine Zeugenbefragung, Harald! Und warum bist du nicht bei deiner Oma, Leonie?»

«Die haben sicher kein Last-Minute-Ticket gelöst, um mit der gesammelten Sippschaft hierherzudüsen und mit tausend Litern Schnaps im Gepäckraum zurückzufliegen», wettert Scholz.

«Solche Leute lassen sich einfliegen, Harry, im Privatjet. Denen genügt erste Klasse nicht.»

«Eben. Die schicken nicht kurz mal eine SMS und landen drei Stunden später auf Willis Nachbargrundstück, Leo. Die melden sich an. Machen einen Termin. Das muss Nicole doch selbst eingetütet haben!»

Leonie zuckt mit den Schultern. Jetzt schlägt Schmälzle mit der Faust auf den Tisch. So fest, dass die Schreibtischlampe vibriert.

Verwundert dreht sich Scholz zu ihm um, sieht ihn an, als hätte er nicht bemerkt, dass seit eineinhalb Jahren ein neuer Kollege neben ihm sitzt. «Wir haben Nicole vorgeladen, Schmälzle», sagt er.

«Nicole Hauck? Hatten wir nicht gesagt, dass wir den Schnapsbrenner vorladen? Nicht seine Frau!»

«Das habe ich versucht, Justin.»

«Und, was heißt das, Leonie?»

«Er ist dauernd auf Achse.»

«Wir wollten über Skype mit ihm sprechen.»

«Zwischen wollen, sollen und können gibt es große Unterschiede, Schmälzle», erläutert Scholz und verklickert seiner Assistentin im selben Atemzug, simultan sozusagen, dass sie bei «Verweigerung der Zeugenaussage» Zwangsmittel anordnen können und sie das, bittschön, der Nicole ausrichten solle. Und hinzufügen möge, dass die Nicole das nicht persönlich nehmen dürfe. Job sei Job.

«Wieso werde ich nicht informiert?» Schmälzles Blutdruck steigt. Er spielt die Rolle des unwissenden Dritten nicht gut. In ihm brodelt es, und er muss aufpassen, dass der Kessel nicht explodiert.

Leonie sieht besorgt zu ihm rüber. Dann sagt sie ruhig: «Justin. Willi Hauck ist die nächsten zwei Wochen in Osteuropa unterwegs.»

Schmälzle beruhigt sich langsam. «Das hindert ihn nicht, uns ...»

«Er hat sich geweigert, über Skype mit uns zu sprechen. Diesen neumodischen Scheißdreck kennt er zwar ...»

Scholz fällt Leonie ins Wort: «Aber er hat keinen Bock darauf.»

«Was versprecht ihr euch von Nicole Haucks Aussage?»

«Dass sie Willis Alibis bestätigt. Schriftlich, Schmälzle. Das wolltest du doch.»

«Nicole frisst dir aus der Hand, Harald. Das weiß jeder hier. Sie braucht nicht mal eine Vorladung vom Staatsanwalt. Im Gegensatz zu ihrem Mann.»

«Träum weiter, Kollege. Du siehst ja, dass sie nicht kommt.»

«Trotzdem hätte ich es gern gewusst. Und zwar vorher.»

Leonie hüstelt. Dann sagt sie, als könne dies die Stimmung heben: «Nicole Hauck kümmert sich nicht nur um die Termine, sie schmeißt das ganze Büro. Inklusive Buchhaltung. Frau halt. Macht alles, kann alles. Weiß alles.»

«Offensichtlich nicht.» Schmälzle erinnert sich an das negative Vorzeichen, an den Schuldenberg.

«Die will das Ruder rumreißen. Deshalb hat sie dieses Geschäft mit Dubai eingetütet», überlegt Scholz.

«Muslime trinken keinen Alkohol», stänkert Schmälzle.

«Das gilt für Saudi-Arabien, Kuwait und den Iran», sagt Leonie, die schon wieder durchs Wikipedialand surft. «Aber in Dubai wird Alkohol konsumiert wie bei uns. In Bahrein übrigens ebenso.»

«Neuerdings sogar während des Ramadans», behauptet Scholz.

Schmälzles Miene bleibt finster. Bis Leonie noch mal auf Lothars Anruf verweist. Schmälzle nickt. «Okay. Dann fährst du zu Nicole, Harald. Wenn der Berg nicht zum Propheten kommt ...»

«Eilt der Prophet zum Berg.» Scholz grinst. Dann befiehlt er seiner Assistentin: «Los! Mitkommen.»

«Vielleicht will ich lieber mit Justin in die Rechtsmedizin?»

«Dort gibt's nichts zu sehen», erklärt Scholz. «Lothar zeigt Fotos. Damit unser Dornröschen in der tiefgekühlten Moorflüssigkeit weiterschläft, als wär's nie aufgewacht.»

«Dort galoppiert wenigstens kein Prinz daher und küsst sie in die Knechtschaft.»

«Wie unromantisch, Leonie!», schimpft Schmälzle und verweist noch mal auf die Oma.

Die Assistentin lässt sich nicht aus dem Konzept bringen. «Menschen wurden im Moor den Göttern geopfert. Auch viele Frauen und Kinder. Romantik, geschissen.» Dann erklärt sie Schmälzle, dass sie sich im Datum geirrt habe. Der Geburtstag der Oma sei erst morgen.

«Denkt an die Sumpfleiche von Tumbeagh», sagt Scholz.

«Was ist mit der?», fragt Leonie.

«Man hat sie vor zwanzig Jahren beim Torfstechen in Irland gefunden. Also das, was von der Leiche übrig war. Denn Kniescheibe und Lendenwirbel lagen woanders.»

«Was willst du uns damit sagen, Harald?»

«Dass der Fall immer noch nicht abgeschlossen ist, Schmälzle.»

«Bei den hypermodernen Untersuchungsmethoden, die es inzwischen gibt?»

«Dreck, Kollege. Eingedrungene Moorpartikel haben die Proben verunreinigt und die Untersuchungsergebnisse verfälscht. Wenn das bei unserer Leiche auch so ist, ist der Fall im Jahr 2040 noch nicht gelöst. Da bin ich in Rente.»

Schmälzle schnappt die Autoschlüssel von der Ablage im Flur und sucht das Weite. Aus den Ohrenwinkeln bekommt er mit, dass Scholz Leonie überreden kann, mit ihm zum Schnapsbrenner respektive zur Schnapsbrennerin zu fahren, denn «die weibliche Intuition der Kollegin» sei wichtig. Wenn er mit Nicole Tacheles rede, könne sie ihn in den Pausen mit «so Frauenthemen ...» – «... Frauenthemen, was für Frauenthemen?», «Weiberkram halt» – auf der emotionalen Ebene unterstützen.

Montag, 13. Mai

Am hellen Tag, obwohl längst Abend ist

Schmälzle steht bei Lothar in der Rechtsmedizin und reibt sich Pfefferminzöl unter die Nase. Sein Magen ist mit Leckerem gefüllt. Es hat noch für einen veganen Burger auf der Autobahnraststätte gereicht, den er nicht wieder hergeben möchte. Eine frische Leiche ist eingeliefert worden, und wie jede riecht auch diese abscheulich. Da können die Kriminalisten im Fernsehen noch so cool um den metallenen Tisch mit dem weißen oder grünen Tuch herumspazieren, den die Requisite kunstvoll drapiert hat. Für einen dreidimensionalen Menschen ist Verwesungsgeruch ein Albtraum.

Lothar begrüßt Schmälzle flüchtig und erklärt, die Leiche gehöre zu einem Fall der Kollegen aus Mannheim. Dann sagt er: «Ich hab die Archäologen angefordert, Just.»

«Ich dachte, die Computertomographie hat was ergeben?»

«Ne, das dauert noch.»

Schmälzle ist enttäuscht. «Und wozu die Archäologen?», fragt er.

«Wegen des Inhalts», sagt Lothar.

«Vom Magen?»

«Vom Mantel. Ich hab was im Innenfutter gefunden.»

Schmälzle kann dem Rechtsmediziner nicht folgen, bis dieser ein weißes Knäuel auf den Tisch legt. «Das war in den Mantel unserer Moorleiche eingenäht.»

Schmälzle inspiziert das Kleenextuch, das Lothar vorsichtig auffaltet. «Altes Geld?», fragt er verwundert.

Lothar bejaht. «Von der Sorte gibt's noch mehr. Sie hatte vierzig Silbermünzen bei sich. Und ein zerfleddertes Stück Pappe in einer Dose. Sieht nach einer Postkarte aus.»

«Jetzt wird's spannend!»

«Leider nein. Man kann nichts mehr lesen.»

«Wir geben es ins Labor, die können das rekonstruieren. Vielleicht steht eine Adresse drauf oder sonst ein Hinweis auf die Herkunft der Frau. Das könnte uns weiterbringen.»

Der Rechtsmediziner zeigt auf die eingeschweißte Karte, die auf seinem Schreibtisch liegt. Sie hat einen gezackten Rand, das Foto ist schwarzweiß. Vage kann Schmälzle hohe Bäume erkennen, Palmen vielleicht. Er starrt auf die Rückseite, auf Buchstaben, die derart verblasst sind, dass sich kaum mehr was entziffern lässt. Die Postkarte seiner leiblichen Mutter taucht vor Schmälzles geistigem Auge auf, und er scheucht das Bild dahin, wo der Pfeffer wächst. Nach Madagaskar. Von Haiti gerade mal einen Ozean entfernt. Er nimmt eines der alten Geldstücke in die Hand, dreht es um und liest: «*Friedrich Großherzog von Baden.*»

«Dabei war die Frau schlicht gekleidet, keine Dame von höherem Stand», sagt Lothar. «Ich vermute, sie war eine Bäuerin.»

«Wie ist sie an diese Münzen gekommen? Die gab's bestimmt nicht auf dem Markt als Rausgeld.»

«Verstehst du jetzt, warum ich die Archäologen hinzuziehe? Die lieben nur eines mehr als Moorleichen, Just.»

«Alte Scherben?»

«Und altes Geld.»

«Na ja, einen Versuch ist es wert», sagt Schmälzle und fügt

kleinlaut hinzu: «Wenn ich schon nicht in dem Mordfall ermitteln kann ...»

«... weil du keine Zeit dazu hast und es auf deiner To-do-Liste von Mord und Totschlag nur so wimmelt?»

«Weil mein Postenleiter der Überzeugung ist, dass man Mörder, die tot sind, nicht bestrafen kann. Das ist zwar korrekt, aber man sollte so einen Fall trotzdem lösen und abschließen.»

«Wenn zudem Cash im Spiel ist ...»

«... dann sollte der rechtmäßige Erbe ermittelt werden. Danke, Lothar. Hast du irgendeine Idee, wie viel diese Münzen heute wert sind?»

«Keine Ahnung. Aber Silber ist Silber.»

«Also haben die einen materiellen Wert.»

«Ich würd mich jedenfalls freuen, wenn mir meine Ururoma einen Silberschatz hinterlassen hätte.»

«Dann würdest du dir ein neues Auto kaufen? Ach so, ne, lass mich raten, Lothar: Du träumst von einer Rippenschere aus Platin.»

«Irrtum. Ich träum von ein paar Monaten unbezahltem Urlaub.»

«Das hältst du doch nicht aus! Alltag ohne Leichen. Und ohne uns.»

Der Blick des Rechtsmediziners ist so kalt, dass Schmälzle ein Schauer die Wirbelsäule rauf- und gleich wieder runtersaust. Er fragt vorsichtig: «Ey, Lothar. Alles okay mit dir?»

«Du willst wissen, ob ich einen Burnout habe oder kurz vor der Depression stehe? Ich kann dich beruhigen. Weder noch. Ich möchte einfach vermeiden, dass sich meine Frau von mir scheiden lässt.»

Schmälzle legt ihm die Hand auf die Schulter. «Du gibst Bescheid, wenn die Archäologen da sind?»

«Logisch.» Lothar klopft ihm brüderlich den Rücken und meint: «Tu mir einen Gefallen, Just. Pass auf dich auf. Bitte.»

Während Schmälzle über den Parkplatz geht, schießt ihm ein verlockender Gedanke in den Kopf: Er könnte einen Abstecher in die Altstadt machen, denn Heidelberg ist unglaublich schön, vor allem an Sonnentagen wie diesem. Überall sieht er schmusende Pärchen und ausgelassene Grüppchen stehen, gehen, lümmeln, hier einen Kaffee trinken, da ein Bierchen heben oder ein Eis schlecken, dort Straßenmusikern lauschen. Doch obwohl er auf der Autobahn im Stau stehen und sowieso erst nach Feierabend im Posten ankommen wird, ist ihm nicht danach.

Nachdenklich tritt er den Heimweg an. Die Worte Lothars haben ihn berührt. Noch haben sie allein an der Oberfläche gekratzt und sind nicht in die tiefen Schichten seines Gehirns vorgedrungen. Dahin, wo für Illusionen kein Platz mehr ist. Wo Gewohnheiten überdacht werden müssen. Wo Veränderungen anstehen, für die es oft zu spät ist. Wo ...

Schmälzle späht auf den Bildschirm seines Smartphones: 19 Uhr 45. Wie der Tag verflogen ist.

Dienstag, 14. Mai

Die Senioren nebenan sind noch beim Frühstück.

Als er am nächsten Tag in den Posten kommt, passt ihn Scholz an der Türe ab. «Du wartest auf mich, Harald?», fragt Schmälzle erstaunt.

«Ne, Schmälzle, so sehr lieb ich dich noch nicht.» Der Postenleiter klopft ihm auf die Schulter.

Schmälzle sagt: «Du bist ja super drauf!» Scholz verweist auf das schöne Wetter, doch Schmälzle glaubt ihm nicht. Bei einem schwarzen Kaffee und einem Reismilch-Macchiato erfährt er es.

«Der Willi war es nicht», sagt der Postenleiter.

«Der Willi war was nicht?» Schmälzle nippt an der heißen Tasse.

«Nichts von alledem.»

«Geht's genauer, Harald?»

«Die Alibis wurden beide bestätigt. Eins für jede Tatzeit.»

«Von Nicole Hauck. Seiner Ehefrau. So weit waren wir schon.»

«Sie hat eine Tankquittung vorgelegt für den sechsten Mai.»

«Das war der Montag, an dem die Reifen aufgestochen wurden.»

«Da hat er um zehn Uhr zwölf in Leipzig getankt.»

«Wie weit ist Leipzig von Nonnenmiß entfernt?»

«Fünfhundertvierzig Kilometer.»

«Dann ist er gegen fünf Uhr losgefahren.»

«Wie die Nicole gesagt hat. Mitten in der Nacht.»

Für Schmälzle ist fünf Uhr eher in aller Herrgottsfrühe als mitten in der Nacht. Aber er hat verstanden. «Er kann dem Notar nicht die Reifen aufgestochen haben. Und den Drohbrief hat er auch nicht unter seine Windschutzscheibe geklemmt.»

«So sieht's aus.»

«Und das Alibi für die jüngste Tat?»

«Auch das liegt vor. Als der Schuss auf den Notar abgegeben wurde, am Vormittag des neunten Mai, da war er auf dem Ordnungsamt.»

«Sagte Frau Hauck nicht, er war in Rumänien?»

«Er ist in der Nacht vom Achten auf den Neunten zurückgefahren. Am späten Vormittag war er im Rathaus. Ist gar nicht erst nach Hause gekommen. Leo hat dort angerufen und sich das bestätigen lassen.»

«Was wollte er auf dem Rathaus?»

«Mit dem Bürgermeister sprechen. Aber der war außer Haus. Hatte einen Termin mit dem Landrat.»

«Also ist er wieder gegangen.»

«Nein. Er hat gewartet. Draußen, hat die Sachbearbeiterin gesagt. Es hat wohl länger gedauert, über eine Stunde. Danach hat er mit dem Bürgermeister debattiert. Laut ist es gewesen, hat sie gemeint.»

«Wie lange fährt man vom Rathaus nach Nonnenmiß?»

«Viertelstunde. Wenn viel los ist, achtzehn, maximal zwanzig Minuten.»

«Zwanzig Minuten hinfahren, dort parken, Gewehr holen, zehn Minuten mit dem Notar debattieren, dann zurück ins Rathaus noch mal zwanzig Minuten, macht insgesamt fünfzig Minuten! Das ist keine Stunde. Er könnte es gewesen sein.»

«Könnte, Schmälzle. Er war es aber nicht. Weil er auf dem Flur telefoniert hat. Sie hat es durch die geschlossene Tür gehört.»

«Sie hat den Willi bestimmt nicht beim Telefonieren beobachtet. Das kann irgendwer gewesen sein!» So schnell gibt er seine Theorie nicht auf.

«Die ist nicht senil, Schmälzle, die Sachbearbeiterin. Das ist eine ganz Junge», sagt Scholz.

«Das heißt nichts, Harald.» Schmälzle zermartert sich das Hirn, sucht Lücken, Ungereimtheiten, Widersprüche, fragt: «Was ist mit dem Gewehr und dem Buntstift, kann die jemand entwendet haben?»

«Zum Showroom haben Kunden wie Lieferanten Zutritt. Da kann einer den Stift gemopst haben, niemand hätte das bemerkt. So wie du.»

«Das heißt, den Brief kann jeder geschrieben haben, der in letzter Zeit im Showroom war?»

«Ja.»

«Nicole Hauck müsste eine Gästeliste haben. Besorgen wir uns die.»

Harald greift in seine Gesäßtasche und zieht ein vollgekritzeltes Papier hervor. «Bittschön», sagt er.

Schmälzle starrt auf das Blatt. Es ist die Rückseite einer Restaurantrechnung. Die handgeschriebenen Buchstaben sind winzig, höchstens acht Punkt groß. «Das sind gut dreißig Namen!», ruft Schmälzle. «Wie alt ist denn diese Liste?»

«Die waren alle in den letzten zwei Wochen da.»

«Donnerwetter», sagt Schmälzle. «Und was ist mit dem Gewehr?»

«Das war im Gewehrschrank.»

«Und der war abgeschlossen?»

«War er. Aber der Schlüssel hing vor dem Keller am Schlüsselbord», sagt Scholz.

Schmälzle überlegt. «Und auch da kommen alle Kunden und Lieferanten ran?»

«Auf keinen Fall. Dazu musst du erst ins Haus gelangen und von da in den Keller. Aber der Zugang verbirgt sich hinter einer Stahltür.»

«Ein Heizungsmonteur?»

«Hat der ein Motiv?»

Natürlich nicht. Schmälzle arbeitet sich nach dem Ausschlussverfahren durch. Wenn er weiß, wer nicht in Frage kommt, weiß er, wer übrig bleibt. «Kennt sich im Haus von Willi noch jemand aus?»

«Nur Nicole. Und die Tochter.»

«Die haben eine Tochter?»

«Schmälzle! Marikka ist fünfzehn.»

«Sie könnte einen Freund haben.»

«Selbst wenn so ein Halbstarker ans Gewehr vom Willi will und es sogar schafft, obwohl der Schrank abgeschlossen ist, dann sieht er immer noch nicht aus wie der Willi.»

Schmälzle findet keinen Ausweg aus den Nebelschwaden, die sich in seinem Hirn ausbreiten. Gut, dass Leonie hereinstürmt. Die Assistentin wirft ihre Handtasche auf ihren eigenen und einen Prospekt auf den Schreibtisch des Postenleiters. «Wir brauchen ein interaktives Whiteboard», ruft sie.

«Wir brauchen sicher kein interaktives Whiteboard», sagt Scholz. «Wo warst du überhaupt?» Der Vorwurf dringt durch jedes einzelne Wort.

«Hört sich super an», lenkt Schmälzle ab. «Damit können

wir unsere Erkenntnisse an die Wand beamen, direkt vom Handy, jeder ist immer auf dem aktuellen Stand, kann was verschieben und ...»

«... alles in Full-HD-Auflösung!», schwärmt Leonie.

«So was kostet schlappe achttausend Euro», sagt Scholz. «Das kriegen wir nicht genehmigt.»

«Unsere olle Pinnwand stammt garantiert aus den siebziger Jahren», meckert Leonie.

Schmälzle linst auf die Korkwand, die im Flur hängt und auf der das Kinoprogramm vom letzten Jahr klebt. Neben vergilbten Speisekarten von sämtlichen Gaststätten im Städtchen. Leonie hat recht. Er muss ihr zu Hilfe eilen. «Harry, ich weiß, dass du auf die Seventies stehst, aber ...» Er hält inne. Mitten im Satz. Denn Scholz schlägt die Zimmertür zu. Von außen.

«Ist er beleidigt?», fragt Leonie.

Schmälzle dreht beide Handflächen nach außen und legt seine Ich-habe-keinen-Blassen-Miene auf.

Keine Stunde später wird die Tür aufgerissen, und Scholz stolpert mit einem triumphierenden Ausdruck im Gesicht und einem gigantischen Paket unter dem Arm herein. «Seh ich aus wie eine Leberwurst?», bellt er, als hätte er die Kollegen belauscht. Aber nein, er hat eine Überraschung parat. Ungeduldig schiebt er die Paketschnur zur Seite, reißt an allen Ecken Packpapier auf. Zum Vorschein kommt eine blütenweiße Tafel.

«Ein Whiteboard!» Leonie schlägt die Hände vors Gesicht.

Auch Schmälzle stößt einen anerkennenden Pfiff aus.

«Wo hast du das denn her?» Beglückt begutachtet die Polizeiassistentin das glänzende, weiße, zwei mal einhalb Meter messende Board im Aluminiumrahmen.

«Für euch ist mir nichts zu teuer», sagt der Postenleiter.

«Das Ding ist nicht interaktiv», merkt Schmälzle an.

«Interaktiv sind wir selber.» Scholz grinst.

«Es war auch nicht billig», sagt Leonie.

«Nein», sagt Scholz. «Es war für umme.»

«Sperrmüll?», fragt Schmälzle erstaunt.

«Schwager», sagt Scholz. «Hat sein Büro aufgeräumt.»

«Wir brauchen noch Magnete, Harry!»

Schon greift Scholz nach einem Zaubertrick. Hand in die Hosentasche, Magnete rausholen.

Leonie fordert den Postenleiter zum Fist Bump auf, danach schlägt sie vor, gleich morgen früh ans Werk zu gehen. «Ich bring meine Bohrmaschine mit!»

Scholz fragt Schmälzle: «Sollen wir das nicht übernehmen?»

«Auf jeden Fall», sagt der.

«Ihr habt zu tun», sagt sie.

Scholz nickt. «Wo sind wir stehengeblieben?»

Schmälzle rekapituliert. «Bei den Buntstiften. Beim Gewehr. Beim Rathaus. Bei den Alibis vom Willi. Und beim Fazit: Uns fehlt ein Mann. Der Täter. Oder auch zwei.»

«Nicole hat gemeint, wir sollten mal im Schützenverein nachfragen. Dort gäbe es noch mehr Leute, die ein Gewehr haben», sagt Scholz.

«Ablenkungsmanöver», erwidert Schmälzle. «Und dieser Hauck hat zu viel Freizeit. In den Schützenverein mit den Nachbarn, zum Frühschoppen in die Wirtschaft und dann noch eine marode Firma in die schwarzen Zahlen bringen? Respekt.»

«Du hast den Golfplatz vergessen, Schmälzle.»

«Sowas nennt sich Imagepflege», sagt Leonie und macht sich an ihrem Aktenschrank zu schaffen.

Schmälzle setzt zu einer neuen Strategie an. «Der Hauck hat einen angeheuert», sagt er.

«So ein Quatsch.» Scholz bringt seinen Stuhl in Schräglage.

«Ist doch möglich! Er hat jemanden engagiert, der die Drecksarbeit für ihn erledigt und sich zwei wasserdichte Alibis besorgt.»

«Und ganz zufällig sah dieser Jemand aus wie der Willi, Schmälzle.»

Einsachtundsiebzig, fünfundachtzig Kilo – so sehen viele aus. Der Notar stand viel zu weit weg, als der Schuss gefallen ist.»

«Achtundzwanzig Komma vier fünf Meter. Laut Ballistik», präzisiert Leonie.

«Und wer soll dieser Jemand sein?», fragt Scholz.

«Wenn du mit genügend Scheinen winkst, findest du immer einen», sagt Schmälzle. Wenig überzeugend. Also bohrt er weiter: «Habt ihr nach Feinden gefragt?»

«Sind wir Profis oder was?», grummelt Scholz.

«Der hat jede Menge Feinde», sagt Leonie. «Dem neiden sie sein Glashaus wie dem Zetsche seine Rente.»

«Da seht ihr's, Motive noch und nöcher.» Schmälzle greift nach seinem Fahrradhelm. «Ich fahr jetzt nach Nonnenmiß und fühle denen auf den Zahn. Kommst du mit, Leonie?»

«Gerne!», ruft die Assistentin und versetzt ihrem Aktenschrank einen kräftigen Tritt.

Scholz legt die Stirn in Falten. «Ihr fahrt besser mit dem Polizeiauto vor.»

Mai 1869

Aus meinem Inneren sprang es empor und umfasste meine Kehle. Kaum konnte ich noch atmen. Ein Kloß, groß wie ein Ball, setzte sich in meinem Hals fest. Die Betrübnis, die Schwere, die Wehmut hatte mich im Griff. Nach dem ganzen Marschieren, den Schmerzen, den Tränen wurde mir schlagartig bewusst: Es war das letzte Mal. Nur noch heute streifte ich hier durch den Wald. Nie mehr würde ich einen Fuß auf diesen Boden setzen, auf das weiche Moos, das ich so liebte, auf die kleinen Äste, die knackten, wenn ich auf sie trat, um die Insekten zu belauschen, auch, wenn ich sie nicht sehen konnte, weil sie so winzig waren. Und doch so groß. Wenn sie ihr Lied von der Natur sangen, die allmächtig war, von Gott, der sie geschaffen hatte, fühlte ich mich daheim. Ich stimmte an: «Dich, mein stilles Tal, grüß ich tausend Mal.» Ich sang die wundersame Melodie und summte sie noch einmal leise vor mich hin. Dann schickte ich meine Stimme lauter in den Wald: «Da zog ich manche Stunde ins Tal hinaus.»

Mein stilles, geliebtes, gehasstes, vertrautes Tal, das ich nie wiedersehen würde. Dieser karge Landstrich, dieser Arme-Seelen-Ort schnürte mir die Kehle zu, drückte mir gegen die Brust, lag wie ein Panzer auf mir. Er bot mir kein Leben. Und doch war er alles, das mir je etwas bedeutet hatte. Meine Heimat. Die Einzige, die ich kannte. «Muss aus dem Tal jetzt scheiden, wo alles Lust und Klang ...», sang es in mir, «... das ist mein herbstes Leiden, mein letzter Gang.» Es drang durch mich hindurch – «dir, o stilles Tal» –, obschon ich mich wehrte und versuchte, mein Schicksal von mir zu stoßen, ließ es nicht ab von mir. Wilhelm Ganzhorn hatte wenige Täler weiter gewohnt, als er schrieb: «Gruß zum letzten Mal. Singt mir zur letzten Stunde, beim Abendschein.» Ich stampfte innerlich auf, rief: «Nein!» Dies war nicht die letzte Stunde. Dies war nicht der Abendschein. Noch war es heller Tag.

Dienstag, 14. Mai

Manche Stunden ziehen sich lang und breit.

Schmälzle blickt auf Schotter neben Baum vor Strauch nach Tanne hinter Stein. Er hat Leonie ans Steuer gelassen, sitzt auf dem Beifahrersitz des Polizeiwagens und starrt in die Natur. Bald kennt er jeden Winkel auf dieser Strecke, kann sie im Schlaf aufsagen: Meisterntunnel, Lauterhof, Christophshof, Sprollenmühle, Nonnenmiß. Wie sie dort vorgehen, hat er nicht in allen Einzelheiten geplant, denn eine Strategie ist wenig sinnvoll, wenn sich die exakte Zielsetzung im Verborgenen hält.

Zunächst will er an den Haustüren klingeln, schauen, wie auskunftsfreudig die Nachbarn von Willi Hauck sind, ob sie von sich aus erzählen – was die meisten tun. Er wird zuhören. Zwischentöne erfassen, aufnehmen, was sie über den Schnapsbrenner zu sagen und vor allem nicht zu sagen haben. Wenn er Glück hat, kennt ihn einer näher, ist mit ihm befreundet oder, noch besser, verfeindet. Dennoch erwartet Schmälzle nicht allzu viel.

Dass er aber gar nichts erreichen würde, hätte er sich nicht träumen lassen. Die erste Haustür, an der sie klingeln, bleibt verschlossen. Keiner zu Hause? Dann muss ein Geist die Gardine bewegen, denn sie flattert, und es weht kein Wind. Vielleicht ist es eine dumme Idee gewesen, mit dem Polizeiwagen vorzufahren, das Blau-Gelb ist auffällig. Nachdem die zweite Gardine im Nicht-Wind weht, während das Klingeln im Äther verhallt – obwohl der Polizeiwagen nicht sichtbar sein kann, weil zu weit weg –, stutzt er. Nachdem er die dritte Klingel betätigt hat und keine Reaktion erfolgte, weiß Schmälzle: Es hat sich herumgesprochen. Per Anruf. Per SMS. Per WhatsApp. Leonie hatte recht: Keiner will seinen Nachbarn in die Pfanne hauen. Dazu ist dieser Ortsteil viel zu klein. Ob es keine Zugezogenen gibt?, fragt er Leonie, doch die Assistentin meint, dass diese erst recht vorsichtig seien.

Also stapfen sie den steilen Hang, den sie hinaufmarschiert sind, wieder hinab und gehen in den Wirtshof. Dort werden sie von einer resoluten Wirtin freundlich begrüßt. Nach dem Austausch von Begrüßungsfloskeln bestellt Schmälzle vegetarisch – es muss ja nicht immer vegan sein. Rösti Schweizer Art, mit viel Käse überbacken, danach ist ihm. Leonie kämpft mit einem Schnitzel vom Jungschwein, während Schmälzle die Wirtin aushorcht.

Diese beteuert, dass Willi Hauck Stammgast sei. «Der lässt scho mal was springe», sagt sie lachend.

Schmälzle fragt noch nach einem schwarzen Kaffee und einem Stück Kuchen. Nachdem sie freudestrahlend ein Stück Schwarzwälder Kirschtorte auf den Tisch gestellt hat, das höher ist als die Plateausohlen von Leonies Schuhen, sagt die Wirtin, dass sie nicht mehr sagen könne.

«I muss laufe, Herr Kommissar», versichert sie verschmitzt. «Damit verdien i mei Geld. Net mit'm Aushorche.»

Schmälzle nickt verständnisvoll. Dann isst er seine Torte auf. Ein wohliges Gefühl durchflutet ihn. Kann so ein kleines Stück Sünde wirklich alle Sinne beglücken?

«Ist da Schnaps drin?», fragt er die Wirtin.

«Freilich», lacht sie. «Ohne Kirschwasser isch a Kirschtorte kei Schwarzwälder Kirschtorte!»

Schmälzle lässt keinen Krümel übrig. Nur Leonie verliert den Kampf gegen ihr Jungschwein und lässt den Rest einpacken.

Zurück im Posten, berichten sie Scholz, dass sie nichts erreicht haben, dass das Essen in Nonnenmiß aber köstlich war.

«Hab ich euch gesagt!» Der Postenleiter grient.

Schmälzle verabschiedet sich in den Feierabend. Leonie legt ihr Jungschwein in den Kühlschrank und trällert: «Bis morgen! Ich fahr jetzt zur Oma.»

Mai 1869

Mein Ziel war nicht mehr weit. Lange war ich am Fluss entlangmarschiert, und das fröhliche Plätschern des Brunnenwiesenbachs erfreute und beruhigte mich, trieb die Wehmut aus meiner Seele. Ich war kurz vor den Milbigwiesen von Gernsbach, als ich spürte, dass ich nicht länger alleine war. Hinter mir befand sich etwas, das nicht hierhergehörte. Es war kein Teil der Natur. Das Rascheln der Blätter war leiser, feiner. Was sich hinter mir bewegte, saß in meinem Nacken, atmete zwei, drei Handbreit über mir, hauchte von oben auf meinen Hinterkopf. Wie gelähmt blieb ich stehen, wagte nicht, mich umzudrehen. War es ein Tier? Nein, das war kein Tier. Es roch nach Mensch. War der Mann mir gefolgt? Wollte mich Gustav zur Rede stellen? Ich könnte mich herauswinden, sagen, dass ich Holz sammelte, für den Winter. Einfältig, wie er war, würde er mir glauben. Wenn indes der Bruder mich aufgespürt hatte, dann gnadete mir Gott nicht mehr. Er würde mir die Schmuggelware vom Kopf nehmen, mich wüst beschimpfen und meinen Plan zunichte machen.

Freitag, 17. Mai

Huch, da muss ein Zeitsprung geschehen sein!

Der Mittwoch und der Donnerstag gingen für Recherchen drauf. Willi Hauck wurde erst nächste Woche zurückerwartet, und die Kommissare nahmen an, dass nichts geschehen würde, solange er auf den Feldern in Osteuropa herumspaziert. Also schlug Schmälzle vor, sich um die Besitzverhältnisse zu kümmern. Leonie studierte im Geoportal von Baden-Württemberg sowie im Kreisatlas von Calw die Flurkarten von Nonnenmiß und berichtete von groben Angaben. Schmälzle, der das längst erledigt wissen wollte, sich aber immer von Wichtigerem hatte ablenken lassen, rief am Donnerstag um 8 Uhr 30 im Landratsamt, Abteilung Vermessung, an, um sich zum zuständigen Sachbearbeiter durchstellen zu lassen. Herr Merkt, hieß es, war bei einem Termin außer Haus. Er dürfe es gerne am nächsten Tag probieren. Das wollte Schmälzle. Persönlich. Weil der Postenleiter irgendwie erschöpft aussah – die Falten gruben sich in seine Wangen ein, wie Gräben, in denen keine Schützen mehr liegen –, erkärte er Scholz, dass er das gut und gerne alleine erledigen könne.

Am Freitag ist er froh, dass der letzte Arbeitstag der Woche anbricht. Gut gelaunt steht er kurz nach Sonnenaufgang auf, um eine Runde zu joggen. Trotz des feinen Sprühregens, der Gesicht und Gemüt kühlt, setzt er sich auf eine Bank, um sich einer Erdmeditation hinzugeben – *groß werden wie ein alter Baum, dessen Wurzeln tief in die Erde hineinreichen, wo sie von der Quelle allen Wassers trinken. Die Erde berühren und ihre Kraft einatmen, unsere Gefühle des Kummers ausatmen ... ausatmen ... ausatmen.* Dann trabt er nach Hause, duscht erst brühwarm, dann eiskalt. Und horcht auf seinen Magen, der ihn mit Klagerufen traktiert. Er öffnet den Kühlschrank. Leer. Hinter beiden Klappen. Also beschließt er, auf dem Weg zum Vermessungsamt in einem Café anzuhalten.

Im Auto lässt er seinen Gedanken freie Fahrt. Die Unterlagen, auf die sich Architekt, Investoren und Bürgermeister berufen, dürften beweisen, ob Willi Hauck einen Grund hat auszurasten. Diese Pläne sind, das hat seine Recherche ergeben, millimetergenau und detailgetreu. Im Liegenschaftskataster sind alle Flurstücke, Parzellen, Grundstücke und deren Beschreibung wie auch die Namen der Besitzer ausführlich dokumentiert.

An einer roten Ampel wählt er die Nummer des Vermessungsamts, um den Termin mit Herrn Merkt zu bestätigen.

«Der Herr Merkt», schwäbelt die Sekretärin, «der hat ganz schnell wegmüsse. Aber er isch am Montag wieder da. Kann er Sie z'rückrufe?»

Schmälzle fragt, ob er ihn nicht auf dem Handy erreichen könne.

«Er hat gsagt, i soll Ihne sage, dass er am Telefon kei Auskunft gebe kann.»

Er einigt sich mit der Sekretärin auf den Rückruf. Weil er aber fast in Calw ist und Scholz gemeint hat, dass Schmälzle sich nach seinem Besuch im Vermessungsamt ins Wochenende verabschieden solle, er habe genug Überstunden angesammelt, überlegt er kurz. Er könnte ... Natürlich kann er nicht. Oder doch? Er wägt ab. Zögernd zieht er sein Smartphone aus der

Tasche und geht auf Flugmodus. Wenig später spaziert er wie ein Germanistikstudent im letzten Semester über den Marktplatz, setzt sich in ein Café und frühstückt ausgiebig. Und weil er schon mal da ist, besucht er noch schnell das Hermann-Hesse-Museum. Am Abend kehrt er erfüllt nach Bad Wildbad zurück.

Doch der Tag ist nicht zu Ende. Der Mond steht wie eine Kugel da und erinnert ihn: Vollmondführung über den Baumwipfelpfad! Claudia hat es vor Wochen in seinen Terminkalender geschrieben. Schmälzle lugt auf die Uhr in seinem Wagen. Erschrickt. Betätigt den Blaulichtschalter. Ein Höllenlärm begleitet ihn, als er mit 80 km/h den kurvigen Umweg über Würzbach, Agenbach, Calmbach nimmt. Weil Dauerbaustelle/Vollsperrung/Nervtötung auf der 294. Seit über einem Jahr. Zweiundvierzig Minuten später steuert er den Polizeiwagen auf den Parkplatz Sommerberg. Er schielt zum Bikepark rüber. Für Wehmut hat Schmälzle jedoch so wenig Zeit wie für ausgeschilderte Pfade. Also hetzt er japsend den steilen Berg hoch, bahnt sich seinen Weg durch den Wald, rast an hohen Tannen vorbei die Böschung rauf und steht um 19 Uhr 28 vor dem Eingang zum Baumwipfelpfad.

Claudia begrüßt ihn mit einem vorwurfsvollen «Endlich».

Sam aber klingt erfreut: «Ey, Papa, cool, dass du's geschafft hast.»

Samstag, 18. Mai

*Der Mond hat seine Schuldigkeit getan,
doch die Sonne ist noch schwach.*

Zeitgleich mit dem Aufklappen seiner trägen Lider kommt Schmälzle die Furcht in den Sinn, denn heute ist der Tag, den er am liebsten aus seinem Kalender gestrichen hätte. Jener Tag, an dem eine Maschine der Air France in Echterdingen landet. Mit einer Haitianerin an Bord. Einer Frau, die seine Mutter sein will. Von der er nicht weiß, wie sie aussieht, wie sie tickt, was sie von ihm will. Wie sehr beneidet er den Kollegen! Gerne hätte er Scholz ein Tauschgeschäft vorgeschlagen: *Harald, ich geh für dich zum Stammtisch, und du düst schnell zum Flughafen. Kannst dein Schätzchen mal länger ausfahren.* Froh gelaunt imaginiert er das Gesicht seiner Leiblichen, der unbekannten Erzeugerin, die ihre Augen weit aufreißt, wenn der Kollege sie statt seiner abholt und sich als ihr Sohn ausgibt. Er beamt sich in die Zukunft hinein, in ihren Kopf, durch den es spukt: *Das also ist mein Sohn – alt ist er geworden, ist das wirklich so lange her? Und habe ich nicht einen schwarzen Jungen zur Welt gebracht? Wie kann es sein, dass dieser Mann weißer ist als mein Tischtuch?*

Seine Laune hebt sich schlagartig, und er schlägt freudig die Bettdecke zurück. Claudia röchelt leise vor sich hin. Er beobachtet sie eine Weile, fasziniert von den Grunzlauten, zu denen diese Frau im Schlaf fähig ist, und beschließt, eine Runde zu joggen, bevor er sich seinem Schicksal stellt wie ein Mann.

«Nein», brabbelt er vor sich hin. Seine Füße hat er auf *auto-*

matic eingestellt. In die Stille des Waldes hineintrabend, flüstert er seinem Zenmeister zu: «Heute bin ich nicht der Botschafter des Lichts. Ich sehe auch nicht das Gute in jeder Wesenheit. Heute bin ich Krieger. Ob als Sohn einer Mutter, die ohne Herz geboren wurde, oder als Abkömmling einer Frau, der man es genommen hat – sie kann mir gestohlen bleiben.»

Als er atemlos zurückkehrt, steht Claudia in der Küche. In einem bodenlangen Morgenmantel, mit einem Turban auf dem Kopf und einer giftgrünen Masse im Gesicht hantiert sie mit Tellern und Kaffeetassen. Schmälzle denkt an seine Rolle als Krieger. Er rammt seine Zähne in ihren Hals. Stellt fest, dass es nur ein Kuss geworden ist.

«Lecker», murmelt er und leckt das Giftgrün von seinen Lippen.

«Die Gurken-Maske ist vegan, Justin. Aber das Frühstück nicht.» Lachend zeigt sie auf Eier und Schinken, die neben einer gusseisernen Pfanne angerichtet sind.

«Super!», sagt er.

Sie tätschelt seine Wange. «Schatz. Geht's dir nicht gut?»

«Alles bestens, Claudi.»

«Du freust du dich doch auf deine Mutter. Wie schön!», sagt sie und legt eine Scheibe Schinken in die Pfanne.

Schlagartig ist Schmälzles gute Laune verflogen, aus dem offenen Fenster geweht. Mit finsterer Miene sagt er: «Sie ist nicht meine Mutter, Claudi. Sie ist meine Gebärmutter. Das ist ein fundamentaler Unterschied.»

Claudia Schmälzle, die eigentlich Mergenthaler heißt, aber immer mit Schmälzle angesprochen wird, weil die Frau eines Kommissars heißt wie ihr Mann, diese Frau also fältelt die Stirn und schaut besorgt drein. Überaus besorgt. Denn es ist ein Akt der Aggression, mit dem er den Knopfdruck des

Kaffeevollautomaten in Gang setzt. Während der erste Reismilch-Macchiato durchläuft, eilt Schmälzle ins Bad und dreht den Duschhahn auf. Als könnte der Wasserschwall aus der Überkopfdusche einen Tag in den Abguss schütten, der gerade erst begonnen hat.

Mai 1869

Die Stimme klang sanft: «Grüß Gott, Martha.»
Ich drehte mich um. «Herr Pfarrer!», rief ich. «Was machet denn Sie hier?»

«Das wollt ich dich gerade fragen», sagte der Pfarrer, der im Spaziergewand hinter mir stand und seine Hände vor dem genährten Bauch gefaltet hielt.

«Schäfchen suchen, Herr Pfarrer?», entgegnete ich und hielt das Glas fest, das mir vom Kopf rutschen wollte, derart abrupt hatte ich mich umgedreht.

«Ich habe meines schon gefunden», sagte der Pfarrer, und ich spürte, wie sich die feinen Härchen auf meinen Unterarmen aufrichteten. Sie warnten mich, wie die Kirchenglocken, die zur Unzeit läuteten, wenn in einer Scheune ein Brand ausgebrochen war und die verängstigten Kühe in Sicherheit gebracht werden mussten.

«Das sind edle Tropfen, Martha.» Der Pfarrer zeigte mit dem Finger auf die Glasflasche, die ich neben mir auf dem weichen Waldboden abstellte.

«Des sind bloß ...»

«Bloß?»

«Essensreste für die Tiere», log ich.

«Essensreste! Damit gehst du zehn Kilometer spazieren, Martha, um die Rehe und Hasen zu füttern, mit Schnaps, der sie besoffen macht», sagte der Pfarrer und sah mich neugierig an.

«Mir sollet an die Schwache denke, des prediget Sie doch von der Kanzel, am Sonntag.»

«Dich hab ich seit vier Wochen nicht mehr unter der Kanzel gesehen, liebe Martha.»

«Der Gustav isch halt krank gwä, i hab koi Zeit g'habt, Herr Pfarrer.» Immer tiefer begab ich mich in die Sündhaftigkeit.

«Martha, Martha, da bedarf es viel Schnaps, um deine Lügerei zu ertränken.» Sein Blick ruhte auf meiner Flasche.

Ich musste ihn ablenken, dazu bringen, mich in Ruhe zu lassen. Sollte ich ihm zu trinken geben? Könnte ich das schwere Gefäß an seinen Mund heben? Die Flüssigkeit flösse erst langsam und dann schneller in ihn hinein, bis der honorige Mann betrunken wäre – derart betrunken, dass er einschliefe, unter dem Baum, an dem er lehnte, und erst am nächsten Morgen zu sich käme, wo ihm nur mehr eine blasse Erinnerung an das nächtliche Treffen bliebe. Ich zitierte einen Ofenspruch, um Zeit zu gewinnen: «Was Gott mir gönnt, muss man mir lassen.»

«Er gibt mir Nahrung und das Leben, drum dank ich ihm, der mir's gegeben», vollendete der Pfarrer den Spruch. Mit lammfrommer Stimme fügte er hinzu: «Martha, du musst mir nichts vormachen. Ich zeige dich nicht an.»

Ich spähte nach einem Beutel, einer Flasche, einem Behältnis für Schmuggelware. Denn früh hatte ich gelernt, dass nur, wer selber etwas auf dem Kerbholz hatte, von Verdächtigen abließ. Ich überlegte, was er unter dem Gewand versteckt halten könnte, denn Hochwürden trug einen abgewetzten grauen Janker zu einer weiten Hose. «Sie henn no nie an Bauch g'habt», sagte ich und biss mir auf die Zunge.

«Die Haushälterin kocht halt gut», sagte der Pfarrer und blitzte mich listig an.

«Aber net gut g'nug, dass Sie net no was dazuverdiene müsset.» Wohl geziemte sich der Ton nicht, und mein überraschender Besuch hatte wahrlich eine andere Ansprache verdient, aber unter Verbrechern lösen sich die Standesdünkel auf, entsteht eine Komplizenschaft, die im schlimmsten Fall vernichtet, im besten Fall verbündet.

«Mir kannst du es ruhig beichten, Martha», sagte der Pfarrer.

Ich holte mein Notfallglas aus einer Manteltasche, zog den Kork, der fest in der Flasche steckte, mit ganzer Kraft heraus und hob die Flasche so über meinen linken Arm, dass ich mit der Rechten das Glas zu füllen vermochte, ohne die wertvolle Fracht zu verschütten.

«Das sind Kirschen», sagte der Pfarrer, der am Selbstgebrannten roch. Danach leerte er das Glas in einem Zug.

«Da isch viel mehr drin, Herr Pfarrer.»

«Ach, was gibst du denn alles rein, in deinen feinen Tropfen?»

«Die Sauerkirsche hinterm Haus setz i scho seit Jahre an. Im Frühjahr kommet Holunderblüte, im Sommer Zibärtle, im Herbst Heidelbeere dazu. Und Kräuter. Wilde Kräuter. A raffiniertere Kirschemischung krieget Sie nirgendwo in Württemberg.»

«Wer sagt des, Martha?»

«Die ganze Honoratiore! Der Bürgermeischter und ...» Ich erschrak über meine eigenen Worte.

«Du verkaufst an den Bürgermeister? Ha, an welchen denn?» Der Pfarrer hielt mir das Glas noch einmal hin, doch ich schüttelte den Kopf und drehte den Korken wieder auf den Flaschenhals. «Und was kriegt man für so ein Fläschle? Drüben, im Badischen?» Der Pfarrer ließ mich nicht in Frieden, ich spürte, wie sein Blick durch mich drang, und hatte ich ihm auch stets vertraut, so verabscheute ich ihn in diesem Augenblick zutiefst.

‹'s langt grad, um die Kinder satt zu kriegen», log ich und hoffte, mein Gegenüber sah es mir nicht an, denn beim vermehrten Lügen bebten mir die Nasenflügel. ‹Mama Hummelbrumm›, sagte das Mariele, wenn sie mich so sah, seit sie einmal eine Hummel entdeckt hatte, die auf der Stelle flog.

«Die Kinder, Martha. Du hasch keine Kinder.»

«Ha, 's Mariele», sagte ich. «Und den Wilhelm.»

«Des sind doch die Kinder von der Sofie!»

«Und Sie, was schmugglet Sie über die Grenze, Herr Pfarrer?», lenkte ich ab.

«Den Segen.» Er schaute vielsagend drein.

Ich wagte nicht, ihn auszuhorchen, er war halt doch der Pfarrer. Ich zerbrach mir den Kopf darüber, wie ich den Mann loswerden konnte, denn die Zeit rann unter meinen Fingerspitzen davon. Zaghaft fragte ich: «Henn sie au a Familie, a heimliche, Herr Pfarrer?» Er war nicht verheiratet, aber hatte eine ältere Haushälterin, mit der er unmöglich eine Liaison haben konnte. Aber was wusste ich schon.

«Eher a unheimliche, Martha», sagte er. «Mein Vater ist zweiundachtzig und macht keine Anstalten, dem Herrn von Angesicht zu Angesicht zu begegnen. Stur, wie er ist, möcht er partout nicht bei mir wohnen, und deshalb hab ich eine Haushälterin suchen müssen, die ich nicht bezahlen kann.»

«Und darum schmugglet Sie. So wie i.»

Er seufzte.

Dann sagte ich: «Herr Pfarrer, mei Gustav darf net wisse, was i hier mach.»

«Ich erzähle nichts, Martha. Aber wenn er mich fragt ...», erwiderte er.

«A gleine Lüge?»

«Du weißt, wem ich diene.»

«Denket Sie an die schöne Bücher, Herr Pfarrer. Sie selber henn sie mir gschenkt. I hann alle glese, au, wenn i net alles verschtande hab.»

«Nah ist und schwer zu fassen, der Gott.»

«Wo aber Gefahr ist, wächst das Rettende auch.»

«Siehst du, Martha. Der Johann Christian Friedrich ist darüber wahnsinnig geworden. Stimmen soll er gehört haben, die der Leibhaftige geschickt haben muss. Keiner hat sie ihm austreiben können. Man hat ihn in einen Turm sperren müssen. Wär er in die Fußstapfen des Vaters getreten, wie die Mutter es gewollt hat ...»

«So wie bei Ihne?»

«Ach, Martha. Ich hatte nicht das Talent dieses Pfarrersohnes.» Der Mann Gottes richtete den Blick in die Tannenkronen.

«Alles prüfe der Mensch», zitierte ich Johann Christian Friedrich Hölderlin.

«Dass er Danken für alles lernt», rezitierte er.

«Und verstehe die Freiheit, aufzubrechen», klagte ich. «Wohin er will.»

Ich wusste, der Pfarrer würde mir die Sünde vergeben, so wie er sich die Sünde vergeben würde. Aber er war schwach. Er würde sie nicht für sich behalten. Seine Sünde nicht. Wie meine nicht.

Montag, 20. Mai

Das Waldfreibad hat endlich geöffnet.

Kaum hat Schmälzle die schwere Holztür aufgestoßen, tut sich vor ihm ein Bild auf, das er nie vergessen wird. Er leckt sich eine Schweißperle von der Oberlippe, spürt das Salz auf seiner Zunge, wischt sich mit einem Taschentuch übers Gesicht. Doch sein Blick bleibt hängen. An fünfundfünfzig Kilo Lebendgewicht, die auf einem wackligen Klappstuhl balancieren. Die Polizeiassistentin hält einen Bohrhammer in der Hand, dessen Umfang den ihrer Oberarme weit überragt. Geschickt attackiert sie die Stirnseite des Raumes, bohrt erbarmungslos ein Loch in die schiefe, hell getünchte Wand, die von dunklen Balken durchkreuzt ist. Heute wirken sie noch bedrohlicher, weil die Fensterläden geschlossen sind – die 28-Grad-Marke soll gegen Mittag geknackt werden.

Schmälzle schielt nach Scholz, der sich über seine Zeitung beugt. Auf seinem Schreibtisch rührt ein kleiner Tischventilator unermüdlich die warme Luft um.

Der Postenleiter sagt: «Das hätten wir erledigt, Leo.»

«Hättet ihr, Harry», sagt sie und pustet eine Haarsträhne aus dem erhitzten Gesicht, reibt mit dem linken Handrücken über ihre Wange. Das schwere Gerät baumelt rechts an ihr herunter. Schmälzle hält den Atem an, denn der Klappstuhl hat sein inneres Gleichgewicht noch nicht gefunden.

«Ich hab keinen Profi-Bohrhammer daheim», sagt Scholz.

«Ich hab den auch nur ausgeliehen», erwidert Leonie.

«Der schafft viertausend Schläge in der Minute», erklärt Scholz.

«Ein normaler Schlagbohrer hätte es auch getan.» Schmälzle starrt fasziniert auf Leonies silberfarbene Schuhe. Die Absätze sind dünner als die Spindel des Bohrers.

«Hätte, könnte, würde», murmelt die Polizeiassistentin, dann erläutert sie stolz: «Wenn Frauen ans Werk gehen, wird nicht lange rumgeschwätzt. Da wird das gemacht.» Zur Untermalung ihrer Erkenntnisse lässt sie den Diamanten auf ihrem Eins-Vierer-Zahn für eine Sekunde aufblitzen. Dann sirrt der Bohrer aufs Neue. Kurz darauf pustet sie in zwei beachtliche Löcher, drückt zwei Dübel in die Wand und befestigt je einen Haken daran. Zufrieden steigt sie vom Stuhl und betrachtet die perforierte Wand.

Scholz sieht auf. Reicht ihr sein Smartphone und sagt: «Willst du das auch an die Wand hängen, Leo? Für die Interaktivität.»

Sie lässt sich nicht aus dem Konzept bringen. «Wir machen das jetzt wie im Fernsehkrimi. Jeden Morgen wird der aktuelle Stand an die Wand geheftet. Was überholt ist, wird ausgetauscht. Dann sind wir immer up to date.»

«Super Idee, Leonie», sagt Schmälzle.

«Deshalb entgeht denen im Krimi nichts. So wie uns.» Sie legt die Bohrmaschine auf ihrem Schreibtisch ab und packt die Magnetwand.

«Uns entgeht kein Nanomillimeter, Leo!», sagt Scholz und reibt sich die Schläfen. «Hier ist alles drin, was groß und wichtig ist. Sogar die Tatsache, dass du das rechte Bohrloch im Vergleich zum linken einen halben Zentimeter tiefergelegt hast.»

Nach kurzem Augenrollen und einer langen Pause, die ihre Wirkung nicht verfehlt, denn die Spannung im Raum ist spürbar, sagt Leonie: «Dieser Anbau von Willi Hauck, der besteht nicht bloß aus Glas und Holz.»

«Sondern?» Schmälzle fixiert sie neugierig.

«Spuck's aus, Leo.» Auch Scholz schlägt seine Zeitung zu.

Die Assistentin wirkt, als beträte sie den Phaser-Kontrollraum der Enterprise, nachdem ein Notruf von der Brücke des Raumschiffs kam: «Es ist eine Schande, dass euch das durchgegangen ist.»

Vier aufgerissene Augen starren sie an.

«Ich hab meinen Schwager gefragt.»

«War der auch bei der Oma?», fragt Scholz.

Sie nickt. «Beim Geburtstag.»

«Zu dem wir den Schnaps beigesteuert haben», ergänzt Schmälzle.

«Das ist ein richtiges Hightech-Ding, hat der Schwager gemeint. Alles läuft automatisch ab, die Temperatur ist genau so, wie es für die wertvollen Tropfen richtig ist. Die Wasserwand sorgt für die nötige Luftfeuchtigkeit. Alles ist über eine App steuerbar. Smart Home ist Dreck dagegen.»

Schmälzles Augen leuchten. Von einer App zur Regelung der Temperatur in jedem Raum träumt er schon lange.

«Solche Projekte findest du in New York, Singapur oder Paris», weiß Leonie.

«Paris», sagt Schmälzle.

«Das war sauteuer», sagt Leonie.

«Jepp. Es hat nämlich keine halbe Million gekostet, auch nicht eine ganze.» Scholz suhlt sich in der Aufmerksamkeit. Langsam spricht er weiter, setzt eine Silbe an die andere: «Dieser Showroom hat anderthalb Millionen verschlungen.»

«Eins Komma fünf Millionen Euro?» Diese Summe übersteigt eindeutig, was einem schwäbischen Einfamilienbetrieb guttut, denkt Schmälzle. Ungläubig fragt er: «Woher weißt du das, Harald?»

Ein Hauch Überlegenheit schwingt mit, als Leonie für den Postenleiter antwortet: «Das reicht ihm immer noch nicht. Er hat nämlich eine Erweiterung geplant. Ein Vertical-Gardening-Projekt.»

«Was soll das sein?», fragt Scholz.

«Ein Garten, der die Wand hochklettert», präzisiert Schmälzle.

«Wie bei Bosco Verticale in Mailand», schwärmt Leonie. «Da wachsen neunhundert Bäume aus Betonwannen aus der Hauswand.»

Scholz fältelt die Stirn.

«Sie spricht von begrünten Hochhäusern, Harald. Das ist ein neuer Trend. Zwecks guter Ökobilanz», sagt Schmälzle.

«Als hätten wir nicht genug Grünzeug hier. Als bräuchten wir Obstbäume, die unsere Fassaden versauen.»

«So was kurbelt das Geschäft an», sagt Leonie.

Schmälzle hat eine andere Erklärung: «Dieser Willi wollte sich ein Denkmal setzen. Die einen bauen sich ein Mausoleum, die anderen ...»

«... einen vertikalen Garten.»

Die Assistentin blickt auf die Magnetwand in ihren Händen und besinnt sich ihrer Aufgabe. Kurz darauf ziert eine blütenweiße Hochglanzfläche mit einem schmalen Rahmen aus gebürstetem Aluminium die Polizeistube. Im selben Atemzug macht sich Leonie an ihrem Rechner, daraufhin am Drucker zu schaffen. Sogleich präsentiert sie die ausgedruckten Blätter, die sie flugs mit Magneten befestigt:

Willi Hauck = Alibi für die Taten 1, 2, 3
(1 = Reifenattentat, 2 = Drohbrief, 3 = Anschlag Notar)
von Ehefrau bestätigt.
Willi Hauck = hoch verschuldet.

Letzteres unterstreicht sie mit einem Markierstift. In Kirschrot.
«Unsere Leo ist ein schlaues Köpfchen», sagt Scholz, der die Kollegin amüsiert beobachtet.
«Das ‹Chen› kannst du dir sparen, Harry.»
«Dann lass uns Gentlemen sein und der Kollegin helfen.»
Stumm hängt Schmälzle den nächsten Zettel an die Tafel:

Tatmotiv = Überreaktion/Panik/Existenzangst:
Arsch auf Grundeis.

Vor diesem Blatt bleibt er stehen, klopft der Kollegin auf die Schulter und sagt: «Spitzenleistung, Leonie. Das sieht nach einer baldigen Beförderung aus. Und tu mir einen Gefallen: Druck noch Nachbarn aus Nonnenmiß = weitere Verdächtige = schlüssiges Tatmotiv: Neid aus.» Der Frühschoppen gestern hat sich als informativ erwiesen – die Männer waren in Plauderlaune. Nach vielen «Ha was», «Ha nois», «Ha so ebbes» hat er erfahren, dass Willi Hauck nicht beliebt ist. Keiner im Ort mag ihn. Zu protzig, zu großkotzig, das mögen die bodenständigen Nonnenmißler nicht. Aber gut waren sie drauf. Immer wieder klopften sie ihm auf die Schulter, grölten «subber Sach, so an Flüchtling als Kommissar», obwohl er mehrfach beteuerte, dass er in Karlsruhe aufgewachsen und ein waschechter Badener sei.

In diese Informationen musste Schmälzle zwei Pils investieren, was er gerne tat, denn der Samstagvormittag auf dem Flughafen war eine Katastrophe gewesen. Drei Stunden hatten sie gewartet. Keine einzige dunkelhäutige Frau in den Endfünfzigern mit unzähligen Koffern hatte die Glastür passiert, durch die jeder tritt, der in Echterdingen landet. Claudia war sauer gewesen, weil er das nicht verifiziert hatte mit der Ankunft, und dann hatte auch noch Sam herumgenörgelt und genölt: «Diese Oma, die gibt es gar nicht, die hast du bloß erfunden, Papa.» Da hatte er die Schnauze voll gehabt und gesagt: «Wir gehen jetzt in die Wilhelma.» Sam hatte ihn ins Gorillahaus gezerrt, und Kibo, Kobo und Kimbali hatten für einen kurzweiligen Nachmittag gesorgt. Weil das für mehr als ein Wochenende reichte, verbrachte Schmälzle den nächsten Vormittag im Wirtshaus, um den Nonnenmißlern Geheimnisse zu entlocken, die sie eigentlich nicht preiszugeben gewillt waren.

Jetzt schnalzt Scholz mit der Zunge und zieht den Stecker zu Schmälzles Gedankenstrom. Breitbeinig stellt sich der Postenleiter vor das Whiteboard. Dort inspiziert er das Geschriebene andächtig. Seinen mahlenden Zähnen entnimmt Schmälzle, dass Scholz bereit ist, das Blatt zu wenden. So geschieht es. Er zückt einen dicken, schwarzen Filzstift und schreibt:

Willi Hauck = DSp = hat die fünf letzten Kreditraten nicht bedient.

Neben die Magnetwand. Direkt auf den Putz. Der hundert Jahre, vielleicht zweihundert, überstanden hat, ohne Sudelei.

«Was heißt DSp?», fragt Schmälzle.

«Daniel von der Sparkasse.» Nach dieser Aussage steckt der Postenleiter seinen Filzstift in die Hemdtasche und zieht an beiden Daumen, bis es knackt.

Schmälzle und Leonie starren erst ihn an, dann die Wand.

Dienstag, 21. Mai

Die Schichtarbeiter wachen gerade auf.

Schmälzle fährt hoch. Neben ihm schlummert Claudia selig. Ein zaghaftes Röcheln kommt aus ihrem Mund. Rhythmisch, gleichförmig, nahezu schön. Das bringen nur Frauen zustande. Er öffnet die Augen. Draußen ist es hell. Eine Bilderbuchszenerie: Sanftes Vollmondlicht lugt durch den zarten Voile in ihr Schlafzimmer. Schmälzle lauscht dem Vogelgezwitscher, das sich wie ein Oberton über die Schnarchgeräusche seiner Frau legt. Was hat ihn aufgeschreckt?

Sie murmelt im Halbschlaf: «Dein Handy surrt.»

Schmälzle tastet nach dem Surren, stößt die Nachttischlampe zu Boden.

Claudia ruft: «Ist was passiert?»

Er flüstert: «Hab alles im Griff, Schatz, träum weiter.»

Kurz darauf trompetet eine markante Stimme in sein Ohr: «Los, Just, raus aus den Federn, wir brauchen dich!»

«Just». So nennt ihn nur der Rechtsmediziner. Schmälzle zischt: «Lothar! Was ist?»

«Die Archäologen sind da.»

Schmälzle reibt mit der Faust über sein linkes Auge, das sich erst zur Hälfte geöffnet hat. «Sag mal, hast du einen Duracellhasen gegessen?»

Der Rechtsmediziner giggelt. «Hör zu. Die wollen endlich anfangen.»

Die Uhr auf seinem Handy verhöhnt ihn. Schmälzle stöhnt: «Es ist kurz nach fünf!»

«Aurora musis amica», dudelt es in sein Ohr.

Doch Schmälzle ist am Ende mit seinem Latein. Also sagt er: «In einer Stunde.»

«Okay.»

«Haben die durchgearbeitet, Lothar?»

«Ne. Die sind aus Kambodscha eingeflogen, gestern Abend. Sie konnten nicht schlafen, haben mich die halbe Nacht genervt, fast jede Stunde angerufen und gefragt, wann sie den Fundort inspizieren dürften. Die sind ganz aufgeregt, Just, ich kann die nicht länger hinhalten. Du weißt, ich bin vierundvierzig Kilometer entfernt, und du ...»

Schmälzle schlägt die Bettdecke zurück und wirft einen Blick auf seine Frau, die sich hin und her wälzt, als müsse sie ungebetene Traumgestalten das Fürchten lehren. Er tapst ins Bad. Nach einer heißen, dann lauen, abschließend eiskalten Dusche schlurft er barfuß, ein großes Frotteetuch um die Lenden, in die Küche. Kurz darauf erschrickt er.

Er wird von hinten festgehalten. Zwei zarte Frauenhände ziehen abrupt sein Handtuch weg. Claudia steht hinter ihm. Er schnuppert. Sie riecht nach Schlaf. Er mag den Geruch von Schlaf. Er überlegt, ob er sie ins Bett zurückzerren soll, doch ihre Hände deuten an, dass kein großes Gezerre nötig sein würde. Seine Instinkte ringen mit ihm. Er dreht sich zu ihr um und küsst sie lange. Doch die Pflicht liegt schwer in seinem Magen, nimmt ihn ein und lässt weiteren physischen Regungen keinen Platz. Das hat ihm sein Vater eingetrichtert. Der Richter-Baba.

«Sorry, Claudi», sagt er. «Ich muss ans Moor.» Dann greift er nach dem Handtuch und wickelt es sich wieder um die Lenden.

«Du hast ein Rendezvous im Moor? Um fünf in der Früh?» Sie sieht ihn an, als wäre der Mann, der sie geweckt hat, nicht real, sondern eine ihrer Traumgestalten.

«Sorry», sagt die Traumgestalt.

«Ich hab mich auf ein gemeinsames Frühstück gefreut, und du nimmst Reißaus», jammert Claudia.

Er druckst herum. «Die Sache ist frisch.»

«Und mein Brötchen, ist das auch frisch?»

«Ich bring Brötchen mit, wenn ich zurückkomme. Versprochen!» Hastig zieht er sich an, wirft eine Jacke über und sprintet zur Tür.

«Und wann ist das?»

Schmälzle bleibt ihr die Antwort ebenso schuldig wie eine Erklärung für seinen Übereifer. Warum will er in aller Herrgottsfrühe mit den Archäologen im Wald herumstapfen? Er nimmt je zwei Stufen auf einmal. Er hätte einfach die Koordinaten durchgeben können. Er saust nach unten in die Alte Steige. Sogar der Wind verhöhnt ihn an diesem Morgen, bläst ihm scharf ins Gesicht. Was ist er für ein Idiot! Seine Frau steht vor ihm wie eine nordische Göttin, mit nassen Haaren, die nach Zedern duften, in einem Négligé, das Kurven an Stellen durchblitzen lässt, die ihn schwindlig machen, und er geht ermitteln? Schmälzle stößt Luft aus seinen Lungen. Er war lange nicht mehr bei seinem Zenmeister. Er muss seinen Ehrgeiz zügeln, seine Prioritäten verlagern. Er hat eine großartige Frau. Auch wenn sie Mahlzeiten verkocht und Wäsche zu heiß badet, hat sie einen messerscharfen Verstand. Eine liebevolle Art. Also manchmal hat sie das. Durchaus. Und er hat einen großartigen Sohn. Mit ihr. Also alles, was er sich immer gewünscht hat.

Schmälzle atmet ein. Der Abend wird kommen. Er atmet aus. Allein das ist gewiss.

Dienstag, 21. Mai

Der Morgentau liegt noch auf dem Gras.

Schmälzle hat beim Herfahren seinen Blinker ignoriert, ist munter links und rechts abgebogen, wie es ihm gefiel, hat den Daimler rumpeln, zuckeln, hoppeln lassen, gedacht, da sind die alten Schlaglöcher in der Alten Steige Peanuts, und die letzten hundert Meter zu Fuß genommen.

Jetzt spaziert er über Schotter an Gebüsch und Gestrüpp vorbei zum Hohlohsee. Im Schlepptau hat er einen vierköpfigen Archäologen-Trupp. Mit Handschaufeln, Spaten, Stechbohrern ausgerüstet, mit Pinseln, Lotdrähten und Kameras bewaffnet, folgen zwei Männer, eine Frau und ein kaum Volljähriger – wohl der Praktikant – seiner Spur. Das Absperrband flattert fröhlich im Wind. Dahinter nimmt Schmälzle die wilde Schönheit des Hochmoors wahr. Gespenstisch liegt es am frühen Morgen da. Die Silhouetten der umliegenden Bäume sind fast schwarz, und das Sumpfgebiet strahlt eine Mystik aus, die sich jenseits von Ort und Zeit befindet. Das Gras ist nass vom Morgentau und reicht dicht ans Wasser heran. Ohne Befestigung und ohne erkennbares Ufer wirkt der See wie wahllos in eine Lichtung des Bannwalds gesetzt. Eine überdimensionierte Pfütze, die sich jeden holt, der hineinzuspringen wagt. Schmälzle kommt sich vor wie in einem Stephen-King-Film. Das Wasser wird ihn gleich in die Tiefe ziehen, immer weiter, bis er sich nicht mehr befreien kann, bis ... Düstere Bilder zerren ihn ins Bodenlose, der Strudel saugt ihn ein. Da vibriert das Handy in seiner Gesäßtasche.

Die Polizeiassistentin klingt munter: «Justin! Harry hat was für dich.»

Während er die Archäologen mit Handgefuchtel an die Fundstelle der Moorleiche heranführt, vernimmt er: «Du sollst deinen A..., äh, Allerwertesten herbewegen, meint der Chef.»

«Ich bin mit den Archäologen am See, Leonie.» Er unterdrückt sein Gähnen nicht. Sogar für seine Verhältnisse war alles zu früh, zu abrupt, zu stressig an diesem Morgen. Nicht mal für seinen Reismilch-Macchiato hatte er Zeit.

«Fängst du jetzt auch noch an zu buddeln?», schreit Scholz aus dem Hörer.

«Ich zeig denen bloß den Fundort, Harald. Wir sind gleich am See.»

«Was wollen die am Fundort, Schmälzle?»

«Nach Spuren suchen, Harald.»

«Und dazu brauchen sie dich?»

Der Anruf der Kollegen kommt ihm nicht mal ungelegen. Schmälzle fröstelt in seinem Jeanshemd. Wahrscheinlich hat es gerade mal elf, zwölf Grad über null. Er erklärt Scholz, dass er gleich da sei, dann sieht er sich um. Einer der Archäologen, offenbar der Chef, gibt den anderen Anweisungen.

«Was genau suchen Sie eigentlich?», fragt Schmälzle.

«Das weiß man vorher nie», erwidert der Archäologe. «Wir holen Scherben und Knochen aus der Erde. Manchmal finden wir Metallsplitter, Reste von Granaten aus einem der Weltkriege. Oder Knochen, Stoff, Müll aus der Römerzeit. Alles, woraus man Rückschlüsse auf unsere Vorfahren ziehen kann, ist für uns wichtig.» Der Mann dürfte ein paar Jahre älter sein als er, Mitte vierzig, schätzt Schmälzle. Hellwache, sumpfgrüne

Augen blitzen ihn an. Der Akzent des Archäologen lässt sich nicht einordnen.

«Sie sind kein Deutscher», stellt er fest.

«Israeli», klärt der Archäologe auf, dann mustert er den Kommissar. «Sie sehen auch nicht wirklich arisch aus.»

«Ich bin Karlsruher.» Schmälzle lacht. Dann fragt er, ob er seinen Sohn mal mitbringen könne. Der sei elf und interessiere sich sicher für die Ausgrabungen.

«Sehr gerne», sagt der Israeli. «Aber mit Schäufelchen buddeln wir Archäologen schon lange nicht mehr. Wir hacken keine Böden wahllos auf und wühlen uns nicht mehr durch die Erde wie Maulwürfe, bis wir auf einen Gegenstand stoßen. Wir orten unsere Fundstätten mit Drohnen.»

«Drohnen.» Das wird Sam beeindrucken. Schmälzle verabschiedet sich, dann dreht er sich noch einmal um. «Halten Sie bitte Ausschau nach einem spitzen Gegenstand. Einer Hacke beispielsweise.»

Der Mann tippt der Kollegin auf die Schulter, deutet auf das Gerät, das diese in der Hand hält. «Eine Spitzkelle, meinen Sie so was?»

Schmälzle hält den rechten Daumen in die Luft. «Aber bitte aus dem neunzehnten Jahrhundert.»

Der Archäologe legt die Hand salutierend an seine rechte Schläfe. «Geht klar, Sheriff!», ruft er Schmälzle nach, der mit langen Schritten zum Schwabenweg stapft, wo sein Auto parkt.

Als er den Wagen vor der Bätznerstraße 2 abstellt und noch bevor ihn Scholz in die neuesten Erkenntnisse einweihen kann, vernimmt er ein Japsen und Keuchen. Er muss nicht hinsehen. Er weiß auch so, dass die Geräusche zu der üppigen Gestalt gehören, die sich die Außentreppen zum Posten hinaufzwängt. Sie hat ein staubsaugerartiges Ungetüm im Schlepptau.

Ganz Gentleman, stößt Schmälzle für Frau Meichle die schwere Holztür auf und betritt dicht hinter ihr den schmalen Flur.

Sie stammelt: «S'tut mir leid, Herr Schmälzle, Herr Scholz, i war, ja also, Sie wisset doch, i war beschäftigt und hab Sie völlig vernachlässigt, i ...» Schnaufend stellt sie das unförmige Gerät auf dem Boden ab und wischt sich mit dem Ärmel ihrer dünnen Sommerbluse über die Stirn. Die Haare hat sie mit einem Schal mit Tigermuster gebändigt. Das wilde Muster wird von den seitlichen Streifen an ihrer pinkfarbenen Hose aufgegriffen. Auch die Gummi-Pantoletten sind pink und mit Glitzersteinchen besetzt.

Schmälzle grinst über ihren Kopf hinweg in den Posten. Leonie lächelt zurück. Dann sagt sie: «Mich haben Sie auch vernachlässigt, Frau Meichle, glauben Sie, mein Schreibtisch ist nicht dreckig?»

«Freilich», sagt Frau Meichle und bindet sich den Schal, der ihren Dutt in Schach hält, fester um den Kopf. «I bin glei bei Ihne, Frau Uhlig.» Doch vorher bückt sie sich und hält eine innige Zwiesprache mit ihrem Gerät: «Du kriegsch dei Wässerle glei», sagt sie zu dem Ungetüm, als würde es sich um ein Haustier handeln. Offenbar ein bienenfleißiges, denn seine Farbenkombination ist gelb-schwarz. Mit einem klarsichtigen Becher verschwindet sie in der Küche, und kurz darauf läuft Wasser aus dem Hahn.

Scholz plärrt: «Sie wollen doch nicht mit dem Hochdruckreiniger in unsere Polizeistube!»

Auch Schmälzle kann kaum glauben, dass die Postenperle einem geschlossenen Raum, in dem amtliche Dokumente offen herumliegen, mit Wasserfluten zu Leibe rücken will. Scholz rollt seine Augen weit nach oben, der Holzdecke entgegen.

Frau Meichle kehrt mit dem gefüllten Becher zurück, hält im Türrahmen inne, rümpft die Nase und sagt: «Des isch bitter nötig. Und des isch kei Hochdruckreiniger, Herr Scholz, des isch an Dampfreiniger.»

Erschrocken springt Leonie auf. Die nahende Gefahr hat sie offenbar mit Verzögerung erkannt. Hektisch schiebt sie die Papiere auf ihrem Schreibtisch zu einem Haufen zusammen, öffnet eine Schublade und lässt den Stapel darin verschwinden. Dann löst sie ihren Computer von allen Verbindungen und trägt ihn aus dem Raum, vorsichtig, als handle es sich um ein frischgeschlüpftes Vögelchen.

Scholz gibt Schmälzle ein Zeichen. Der kapiert. Abmarsch. Von der Tür aus motzt Scholz Frau Meichle an: «Die Unterstunden werden nachgeholt! Arbeitsvertrag ist Arbeitsvertrag.»

Frau Meichle kneift die Lider zu Schlitzen zusammen. Bis sie einen waagrechten Strich andeuten, durch den sie unheilvolle Blitze jagt. Dann wischt sie eine frische Schweißperle von ihrer rechten Wange und verkündet: «Wenn älles sauber isch, isch älles gschafft.» Abermals bückt sie sich und stellt den Wasserbehälter auf ihr Putzgerät, drückt, schiebt und ruckelt ihn hinein, bis er mit einem hörbaren Knacken einrastet.

Schmälzle geht nicht weiter auf die Diskussion ein, und auch der Postenleiter winkt ab. Kurz darauf lassen sie die Tür ins Schloss fallen und stiefeln stramm auf den Stammtisch der Wirtschaft zu.

«Ah, die Kommissare!», begrüßt sie die Bedienung. «Darf's ein Ermittlerfrühstück sein? Einmal doppeltes Rührei mit Speck, einmal Pfannkuchen ohne Milch, ohne Ei?»

Scholz nickt. Schmälzle kann immer noch nicht glauben, dass seine kulinarischen Träume wahr geworden sind und der Wirt ein Schmälzlefrühstück auf die Karte gesetzt hat. Vollwert, voll vegan. Wie er erfahren hat, erfreut sich diese Mahlzeit, die abnehmende Beleibtheit verspricht, zunehmender Beliebtheit. Er bestellt einen Reismilch-Macchiato dazu. Fragt: «Was gibt's, Harald?»

Der studiert die Karte. Von oben nach unten. Von vorne nach hinten.

«Lass mich raten. Haucks Alibi ist geplatzt.»

Die Bedienung stellt erst die Getränke, dann zwei Teller auf den Tisch. Freundlich wünscht sie den Herren «An gude».

Scholz ordert einen Schwarztee zum Frühstück.

«Einen Darjeeling?»

«Bitte.»

«Harald?»

Der Kollege geht nicht auf Schmälzle ein. Sagt erst, nachdem zwei, drei Bissen in seinem Magen versenkt sind: «Du bist auf dem Holzweg, Schmälzle.»

«Deshalb löffelst du gerade die Weisheit?»

«Ich bin ihr auf der Spur.» Der Postenleiter stochert im Rührei herum.

Schmälzle nippt an seinem Kaffee. «Das heißt?»

«Es gibt eine Kamera im Parkhaus. Die hab ich gecheckt, Schmälzle. Heute Morgen, als du ...»

«Du meinst, als ich unnütz mit den Archäologen um den See gelatscht bin.»

«So mein ich das.»

«Geht's genauer?»

«Ich spreche von der Zeit, als Willi Hauck im Rathaus vor der Tür stand und telefoniert hat.»

«Zwischen zehn und zehn Uhr dreißig?»

«Er ist vorher aus dem Parkhaus gefahren. Um neun Uhr dreizehn.»

Schmälzle sieht Scholz an. Neugierig. Erstaunt. Gespannt. Alles auf einmal. «Und wann ist er wieder reingefahren?»

«Um zehn Uhr neunundfünfzig.»

«Das sind eineinhalb Stunden!»

«Eben.»

«Hattest du nicht die Rathausmitarbeiterin befragt? Du hast doch von der Sachbearbeiterin ...»

Scholz winkt ab. «Die Kamera ist hochauflösend.»

«Er hat sich davongeschlichen.» Schmälzle ballt die Faust in der Tasche. Das läuft besser als erwartet, und am besten findet er, dass dieses Ass auf Scholz' Konto geht. Dies spornt den Kollegen vielleicht an, noch eine Schippe draufzulegen. «Wie erklärst du dir das, Harald?»

«Ja, überleg doch, Schmälzle. Die Sachbearbeiterin hat ihn auf dem Flur telefonieren gehört. Zehn Minuten am Anfang und zehn Minuten am Ende. Da reimt jeder eins und eins zusammen. Die hat auch keine Zeit, dauernd auf den Flur zu spähen.»

«Dann fehlt uns nur noch sein Geständnis.» Schmälzle starrt auf seinen Pfannkuchen.

Scholz stiert Schmälzle an. «Willi wird kaum zugeben, dass er zur Tatzeit in Nonnenmiß war.»

«Wir müssen ihn dazu bringen.»

«Wie willst du das anstellen?»

«Wir könnten ...»

«... ihn so lange in die Enge treiben, bis er gesteht?»

«Es gibt noch einen anderen Weg.» Bevor er loslegt, macht sich Schmälzle über sein veganes Frühstück her, das außerordentlich groß ausgefallen ist und obendrein voll lecker riecht. Zufrieden lässt er einen riesigen Happen in seinem Mund verschwinden und den Kollegen zappeln. Dann sagt er: «Wir checken sein Handy.»

Scholz hüstelt, hustet, bellt. «Du willst einen Trojaner auf sein Handy schicken, damit du an die GPS-Daten kommst?»

«Das darf ich gar nicht, Harald.»

«Eben. Und weil du keinen richterlichen Beschluss hast, hast du vor, unsere Assistentin zu illegalen Tricks anzuregen.» Der Vorwurf steht dem Postenleiter nicht allein ins Gesicht geschrieben, er hat ihn vollends eingenommen. Er gabelt den Rest seiner Rühreier hektisch auf, schaufelt die potenziellen Küken weg, als hätten die nicht genug mieses Karma abbekommen. Nach vollendeter Mahlzeit legt Scholz das Besteck beiseite. «Da müsste eine gravierende Straftat vorliegen.»

Auch Schmälzle hat seinen Pfannkuchen hastig in sich hineingestopft. Er beleidigt keine Tiere, wenigstens das nicht, dennoch könnte er dem Koch mehr Respekt zollen. Er sieht kaum auf. Nur seine Worte hallen durch die Gaststube: «Auch wenn ich weiß, dass unsere Assistentin ein Seminar in digitaler Forensik besucht hat, wollte ich das nicht ausnutzen, Harald. Ich plane durchaus, mich im Rahmen des Gesetzes zu bewegen.»

«Dann passt das, Schmälzle.» Scholz wischt sich mit der Serviette über den Mund. «Aber auf eines musst du dich einstellen: Der Willi gibt uns sein Handy nicht einfach so.»

«Ich weiß.»

«Und der Staatsanwalt wird keine Gefahr im Verzug sehen.»

«Wir haben doch die Kamera! Damit ist sein Alibi geplatzt.»

«Das reicht nicht als Beweis. Aber ... sag mal, Schmälzle, der hat sicher ein Navi, der Willi.»

«Den Autoschlüssel wird er uns kaum freiwillig in die Hand drücken.»

«Wir fahren ins Autohaus.»

«Auch die zeigen der Polizei nicht mal kurz in der Kaffeepause, was sie über das Fahrzeug vom Willi Hauck gespeichert haben.»

«Die Leo hat garantiert einen Schwager, Schwippschwager, Verlassenen oder Verflossenen, der beim Benz in Calmbach arbeitet.»

«Und wenn er seinen Daimler in Stuttgart gekauft hat?»

«Der Willi ist ein Lokaler. Als Geschäftsmann unterstützt er die Betriebe der Region.»

«Ländle first», frotzelt Schmälzle.

Scholz legt noch einen drauf: «Das heißt *zerscht*, Kollege. Ländle zerscht.»

Schmälzle hebt die Brauen. Dann strafft er seine Schultern. «Kein Händler gibt uns Einblick in die Aufzeichnungen. Nicht mal mit einem Wisch vom Staatsanwalt.»

«Was ist mit einer stillen SMS?», schlägt Scholz vor.

«Damit können wir den Hauck orten, Harald. Dazu brauchen wir nicht einmal den Staatsanwalt. Aber wir sehen nicht in seine Vergangenheit.»

«Fahren wir zum Willi und lassen uns Handy oder Autoschlüssel aushändigen. Mit Glück sogar beides. Dann haben wir Klarheit. Wissen, wo er wann war und was er zu dieser und jener Tatzeit getan hat.»

Schmälzle bestellt noch einen Kaffee, um sich für die bevorstehende Begegnung zu rüsten. Auch muss er eine solide Basis für den Fall schaffen, dass er wieder Schnaps trinken muss. «Doppio», ruft er.

Als die Bedienung mit dem dampfenden Gebräu vor ihm

steht, hat sich Scholz bereits erhoben. Schmälzle vernichtet seinen doppelten Espresso im Stehen. Der Postenleiter legt einen Schein neben sein Glas, gibt der Bedienung ein Handzeichen und sagt: «Bis später, Schmälzle.»

«Was soll das heißen, Harald?» Schmälzle knallt die Tasse auf den Tisch.

«Was ist daran nicht zu verstehen, Schmälzle?»

«Du willst alleine fahren?»

«Ich hab einen besseren Draht zur Nicole.»

«Gibt's da was, das ich wissen sollte? Wenn du befangen in der Sache bist ...»

«Dann sag ich es dir zuerst.»

«Und was mach ich solange?»

«Was du willst, Kollege. Nur nicht durch den Kurpark radeln.»

Schmälzle legt zwei Euro Trinkgeld auf den Tisch, folgt Scholz zur Tür, doch der Kollege ist schon weg. Unsichtbar? Auf jeden Fall verschwunden. In den Menschenmassen kann er kaum untergegangen sein, denn es sind gerade mal vier einzelne und zwei doppelte Spaziergänger sowie zwei Kleingruppen unterwegs. Also muss er durch die Häuserfluchten gehuscht sein oder sich im Kirchturm versteckt haben. Wie weiland der Glöckner von Notre Dame.

Mittwoch, 22. Mai

Augenblicke sind flüchtig wie die Wolken.

Am nächsten Morgen stoppt Schmälzle auf dem Weg zum Posten beim Bäcker und kauft Vollkornhörnchen und Dinkelseelen für sich und Leonie. Gerade will er sich wieder aufs Rad schwingen, da meldet sich sein Gewissen. Er kehrt um und lässt noch zwei Laugencroissants für Scholz einpacken. Wenn er sich im sauren Milieu befindet, hilft es ihm, Gutes zu tun. Das hat ihn nicht der Zenmeister, sondern die Erfahrung gelehrt. Auch wenn es der Postenleiter nicht verdient hat. Er hat ihn gestern nicht mehr über das Ergebnis seines Besuches bei Willi respektive Nicole Hauck informiert. Weder kehrte er in den Posten zurück, noch unterrichtete er ihn per Telefon, SMS oder WhatsApp über die Sachlage.

Was Schmälzle nicht weniger irritiert, hängt in der Luft. Als er zu seinem Schreibtisch schlendert, hält er die Nase schnüffelnd den Sprossenfenstern entgegen. Sie sind geschlossen. Dennoch riecht es frisch. Nicht nach Scholz' Aftershave, nicht nach Frau Meichles Maiglöckchen, nein, es ist der Duft der Reinheit, der in der Atmosphäre liegt. Bevor sich Schmälzle über die Vorteile eines Dampfreinigers Gedanken machen kann, der offenbar ganze Arbeit geleistet hat, ruft ihm Leonie aus der Küche zu: «Justin, super, dass du da bist!»

Scholz steht neben ihr, redet auf sie ein. Sie lässt den Postenleiter stehen und eilt zu Schmälzle in die Polizeistube, bittet ihn mit einem Kopfnicken an ihren Rechner. Schmälzle stellt sich hinter die Assistentin, die hektisch mit der Maus klickt. Auch Scholz hat sich hereingeschlichen. Einträchtig starren sie auf ein Foto. Es zeigt einen Mann mittleren Alters, der im Hawaiihemd vor drei Palmen steht.

«Wer ist das?», fragt Schmälzle.

«Ein Stalker», sagt Scholz.

Schmälzle rückt näher an den Bildschirm heran, als könnte er dem Mann so in die Seele gucken. «Was soll das heißen? Und wen soll der stalken? Ich versteh kein Wort.»

«Den Willi.»

«Von dem du das Handy beschlagnahmen wolltest, gestern, nach dem Frühstück. Ich hab den ganzen Nachmittag auf deinen Anruf gewartet, Harald!»

«Hat gedauert, Schmälzle. Willi war nicht da.»

«Und das Handy?»

«Das war auch nicht da.»

«Rendezvous mit seiner Frau?»

«So was in der Art.»

«Ich fass es nicht.» Schmälzle atmet kurz ein, lange aus, kurz ein, lange aus, omt ein wenig nach, um runterzukommen.

Scholz plappert munter weiter, als würde er nicht merken, dass der Kollege leidet. «Nicole hat von einem Mann erzählt, der ihr verdächtig vorkommt.»

«Geht's konkreter?»

«Er wollte sich mit dem Willi vernetzen. Der ist aber nicht drauf eingegangen.»

«Wie vernetzen?», fragt Schmälzle.

«Der Unbekannte hat ihm Freundschaftsanfragen geschickt», klärt Leonie auf.

«Über Facebook? Ihr verarscht mich!» Schmälzle schüttelt den Kopf, mehrfach, wie ein Birkenbaum, der seine Blätter loswerden will.

«Keineswegs, Kollege», sagt Scholz.

«Jeder bekommt Facebook-Anfragen. Das ist nichts Ungewöhnliches.»

«Es waren viele Freundschaftsanfragen», präzisiert Leonie.

«Woher weiß Nicole Hauck das?»

«Sie ist seine Frau, Schmälzle.»

Kennt Claudia sein Passwort? Nein. Vielleicht. Ja. Freilich. Es ist ihr Geburtsdatum.

«Sie pflegt das Profil für ihn», sagt Leonie.

Schmälzles Weltbild ist trotzdem nicht geradegerückt.

«Sie hat gesagt, dass ihr diese Anfragen komisch vorkommen», sagt Scholz, «in der Häufung.»

«Ich hab das überprüft, Justin», sagt Leonie. «Der Typ hat den Hauck regelrecht bombardiert. Der hat nicht eine, der hat drei, manchmal vier oder fünf Anfragen am Tag geschickt.»

«Da ist sie stutzig geworden, die Nicole», sagt Scholz.

«Wie konntest du das überprüfen, Leonie? Woher ...»

«Sie hat uns die Zugangsdaten gegeben, Schmälzle. Damit wir der Sache nachgehen.»

«Und seit wann wird der Hauck gestalkt?»

«Seit drei Monaten.»

«Dann hat es schlagartig aufgehört. Vor fünf Tagen war Ruhe», sagt Leonie.

«Und wo ist jetzt das Problem?», fragt Schmälzle.

«Dass Nicole Angst hat», sagt Scholz.

«Ich hab auch Angst. Davor, dass einer meiner Familie was antut, während ich im Posten mit euch Pillepalle spiele.»

Scholz geht nicht auf ihn ein. Er scheint ihn nicht einmal gehört zu haben, denn der Postenleiter bruddelt weiter: «Willi benimmt sich komisch. Ganz merkwürdig. Seitdem.»

«Ach, Harald. Diese Frau hat dir die Sinne vernebelt. Ich weiß ja nicht, was es ist, aber ...»

«Schmälzle! Du schwätzt daher wie ein Zwölfjähriger.»

«Kann ich nicht mitreden», schnaubt er. «Meiner ist erst elf.»

Scholz bleibt dran. «Da ist was im Busch. Willi hat angeblich Geld abgehoben. Viel Geld.»

Endlich. Kommt Butter bei. «Du hast doch gesagt, der bedient seine Kreditraten nicht. Dann hebt er auf einmal viel Geld ab?

«Genau darum geht's. Deshalb ist Nicole ja so besorgt.»

«Dieser Stalker erpresst ihn also? Aber das muss er seiner Frau doch gesagt haben!»

«Sie hat es beim Onlinebanking entdeckt.»

«Wann genau?»

«Vor exakt fünf Tagen», sagt Leonie. «Ich hab in der Bank angerufen. Sie wollten erst keine Auskunft am Telefon geben, wegen Datenschutz und so, und Daniel, also den Kumpel von Harry, hab ich nicht erreicht ...»

«... also hast du dich auf den Paragraphen 160 ff. StPO berufen.»

«Ne, Justin. Ich hab gesagt, das Leben des Bürgermeisters ist in Gefahr.»

Scholz grinst.

Schmälzle drängelt. «Und?»

Leonie legt ihre Füße neben dem Bildschirm auf dem Schreibtisch ab. Die Schuhe hat sie unter dem Tisch platziert. Neben den Socken. Ihre Nägel schillern in den Farben des

Regenbogens. Zwei sind lila, zwei blau, zwei orange, zwei gelb, die in der Mitte hat sie vergessen, sie sind unlackiert. Sie schaut skeptisch auf die unbemalten Zehen und sagt: «Willi Hauck hat fünfzigtausend Euro abgehoben. Bar.»

«Fünfzigtausend?» Schmälzle versucht den Blick von Leonies Füßen zu lösen. Es fällt ihm schwer, weil sie mit den Zehen wackelt. «Eine Menge Geld. Vor allem für einen, der Schulden hat», sagt er.

«Vor fünf Tagen hört der Stalker auf zu stalken, und genau an dem Tag spaziert Willi Hauck mit fünfzigtausend Euro aus der Bank», sagt Scholz, den das Zehenspiel offenbar nicht interessiert. Er sieht aus dem Fenster. «Da hab ich eins und eins schon zusammengezählt.»

Schmälzle überlegt. Die Schlussfolgerung ist logisch. Aber ... «Nicole ist eine emanzipierte Frau, die lässt sich doch von ihrem Mann nicht an der Nase herumführen.»

«Sie hat ihn darauf angesprochen, Schmälzle. Aber er hat sie im Regen stehen lassen. Hat gesagt, dass sie das nicht tangieren soll.»

«Nicht tangieren soll? So redet der Hauck mit seiner Frau?» Schmälzle verheddert sich in einem Gedankenknäuel, das nur Leonie entwirren kann.

«Dass sie das einen feuchten Scheißdreck angeht und er sich mit den Scheinen den Arsch abwischen kann, wenn ihm danach ist, weil es sein Geld ist und nicht ihres. Harry, so hast du es mir erzählt.»

«Und warum sagt man mir das nicht genau so?»

«Du bist noch im Welpenschutzprogramm, Schmälzle.»

«Ich verstehe trotzdem nicht, was ihr damit andeuten wollt.»

«Na, guck doch mal hin! Der Kerl sieht aus wie der Schnapsbrenner. Sogar Nicole ist erschrocken. Hat gedacht, ihr Mann hat einen Bruder, den er ihr verschwiegen hat, aber er hat keinen Bruder, und von sonstigen Verwandten weiß sie nichts. Als sie ihn auf das Foto hingewiesen hat, ist er abgehauen. Voll angesäuert», erklärt Leonie.

«Nach Polen», vermutet Schmälzle.

«In die Wirtschaft», klärt Scholz auf.

«Der heißt Eduardo, dieser Stalker», sagt Leonie. «Eduardo Beierle. Beierle klingt schwäbisch.»

«Ja. Aber Eduardo heißt man hier nicht. Kein Schwabe heißt so», sagt Scholz.

Schmälzle beugt sich wieder über Leonies Schulter, nimmt ihr herbes Parfüm in sich auf, atmet in die Nackenhärchen der Kollegin und starrt noch mal auf das Foto. Die Ähnlichkeit ist nicht frappierend, aber durchaus vorhanden. Willi Hauck und der Mann im Hawaiihemd könnten miteinander verwandt sein. Der im Hawaiihemd ist ein wenig älter, schmaler, nicht so wohlgenährt wie der Schnapsbrenner. Er trägt einen braunen Bart und hat buschigere Brauen. Aber ein kantiges Kinn und stechend blaue Augen, genau wie Willi Hauck. «Hast du den mal durchleuchtet, Leonie?», fragt Schmälzle.

«Wenn ich nach Beierle suchen soll, brauch ich ein Sabbatical. Da finde ich eine Million vierhundertfünfzigtausend Einträge.»

«Und Eduardo Beierle?»

«Keiner in unserer Datenbank. Nicht in der nationalen, nicht in der internationalen.»

«Dass du ihn über INPOL nicht findest, auch wenn das jetzt INPOL-neu heißt, besagt nur, dass er nicht auffällig geworden ist, Leonie», sagt Scholz.

«Auch in Wildbad ist keiner mit dem Namen Eduardo Beierle gemeldet. Ich hab bei der Stadt angerufen.»

«Beierle mit einem anderen Vornamen?», fragt Schmälzle die Assistentin.

«Zum Beispiel Edi Beierle?», schickt Scholz hinterher.

Sie verneint. «Nur mit ey. Und diese Beyerle heißt Ruth.»

Mai 1869

Das Risiko, verraten zu werden, stieg mit jeder Minute, die ich in diesem Wald gefangen war. Der Pfarrer war längst in den Ort zurückgekehrt. Er war eine Gefahr für mich. Er würde nicht beabsichtigen, mich anzuschwärzen, aber er könnte in Verstrickungen geraten. Er würde zum Trinken eingeladen werden, von Männern, die keinen Heller übrighatten, doch den Mann Gottes auf ihrer Seite wissen wollten. Wenn sie am Samstagabend nach einer arbeitsreichen Woche im Wirtshaus saßen, könnte der Pfarrer zu vorgerückter Stunde sagen: «Nichts gegen diesen Schnaps, Gustav, aber der Geist von deiner Martha, dieser Geist ...» Er würde sich auf die Zunge beißen. Noch wäre Gustav ahnungslos, würde denken, der Pfarrer plappere vom Heiligen Geist, doch die Männer trügen das ihre bei: «Ja, dei Martha, des isch a Wilde», würde der eine sagen, und der andere hätte es nicht weniger wichtig mit seiner Erkenntnis: «Weisch du, was dei Weib so treibt, wenn du im Wirtshaus sitzt, Guschtav?» Und Gustav würde mit der Faust auf den Tisch schlagen, und der Wirt würde eine Runde ausgeben, um die Männer zu besänftigen. Wie ein Stein würde Gustav hernach auf die Matratze fallen und vergeblich nach mir tasten. Am Morgen würde er mich nicht in der Küche vorfinden. Er würde sich Sorgen machen. Würde die Männer in der nächsten Nacht zusammentrommeln. In einer Schar würden sie ausschwärmen, nach mir zu suchen. Den Pfarrer würden sie auffordern, sie zu begleiten, damit auch der Segen des Herrn mit ihnen wäre. Mit Mistgabeln bewaffnet, würden sie aufbrechen, mich zu stellen und zur Vernunft zu bringen. Auch wenn er die schönen Bücher liebte und ein Studierter war, wusste der Pfarrer sehr wohl, dass eine Frau des Mannes war und eine meines Standes keine Rechte hatte. Er würde nicht wagen, sich gegen die Männer zu stellen. Nicht einmal den großen Gott konnte ich anflehen, denn im Kolosser stand: *Ihr Weiber seid untertan den Männern in dem Herrn, wie sich's gebührt.* Aber im Kolosser stand auch: *Ihr Knechte, seid gehorsam in allen Dingen euren leiblichen Herren, nicht mit Dienst vor Augen, als den Menschen zu gefallen, sondern mit Einfalt des Herzens und mit Gottesfurcht.* Doch daran erinnerten sich die Männer nie. Allein die Einfalt war bei ihnen. Gott hatte sie ihnen in die Wiegen gelegt.

Mittwoch, 22. Mai

In Brasilien ist stockfinstere Nacht.

Keine halbe Stunde später gurrt Leonie und lockt Schmälzle und Scholz an ihren Bildschirm. «Es gibt mehrere Eduardo Beierles. Alle Einträge stammen aus Brasilien.» Sie legt eine Pause ein, schaut in erstaunte Gesichter. «Da ist nur einer aus Deutschland, der auf Linked-in und Twitter postet und einen Instagram-Account hat. Ein ganz junger Typ.»

«Dann ist der das nicht», sagt Scholz.

«Brasilien», sagt Schmälzle, dann ruft er aus: «Klar, da waren doch Palmen im Hintergrund!» Gleich schüttelt er jedoch den Kopf. «Ein Brasilianer wird diesem Hauck kaum eine Freundschaftsanfrage schicken.»

«Es kann ein Urlaubsfoto sein», sagt Scholz.

«Viele basteln ihre Fotos irgendwie zusammen. Im Netz übertrumpft doch einer den anderen», behauptet Leonie.

«Hauptsache tadellos und faltenlos», sagt Scholz.

«Aber wieso bedroht einer einen in einem Schwarzwaldkaff, nur weil der ihm die Freundschaft verweigert?»

«Vorsicht, Schmälzle.»

«Was?»

«Unser schöner Kurort ist doch kein Kaff.»

«Ja. Nein. Natürlich nicht, Harald. Trotzdem. Das kann ein harmloser Fan sein, einer, der auf Obstschnaps steht. Willi Hauck hat gesagt, er exportiert weltweit.»

«Ja. Aber ein harmloser Fan schickt nicht jeden Tag fünf Freundschaftsanfragen», meint Scholz.

«Es könnte ein Spinner sein, einer, dem langweilig ist. Möglicherweise hat der einen Fakenamen verwendet. Nicht mal das Foto muss sein eigenes sein.»

«Ein Scherzkeks, Justin?», fragt Leonie.

«Hast du keinen Fakenamen?»

«Ne. Und ich glaub das nicht.»

«Ich auch nicht», mischt sich Scholz wieder ein.

«Was glaubt ihr dann?»

«Dass da was nicht koscher ist.» Der Postenleiter zupft eine weiße Fluse von seinem schwarzen T-Shirt.

Schmälzle starrt auf viele weitere Flusen, als er seine Mitteilung macht: «Dem Hauck ist doch sein Facebook-Account egal. Der hat keine Zeit, sein Ego auch noch im Internet aufzublasen.»

«Denk an die fünfzigtausend Euro», sagt Leonie, die ihren Blick jetzt auch an die Flusen geheftet hat.

«Das kann zusammenhängen, Leonie. Muss es aber nicht. Vielleicht hat er einen Lieferanten entdeckt, der noch günstiger produziert. In Indien, China, Bangladesch ...»

«Oder Afrika.»

«Wo auch immer, Harald. Er könnte eine Anzahlung geleistet haben. Einen ersten Auftrag platziert. Wäre doch plausibel.»

«Alles korrekt, Schmälzle. Aber völlig falsch.» Der Postenleiter streicht über sein T-Shirt. Dann läuft er zu seinem Schreibtisch, zieht es aus und tauscht es flink gegen ein flusenfreies ein, das er aus einer Schublade zieht.

«Weil?», fragt Schmälzle.

«Weil Willi auf Facebook sehr aktiv ist», sagt Scholz.

«Der postet dauernd Sachen, Fotos von einer Obstplantage,

Fotos von seinem Anbau, Bilder von seiner Frau mit einem Kirschenkranz im Haar ...», zählt Leonie auf.

«Er hat sogar seinen Protest gegen die Ferienanlage ins Netz gestellt, Schmälzle. Hat Unterstützer gesucht, einen Aufruf gestartet, man müsse zum Bürgermeister gehen, gemeinsam.»

«Okay. Spielen wir das durch: Der Mann, dieser Beierle, der sucht Kontakt übers Internet.»

«Mehrfach am Tag. Jeden Tag. Über Monate hinweg», präzisiert Leonie.

«Und mit der Barabhebung hört das schlagartig auf. Keine einzige Anfrage mehr.» Scholz knüllt das ausgezogene T-Shirt zu einem Ball, wirft es in den Papierkorb und schickt «seitdem ist der Willi voll angefressen» hinterher.

Schmälzle marschiert zum Fenster. Zu Scholz' Schreibtisch, unter dem der Papierkorb mit dem ausrangierten T-Shirt steht. Zurück zu Leonie. Erneut inspiziert er das Foto dieses angeblichen Stalkers, der aus Brasilien stammen soll. «Wofür hat Hauck dem fünfzigtausend Euro gezahlt?»

«Er hat sein Schweigen erkauft. Weil der was weiß, das keiner wissen darf», mutmaßt Leonie.

Scholz stellt sich neben Schmälzle. «Wenn der wirklich was gegen Willi in der Hand hat, lässt er sich dann mit so einer Summe abspeisen?»

Die Hände in den Hosentaschen, starren die Kommissare einträchtig auf den Bildschirm. Den nächsten Puzzlestein legt Leonie: «Also war das erst der Anfang.»

Scholz drückt einen weiteren Stein ins Bild. «Er erpresst ihn so lange weiter, bis er eine fette Summe zusammen hat.»

«Also war das keine Freundschaftsanfrage.»

«Ne, Schmälzle. Das war ein Feindschaftsappell.»

«Aber wie ist er an das Geld gekommen, wenn er in Brasilien

lebt? So viel kann man nicht überweisen, ohne dass es gemeldet wird. Auch bar ist das nicht zu machen. Nicht mal über Western Union.»

Scholz spinnt Schmälzles Faden weiter: «Da fliegt man schon mal über den Ozean. Für so eine Geldübergabe.»

Schmälzle muss für die Erkenntnis, dass von Rio de Janeiro nach Nonnenmiß keine Autobahn führt, kein Hirnschmalz einsetzen. Dennoch zapft er sein Smartphone an, das ihm die Botschaft übermittelt: «Über zwanzig Stunden Flugzeit.» Minimum. Umsteigen in London, Amsterdam oder Frankfurt. Da kann man auch aus Port-au-Prince herfliegen. In der gleichen Zeit.

«Er könnte mit einem Besuchervisum eingereist sein», überlegt Leonie. «Da muss er sich nicht mal anmelden, weder bei der Einreise noch bei einer Gemeinde. Dann ist der Mann hier.»

Schmälzle schlägt sich die Hand an die Stirn. «Das heißt, wir müssen jetzt auch noch unseren Hauptverdächtigen beschützen?»

«Genau das versuchen wir dir die ganze Zeit zu verklickern.» Nach dieser Aussage knackt der Postenleiter seine Finger durch, zwei Mal vier. Zu guter Letzt knöpft er sich die Daumen vor.

«Okay. Dann bringen wir es hinter uns, damit wir uns wieder unserem eigentlichen Fall widmen können.»

Gerade als Schmälzle losflitzen will, um einen Stalker namens Eduardo Beierle aufzuspüren, um Fluglisten zu checken, alle Maschinen, die in den letzten Wochen aus Brasilien über Woauchimmer nach Stuttgart geflogen sind, ausfindig zu machen, sie zu durchforsten und parallel dazu bei der Bundespolizei anzurufen und die Kollegen zu bitten, passende Einreisevisen zu checken, nein, nicht nur die von gestern, gerne die von letzter Woche und der Woche davor und die davor auch noch – in diesem Moment baut sich Frau Meichle vor ihm auf. Unkoordiniert wedelt sie mit beiden Händen durch die Schwarzwaldluft und lässt dabei fast den Wischmop fallen, so aufgeregt scheint sie.

«Der isch Apotheker», stößt sie atemlos hervor.

«Sie waren doch gestern hier, Frau Meichle. Ganz so übertreiben müssen Sie es jetzt nicht mit Putzen», sagt Scholz.

«Wer ist Apotheker?», fragt Schmälzle.

Sie schleudert ihm ein kehliges «Ha, der, von dem Sie die ganze Zeit schwätzet!» entgegen.

«Was wollen Sie damit sagen?»

«Der Eduardo Beierle! Um den geht's doch in Ihrem Gespräch?»

Scholz blökt: «Haben Sie gelauscht, Frau Meichle?»

Die Perle zieht die Stirn kraus, aber nur kurz, denn sie hat eine wichtige Nachricht zu überbringen. «Der kommt aus Blumenau», lautet die.

«Blumenau?», fragt Schmälzle. «Ist das ein neuer Stadtteil von Bad Wildbad?»

«Schmälzle!» Scholz fasst sich an die Stirn.

«Calmbach, Nonnenmiß, Sprollenhaus, Meistern ...», zählt Schmälzle auf.

«... Aichelberg, Hünerberg, Kälbermühle, Rehmühle», komplettiert Scholz.

«Und Blumenau?»

«Des isch in Brasilien!», ruft Frau Meichle.

Schmälzle wundert sich, woher die Postenperle das weiß. Aber sie weiß noch mehr.

«Des isch a Kolonie! Da lebet viele Deutsche», sagt sie und

richtet ihre gesamte Gestalt auf. Dabei hebt sie die Nase, sodass Schmälzle, der seine sitzende Position wieder eingenommen hat, in zwei dunkle Abgründe blickt.

«Es gibt keine Kolonien mehr, Frau Meichle», tadelt er.

«I moi au net a Kolonie, so wie Namibia a deutsche oder der Kongo a belgische Kolonie isch ...» Frau Meichle schmückt ihre Worte mit wilden Gesten aus.

«Gwä isch», sagt Schmälzle und ignoriert Scholz' verblüfften Blick. Ja, er hat schwäbisch gelernt, heimlich, auf dem Fahrrad, und die Partizip-Perfekt-Bildung mit -ä hat er intensiv studiert. Nicht nur gwä, auch gsäh und gschäh kann er jetzt korrekt einsetzen. Allein das Plusquamperfekt ist dem Schwaben zu kompliziert. «Isch gwä» bleibt «isch gwä», auch wenn es länger her ist und «war gwä» heißen müsste.

Scholz hat im Moment eher den Raum als die Zeit im Sinn. «Okay. Der Mann kommt aus Blumenau, und Blumenau liegt in Brasilien.»

Frau Meichle nickt. «Da ischer gwä. Der Apotheker. Und da senn no ganz viele Verwandte von dene Haucks.»

«Gwä», ergänzt Schmälzle.

«Noi. Die senn älle no da», sagt Frau Meichle.

«Ein Apotheker», wiederholt Scholz, aber nicht so, als beinhalteten diese Buchstaben einen Inhalt, der sich mit jenem deckt, der in seinem Erinnerungsschatzkästchen verborgen ist.

«Woher wissen Sie das überhaupt?», fragt Schmälzle, und Frau Meichle legt eine wichtige Miene auf. «I ben doch nemme zum Putze komme», stöhnt sie.

Scholz erhebt die Stimme: «Das haben wir sehr wohl bemerkt, Frau Meichle. Und es ehrt Sie keineswegs, dass unser schöner Posten zu einem Saustall verdreckt.»

«I war an der Sache dran. Da war koi Zeit zum Putze.»

«Sie sollen nicht Miss Marple spielen.» Schmälzle ist eher amüsiert als angefressen.

«Einer muss des mache, Herr Schmälzle», sagt sie, und Scholz hebt den rechten Zeigefinger.

«Frau Meichle!», droht er.

Sie stellt den rechten Fuß besitzergreifend auf ihr bienenfleißiges Gerät und erläutert das jetzt mal: «Der Apotheker isch zerstritte!» Pause. «Mit dem Schnapsbrenner.» Lange Pause. «I mein den Willi Hauck.»

«Ach», entfährt es Schmälzle.

«Die senn Vetter, die zwei. Net jetzt direkt, Herr Schmälzle. I mein, die henn net dieselbe Großeltern, des geht viel weiter naus. Also oi oder zwei Generatione ...»

«Gibt es zu dieser Geschichte eine Abkürzung?», wettert Scholz.

«Woher wissen Sie das?», fragt Schmälzle.

«Mei Schwiegersohn, der Mann von meiner Tochter, dem sei Großmutter, die hat mir des verzählt. Dass es an Streit gibt en der Familie, seit ewige Zeite.»

Schmälzle will jetzt alles wissen, Ehrverlust hin oder her. «Die stammen also aus Nonnenmiß, diese ausgewanderten Blumenauer?»

«Ha, freilich! Des Haus gehört seit Generatione dene Haucks. Weil der Vadder vom Willi, des isch a Hauck gwä und sei Großvadder au, aber die Ururgroßmutter von dem, die isch a Großhans gwä, und dene hat des Haus g'hört, also net jetzt die Villa, aber des Haus, wo vorher da gschtande isch, des, des isch ...»

«Wissen Sie, worum es bei diesem Streit geht, Frau Meichle?», unterbricht Schmälzle.

In gewählten Worten, die fast hochdeutsch anmuten, sagt sie: «Worum es immer geht, Herr Schmälzle. Ums Geld.»

Scholz wird hellhörig. «Der Apotheker und der Willi sind geschäftlich miteinander verbandelt?»

«Du meinst, der ist im Schnapsbusiness tätig, Harald? Daher die Barabhebung.»

«Wäre doch möglich. So ein Apotheker panscht auch Flüssiges zusammen. Wie der Schnapsbrenner.»

«Aber Schwarzbrennen ... der hat doch eine Lizenz, der Hauck.»

Frau Meichle räuspert sich. «Lasset Sie mi des mache.» Mit einem Blick auf Schmälzle übersetzt sie: «Ich finde das für Sie heraus.» Damit beugt sie sich über ihr Gerät, und ein dumpfes Brummen begleitet die Kommissare, die aus der Stube flüchten, hinaus in die Küche, wo sie ihre Geistesblitze weiter ausrollen, die Gedanken aneinanderreihen, erst wahllos, dann in neuer Zusammenstellung, bis sie einen Sinn ergeben.

Während Schmälzle Kaffee aufbrüht, stöbert Scholz im Schrank nach Tassen, offenbar auf der Suche nach einem Motiv, das zu seiner Stimmung passt, und wird schließlich fündig. Zufrieden stellt er eine Tasse mit der Aufschrift *Hier bin ich der Chef* unter die Kaffeemaschine.

Schmälzle schlürft seinen Reismilch-Macchiato. Bald stiert er dem Kaffeesatz ins Auge, als könnte er darin lesen. «Harald», sagt er. «Das Grundstück, auf dem die Schnapsfabrik steht, könnte beiden Familien gehören. Der vom Willi Hauck und der von diesem Eduardo Beierle.»

Auch Scholz scheint das Licht in Bündeln aufgegangen zu sein: «Gut möglich, Schmälzle. Dann geht es um eine Erbstreitigkeit.»

«Also hat der Beierle Kontakt mit dem Schnapsbrenner aufgenommen, weil er seinen Teil vom Grund einfordert.»

«Kein Wunder, dass ihm der Willi den Kontakt verweigert hat. Der will nichts hergeben von seinem Teil.»

«Er wimmelt ihn ab. Will ihn auszahlen. Abfinden. Hauptsache loswerden.»

«Das ist logisch, Schmälzle. Und auch nicht.»

«Weil?»

«Die Familie hätte vor Jahren Anspruch erhoben. Wenn dieser Beierle ein Cousin dritten Grades oder sogar vierten ist, dann ...»

«... wären seine Vorfahren erbberechtigt gewesen. Nicht er.»

«Die Urgroßeltern. Oder die Ururigen.»

«Was, wenn die das nicht gewusst haben?»

«Du meinst, die lesen keine Zeitung in Blumenau?»

«Sicher keinen Schwarzwälder Boten.»

«Des Verbreitungsgebiet vom Schwabo geht bis nach Lörrach nonder!» Frau Meichle scheint über das absolute Gehör zu verfügen und über multiple Fähigkeiten obendrein, denn in diesem Moment entert sie die Küche und spricht munter weiter: «Und bis nach Gammerdinge nomm!»

«Gammerdinge nomm», plappert Schmälzle nach. Er wartet keine Erklärung ab, sondern spricht zum Postenleiter: «Okay. Dieser Beierle hat über die Ferienanlage gelesen, im Schwabo, den er online abonniert hat.»

«Jeder interessiert sich für seine Vorfahren.»

«Trump will seine Air Force One auch dauernd in Kallstadt an der Weinstraße landen, um seine Ahnen zu beehren.»

Scholz kräuselt die Nasenflügel. Dann fährt er fort: «Also. Der Beierle hat erfahren, dass auf dem Grund, der einst seiner Familie gehörte, eine Schnapsfabrik steht.»

«Ein Klacks, nach dem Namen des Schnapsbrenners zu googeln und zu Willis Facebook-Profil zu gelangen, Harald.»

«Da hat er den Glaspalast gesehen. Hat gedacht, hier ist was zu holen, in Good Old Germany. Weil der landwirtschaftliche Boden, der früher nichts als Mühe bedeutet hat, heute Bauland ist. Und sich der Wert um ein Vielfaches erhöht hat.»

Bevor Schmälzle vorschlagen kann, Eduardo Beierle zur Fahndung auszuschreiben, stolpert er. Denn Frau Meichle hat mit ihrem Ungetüm einen Stuhl um- und ihm direkt vor die Füße geworfen.

Eifrig hebt sie das Kinn. «Gebet Sie mir zwei Dag! Dann weiß i ällas.»

«Irrtum!», faucht Scholz. «Sie haben keine zwei Tage Zeit und keine drei, weil der Posten komplett sauber gemacht werden muss. Einschließlich der Arrestzelle. Und das nicht, wenn es Ihnen passt, sondern einmal in der Woche und bitte manuell, Frau Meichle.»

Schmälzle stellt den Stuhl zurück an seinen Platz. Er übersetzt: «Das heißt, mit einem Lappen in der Hand.» Und fügt hinzu: «Gerne auch nach Dienstschluss.»

Freitag, 24. Mai

Der Tag ist jung, die Sonne strahlt.

Schmälzle rang nach Worten, und Scholz kommentierte ihrer beider Gefühlslage mit «Schnauze gestrichen voll». Jedes Mittel war recht, das hatten sie beschlossen. Sie würden erst auflegen, nachdem die Vorladung an Willi Hauck genehmigt war. Doch es bedurfte keiner großen Bemühungen, um Dr. Baisch weichzuklopfen. «Kein Problem», erwiderte der Staatsanwalt am Telefon und veranlasste, dass die Vorladung gleich im Anschluss mit einem Kurier nach Nonnenmiß und per Mail in den Posten gesandt wurde. Zur Sicherheit mailte Scholz das Schreiben an Nicole, und Schmälzle gab Frau Meichle einen Ausdruck mit. Sie versprach, ihn persönlich in Haucks Briefkasten zu werfen.

Bereits am gestrigen Nachmittag erstellten sie einen ausführlichen Fragenkatalog und arbeiteten auf jede mögliche Antwort eine Gegenfrage aus. Den frühen Abend verbrachten sie mit Schreibtischkram. Scholz bearbeitete zwei, drei Kleindelikte, Schmälzle rief Lothar an und fragte, ob es Neues in Sachen Moorleiche gäbe. Da dieser verneinte, machte er sich noch mal über den Fragenkatalog her.

Jetzt ist Freitag, und er beugt sich ein weiteres Mal über die Gegenfragen, doch die Buchstaben verschwimmen vor seinen Augen. Schmälzle ist nervös. Seit acht Uhr sitzt er im Posten. Für neun Uhr haben sie den Schnapsbrenner einbestellt.

«Du hast dem schon mitgeteilt, dass wir sein Handy brauchen, Leonie?», fragt er, um irgendwas zu sagen.

«Ich bin nicht seit gestern hier, Justin», entgegnet Leonie.

Er will die Vernehmung oben durchführen, im ersten Stock. In einem weitläufigen Raum, den sie zum Besprechungszimmer umfunktioniert haben. Er verfügt über eine große Fensterfront, die auf einen hübschen Balkon führt. Eine Folterkammer, deren Funktion sich auf den zweiten Blick erschließt. Schmälzle wird Willi Hauck in den Schwitzkasten nehmen. Er wird seine Fragen so formulieren, dass der Blutdruck des Schnapsbrenners in die Höhe schnellt. Mehrfach will er die Balkontür aufreißen und binnen Sekunden wieder schließen. Die Sonne ist auf Schmälzles Seite, und sie scheint erbarmungslos. Er wird den Schnapsbrenner so platzieren, dass der die Hitze direkt im Gesicht haben und rot anlaufen wird. Schmälzle wird warten. Wird mit Scholz vor die Tür gehen und sich beraten. Will geduldig sein. So lange, bis beim Schnapsbrenner die Weißglut einsetzt. Erst wenn Hauck zugegeben hat, dass er am neunten Mai gegen zehn auf dem Gelände in Nonnenmiß war und seine Waffe auf den Notar gerichtet hat, wird er die erlösenden Fenster öffnen, die grünen Läden schließen und statt des heißen Kaffees, den er gerade zubereitet, eine Flasche Wasser auf den Tisch stellen. Er wird sich von diesem Kerl nicht vorführen lassen! Zufrieden lehnt er sich im Bürostuhl zurück. Dann geht die Tür auf.

Nicole Hauck steht im Rahmen. Ein Lichtwesen, dem noch nicht viel Böses widerfahren ist. Es ist Schmälzle beim letzten Mal nicht aufgefallen, aber Nicole Hauck hat eine feine, durchscheinende Haut, rötlich blonde Haare, markante Wangenknochen und einen schmalen Hals, um den sie eine endlos lange Silberkette in mehrfachen Umschlingungen gelegt hat und an der ein diamantbesetzter Stern hängt. Hübsch, denkt er. Ausgesprochen attraktiv. Was will so eine von so einem wie dem Schnapsbrenner? Und wo ist der überhaupt?

«Frau Hauck», sagt er, «wir haben Ihren Mann vorgeladen, das wissen Sie.» Noch erwartet er, dass Willi Hauck gleich die Tür aufstößt, weil er noch den Wagen parkt und seine Frau nur vorgeschickt hat.

Auch Scholz scheint diese Meinung zu teilen, denn er flötet Nicole Hauck zu: «Milch, kein Zucker?» Bevor sie antworten kann, hantiert der Postenleiter in der Küche.

«Tut mir leid, Herr Schmälzle», haucht sie. «Der Willi lässt sich entschuldigen. Er musste ...»

«Moment mal!», herrscht Schmälzle die Frau an. «Ihr Mann kann nicht einfach Sie schicken! Wir haben ihn offiziell vorgeladen.»

Sie kramt in ihrer Tasche. «Keine Sorge. Ich hab sein Handy dabei. Das wollten Sie doch sehen.»

Scholz ist mit einem Pott Kaffee zurückgekehrt und stellt ihn vor Nicole Hauck auf seinen Schreibtisch. Dann weist er ihr den Besucherstuhl zu, der vor seinem Schreibtisch steht, und sagt: «Der Willi fährt sicher nicht ohne sein Handy nach Polen.»

Nicole nimmt Platz. Sogleich legt sie ein silbernes Handy samt Lederetui auf den Tisch. «Er hat noch ein paar andere daheim rumliegen, Harry. Der kauft jedes Jahr das neueste Modell. Aber mit dem hier hat er mich hergeschickt. Im Gegensatz zu seinen Telefonen hat mich mein Mann noch nicht gegen ein neues Modell eingetauscht!» Sie lacht.

«Und dieses Handy hat er am neunten Mai dabeigehabt?», fragt Scholz.

Sie schlägt ein Bein über das andere. Fährt sich durch die

Haare. Kommt Schmälzle ausgesprochen blass vor. Im Gegensatz zu ihrem Mann scheint Frau Hauck nicht dauernd im Garten herumzuflanieren. Er setzt sich auf Scholz' Schreibtisch und lässt sie nicht aus den Augen.

Nicole Hauck wischt über das Smartphone. «Am neunten Mai ist kein Termin eingetragen.»

«Er war beim Bürgermeister», sagt Scholz.

«Aber er war nicht die ganze Zeit auf dem Rathaus. Er hat seinen Termin unterbrochen», sagt Schmälzle ruhig.

Sie sieht ihn fragend an.

«Vielleicht ist er kurz nach Hause gefahren», sagt Scholz. «Zum Kaffeetrinken, kurz ausruhen. Er kam ja aus Rumänien, ist die ganze Nacht durchgefahren, hat vielleicht erst geduscht, sich umgezogen.»

«Ich war an dem Tag in Pforzheim. Bin erst spätabends heimgekommen, Harry.»

«Und deine Tochter?»

«Die Marikka war in der Schule. Bis halb zwei am Nachmittag. Aber warum ist das jetzt wichtig?»

«Weil Ihr Mann kein Alibi für die Tatzeit hat», mischt sich Schmälzle ein.

«Was für eine Tat?»

«Die Schießerei auf dem Gelände oben.» Scholz beißt sich auf die Zunge, als schäme er sich für das, was gesagt werden muss.

Schmälzle übernimmt: «Die fand genau zu der Zeit statt, als Ihr Mann seinen Termin unterbrochen hat.»

«Auf wen soll er jetzt schon wieder geschossen haben?», fragt sie trotzig.

«Es geht immer noch um den Notar, Nicole», seufzt Scholz. «Das weißt du. Den Investor, mit dem er schon länger ein Hühnchen rupft.»

Sie senkt den Blick.

«Frau Hauck», sagt Schmälzle. «Wir überprüfen erst mal sein Alibi. Wir müssen wissen, wo Ihr Mann am neunten Mai zwischen zehn und zehn Uhr dreißig war.» Er kann den dicken Kloß sehen, der ihr den Hals zuschnürt. «Um das herauszufinden, haben wir ihn offiziell vorgeladen. Mit einem Schreiben vom Staatsanwalt. Beim nächsten Mal lassen wir ihn abholen. Wir können ihn sogar in Ordnungshaft nehmen, sagen Sie ihm das, Frau Hauck!»

Sie hebt die Schultern und lässt sie langsam sinken. «Glauben Sie, mein Mann hört auf mich?»

«Nicole, er kann uns nicht immer im Regen stehen lassen», legt Scholz nach. «Er verseggelt uns.»

«Tut mir leid, Harry.»

Schmälzle hebt die Phonstärke an: «Er hat ein starkes Motiv!»

Sie schweigt.

«Du musst ihn dazu bringen, mit uns zu kooperieren, Nicole. Mehr verlangen wir nicht von dir.»

Kurz erwidert sie Scholz' Blick. Dann sieht sie in ihren Schoß, auf ihre Hände, die sich ineinander verhakt haben und nervös einen imaginären Teig kneten.

«Wenn Sie uns etwas verschweigen, machen Sie sich auch noch strafbar», legt Schmälzle nach.

Sie öffnet den Mund. Schließt ihn. Öffnet ihn. Sagt: «Der Willi, ja, also ...»

Schmälzle hüpft vom Scheibtisch. Dann geht er vor dem Besucherstuhl in die Knie und fixiert das Gesicht der Frau. «Sie haben Schulden, Frau Hauck.»

«Ihr habt einen Millionen-Kredit bei der Sparkasse, der seit Monaten nicht bedient worden ist», präzisiert Scholz.

Sie hebt ihre Kaffeetasse, nippt nicht einmal daran, stellt sie zurück. Das Zittern ihrer Hände entgeht Schmälzle nicht. «Willi sagt, keiner zahlt einen Kredit zurück. Damit rechnet die Bank. Deshalb sind die Zinsen so hoch. Der Kredit wird, wenn er ausläuft, abgelöst.»

Angriff als schwache Verteidigungsstrategie, denkt Schmälzle. «Der Kredit wird von einem höheren Kredit abgelöst und dann von einem noch höheren. Wollen Sie das damit andeuten?»

«Bei den Großkopferten funktioniert das vielleicht!», bringt Scholz aufgebracht hervor. «Aber nicht bei einem Familienbetrieb.»

Sie fährt sich mit den Händen durch die Haare, rutscht nervös auf dem Stuhl hin und her, sagt so leise, dass es fast ein Flüstern ist: «Der Willi hat immer so irre Ideen. Ständig hat er was Neues im Kopf. Er muss alles durchsetzen, mit seinem Sturschädel. Lässt keine andere Meinung gelten.» Kurz hält sie inne, sieht Schmälzle an, der noch immer neben ihr kniet. «Ich will ganz normal leben, ich brauche keine Schlagzeilen. Die Marikka auch nicht. Sie will studieren ...»

«Und er will, dass sie das Geschäft übernimmt.» Schmälzle erinnert sich lebhaft an den Notar und seine Tochter.

«Die Schnapsfabrik ist sein ganzer Stolz», sagt sie.

«Dann kommt dieser Saukerle aus Böblingen daher», zitiert Scholz den Gatten.

Schmälzle spinnt den Faden weiter: «Und erzählt ihm, dass sein Anbau auf illegalem Grund und Boden steht.»

Sie redet langsam weiter, gequält: «Dieser Anbau ...»

«... der eher einem Palast gleicht», korrigiert Scholz.

«Wenn der wegmuss, sind wir pleite.» Sie neigt den Kopf, ist kurz vor dem Heulen.

Schmälzle hat ein wenig Mitleid mit ihr, doch seine Prophezeiung spricht er trotzdem aus: «Die Bank gibt Ihnen keinen Kredit mehr.»

«Und löst den alten auch nicht ab, im Gegenteil, sie will ihr Geld zurück. Ist das so, Nicole?», bohrt Scholz weiter.

Sie schweigt.

«Kein Wunder, dass er ausrastet», sagt Schmälzle.

Sie hält beide Hände vors Gesicht. Dann schluchzt sie kurz auf. «Er war nicht immer so.» Sie fasst sich wieder. «Am Anfang ... Ich mein ... der ... Er kann durchaus charmant sein.»

«Kann», sagt Schmälzle, «quasi.»

«Vom Prinzip her», ergänzt Scholz.

«Er hat sich alles selber aufgebaut. Mein Mann schafft Tag und Nacht.»

Fast zärtlich klingt Scholz, als er auf die Kaffeetasse weist. «Jetzt trink erst mal deinen Kaffee, Nicole.»

Schmälzle steht auf. Vertritt sich die Beine. Dann sagt er: «Die Sachbearbeiterin vom Rathaus konnte nicht bestätigen, dass Ihr Mann die ganze Zeit dort war. Der Bürgermeister war außer Haus, und er musste mehr als eine Stunde lang warten.»

Scholz ergänzt seine Ausführungen: «In der Zeit hat er einen kleinen Ausflug unternommen. Was die Parkhauskamera beweist.»

Nicole Hauck sieht verstört aus. Schmälzle bemüht sich, sie zu beruhigen. «Frau Hauck, erzählen Sie uns alles, was Sie wissen», sagt er sanft. «Wir müssen den neunten Mai rekonstruieren. Mehr verlangen wir nicht.»

Sie wirft einen Blick auf die Uhr an der Wand. Räuspert sich. «Ich weiß wirklich nicht, wo Willi war. Und ich ... hab gleich einen Termin.»

«Okay», sagt Scholz. «Dann lass uns bitte das Handy da.»

Sie drückt ihm das Handy in die Hand. «Habt ihr was über diesen Mann herausgefunden, der uns das Leben schwer macht?»

«Du meinst den Stalker?» Der Postenleiter druckst herum. Äht und öht ein wenig. Schließlich sagt er: «Noch nicht viel.»

Sie hält inne. «Ich dachte, ihr ermittelt in der Sache?»

«Uns sind die Hände gebunden, Nicole.»

«Solange er Sie nicht ernsthaft bedroht, können wir nichts unternehmen, Frau Hauck», eilt Schmälzle dem Kollegen zu Hilfe.

«Ach so», sagt sie. «Muss erst einer im Krankenhaus landen, bevor die Polizei was tut.»

«Wir haben das im Auge, Nicole», sagt Scholz.

«Vermutlich handelt es sich um einen Apotheker aus Blumenau», sagt Schmälzle.

«Blumenau?»

«Das ist eine Auswandererkolonie, Nicole. In Brasilien.»

«Nein. Die Anfrage kam doch nicht aus Brasilien!»

«Sondern?»

«Der wohnt irgendwo bei Hannover.»

«Hannover?» Scholz kräuselt die Oberlippe. «Wie kommst du darauf?»

«Na, die haben öfter telefoniert.»

«Der Willi und der Stalker?»

«Ja, klar, ich hab die Nummer zurückverfolgt. Willi war hinterher immer angefressen, da wollte ich wissen, wer das war. Das könnte ja eine Ex-Freundin sein oder ein Kind, von dem ich nichts ahne und dem er keinen Unterhalt zahlt – was weiß man schon vom anderen. Jeder hat seine Vergangenheit.»

«Was war das für eine Nummer, Frau Hauck?»

«Vorwahl null-fünf-eins-zwei-eins, die Nummer weiß ich nicht auswendig.»

«Und wann war das mit den Telefonaten?»

«Das ist gut drei Wochen her.»

«Danke, Frau Hauck, das hilft uns weiter.»

In einer Lautstärke, die durch Panzerglas dringt, ruft Scholz in den Glaskasten nebenan, in dem nie einer sitzt, außer heute, weil vorne keine Ruhe ist: «Leo! Kannst du die GPS-Daten auf dem Handy schnell checken? Und simultan dazu eine Telefonnummer zurückverfolgen?»

«Kann ich», ruft sie genauso laut zurück. «Aber nicht schnell. Und simultan kannst du auch vergessen.»

«Danke», sagt Nicole. «Ich hol das Handy am Montag ab.» Mit einem Küsschen verabschiedet sie sich von Scholz, reicht Schmälzle höflich die Hand, packt ihre Tasche und steuert den Ausgang an.

Kurz darauf knallt Scholz die Tür von außen zu, und Schmälzle begibt sich zu seinem Stahlesel, den er in Ketten gelegt hat und der wie jeden Tag stur da steht, wo er ihn abgestellt hat.

Er will den frühen Abend nutzen, um einen kleinen Umweg zu nehmen. Zunächst radelt er die König-Karl-Straße entlang. Dann überlegt er kurz. Ja. Nein. Nein? Doch. Nur noch einmal. Er kann es sich nicht verkneifen. Schmälzle biegt in den Kurpark ein. Fernab vom offiziellen Fahrradweg tritt er in die Pedale, bis ihm der Schweiß aus den Poren rinnt. Es wird das letzte Mal sein, ganz sicher wird es das. Er schiebt den Helm tief ins Gesicht, damit ihn keiner erkennt. Eine nochmalige Denunzierung will er sich im Moment nicht leisten. Aber er muss den Fall loslassen, beide Fälle, alles in seinem Kopf, und das ist eine Menge. Von dem Pegel bringt ihn kein Zen-Vers runter. Das schafft nur rasantes Tempo über vielverzweigte, kurvige und bergige Wege. Illegale Wege. Die erhöhen den Adrenalinspiegel. Um ein Vielfaches.

Samstag, 25. Mai

*Im Kurpark werden die Stände
für den Flohmarkt aufgebaut.*

Heute wird Schmälzle mit den Grünfinken wach. Er hat die Lider halb geöffnet. Der Kaffeedurst hat noch keine Chance gehabt, ihn zu übermannen. Schon schießt ihm ein Gedanke durch den Kopf: Scholz! Sie wollten die Badrenovierung in Angriff nehmen. Die ausgedienten Waschbecken abmontieren, stylische Waschtische mit integrierten Unterschränken anbringen, die Wasserhähne austauschen. Der Kollege hatte versprochen, seine Noise-Cancelling-Kopfhörer und einen elektrischen Stemmhammer mitzubringen. «Für die Fliesenwände, die man abschlagen muss», sagte er. «Es ist nur eine Wand. Aber sie ist rot, Harald. Wie die Schwarzwälder Kirschen», erwiderte Schmälzle, worauf Scholz prophezeite: «Einmal draufschlagen, und dann ist auch rot schnell tot.»

Schmälzle schält sich aus seinem Federbett, überlässt Claudia ihren Träumen, tapst über den Flur und spitzt die Ohren. Grabesstille. Das Zimmer seines Sohnes liegt im ersten Stock. Wie vermutet, schläft auch der Elfjährige tief und fest. Schmälzle sieht ihn nicht einmal, denn er hat sich in seine Bettdecke gehüllt, unter ihr zusammengekrümmt, in seiner Höhle verschanzt. Sam wird wenig begeistert sein von dem Lärm am Samstagmorgen. Genau wie Claudia. Schmälzle hat total vergessen, die Aktion anzukündigen. Um einen klaren Gedanken zu fassen, gibt er sich seinem Morgenritual hin: Im

Automodus holt er eine Tasse aus dem Schrank und stellt sie auf das Gitter des Kaffeevollautomaten. Dann drückt er mit dem Zeigefinger auf das Espressosymbol. Der Duft des Hallo-Wach-Gebräus steigt ihm in die Nase. Er drückt zum zweiten und zum dritten Mal auf den Knopf, und der Automat befördert einen Mehrfachespresso mit massiver Crema in seine Tasse. Er kippt einen Schuss Reismilch dazu, setzt sich vor sein XXL-Fenster im Wohnzimmer, betrachtet das Sommerbergpanorama. Noch immer ist er völlig fasziniert von dem Schauspiel, das sich tagein, tagaus vor seinen Augen abspielt: Beide Bergbahnen ziehen sich gegenseitig rauf und runter. Kein Zentimeter verrutscht. In der einzigen dafür vorgesehenen Doppelspur ziehen sie aneinander vorbei. Gemächlich, gemütlich. Hundertprozentig korrekt. Schweizer Präzision. Dieses Schauspiel ist wie Eisenbahnfahren für kleine Jungs. Oder für den Kollegen. Der bei den Eisenbahnfreunden e.V. ...

Mensch, Scholz! Der Kollege dürfte mittlerweile auf dem Weg zu ihm sein. Schmälzle sucht sein Smartphone und bläst die Fliesenaktion ab. «Harald», sagt er abschließend, «ich fahr in den Posten. Die Fälle haben Vorrang.» Grummelnd weist Scholz darauf hin, dass die Fälle am Montag immer noch Fälle seien.

Wenig später lässt Schmälzle die Tür ins Schloss fallen und spurtet nach unten, weiter nach unten, ganz nach unten, steigt auf sein Rad und fährt in die Bätznerstraße. Er will nachdenken, die Fakten noch mal durchgehen, denn die Ereignisse haben sich überschlagen in den letzten Tagen. Er muss die Puzzlesteine zusammensetzen, auseinandernehmen, neu zusammenlegen, auf seinen inneren Dialog horchen.

Als er die Tür zum Posten öffnet, sind die Schreibtische aufgeräumt, die Papierkörbe quellen nicht über, und kein Geschirr stapelt sich in der Küche. Er öffnet die grünen Fensterläden. Fast wird er geblendet, von außen wie von innen: Alles ist blitzblank. Sogar der Kaktus. Schmälzle ist überzeugt, dass der vorgestern mehr Stacheln hatte. Ja, doch. Viel mehr Stacheln. Er holt ein Glas Wasser aus der Küche, muss es nicht an seinem T-Shirt abwischen. Er füllt es bis zum Rand und gießt es über das kümmerliche Gewächs. Dann schielt er nach einem Aktenhäufchen, das säuberlich am rechten Rand seines Schreibtischs liegt. Starrt auf die Magnetwand. Kurz darauf holt er den Ordner mit den Protokollen und Aufzeichnungen aus dem Regal.

Zwei Stunden geht er durch die Dokumente, wühlt sich durch die Protokolle und fragt sich, was er übersehen hat. Er hat schon komplexere Fälle gelöst, seine Trefferquote liegt bei über neunzig Prozent, aber er hatte noch nie einen Fall, bei dem er so an der Nase herumgeführt wurde wie von diesem Willi, dem Schnapsbrenner. Der hat mehr als ein Motiv! Aber er hat auch mehr als ein Alibi, legt eins nach dem anderen vor. Und was soll das mit diesem Apotheker? In dieses Gedankenchaos schiebt sich das Bild der Moorleiche, und Schmälzle ist froh, dass sich Lothar nicht mehr gemeldet hat. Erst muss die Sache mit dem Schnapsbrenner gelöst werden. Er spürt, dass er etwas Wesentliches übersehen hat, und ja, er hat etwas Elementares übersehen: Das Wetter ist viel zu schön, um in der Polizeistube vor sich hin zu stieren.

Er schickt Claudia eine WhatsApp.

Wo bist du?

Keine zwei Minuten später schreibt sie zurück:

Wo bist du?

Gleich da!

Er schnappt seinen Fahrradhelm, schwingt sich auf sein Pferd aus Titan und reitet einer großen Mission entgegen. Die lautet:

Kokoschips mit Sojasoße zu Kokosspeck verarbeiten, Zucchini in schmale Streifen schneiden, Banane, Mango und Champignons würfeln, Zwiebel und Knoblauchzehe fein hacken. Er wird die Zucchinistreifen mit Pilzen und Früchten plus Zwiebel im Backofen bei leicht geöffneter Tür zehn Minuten dünsten. Dann Sonnenblumenkerngeschnetzeltes kredenzen. Leider nicht an geschulte Gaumen, denen Fleischlosigkeit wahre Wonnen bedeutet, sondern an geplagte Mägen, in die sonst Pizzen, Schnitzel und Fritten hineingeschaufelt werden. Sprich: an Claudia und an Sam. Die er kulinarisch auf jeden Fall noch umerziehen kann, er braucht bloß mehr Zeit.

Während das Geschnetzelte vor sich hin brutzelt, legt Claudia ihm den Kopf auf die Schulter. Sie hat sich herangeschlichen. Lautlos hebt sie den Deckel der Pfanne, schiebt ihre Nase über das Geschnetzelte, wedelt mit der rechten Hand Dampf zu sich heran, haucht: «Hmmm!»

Schmälzle schnalzt mit der Zunge, schlendert zum Kühlschrank, holt eine Flasche Grauburgunder aus einer Klappe, schnappt zwei Gläser und sagt: «Wir haben was zu feiern.»

Sie sieht ihn fragend an.

«Du, Sam, ich. Genügt das nicht?»

Mai 1869

Ich hatte Zeit verloren, zu viel Zeit. Das Unwetter hatte mich eine halbe Stunde gekostet, und die Unterredung mit dem Pfarrer hatte mir eine weitere halbe Stunde geraubt. Seitdem bewegte sich die Sonne vorwärts, nur ich war kaum vom Fleck gekommen. Da wurde es zur Gewissheit: Die Herren mit der Kutsche waren fort.

Montag, 27. Mai

Im Schmerz sind Raum und Zeit sch...egal.

Schmälzle reibt sich den linken Oberarm und drückt mit der rechten Hand auf die Schwellung, kurz nachdem er die Kollegen mit «Scheiß Wespen» begrüßt und die Polizeistube mit einer Viertelstunde Verspätung betreten hat, weil er einarmig in die Bätznerstraße radeln musste.

Die Attacke fand gestern Abend statt. Im Garten. Weil es draußen warm war, richtig schön, ist er am Nachmittag eine Runde durch den Wald gejoggt. Dabei hat er eine Gehmeditation eingelegt, hat «Ich gehe durch den Wald» in sein Gedankenchaos gerufen, «Ich gehe durch den Wald», hat die Aufmerksamkeit auf seine Schritte gelenkt, «eins, zwei, drei, vier», hat den Sinn auf seinen Atem gerichtet, «ein, halten, halten, aus, ein, halten, halten, halten, aus, ein, halten», hat den Moment zelebriert. Dann hat er «Ich bin hier, ich bin jetzt, ich bin hier, ich bin jetzt» in den Wald gerufen. Zutiefst entspannt ist er nach einer Stunde heimgekehrt.

Nach einer Endlosdusche hat er sich zu Claudia in den Garten gesetzt. Die war nicht alleine, eine Nachbarin war bei ihr. Dummerweise die von links, nicht die von rechts. Die Linke mag er nicht. Sie redete wie ein Maschinengewehr, *ratatatata, ratatata* erschoss sie die Idylle mit ihrem Mundwerk. Die beiden Frauen plapperten Zeug, das sich mit dem lauten Zirpen unsichtbarer Flugobjekte vermischte. Und das

Drama nahm seinen Lauf. Ohne Anmoderation, ohne Vorgeplänkel.

Sie kamen zu dritt. Drei Feinde griffen ihn an. In dem Moment, in dem er in das lockere Backwerk beißen wollte, das Claudia auf den Gartentisch gestellt hatte, umsummten, umsurrten, umkreisten sie ihn. Ja, sie umzingelten ihn und richteten ihren giftgetränkten Stachel auf seinen nackten Oberarm.

Scholz kriegt sich nicht ein vor Freude über die Misere des Kollegen.

Die Assistentin aber hat Mitleid. Mit den Wespen. «Die sind jetzt tot!», sagt sie. «Weil du aggressiv warst.»

«Die sind nicht tot, Leo. Nur Bienen sterben, wenn sie zugestochen haben», belehrt sie Scholz.

«Stechen da auch die Männer?»

«In jedem Fall sind Männer die besseren Stecher.»

«Männliche Bienen nennt man Drohnen. Deren einzige Aufgabe besteht darin, die Königin zu begatten. Und Exitus», liest Leonie aus Wikipedia vor.

«Eine Drohne muss auch erst lernen, wie sie sich als Mann verhält. Damit sie überlebt. Deshalb gibt es neuerdings einen Drohnenführerschein», sagt Scholz, doch Schmälzle ist nicht nach Lachen. Er pustet auf die Schwellung ein. Er wird das Bild nie wieder loswerden. Surrend griffen sie mit ausgefahrenen Stacheln erst den Vollkorndinkelteig, dann ihn an. Bis er die Fäuste erhob. Nicht für ein Halleluja, es sollte ein finales Amen sein. Er unterlag. Das waren keine Wespen, das waren Killerinsekten! Mutanten, aus einer anderen Galaxie. Später wurde obendrein der Familienfrieden angestochen, denn Claudia sagte: «Ruhig, Kaffeebrauner», als sie eine Kaltkompresse um seinen Arm legte und ein Pflaster daraufklebte.

«So nennt man einen Hund!», protestierte er.

«Nur einen, den man mag», entgegnete sie und leckte mit ihrer rosaroten Zunge über seine Wange.

Er weiß ja, dass sie einen speziellen Humor hat, und er liebt sie dafür, doch in dem Augenblick litt er. Also trollte er sich in die Garage und putzte sein Fahrrad.

«Bist du fähig zu arbeiten, oder soll ich einen Krankenwagen kommen lassen?», ruft Leonie gerade in sein Gedankenchaos.

Scholz schüttelt den Kopf, als fühle er mit Schmälzle.

Sie fragt weiter: «Ist die Todesursache jetzt geklärt?»

«So schlimm ist es nicht, Leonie.» Schmälzle öffnet das Fenster. Er saugt einen Atemzug Schwarzwälder Luft ein und einen zweiten hinterher. Dabei winkt er Spaziergängern zu, die neugierig in die Polizeistube gucken.

«Justin», sagt Leonie. «Wenn du dann mal fähig bist zuzuhören, hab ich was für dich.» Sie zieht Willi Haucks Handy aus der Tasche. Schmälzle sieht sie fragend an, und auch Scholz wirkt ungeduldig. Schweigend aalt sie sich im Triumph derer, die einen Wissensvorsprung haben. «Gompelscheuer», sagt sie.

«Die Produktionsstätte vom Willi», sagt Scholz.

«Die GPS-Daten waren eindeutig», erwidert Leonie. «Willi Hauck war am neunten Mai dort. Am Vormittag. Von exakt neun Uhr dreißig bis zehn Uhr achtunddreißig.»

«Wann ist er noch mal aus dem Parkhaus gefahren?», will Schmälzle wissen.

«Um 9 Uhr 13», sagt Scholz.

«Wie lange fährt man nach Gompelscheuer?»

«Wenn er nicht über die B294 und K4366, sondern über die Freudenstädter Straße in die L351 gefahren ist und danach in die ...»

«Harald!»

«Dann bräuchte er achtzehn Minuten.»

Schmälzle denkt. Laut. «Wenn er um neun Uhr dreizehn losgefahren ist, kann er um neun Uhr einunddreißig, bei seinem Tempo auch um neun Uhr dreißig, in Gompel...»

«...scheuer angekommen sein. Dort hat er achtundsechzig Minuten lang gemacht, was immer er da gemacht hat, und ist um zehn Uhr achtunddreißig weggefahren.»

«Um zehn Uhr neunundfünfzig hat er das Parkhaus wieder erreicht. Ohne bei Rot über eine Ampel zu müssen.»

«Kann er einen Zwischenstopp in Nonnenmiß eingelegt haben?»

«Du meinst, er ist nicht in Gompelscheuer geblieben, sondern von dort nach Nonnenmiß weitergefahren? Um uns an der Nase rumzuführen, oder wie?»

«Wäre doch möglich!»

«Na ja, über Enzklösterle schafft er das in neun Minuten.»

«Dann wäre er um neun Uhr neununddreißig, vierzig, einundvierzig in Nonnenmiß gewesen.»

«Von dort nach Wildbad sind es noch mal elf Minuten.»

«Also war er um zehn da. Hatte achtundvierzig Minuten Zeit. Genug, um dem Notar in die Wade zu schießen.»

«Dann wäre es aber auf dem GPS aufgezeichnet, Schmälzle.»

«Nicht, wenn er es ausgeschaltet hatte, Harald.»

«Leo! Hatte der ...»

«Hatte er nicht», sagt Leonie. «Es war eingeschaltet. Er war die ganze Zeit in Gompelscheuer. Der Wagen muss dort geparkt haben.»

«Er könnte ein Taxi genommen haben», überlegt Scholz.

«So ein Ablenkungsmanöver trau ich dem auf alle Fälle zu», sagt Schmälzle.

«Dann hat er uns unterschätzt.» Scholz steht auf. Schnappt seine Jacke, setzt seine Pilotensonnenbrille auf und geht entschlossen zur Tür. «Ich bring der Nicole jetzt das Handy zurück. Und du, Schmälzle, recherchierst, ob er ein Taxi oder sonst was genommen hat ...»

«... du meinst ein Uber?»

«Eher einen Mietwagen, Schmälzle.»

«Da ist noch was, Jungs!», ruft Leonie. Er hat dauernd eine Nummer gewählt.»

«Was für eine Nummer?»

«Eine Wildbader Nummer. Die nicht im Telefonbuch steht.»

«Vielleicht treff ich ja den Willi an und kann ihn direkt befragen.»

«Ich komm mit, Harald.» Schmälzle folgt dem Postenleiter zur Tür.

«Kümmerst du dich um die Taxiangelegenheit, Leo?», brüllt Scholz, und Leonie schreit zurück: «Wie immer, Chef!»

Schon fliehen die Herren aus der Polizeistube, schneller, als eine Wespe angreifen und stechen kann.

«Du kannst deinen Arm aus dem Fenster halten, zum Kühlen», sagt Scholz, und auch wenn es tröstend klingen soll, kommt das nicht an.

Denn Schmälzle mault: «Es ist der linke Arm, Harald.»

«Rücksitz, Schmälzle.»

«In deinem Youngtimer gibt es hinten weder eine Sitz- noch eine Liegefläche.»

«Mach in Zukunft lieber Karate, Kollege. Einen Kampf gegen Wespen kannst du nicht gewinnen.»

Dummerweise hatten die aggressiven Hautflügler gestern sein Kombinationsvermögen vorübergehend außer Kraft gesetzt, denn die Nachbarin hatte von einem neuen Nachbarn erzählt. Einem Witwer aus Niedersachsen, der nebenan eine Ferienwohnung bezogen habe. Vor ein paar Wochen sei das gewesen. Dieser Witwer würde hier ein größeres Erbe antreten und sei eine gute Partie, aber um welche Summe es sich handle, wisse sie nicht. Diese Nachricht hat sich quasi unbemerkt in Schmälzles Hinterkopf gesetzt, und wer auch immer hat eine Schranke vorgelassen. Zugang versperrt. Doch in dem Moment, als Scholz von Tante Hildes Hausmittel erzählt: «Die hat uns damals immer eine halbe Zwiebel auf den Wespenstich gelegt», da geht die Schranke auf. Wie eine im Wasser versenkte Leiche, die irgendwann an die Oberfläche schwimmt, taucht der Städtename, den die Nachbarin genannt hat, aus seinem Unterbewusstsein auf. Der Witwer stammt aus Hilde ... Hilde? Hildesheim!

Er fragt Scholz: «Sag mal, Hildesheim liegt doch bei Hannover?»

«Das ist nicht unser Zuständigkeitsbereich, Schmälzle.»

«Ist es doch. Denn dieser Eduardo Beierle hält sich nicht in Blumenau auf, keineswegs in Hannover und seit längerem nicht mehr in Hildesheim.»

«Sondern?»

«Der hat sich in der Alten Steige einquartiert.»

«Hier in Wildbad?»

«Nummer einundvierzig.»

«Das ist doch bei dir!»

«Direkt nebenan. In einem Mehrfamilienhaus.»

«Ist das die Wildbader Nummer, die der Willi pausenlos gewählt hat?»

«Das vermute ich.»

«Finden wir's heraus!» Scholz reißt das Lenkrad herum und zwingt den Wagen in eine 180-Grad-Drehung, die Bremsen quietschen, als der Youngtimer um die eigene Achse wendet und zurück in die Kurstadt rast. Scholz nimmt die Einfahrt in den Tunnel, dann die erste Ausfahrt aus dem Tunnel raus. Den nächsten Kreisverkehr ignoriert er, fährt geradewegs am König-Karl-Haus vorbei, dann rechts über die Brücke, rauf in die Alte Steige. Er jagt das Gefährt auf den Berg, legt es in die erste scharfe Kurve, in die zweite, umfährt die Schlaglöcher galant, weicht vier Fahrzeugen aus, die im Kriechgang unterwegs sind, und bringt den Wagen vor der Nummer 40 zum Stehen. Dann parkt er dicht entlang der Schutzplanke, die minimal eingedellt ist. Und hinter der es steil die Böschung runtergeht.

Montag, 27. Mai

In der siebten von zwölf Sonnenstunden

Eine Klingel ist namenlos. Auf den anderen fünf stehen Grünspan, Sperling, Rosental, ein Doppelname, einer in kyrillischer Schrift. Nirgendwo steht Beierle. Nicht mit, nicht ohne Eduardo. Schmälzle drückt auf die namenlose Klingel, und Scholz legt seine Handfläche auf die übrigen fünf.

Die Frau, die abrupt die Haustür öffnet, begrüßt die Kommissare mit einem unverständlichen Redeschwall. Bitte nicht, durchfährt es Schmälzle. Es ist das Maschinengewehr, das gestern bei ihm im Garten saß! Die Frau stellt sich mit «Rosental» vor. Schmälzle fragt nach dem Nachbarn, und nachdem sie «Welcher Nachbar?» hervorgebracht hat, verstummt sie, denn er hat seinen Polizeiausweis gezückt.

«Die gute Partie, Frau Rosental», sagt Schmälzle.

Und schon rattert es wieder: «Ah ja, der Witwer! Also der hat, glaub ich, noch keine Frau gefunden, die ...»

«Frau Rosental!» Auch Scholz zieht seinen Ausweis aus der Hosentasche. «Wir sind von der Polizei. Wir haben nicht viel Zeit. Wir brauchen nur eine Auskunft.»

Sie nickt. «Der ist abgereist, Herr Kommissar! Nach Niedersachsen. Sicher hat es mit dem Erbe zu tun. Also dieses Erbe, das ...»

Scholz bedankt sich, bittet die Frau, sich im Posten zu melden, sobald der Witwer zurückgekehrt sei, und gibt Schmälzle ein Handzeichen. Der folgt dem Postenleiter zum Auto, und sie beschließen, ihre ursprüngliche Mission wieder aufzunehmen und Zeugen zu befragen.

Den Weg kennt Schmälzle im Schlaf. Dennoch schaut er aus dem Fenster und versinkt in der idyllischen Landschaft. Perfekter Anblick zu einem Classic-Rock-Song aus Scholz' Sammlung. Doch die Töne, die aus der alten CD-Lade dudeln, klingen nach Neuzeit.

«Wer ist das?», fragt Schmälzle.

«Justin Timberlake!», lacht Scholz und kräht lauthals mit, als Schmälzles Namensvetter «*Everybody says say something, say something, say something*» trällert. Erst bei «*No, I can't help myself, no, no, caught up in the middle of it*» verheddert er sich.

«Hast du Justin Timberlake gesagt?» Schmälzle sieht den Schalk nicht, der Scholz im Nacken sitzt, er sieht nur die Anspielung auf seinen Namen, und so meckert er weiter: «Harald, das ist Musik für meinen Sohn!»

«Kaum.»

«Wieso nicht?»

«Weil der *Wiz Khalifa* hört. Oder *Eminem*. Oder *Genetikk*.»

«Eminem?»

«Ein echter Hip-Hop-Gott.»

«Harald, das ist ein Weißer!»

«Mit einer schwarzen Seele.»

«Willst du damit sagen, dass ein Weißer eine schwarze Seele haben kann?»

«Und ob, Schmälzle. Das kann er. Umgekehrt geht das auch. So wie bei dir.»

«Was?»

«Schmälzle! Deine Seele ist weißer als unser Scheißhauspapier.» Scholz wiehert ausgelassen.

Schmälzle atmet. Ein, aus, langsam ein, langsamer aus, bis sich Ruhe in ihm ausbreitet. «Du kennst dich super mit Musik aus, Harald», sagt er leise.

«Da kannst du unseren vertrockneten Kaktus drauf setzen.»

«Lass mich raten. Du hast in einer Band gespielt. In den achtziger Jahren. Logisch. Schlagzeug? Oder ne, Bassgitarre, ja klar, du warst Bassist.»

«Aufgelegt, Schmälzle. Ich hab mich zehn Jahre lang in Clubs rumgetrieben.»

«Du warst DJ? In Bad Wildbad?»

«Pforzheim. Und eine Weile in Hamburg. Später in Dublin.»

«Irland. Die Tumbeagh-Moorleiche. Klar.»

«Meine Fans, verehrter Kollege, waren quicklebendig.»

«Und zu neunundneunzig Prozent weiblich, wette ich.»

Endlich, denkt Schmälzle, erfährt man mal was. Er weiß nicht viel über den Kollegen. Sie sollten mal wieder einen Rotwein miteinander trinken. Im Keller. Ganz privat. Na ja, halb privat. Ein wenig ermitteln können sie ruhig nebenbei. Es ist immer höchst effektiv, wenn sie ihre Hirne zermartern und den wummernden Bässen lauschen, die aus den Lautsprechern in Haralds Keller dringen. Neben den antiken Eisenbahnen, die der in launigen Momenten im Kreis herumfahren lässt.

Keine fünf Minuten später quietschen die Bremsen und befördern Schmälzle jäh in die Realität zurück. Scholz hält den Wagen an. Direkt vor dem Anwesen des Schnapsbrenners. Dieser aber öffnet die Tür nicht. Nicht nach viermaligem Klingeln. Auch Nicole biegt nicht mit dem Gemüsekorb um die Ecke. Keine Tochter ist zu sehen, kein Hund bellt, keine Katze streunt umher. Nicht ein einziger Nachbar späht über den Zaun. Sie starten einen erneuten vergeblichen Klingelversuch.

Irgendwann sagt Schmälzle laut: «Das passt.» Mit einem Kopfnicken bedeutet er Scholz, ihm zu folgen.

«Was hast du vor?»

«Ich seh mich bloß ein bisschen um.» Schmälzle huscht an der Haustür vorbei und peilt das Gelände an, das sich dahinter erstreckt.

«Du weißt, dass wir das nicht dürfen, Schmälzle.» Obwohl Scholz mosert, ist er ihm dicht auf den Fersen.

«Aber Willi Hauck, der darf das.» Schmälzle lässt den Buddha links liegen, der keine Miene verzieht.

«Er ist hier zu Hause.» Auch Scholz passiert die Rabatte mit den bunten Blumen und beachtet nicht, wie sie ihre roten, gelben, orangefarbenen Köpfchen keck in die Lüfte recken.

«Uns an der Nase rumführen, jede Woche eine neue Straftat begehen. Das darf der. Uns nach Strich und Faden verarschen, und wir sollen uns alles gefallen lassen? Sorry, da mach ich nicht mehr mit.»

«Okay, Kollege. Aber keine Buntstifte klauen.»

«Harald, du musst mir das nicht täglich servieren. Einmal im Monat ist völlig ausreichend.» Lautlos spaziert Schmälzle den Kiesweg entlang. Bleibt vor dem Schuppen stehen, der im Schatten liegt. Verfallen sieht er aus, als hätte er eine Renovierung nötiger als Schmälzles Siebziger-Jahre-Bungalow. Das alte Gemäuer ist farblich nicht mehr einzuordnen, der Lack ist überall abgeblättert, ein Fenster sitzt schief im Kreuz, und die Tür knarzt beim Öffnen.

«Ich klingle lieber noch mal», sagt Scholz und macht auf dem Absatz kehrt.

Schmälzle späht in den Schuppen. Dann schnüffelt er sich wie ein Spürhund durch Willi Haucks Geheimnisse, huscht um den Schuppen herum und noch mal in den Schuppen hinein.

Er inspiziert jeden Winkel und hievt jeden Strohsack hoch, der achtlos in einer Ecke liegt. Nur den Deckel des Überseekoffers, der in einer Ecke steht, hebt er nicht. Der ist so verstaubt, dass er sicher keinen Beitrag dazu leisten kann, den Tathergang des 9. Mai zu rekonstruieren. Er hört Scholz laut fluchen. Offenbar haben auch seine weiteren Klingelversuche ins Leere geführt. Schmälzle indes wird fündig. Er schnalzt mit der Zunge, als er das Silber mit dem langen Ärmel seines Hemds umfasst. Gelassen kehrt er zum Postenleiter zurück, der soeben das Handy von Willi Hauck in den Briefkasten wirft.

Er hält den breiten Armreif mit den feinziselierten Ornamenten im Hemdärmel fest. Als Scholz zu ihm hersieht, will er ihn unbemerkt in seine Jackentasche gleiten lassen. Zu spät.

«Das gehört der Nicole. Oder der Marikka», blafft der Kollege.

«Sicherlich», sagt Schmälzle.

«Du willst den jetzt nicht einstecken!»

«Und ob, Harald. Genau das hab ich vor.»

«Erst den Buntstift, dann den Armreif ...»

«Die Tasse hab ich nicht mitgenommen.»

«Ich sag's doch. Du hast nicht alle Tassen im Schrank.» Der Postenleiter setzt seine Polizeimütze ab, die er heute aus unerfindlichen Gründen trägt – vielleicht will er Autorität ausstrahlen, vor wem auch immer. Schnurstracks stakst er zum Auto.

Schmälzle folgt mit zwei, drei Metern Abstand, denn er zieht parallel eine Folie aus seiner Jeanstasche und wickelt den Armreif sorgfältig ein, achtet darauf, dass er keinen Millimeter mit den Fingern berührt, keinen noch so winzigen Abdruck hinterlässt. Dann überholt er Scholz und sagt: «Lass uns bei der Kriminaltechnik vorbeifahren.»

«Das ist ein Umweg.»

«Hier gibt's seit Jahren nur noch Umwege.»

«Da hast du recht, Kollege. Nach der Baustelle ist vor der Baustelle.»

Sekunden später tritt Scholz das Gaspedal voll durch. Fast wäre ihm ein wichtiger Tatbestand entgangen, der Schmälzle definitiv entgeht, weil dieser mit der CD-Sammlung von Scholz beschäftigt ist. Eine dunkel gekleidete Gestalt tritt mit finsterer Miene hinter dem Haus hervor und sieht ihnen lange nach, den Mittelfinger in die Schwarzwaldluft gereckt.

Scholz starrt in den Rückspiegel und sagt: «Schmälzle! Da steht einer.»

Doch als der sich umdreht und «Was? Wer? Wo?» fragt, ist die Erscheinung verschwunden.

So ist Schmälzle auf Scholz' Beschreibung angewiesen: «Dunkel. Düster. Mittelfinger.»

Mai 1869

Nach einer Viertelstunde würden die Männer weiterziehen. Auf mich zu warten war zu gefährlich. Wie sollte ich zum Bahnhof Gernsbach gelangen? Seit wenigen Wochen fuhr dort eine Lokomotive nach Rastatt, dort konnte ich in die Badische Staatseisenbahn umsteigen und über Mannheim nach Bremerhaven gelangen. Ich wollte ihnen mein Schmuggelgut übergeben und das Silber in Empfang nehmen, wie jedes Mal. Diesmal wollte ich mich nicht wortlos umdrehen, um sie unbeobachtet weiterziehen zu lassen. Ich wollte in die Kutsche steigen, die in einer Lichtung auf sie wartete. So hatte ich es mir ausgemalt. Die Männer würden keine Fragen stellen. Sie würden mich wortlos am Bahnsteig absetzen. Doch nun, wo sie fort waren, wohin mit meiner schweren Last? Ich konnte sie nicht mehr abgeben und auch nicht mitnehmen. Sie würde den Leuten ins Auge springen, egal, wohin ich mich wandte. Ich musste sie im Wald verstecken, sie würde überdauern. Ich konnte der Cousine davon schreiben, aber erst, wenn ich unerreichbar für sie war. Sie wusste nichts von meiner Verbindung zu Hans. Nur der Pfarrer wusste es. Er selbst hatte mir die Postkarte gezeigt, die an ihn gerichtet war, und er war es, der wohlwollend gesagt hatte: «Martha, schau, drüben auf der anderen Seite der sieben Meere ist einer, der dir wohlgesinnt ist.» Und ich hatte ausgerufen: «Ja, des isch doch der Hans!»

Dann hatte ich die Worte vorgelesen, die ich inzwischen auswendig konnte: *Grüßet Sie mir die Martha, und saget Sie ihr, dass ich an sie denk.* Freudig hatte ich dem Hans zurückgeschrieben, hatte dem Pfarrer den Brief in die Hand gedrückt, denn dem Postler traute ich nicht. Auch der saß mit dem Gustav in der Wirtschaft. Dann hatte Hans eine zweite Karte für mich an den Pfarrer geschickt, und der hatte gesagt: «Guck, Martha, solche Karten gibt es bei uns nicht!» Dennoch hatte er sie mir überlassen. Das war vor drei Sommern gewesen. Noch immer pochte mein Herz wie damals, als ich den Gruß zum ersten Mal in der Hand gehalten und die Palmen betrachtet hatte, wie sie den Horizont streichelten, doch der Pfarrer hatte mich zurechtgewiesen: «So schön die Bilder sind, Martha, sie ahmen das Paradies nach, und Gott will kein Abbild von sich und seinem Himmel.» Der Hans hatte jedoch eine noch schönere Karte geschickt, mit noch mehr Palmen, und ich hatte einen Brief geschrieben und versiegelt, bevor ich ihn dem Pfarrer gegeben hatte. Der hatte ihn auf die Reise schicken sollen, wenn er in einer anderen Gemeinde gewesen wäre. Dass ich zu ihm eilen würde, hatte ich dem Hans geschrieben, aber ich hatte es so geschrieben, dass der Pfarrer denken würde, ich meinte die Ewigkeit, in der wir uns wieder träfen, hätte er gewagt, den Brief zu öffnen. Hans hatte noch einmal geschrieben. Eine letzte Karte, mit den Abfahrtszeiten der *Westphalia*. Das Segelschiff lief am 9. Juni in Hamburg aus. Mit dem Zielhafen New York.

Montag, 27. Mai

Einer dieser Tage, die kein Ende nehmen wollen

Es ist kurz vor 19 Uhr, und Schmälzle ist pünktlich zum Abendessen zu Hause. Claudia tischt eine Lasagne auf – eine tiefgefrorene, wie er entsetzt feststellt, mit Kochschinken und Scheiblettenkäse, den sie großzügig obendrauf legt, direkt aus der Plastikverpackung. Als gäbe es keine Reibe in ihrer Küche und keinen Parmesan, den er im Bioladen gekauft hat. Dennoch freut er sich auf einen netten Familienabend.

Noch bevor der erste Bissen seinen Gaumen beleidigt, vibriert sein Handy. Es ist Herr Merkt, der Schmälzles Aufmerksamkeit verlangt. Der Vermessungsingenieur entschuldigt sich, dass er erst jetzt Zeit für den gewünschten Rückruf gefunden habe, und bittet den Kommissar nach Calw. Gleich morgen früh könne er in die Vogteistraße kommen. Das Vermessungsamt sei Teil des Landratsamts. Er müsse aber oben herumfahren, über Althengstett nach Heumaden, nicht unten herum, denn der direkte Weg von Hirsau sei gesperrt.

Schmälzle fragt: «Herr Merkt, kann ich vielleicht nachher vorbeischauen, sagen wir, in eineinhalb Stunden?» In dem Fall würde er dem Nachbarn gleich im Anschluss – und sei es in der Nacht oder morgen in aller Herrgottsfrüh – einen Besuch abstatten.

«Wann haben Sie zuletzt auf die Uhr geschaut?» Der Vermessungsingenieur lacht.

«Ach so. Ich, äh ...»

«Ich dürfte Ihnen gar keine Auskunft erteilen, Herr Schmälzle. Wir erhalten unsere Aufträge von der Stadt. Ich bin allein den Baukontrolleuren gegenüber in der Pflicht. Nicht der Polizei.»

«Ich weiß, und Sie haben völlig recht. Aber es ist dringend. Könnten Sie mir das Ergebnis vielleicht schnell mailen?»

«Wenn Sie Einblick in die Dokumente haben wollen, müssen Sie sich schon herbemühen. Ein Brouillon kann ich beim besten Willen nicht einscannen. Außerdem gehe ich davon aus, dass Sie kein Sütterlin lesen können ...»

«Äh, ja, nein, natürlich nicht.»

«... und keine Baudokumente in Schuh interpretieren können.»

«Schuh?»

«Eine alte Maßeinheit, Herr Schmälzle. Ein württembergischer Schuh beträgt null Komma zwei acht sechs vier neun null drei Meter.»

«Gibt es auch einen badischen Schuh?»

«Den gibt es. Er misst null Komma drei Meter.»

«Ich bin schon froh, wenn ich mir meine eigene Schuhgröße merken kann», witzelt Schmälzle.

«Morgen früh um acht?»

Morgen früh, 8 Uhr MEZ.

Die WhatsApp an Leonie ist schnell geschrieben, und ihre Antwort besteht aus drei Emojis: einer Sonnenbrille, einem Lächeln und einem Gesicht mit zwei Herzen auf den Augen.

Dienstag, 28. Mai

Reise durch die Zeit – Teil 1

Hattest du ein Rendezvous, Leo?» Der Postenleiter legt die Stirn in Falten. Die Ziffern an der Wand stehen auf 10 Uhr 30. Die Begeisterung ist der Assistentin ins Gesicht geschrieben. Sie weht in den Posten und erzählt zeitgleich, dass die Unterredung mit dem leitenden Vermessungsingenieur voll spannend gewesen sei und sich Herr Merkt zwei Stunden Zeit für sie genommen habe und sie Justin sehr dankbar sei, dass er sie mit dieser Aufgabe betraut habe. Dann schwärmt sie von «alten Maßeinheiten, Brouillons, Landesgrenzvermessungsdokumenten anno achtzehnhundertfünfunddreißig und Flurkarten, die auf Stein gemeißelt sind».

«Ich kenn das nur als klare Brühe», sagt Scholz.

«Brouillon, Harry. Nicht Boullion. Geht auf Napoleon zurück. Der hat die Katalogisierung der Grenzen vorangetrieben. Alles, was links vom Rhein war, hat er von Geometern vermessen lassen. Er hat Katasterschulen eröffnet ...»

«... damit die armen Annektierten ausspähen, was er sich noch einverleiben kann, weil er den Hals nicht vollgekriegt hat?», stänkert Scholz.

«Die Preußen haben das Kartenwerk später übernommen und die Parzellenkataster weitergeführt, nachdem ...»

«Leonie!» Schmälzle würgt die Kollegin ab: «Hast du was für uns?»

«Hab ich.» Sie setzt sich an ihren Schreibtisch und startet den Rechner.

Schmälzle drängelt: «Und was?»

«Die Aufzeichnungen sind eindeutig, Justin. Der Anbau von Willi Hauck dürfte da, wo er steht, nicht stehen. Der größte Teil ist auf seinen Grund gebaut, aber fast drei Meter ragen darüber hinaus. Eine genaue Messung ist in Planung. Aber anders, als wir vermutet haben, müssen die Grenzsteine nicht in einer Nacht-und-Nebel-Aktion und mit bösen Absichten verrückt worden sein. Es ist denkbar, dass sich durch die Umrechnung der Dokumente auf die neue Maßeinheit UTM ein, zwei Meter Land zu Haucks Ungunsten verschoben haben. Das hat er möglicherweise gar nicht mitbekommen.»

«Und warum ist denen der Anbau entgangen? Hätten die nicht rausfahren, sich das anschauen und exakt vermessen müssen?», fragt Scholz, seine Assistentin taxierend.

«Hätten sie», sagt Leonie. «Wenn er einen Bauantrag für den Anbau gestellt hätte.»

Schmälzle: «Was, das hat er nicht?»

Scholz: «Wie, der Willi hat ohne Genehmigung gebaut?»

Leonie: «Sieht so aus.»

Schmälzle: «Oh, oh!»

Scholz: «Das wird ja immer krimineller.»

Leonie: «Solche Schwarzbauten kommen vor.»

Schmälzle: «Aber die Sparkasse finanziert das doch nicht!»

Leonie: «Wenn sie es nicht weiß? Der hat einfach Pläne vorgelegt, die hat er sich von irgendeinem Architekten erstellen lassen. Das hat der Bank genügt. Wer das hinterher hochgezogen hat, hat die dann auch nicht mehr interessiert.»

Scholz: «Der hat seine Polen geholt! Die haben das für einen Bruchteil der Summe hingestellt.»

Schmälzle: «Und bei der Sparkasse hat er das Drei- oder Vierfache aufgenommen. Davon konnte er eine lange Weile prächtig leben.»

Leonie: «Selbst wenn. Jetzt wird alles exakt vermessen. GPS und so. Beim Livetermin. Der Bürgermeister wird dazu geladen und natürlich die Investoren. Auch der Schnapsbrenner soll dabei sein.»

Scholz: «Klaus Mack und Willi Hauck? Arm in Arm? Das kann nicht gutgehen.»

Schmälzle: «Es kann unsere Chance sein.» Die Fragezeichen in Scholz' Gesicht bedürfen keiner Erklärung. Schmälzle liefert das Ausrufezeichen hinterher: «Wenn zwei Erzfeinde aufeinander losgehen, kommt die Wahrheit ans Licht.»

«Du meinst, wir bringen den Bürgermeister dazu, den Willi zu provozieren? Damit der ausrastet, auf seine Kontrahenten losgeht und wir ihn verhaften können?»

«So in etwa mein ich das.»

«Jeder Grenzstein wurde mit Ziegeln unterlegt», schwärmt Leonie weiter. «Sogenannten Zeugen.»

«Was meinst du mit ‹Zeugen›, Leo?»

«Das sind Ziegelsteine mit dem Wappen der Stadt, Harald. Die Untergänger, angesehene Bürger, haben sie unter die Grenzsteine gelegt. Versteckt, da kam keiner ran.»

«Damit, was hier geschehen ist, nicht passiert?», fragt Schmälzle.

«Aber es ist passiert», sagt Scholz.

«Weil die Zeugen unter dem Anbau verschwunden sind!», sagt Leonie.

«Geschah das willentlich?», will Scholz wissen.

«Auf jeden Fall wissentlich», sagt Schmälzle.

Scholz knetet sein Kinn mit der Hand. «Muss er weg? Ich

mein, muss der Hauck sein Glashaus abreißen, weißt du was darüber, Leo?»

«Er kann mit dem Anbau machen, was er möchte, hat Herr Merkt gesagt. Aber der Teil, der auf dem Grund steht, der ihm nicht gehört, muss weichen. Der Grund muss wieder verfügbar werden. Alles Weitere klärt das Baurechtsamt. Wenn er Glück hat, kann er einen Tausch machen.»

«Was heißt das, ein Tausch?», will Scholz wissen.

Leonie verschluckt sich an einem Bonbon, das sie sich in den Mund gesteckt hat, während sie zu sprechen versucht. Sie hustet, räuspert sich, hustet noch mal, bekommt doch noch raus: «Das Stück, auf dem sein Anbau steht, behält er, und die Stadt bekommt dafür einen anderen Teil von seinem Land.»

«Soll ich dir auf den Rücken klopfen?», fragt Scholz besorgt.

Sie verneint. Hält stattdessen dem Postenleiter die Bonbondose vor die Nase.

Der bedankt sich. Sagt: «Super Idee. Nützt denen nur nichts.»

Schmälzle greift zu. Plappert mit vollem Mund, weil er keinen leeren zur Verfügung hat, doch es muss aus ihm hinaus und duldet keinen Verzug. «Weil sie das Land am Stück brauchen», schmatzt er. «Wenn sie keinen Platz für den Pool haben, können sie das Projekt einstampfen.»

«Trotzdem wird Willi seinen Palast nicht einfach abreißen, und er kann ihn schlecht in der Mitte durchschneiden», wendet Scholz ein.

«Versetzen», sagt Leonie, «er kann das Glasdings abtragen und woanders aufbauen. Ich habe meinen Schwager angerufen, aus dem Auto.»

Schmälzle lässt die Schuppenaktion Revue passieren, erinnert sich an die Wiesen, die hinter dem Haus in den Wald führen, denkt noch: ‹Wow, was für eine anspruchsvolle Joggingstrecke›, und sagt: «Zur anderen Seite hin sind acht, neun Ar unbebaut. Warum hat er den Anbau nicht gleich dort hingestellt?»

«Hanglage, Schmälzle. Hinter seinem Haus geht es steil den Berg hoch. Außerdem ist es da finster, möglicherweise sogar sumpfig.»

Schmälzle überlegt. «So einen Glaskomplex versetzt man nicht an einem Sonntagnachmittag. Egal, wohin.»

«Mein Schwager meint, das ist ein Riesenakt», bestätigt Leonie. «Vor allem die Wasserwand, die muss ein Kran versetzen.»

«Das kostet ihn eine Stange Geld.» Schmälzle stampft mit dem Fuß auf den Boden ein, als käme da die Lösung raus.

Scholz' Blick bleibt an den neuen Turnschuhen des Kollegen hängen: Sie haben Streifen. Zwei mal drei an der Zahl. Der Postenleiter schmunzelt. Gleich wird er wieder ernst. «Die hat er nicht, die Stange Geld.»

«Also dreht er durch.»

«Wann findet diese Begehung statt, Leo?»

«Am Montag. Acht Uhr dreißig.»

«Trag dir das in den Kalender ein, Schmälzle.»

«Schon geschehen. Was genau schwebt dir vor?»

«Wir verhalten uns still.»

«Wie die Zeugen, Harald. Stumm.»

«Bis er ausrastet ...»

«... ausfällig wird, den Bürgermeister angreift oder den Notar ...»

«... oder den Vermessungsingenieur ...»

«... dann nehmen wir ihn fest.» Schmälzle öffnet die Schreibtischschublade und begutachtet seine Schätze. Geordnet liegen die Handschellen neben seiner Heckler & Koch samt Pistolenhalfter. Er schließt die Schublade. Der Termin ist in vier Tagen.

«Leo, kümmerst du dich um einen Haftbefehl?», sagt Scholz. «Für den Fall der Fälle?»

«Mach ich, Harry.»

«Sag mal, Schmälzle, hast du den Apotheker angetroffen?»

Er schüttelt den Kopf.

«Der ist die ganze Nacht nicht nach Hause gekommen?» Scholz sieht ihn ungläubig an.

Schmälzle reibt sich die Lider. Gesteht: «Ich hab irgendwann aufgegeben.»

«Zwischen zwei und drei Uhr morgens?»

«So in etwa.» Der Kollege muss nicht alles wissen. Es geht den gar nichts an, dass er um 22 Uhr 30 auf dem Sofa lag, von wo aus er die Haustür des Nachbarn genau im Auge hatte – gehabt hätte. Wären seine Augen offen geblieben. Doch das blieben sie nicht. Er hat es nicht verhindern können: Die Deckel sind ohne sein Zutun zugeklappt und erst um sieben Uhr früh wieder aufgegangen. Als es gerumpelt hat. Laut gerumpelt. Er hat das Kissen von sich gestoßen, das auf ihm lag, nach seiner Heckler getastet, stattdessen die Bierflasche erwischt, die auf dem Tisch stand. Krachend ist sie auf den Boden gefallen und hat rollend das Weite gesucht. Obwohl das Bier alkoholfrei war, hat es eine schleimige Schaumspur hinterlassen. Eine Riesensauerei. Dabei war es nicht die Haustür des Apothekers, die rumpelnd ins Schloss gefallen ist. Es war seine eigene – Claudia war von der Spätschicht nach Hause gekommen.

Mittwoch, 29. Mai

*Die Sonnenuhr hüllt sich
in geheimnisvollen Nebel.*

Schmälzle schlendert durch die König-Karl-Straße und lässt den frühen Morgen Revue passieren. Der Chef-Archäologe stand gegen acht Uhr im Posten, mit ein paar Münzen in der Hand.

«We've found these», erklärte er. Es war der Israeli, der sich diesmal höflich mit «Ariel Kronenberg» vorstellte. Nachdem ihm Scholz die Hand gegeben hatte, sagte er: «My ancestors lived in Munich. Most of them were deported to Buchenwald.»

Scholz hustete, dann grummelte, dann murmelte er: «Sorry, man.» Auch Schmälzle fuhr sich nervös über die Stoppelhaare, bis der Archäologe von einem Jutebeutel sprach, den sie im Wald gefunden hätten. Mitten im Satz schwenkte er auf nahezu druckreifes Deutsch um – nur das «r» rollte er: «Der Beutel lag dirrrekt hinter dem Absperrband. Er warrr voller Münzen», sagte er.

Scholz fragte, was das für Münzen seien, und Ariel Kronenberg vermutete, dass sie aus dem Kaiserreich stammten. Schmälzle erinnerte sich an die Münzen im Mantel der Toten und wollte gleich Lothar anrufen.

Doch der Archäologe verkündete: «Wir haben noch etwas gefunden. Eine große Flasche.»

«Eine Flasche», frotzelte Scholz.

Ariel Kronenberg verstand nicht. Er präzisierte: «Es war eine Schnapsflasche. Ein bauchiges Glasgefäß. Gefüllt mit zehn, zwölf Litern.»

«Zehn Liter Schnaps?» Schmälzle hegte Zweifel.

Scholz lachte. «Jetzt schlurfen unsere Alkies schon mit zehn Litern Hochprozentigem zum Hohlohsee.»

«Die Flasche ist nicht aus diesem Jahrhundert.» Der Archäologe blieb ernst. «Wir müssen den Inhalt noch untersuchen.»

«Was ist mit der Spitzhacke?», wollte Schmälzle wissen. «Haben Sie was in der Art entdeckt?»

Der Archäologe verneinte, und Scholz befahl: «Die Flasche wandert in die Asservatenkammer.»

«Das ist nicht dein Ernst!», widersprach Leonie, die die Konversation stumm mitverfolgt hatte.

«Das Zeug ist wohl kaum mehr trinkbar», sagte Scholz, nachdem er den Archäologen verabschiedet hatte.

«Die haben mal Honig in Pharaonengräbern gefunden, der war voll genießbar», sagte Leonie, «nach über dreitausend Jahren.»

«Dieser Fund könnte etwas mit der Leiche zu tun haben», mutmaßte Schmälzle.

Scholz sah ihn skeptisch an. «Eine Frau so groß wie unser Putzengel latscht mit einem Sack voll Münzen und einer Zehn-Liter-Schnapsflasche durch den Wald? Also mit einem Gewicht von zehn Kilo? Das Glas nicht eingerechnet? Schmälzle, Schmälzle ...»

«Wir müssen die Erben ermitteln.»

«Wie willst du das anstellen?», fragte Leonie.

«Keine Ahnung», sagte er. «Aber diese Münzen ... wenn sie identisch sind mit denen, die die Tote im Mantel getragen hat ...»

«... dann vermuten wir, dass der Silberschatz dieser Leiche gehörte», beendete Leonie seinen Satz.

Scholz schlug mit der Rechten auf den Tisch. «Wir müssen uns um die Reifensache kümmern und den Notar-Schützen finden! Und jetzt sollen wir obendrein herausfinden, warum eine Frau vor hundertfünfzig Jahren durch einen Wald gelatscht ist?»

Schmälzle nölte: «Dann gibt es halt mal keine Feierabende. Keine Wochenenden. Keine Feiertage! Ich löse diesen alten Mordfall, notfalls im Alleingang.» Mit einem Seitenblick auf die Assistentin fügte er sanft hinzu: «Mit Hilfe von Leonie, versteht sich.»

Über all dem Gezeter waren sie so konzentriert, dass sie die pinkfarbene Gefahr übersahen. Lautlos hatte sie den Posten betreten, und schon schwäbelte es aus dem Stoff, der ihren Körper eng umschlang.

«Des däd der Poirot au so sehe, Herr Schmälzle! Mord verjährt net. Der muss aufklärt werde. Des senn mir de Tote schuldig.» Anschließend kippte sie ihren Eimer aus. Mit einem triefend nassen Wischmop scheuchte Frau Meichle die Kommissare samt ihrer Assistentin vor die Tür.

Aus diesem Grund stiefelt Schmälzle jetzt durch die König-Karl-Straße. Der Himmel ist halb verhangen, eine frische Brise lässt die Blätter an den Bäumen rascheln, und der Kommissar zieht die Bomberjacke fest um sich. Kurz darauf stellt er fest, dass er nicht weiterkommt. Die Straße ist versperrt. Ein Reisebus mit litauischem Kennzeichen hat die Einbahnstraße komplett eingenommen. Verirrt in einer Zone, die nur im Schritttempo befahren werden darf. Der Fahrer will den Bus offenbar auf dem Gehsteig parken, doch da ist kein Platz. Linkerhand verlaufen Bahngleise, und dahinter plätschert friedlich die Enz. Rechterhand stehen hübschgedeckte Tische, an denen Gäste sitzen und um die zwei Bedienungen huschen. Der Wirt versucht, das Gefährt mit Gesten zu verscheuchen. Auch Passanten bleiben stehen und starren auf den Bus, als kutschiere dieser den litauischen Basketballspieler Arvydas Savonis, den längsten Menschen der Erde, auf den Sommerberg.

Schmälzle gibt dem Wirt ein Handzeichen, dann eilt er zum Fahrer und erklärt dem finster dreinschauenden Mann, dass er da, wo er steht, nicht stehen darf. Dass er sich mit maximal fünfzehn, zwanzig Stundenkilometern vorwärtsbewegen soll. Um dann links übers Lindenbrückle zurück zum Kreisverkehr zu fahren. Zum zweiten, wohlgemerkt. Danach könne er sich zum ersten Kreisverkehr begeben und sein Gefährt rechts in den Tunnel lenken, gerne schneller, um von der anderen Seite in die Kurstadt zu gelangen. Ausnahmsweise könne er seine Gäste, die, das hat Schmälzle gesehen, recht betagt sind, dreißig, vierzig Meter weiter vorne aussteigen lassen. Von da seien es wenige Schritte zum Eingang der Sommerbergbahn. Die Menschen drüben seien friedlicher gesinnt, weil da keine Ladenlokale und Restaurants stünden. Genaueres könne er nicht erklären, doch der Mann versteht kein Wort. Also ruft Schmälzle die Kollegen von der Verkehrspolizei an, und die versprechen, sich um die Angelegenheit zu kümmern.

Wenige Minuten später steht Schmälzle in der Pension, die der Archäologentrupp in Beschlag genommen hat, fragt nach Ariel Kronenberg. Der Portier, der hinter einem nussbraunen Schreibtisch sitzt und sich in seinem braun gemusterten Karohemd vom schokoladenfarbenen Teppichboden wenig abhebt, hält seinem Blick stand.

«Sind Sie auch einer von diesen Grabschändern?», fragt er, und hellwache Augen linsen über halbe Brillengläser hinweg.

«Nein», sagt Schmälzle. «Ich komme vom Polizeiposten.» Er zückt seinen Ausweis und hält ihn dicht vor das Gesicht des Mannes. Der greift zum Telefonhörer. Wenig später steht der Archäologe vor ihm, im oversized Wollpullover und gebügelten Jeans. Nur die Trekkingsandalen passen nicht zum Professorenlook.

Er ruft Schmälzle fröhlich zu: «Sheriff!»

«Ich habe noch ein paar Fragen», sagt der.

Der Portier hebt den Kopf. Schmälzle zeigt nach draußen, vor die Tür, und der Archäologe folgt ihm. Schmälzle schlägt ein Café vor, wo es Reismilch-Macchiato gibt. Und Seitan-Würstchen. Der Archäologe klopft ihm auf die Schulter.

Kurz nachdem sie ihre Bestellung aufgegeben haben und noch bevor Schmälzle nach besagten Münzen fragen kann, plaudert der Israeli drauflos. Einer seiner Männer sei auf einen weiteren Fund gestoßen. Er nippt am Pfefferminztee, den der Kellner lautlos auf den Tisch gestellt hat, und zieht eine alte Lederscheide aus dem Rucksack. «Er hat das hier aus dem Sumpf gehoben.»

Schmälzle sieht fragend auf das Messer, das Ariel aus dem Etui schält. Die Spitze ist aus Messing – wie der Griff.

«Ein Faschinenmesser.» Ariel Kronenberg deutet auf die Klinge. Sie ist gut fünfzig Zentimeter lang. «Das ist ein Kampfmesser. Hier, sehen Sie.»

Schmälzle sieht, kapiert aber nichts. Nur die Sägezahnung, die erkennt er deutlich.

«Schauen Sie auf die Gravur, Sheriff.»

Schmälzle sieht auf zwei Initialen: A. S. Er vermutet: «Damit hat keiner den Bannwald gerodet.»

«Seinerzeit war jeder Wald Bannwald. Das perfekte Versteck. Zum Beispiel für Fahnenflüchtige.»

Jetzt versteht Schmälzle. «Am Hohlohsee war das Grenzgebiet zwischen dem Königreich Württemberg und dem Großherzogtum Baden.»

Der Archäologe lehnt sich zurück. «Die badische Revolutionsarmee unter Franz Sigel hat gegen die Preußen gekämpft. Erst haben sie gewonnen, dann verloren. In der Zeit sind viele geflohen. Manche hierher, in den Wald.»

«Wann war das?»

«1848. Die Revolution ging im Deutschen Bund von Baden aus. Und sie war durchaus erfolgreich. Die Leibeigenschaft der Bauern wurde abgeschafft.»

«Lange, bevor die junge Frau umgebracht wurde.» Nachdenklich nippt Schmälzle an seinem Kaffee. Dann fährt er sachte mit den Fingerspitzen über die Sägezähne.

«Ich muss das Schwert in die Rechtsmedizin geben, Herr Kronenberg. Aber Sie bekommen es zurück.» Schmälzle löchert den Mann weiter: «Wissen Sie inzwischen mehr über die Münzen?»

«Die stammen aus dem vorletzten Jahrhundert. Irgendwann zwischen 1860 und 1871. Friedrich Großherzog von Baden hat sie herausgegeben. Damals hatte jedes Land seine eigenen Münzen.»

«Baden und Württemberg auch?»

Der Archäologe trinkt seinen Tee aus und bestellt ein Wasser. «Ohne Gas», sagt er. Der Kellner schaut ihn verblüfft an, bis Schmälzle übersetzt. «Still», sagt er. «Und für mich bitte laut.»

Kronenberg daddelt kurz auf seinem Handy, klickt auf ein Foto. Schmälzle blickt auf eine Münze in vierfacher Vergrößerung. Auf der Vorderseite sitzt eine Frau, die einen Kranz in der Hand hält. «Diese Silbermünzen stammen eindeutig aus

Baden», erklärt er. «Das war bis 1871 von Württemberg getrennt. Erst mit der Zollunion kam die Deutsche Mark.»

Schmälzle erinnert sich an den Geschichtsunterricht, denn die uralte Fehde zwischen Baden und Württemberg hatte ihn schon als Kind interessiert. Er überlegt. «Wenn der Toten, die in Württemberg lebte, die Münzen gehörten, fragt sich, wie sie an Geld aus dem Nachbarland gelangt ist. Der Rechtsmediziner hat aus der Kleidung geschlossen, dass sie eine einfache Frau war. Eine Bäuerin, hat er vermutet.»

«Ich gehe davon aus, dass sie geschmuggelt hat.»

«Geschmuggelt?» In Schmälzles Kopf rattert es, doch die wild durcheinanderwirbelnden Buchstaben- und Wortkombinationen verbinden sich nicht. Noch nicht.

«Sheriff!», sagt der Archäologe. «Die Leute waren bitterarm, vor allem in diesen ländlichen Gegenden. Die hatten kaum genug zu essen. König Karl war ein Sensibler, ein Liberaler. Kein Geschäftsmann und schon gar kein Staatsmann.»

«Sie meinen, die Leute haben geschmuggelt, um ihre Familien zu ernähren?»

«Das meine ich nicht nur. Das war so. Bedenken Sie, die Mutter dieser Frau war vermutlich noch eine Leibeigene. Das Leben war hart in diesen Zeiten.»

Schmälzle vergewissert sich, ob er das richtig verstanden hat. «Sklaverei, in Deutschland?»

«Und ob! Die Leibeigenen mussten jeden Zehnten an die Obrigkeit abgeben, und Frauen sollten jedes Jahr eine Henne abliefern.»

«Eine Henne.»

«Für manche ein wesentlicher Teil ihrer Existenz. Die hatten nicht viel.»

«Gerade mal ein paar Tiere. Und ihren Körper ...»

«Nicht einmal der gehörte ihnen.»

«Diese Flasche ...»

«In der könnte sie das Schmuggelgut befördert haben. Schnaps war schon immer heißbegehrte Ware.»

Langsam ergeben die Steine ein Bauwerk, doch noch fehlen entscheidende Teile. Schmälzle denkt laut nach: «Bei unserer Toten handelt es sich also um eine Frau, die Schnaps über die Grenze geschmuggelt hat. Vermutlich eigenhändig gebrannt.»

«Heimlich. Durfte keiner wissen.»

«Dafür hat sie die Münzen erhalten», schlussfolgert Schmälzle, «und in ihrem Mantel versteckt. Sie hat vierzig Silbermünzen am Leib getragen, Herr Kronenberg!»

Der Archäologe winkt ab. «Call me Ariel, Sheriff.»

«Ariel. Also. Neben den vierzig Münzen hatte sie noch hundertsechzig Münzen in einem Jutebeutel bei sich, der war – wie weit von ihr entfernt?»

«Keine hundert Meter. Sie hat sie vielleicht vor Wegelagerern, Plünderern versteckt, die gab es überall.»

«Und bis heute hat das keiner entdeckt?»

«Man konnte den Beutel nicht erkennen, weil Gras darüber gewachsen war. Und weil es dort sumpfig ist. Möglicherweise hat seither kein Mensch mehr einen Fuß dort hingesetzt.»

Schmälzle sieht die zartgebaute Frau durch den Wald huschen, die Schmuggelware hinter sich herschleifend, das Geld über der Schulter, die Furcht, entdeckt zu werden, im Nacken. «Warum waren die Münzen noch dort?», fragt er. «Wäre sie damals überfallen worden, hätte der Täter sie kaum liegen lassen.»

«Wäre sie in Begleitung gewesen, zum Beispiel von ihrem Ehemann, hätte dieser das Geld wohl auch mitgenommen.»

«Also war sie alleine unterwegs.»

«Sehr ungewöhnlich für diese Zeit, Sheriff.»

«Vielleicht wollte sie fliehen, wurde geschlagen, misshandelt und von ihrem Peiniger verfolgt und umgebracht.»

Ariel macht sich an seinem Pullover zu schaffen, schiebt die Ärmel zurück, doch der Pulli ist schlabberig, sodass sie gleich wieder runterrutschen. Er lehnt sich in seinem Polsterstuhl zurück. «Damals sind viele Menschen ausgewandert. Die erste Welle kam nach 1815. Da war ein Vulkanausbruch in Sumbawa. Der Tambora hatte so viel Asche in die Atmosphäre geschleudert, dass es eine Weile nur noch kalte Sommer gab. Die Leute verhungerten.»

Bei Schmälzle gehen die Signallampen an. Während der Kellner das Wasser auf den Tisch stellt, einmal ohne, einmal mit Kohlensäure, ruft Schmälzle voller Enthusiasmus: «Sie wollte auswandern! Nach Blumenau.»

Der Kellner taxiert den Kommissar, dann verschwindet er.

«Sie meinen die deutsche Kolonie in Brasilien?», fragt Ariel.

«Es gibt eine Verbindung von Nonnenmiß nach Blumenau. Möglicherweise hatte sie dort Verwandte», sagt Schmälzle.

«Diese Kolonie ist 1850 gegründet worden.» Ariel zögert, bevor er weiterspricht: «Dann könnte die Tote eine Verbindung zu den ersten Auswanderern gehabt haben.»

Schmälzle trinkt sein Wasser auf ex, stellt das Glas ab, wischt sich über den Mund. «Das alles ist zu lange her. Der oder die Täter sind seit ewigen Zeiten tot.»

«Die Spuren der Vergangenheit, Sheriff, beschäftigten Archäologen seit dem Mittelalter.»

Schmälzle nickt.

Ariel kommt ins Schwärmen. «Heute ist vieles leichter. Wir haben unser Ausgrabungsbesteck im Koffer, aber wir analysieren mit digitalen Technologien, greifen auf Luftbilder und Texterkennung für historische Schriften zurück. Das serviert uns die Geschichte sozusagen auf dem Tortenteller.»

«Präsentierteller», korrigiert Schmälzle amüsiert und kommt noch mal auf die Münzen zu sprechen. «Wenn sie aus Silber sind, haben sie einen materiellen Wert.»

«Silber ist nicht so wertvoll wie Gold. Aber das hier ist ein Erstabschlag. Ich habe mit meinem Münzexperten telefoniert.»

«Was heißt das, ein Erstabschlag?»

«Es ist der bestmögliche Erhaltungszustand, Sheriff. Diese Münzen hat keiner in Umlauf gebracht, die sind hundertfünfzig Jahre sauber gelagert worden. Da kam ein wenig Staub drauf, aber so gut wie keine Gebrauchsspuren.»

«Sie meinen, weil sie top erhalten sind, bekommt man mehr dafür?»

«Ich schätze, tausend Euro, plus minus hundert.»

«Na ja.»

«Pro Stück.»

Schmälzle pfeift anerkennend. «Es waren hundertsechzig Münzen. Mal tausend Euro. Zuzüglich der vierzig Münzen, die unser Rechtsmediziner bei der Toten gefunden hat. Das heißt ... der Fund ist zweihunderttausend Euro wert!» Er schnalzt mit der Zunge. «Den können wir nicht in die Asservatenkammer stecken.»

«Da würden die schönen Stücke wahrscheinlich nicht lange lagern», prophezeit der Archäologe.

Schmälzle lockt den Kellner mit dem Geldbeutel hinter dem Tresen vor. Als Ariel Kronenberg sein Portemonnaie zücken will, legt er seine Hand auf dessen Arm. «Geht auf Staatskosten.» Nachdem er die Rechnung beglichen hat, lässt er sich das Faschinenmesser aushändigen. Dann sieht er auf die Uhr.

Erhebt sich. Sagt abschließend: «Selbst wenn wir herausfinden sollten, wer der Täter war ...»

«... reitet der längst durch die ewigen Jagdgründe, Sheriff!» Auch Kronenberg steht auf.

«Ihr Deutsch ist wirklich exzellent, Ariel.»

«Deutschland, Schweiz, Österreich, alles ausgesprochen interessant für Archäologen. Wir finden hier unzählige Artefakte aus sämtlichen Kriegen der letzten Jahrhunderte. Vor zehn Jahren hat der Gletscherschwund eine Seilbahn aus dem Ersten Weltkrieg freigelegt – ein unfassbarer Fund am Punta Linke. Wir haben mumifizierte Soldaten geborgen, die unter Lawinen begraben waren und aussahen, als hätten sie sich gestern dort schlafen gelegt.» Ariel reicht Schmälzle die Hand. Sie ist weich, gepflegt. Keine Schrammen, keine Schrunden. Schmälzles Bild vom Archäologen erleidet einen Riss. Ariel Kronenberg gräbt seine Fingernägel nicht verbissen in die Erde. Schändet weder Nacht- noch Totenruhe der Mist-, noch sonstiger Käfer. Der holt die Scherben der Geschichte mit High-Tech-Geräten aus der Tiefe. Er will Sam diese Stätte zeigen!

Doch vorher muss er sich um die Identität der Toten kümmern. Um ihre Nachkommen, denen dieser Schatz aus dem Silberwald gehört.

Donnerstag, 30. Mai

Die Uhr tickt für jeden anders.

«Eine Reihenuntersuchung, hm, schwierig.» Der Staatsanwalt sieht skeptisch aus.

Telefonierend stand er vor verschlossener Tür, am frühesten aller Morgen, nachdem ihn Leonie am gestrigen Abend um die Genehmigung einer DNA-Untersuchung sämtlicher potenzieller Erben gebeten hatte.

«Es geht um Münzen im Wert von über zweihunderttausend Euro, Herr Baisch», sagte sie. «Wir wollen einen Aufruf in der Zeitung veröffentlichen. Da werden sich eine Menge Leute melden, auch wenn sie gar nicht erbberechtigt sind. Deshalb benötigen wir den Nachweis.» So in etwa wollte sie Dr. Baisch überzeugen und bekam ein zwei-, vielleicht dreifaches «Unmöglich» zur Antwort. Sie säuselte dann: «Herr Schmälzle erwartet nicht nur Angaben zu den Erben, er glaubt auch, dass ihn diese zum Mörder führen. Weil er den oder die im Umfeld der Toten vermutet.»

«Den Mörder finden, nach hundertfünfzig Jahren? Da kann ich Lotto spielen und auf einen Sechser warten», konterte der Staatsanwalt und fügte hinzu: «Sagen Sie das dem Schmälzle.»

Sie vernahm es, notierte es aber nicht. «Das wird Herr Schmälzle nicht akzeptieren», sagte sie.

Der Staatsanwalt schrie «Was?», so laut, dass sie die Botschaft, die sich hinter diesen drei Buchstaben verbarg, verdrängte.

Sie wartete. Raunte: «Herr Baisch! Was wollen Sie denn auf dem Golfplatz, es hat doch so viel geregnet, da sinken Sie mit ihren weißen Spikeschuhen ein. Schlimmstenfalls werden noch Ihre karierten Hosen nass. Da ist es sinnvoller, Sie kommen zu uns in den Posten, wo es schön trocken ist. Dann können Sie alles mit den Kommissaren direkt besprechen.»

Im unmittelbaren Anschluss tobte er. Erklärte unmissverständlich, dass er a) hart arbeite, und zwar jeden Tag in der Woche. Dass er b) nur, und dies hieße ausschließlich am Feiertag und am Sonntag, Zeit habe, Golf zu spielen. Dass er c) keine karierten Hosen auf dem Platz trage, er sei schließlich kein Hobbygolfer, sondern ernsthafter Sportler, und dass er d) morgen vorbeikomme. Pünktlich um sieben Uhr. Das solle sie den Herren sagen. Und mit pünktlich meine er exakt sieben. Keine zehn Minuten später. All dies teilte sie den Kommissaren per WhatsApp mit.

So geschah es, und kurz nach sieben Uhr sagt Schmälzle: «Ich weiß. Die Untersuchung ist teuer. Und aufwendig. Aber die Münzen sind quasi eine viertel Million Euro wert. Dieser Fund gehört nicht dem Staat, sondern den Erben.» Dass die Zahl bei jeder Erwähnung größer wird, ist der Tatsache geschuldet, dass Menschen gerne übertreiben. Seit es Lagerfeuer gibt, ist das so. Da kann Schmälzle nichts dafür.

«Das geht auf Staatskosten.» Dr. Baisch lockert seine Krawatte, zieht sie entschlossen aus und lässt sie in seiner Jackentasche verschwinden.

Der Raum ist stickig. Sie sitzen in der Küche, denn als Schmälzle mit dem Rad um die Ecke bog, gefolgt von Scholz, der unmittelbar hinter ihm herstolperte, wachten gerade die Bagger und Presslufthämmer auf – neben dem Posten soll ein Mehrfamilienhaus entstehen. Also schlug Scholz vor, sich mit dem Staatsanwalt in den lärm-, weil fensterlosen Raum zu verziehen.

Dort bearbeitet Schmälzle seine Argumentationskette: «Die Leute müssen erst beweisen, dass verwandtschaftliche Verhältnisse gegeben sind. Sonst nehmen wir sie gar nicht in die Liste der potenziellen Erben auf.»

«Sie sind lustig!» Der Staatsanwalt wiehert kurz auf. «Bei einer halben Million Euro werden Verwandtschaftsgrade aus den Fingern gesaugt, von denen wir noch nie gehört haben. Schwippschwager, Schwappschwager ...»

«Genau das habe ich zum Schmälzle gesagt, aber der will das nicht kapieren», motzt Scholz. Als wäre der Kollege nicht da. Als säße er nicht neben ihm, am Resopaltisch. Schmälzle widerspricht, aber er tut dies lautlos, formuliert mit den Lippen ein Wort, das er so nie sagen würde.

Weil das Läuten des Telefons durch die Tür dringt und Leonie sie mit zwei Hörern am Ohr begrüßt hat, geht Schmälzle kurz raus und nimmt das nächste Gespräch an. Dennoch lässt er die Tür offen stehen, um das Geschehen in der Küche aus den Ohrenwinkeln mitzubekommen.

«Das Ergebnis ist nicht immer eindeutig», sagt Dr. Baisch.

«Auch das hab ich dem Kollegen gesagt», ätzt Scholz.

«Erinnern Sie sich an den Fall Bögerl?»

«Der Mörder der Marie Bögerl ist trotz Massengentest nicht gefasst worden.»

«Dreitausend Speichelproben umsonst.» Der Staatsanwalt lässt hörbar Luft entweichen. «Sagen Sie das dem Schmälzle.»

«Das wird den nicht beeindrucken.»

«Wie darf ich das verstehen?»

«Er ist der festen Überzeugung, dass wir diesen Fall lösen

müssen. Auch wenn der oder die Mörder seit ewigen Zeiten verstorben sind, will er den Aktendeckel nicht zuklappen. Deshalb versucht er, das Umfeld des Opfers abzuklopfen, den Hergang der Tat zu rekonstruieren.»

Dr. Baisch kräuselt die Oberlippe. Streicht mit beiden Händen über Haare, die nicht sprießen. Sagt: «Dieser Ehrgeiz, Herr Scholz, das ist ein nobler Zug des Kollegen. Ob Ergebnisse herauskommen oder nicht, ist manchmal zweitrangig. Es geht um die Herangehensweise, und die ist, ja ... wirklich erstaunlich.»

Der Staatsanwalt schaut vom Küchentisch hoch, beobachtet Schmälzle, der im Flur auf und ab geht, ein halbes Ohr der Aussage des Anrufers gewidmet.

«Dieser Fund gehörte meiner Urgroßmutter mütterlicherseits. Sie müssen wissen, wir stammen aus Sprollenhaus. Die Familie hat immer von einem Erbe gesprochen, das verlorengegangen ist.»

«Woher wissen Sie von der Sache?», fragt Schmälzle, «das stand noch gar nicht in der Presse!»

«Meine Großmutter hat es mir anvertraut», sagt der Anrufer. *«Also die Tochter meiner Ur...»*

«Kann sie einen Nachweis erbringen?»

«Sie ist gestorben, vor fünfzehn Jahren.»

Schmälzle spricht sein Bedauern über den Verlust der Angehörigen aus, dann notiert er Namen und Adresse und beteuert, sich zu melden. Mit dem anderen halben Ohr hört er, wie Scholz «Nützt keinem was» sagt.

«Was meinen Sie, Herr Scholz?», fragt der Staatsanwalt, als Schmälzle in die Küche zurückkehrt.

«Fragen Sie unseren Superprofiler, Herr Staatsanwalt.» Scholz sieht Schmälzle an.

Der überhört die Spitze, denn er hat eine Nachricht mit Inhalt zu überbringen: «Es gibt ein Leck in unserem Posten.»

Der Postenleiter sieht kurz auf, dann schüttelt er den Kopf.

«Sicher nicht, Kollege.»

Schmälzle insistiert: «Die Leute haben Wind von der Sache bekommen, bevor wir es verbreitet haben.»

Dr. Baisch nutzt den kleinen Disput zum Aufstehen. Er lässt sich von Schmälzle zur Tür begleiten.

Der sagt beiläufig: «Denken Sie an den Haftbefehl, Dr. Baisch. Sie können ihn gerne auf mein Handy schicken.»

Der Staatsanwalt kratzt sich am Hinterkopf. Rubbelt ein kleines Loch in den spärlichen Haarbestand.

«Willi Hauck», klärt Schmälzle auf. «Nur für den Fall ...»

«Da müssen sie mir einen triftigen Grund liefern, Herr Schmälzle. Das habe ich Frau Uhlig bereits erläutert.»

«Es ist zu seinem eigenen Schutz.»

«Vor allem zu dem der Bevölkerung!», ruft Scholz aus der Küche in den Flur.

«Ich kann Ihnen nicht folgen, Herr Scholz!», ruft Dr. Baisch zurück und greift in seine Jackentasche, zieht die Krawatte wieder hervor.

«Übernehmen Sie die Verantwortung, wenn was geschieht, Dr. Baisch?», fragt Schmälzle.

«Ich bitte Sie. Das ist ein zivilisierter Mann, der Willi, ein ehrenwerter Bürger.» Der Staatsanwalt bindet die Krawatte um, als Scholz in den Flur tritt.

«Am Montag ist die Begehung auf dem Gelände, Herr Staatsanwalt. Das Katasteramt wird den Platz vermessen. Dabei könnte festgestellt werden, dass der Glaspalast abgerissen werden muss. Das wird dem Willi nicht gefallen.»

«Er wird ausrasten, Dr. Baisch», sagt Schmälzle.

Der Staatsanwalt räuspert sich. Dann unterbreitet er einen Vorschlag: «Fahren Sie hin, Herr Schmälzle, zu dieser Begehung, und verhindern Sie das, Herr Scholz.» Schon ist er fort. So fix, wie er hereingeschneit ist. Kurzer Auftritt – wie ein Wetterphänomen.

«Alles klar?», fragt Leonie, als sie mit hängenden Köpfen in die Polizeistube zurückkehren.

«Wir haben kein Okay bekommen», nölt Scholz. «Keinen Gentest.»

«Keinen Haftbefehl», nörgelt Schmälzle hinterher.

«Hat er seinen Kopf nach unten bewegt, Harry? Also von oben über die Mitte gen Boden geneigt, Justin?»

Scholz starrt seine Assistentin an. Schmälzle ist nicht weniger verwirrt.

«Er hat also genickt», sagt Leonie. «Das heißt so viel wie Ja.» Sogleich ruft sie beim Schwarzwälder Boten an. «Wir haben eine Meldung für die erste Seite.» Hernach scheint sie in der Warteschleife verschollen zu sein, denn sie holt schweigend einen Nagellack aus ihrer Handtasche und bemalt ihren linken Daumen.

«Du willst die ungenehmigten nächsten Schritte unserer Ermittlung in die Zeitung setzen? Die geheime Mission, dass wir eine DNA-Untersuchung planen, auf die erste Seite drucken?» Aufgebracht flitzt Scholz durch die Polizeistube. «Ohne dass ich das angeordnet habe!», wettert er. Schnaubt. Schnappt seinen Autoschlüssel, der zuvor achtlos auf einen Stuhl geworfen wurde, und peilt den Ausgang an.

«Harald», blökt Schmälzle hinterher. «Was hast du vor? Willst du uns nicht einweihen in deine spontanen Aktivitäten?»

Als könnten seine Ohren durch Holz dringen, öffnet sich die Tür von außen. «Sehr gerne weihe ich euch in einen wesentlichen Tatbestand ein», muckt der Postenleiter. «Der Boss in diesem Hasenstall bin ich.» Dann lässt er das schwere Holz ins Schloss fallen und hört nicht, wie ihm die Assistentin einen Gruß mit auf den Weg gibt: «Der größte Rammler ist nicht unbedingt der erfolgreichste!»

Schmälzle bleckt beide Zahnreihen, als sie in den Hörer säuselt: «Ne, du, sorry, Birte. Das soll natürlich nicht auf die erste Seite.»

Mai 1869

Noch immer wusste ich nicht, wie ich zum Bahnhof gelangen sollte. Ließe ich die Flasche im Wald und marschierte ohne die Last, könnte ich die zwölf Kilometer zu Fuß schaffen. Ich käme in der Nacht in Gernsbach an. Jedoch würde mich der Wärter ansprechen, wenn er mich auf dem Bahnsteig sitzen sähe, denn dort saß Gesindel. Er würde den Wachtmeister holen, und der würde mich nach Hause bringen. Sollte ich in eine Pension gehen? Eine Frau ging nicht in eine Pension. Nicht alleine. Nur Frauen von einer bestimmten Art. Sie würden auf Anhieb erkennen, dass ich kaum dazuzählte.

Ich könnte mich der Tante anvertrauen. Sie war die einzige Verwandte, die ich noch hatte. Die Schwester der Mutter lebte alleine, in einem großen Haus. Als reiche Witwe litt sie keinen Hunger. Fror nie. Sie hatte uns Wolldecken geschenkt, als wir noch Kinder waren, hatte nach einem Besuch «Bei euch isch's so kalt!» gesagt und war mir die liebste Tante geworden. Nach dem Tod der Mutter hatte ich sie aus den Augen verloren. Sie würde sich über meinen Besuch freuen. Der Fußweg nach Pforzheim dauerte sechs, sieben Stunden. Es waren über dreißig Kilometer. Sie könnte mich am Morgen zum Bahnsteig bringen, mit der Pferdekutsche. Sie würde mich nicht verraten. Oder doch? Schlagartig wurde mir bewusst: Sie würde mich verraten. Der Anstand gebot es ihr. Ich hatte keine Wahl. Ich musste umkehren. Zurück ins Dorf. Zurück zu Gustav. Zurück zu seinen Fragen.

Freitag, 31. Mai

Vor dem Stäffeleslauf. Und währenddessen.

Schmälzle platzt der Kragen. «Wer hat hier gepetzt? Wo ist der Maulwurf?» Er fegt durch den Posten, als hätte ihn schon wieder eine Wespe gestochen.

«Wer wohl, Schmälzle.» Scholz taxiert ihn tadelnd, wie ein Lehrer, der die Aufmerksamkeitsdefizit-Hyperaktivitätsstörung seines Schülers missbilligt.

«Du meinst?»

«Die mein ich.»

Schmälzle schüttelt den Kopf. Dann verpasst er der Postenperle einen telefonischen Einlauf, den sie kleinlaut entgegennimmt: «I hab's bloß meim Schwager erzählt!» Und Besserung gelobt: «Noi, i mach des nemme, Herr Schmälzle, Ährenwort!»

Indes klärt Leonie die Sache mit dem Taxi auf: Willi Hauck hat keines genommen. Kein Uber-Fahrzeug und auch kein Mietauto. Er war wahr- und leibhaftig in Gompelscheuer. In seiner Produktionsstätte und drum herum. Beim Fotoshooting. Der Fotograf, die Foodstylistin, der Fotoassistent und die Grafikerin haben unisono bestätigt: Der Schnapsbrenner ist unerwartet beim Shooting aufgekreuzt. Er hat sich Fotos von Kirschen in allen Rotschattierungen und Einsatzvarianten präsentieren lassen, die sie für Website, Facebook und den Händlerflyer geschossen haben, und sich im Anschluss selbst von allen Seiten ablichten lassen. Am besten komme er im Profil, hat der Fotograf gemeint, und der Assistent hat behauptet: «Aber nur von rechts.» Also müssen sie Willi Hauck von der Liste der Tatverdächtigen streichen.

Schmälzle wiederholt seine Theorie, dass die kehrwochensauberen Alibis des Schnapsbrenners auffällig seien, aber er hat keine Erklärung parat. Scholz fragt nach dem Apotheker, und Schmälzle verstummt. Weil er ihn zum x-ten Mal nicht angetroffen hat. Heute wie gestern wie vorgestern nicht. Den muss der Erdboden verschluckt haben. Soll er ihn jetzt doch zur Fahndung ausschreiben, den Mann, der direkt neben ihm wohnt? Er mahlt die Zähne einmal im, dann gegen den Uhrzeigersinn. Nestelt mit den Händen in seinen Hosentaschen herum. Findet nichts außer einem Taschentuch, das die Waschmaschine zu einem Klumpen weiterverarbeitet hat. Sagt: «Probieren wir es mit einem Ermittlungstool aus der Ahnenforschung.»

Scholz sieht ihn an, Skepsis im Blick. Fürchtet er, künstliche Intelligenzen brächen in seinen Posten ein?

«Damit erfahren wir vielleicht etwas über die rechtmäßigen Erben, Harald», sagt Schmälzle.

«Wie soll das funktionieren?»

«Ich muss die Kollegen anrufen.»

«Die Kollegen?»

«Die Exkollegen, Harald. Aus Karlsruhe.»

«Weil die wissen, wie das geht. Ausgerechnet die Badenser.» Mürrisch entschwindet der Postenleiter in die Mittagspause. Mit einem Fingerzeig und den Worten «Motivations-Incentive» lockt er Leonie, ihn zu begleiten.

Zeit für Schmälzle, die Vorwahl 0721, dann die biblische Dreierkombination, die er im Schlaf kann, plus eine Null einzugeben. Der Exkollege, zu dem er gerade durchgestellt wird, ist Markus Liebig. Ein ganz junger Typ. Der erinnert sich «so was von» an den Juwelendiebstahl, eine Serie, die sich nicht nur quer durch Baden zog, sondern weit über die Landesgrenzen hinausreichte. Das war kurz nach Schmälzles Abschied im letzten Jahr. Sie wollten an einen Drahtzieher kommen, der sich in die USA abgesetzt hatte. Dabei nutzten sie ein gewisses Recherchetool, dessen Name Schmälzle entfallen ist.

«GEDMatch», sagt er, als Scholz mit Leonie aus der Mittagspause zurückkehrt. «Das ist eine Analyse-Plattform zum Vergleich von genealogischen Daten. Sie bringt uns Klarheit. Schnelle Klarheit.»

«Wenn du meinst.» Scholz zieht einen Zahnstocher aus seiner Schreibtischschublade und bearbeitet damit seine Zähne.

«So eine Datenbank ist hundertprozentig akkurat», beteuert Schmälzle.

«Die verwenden Algorithmen!» In Leonies Augen schimmert es.

Scholz legt den Zahnstocher weg. Fährt mit der Zunge über seine Frontzähne. Schmatzt kurz. Klar und unmissverständlich erläutert er: «Es gibt keine hundertprozentige Akkuratesse. Nicht beim Menschen, nicht bei der Maschine. Und bei einem Algorithmus schon gar nicht.»

Schmälzle schüttelt den Kopf, und Leonie meint: «Einen Versuch ist es wert!»

«Ich hab immer noch nicht kapiert, wie das funktionieren soll», sagt Scholz.

Schmälzle hat einen Lauf: «Wir melden uns dort an. Mit Mailadresse, Benutzername, Passwort. Dann lassen wir über einen Bestätigungscode unseren Zugang freischalten, bestätigen die Datenschutzrichtlinien und schwupps können wir die DNA hochladen, auf einen Knopf drücken und warten, bis alle Menschen ausgespuckt werden, die dasselbe DNA-Muster aufweisen. Egal, wie weit der Verwandtschaftsgrad reicht. Damit können wir das Umfeld der Toten bis in die heutige Generation hinein screenen.»

Leonie klatscht in die Hände.

Scholz herrscht sie an: «Das ist ein Ami-Tool!»

«Damit wurde der Golden-State-Killer gefasst», schwärmt Schmälzle. «Die Kollegen haben Cousins dritten und vierten Grades ausfindig gemacht. Die sind in vielem weiter, technisch sind sie uns in jedem Fall überlegen.»

«Schön für die amerikanischen Kollegen. Aber das bringt uns keinen Nanomillimeter voran», schnaubt Scholz.

«Weil dein Englisch nicht gut genug ist?», fragt Leonie.

Der Postenleiter tippt sich gegen die Stirn, fest und repetitiv, als könnte dies den Vogel wecken, sollte der sein Nest dahinter gebaut haben. Dann blökt er: «Okay, ihr Oberschlaumeier. Da sind also alle Menschen dieser Welt versammelt, in dieser Datenbank, auch die ganzen Deutschen, jeder einzelne unserer Wildbader ist dort registriert. Deshalb kann so ein Abgleich mit allen in Nonnenmiß wohnhaften Personen stattfinden, ob die heute, gestern oder vorvorgestern gelebt haben – ist das korrekt, Kollege?»

Schmälzle hustet, doch der Frosch will nicht aus seinem Hals verschwinden. «Na ja, ne, nicht ganz.»

«Ja, wie dann?»

«Noch beschränkt sich der Personenkreis auf US-Amerikaner.»

«US-Amerikaner, Schmälzle. US-Amerikaner.»

«Alle Deutschen, die ausgewandert sind, sind registriert.»

«Alle?»

«Wenn sie über die USA ausgewandert sind.»

«Über die USA.»

«Kommt man nach Brasilien.»

«Soso.»

«Ja, also ...»

«Ich denke, es ist alles gesagt, Schmälzle.»

Der beißt sich auf die Unterlippe. Hat der Kollege recht? Ist er übers Ziel hinausgeschossen? Blindem Aktionismus verfallen? Schmälzle sieht Leonie an. Die schickt einen bösen Blick in die Schwarzwaldluft, doch die Botschaft gilt nicht ihm, denn die Assistentin ist Scholz zugewandt. Der fluoreszierende Nagellack auf ihrem Mittelfinger leuchtet dem Postenleiter ins Gesicht wie die Abendsonne. Doch der schaut aus dem Fenster, und für Schmälzle ist es Zeit, den Rechner runterzufahren und seinen Arbeitstag zu beenden. Er radelt nach Hause. Noch in Gedanken an die genealogische Datenbank, fischt er wieder eine Karte aus seinem Briefkasten. Diesmal ist sie nicht bunt, sondern die Vorderseite ziert ein Spruch: *La maladie c'est la folie*. Schwarz auf weiß liest Schmälzle das und versteht nur «malade». Seine Erzeugerin rechtfertigt ihr Versäumnis also damit, dass sie krank gewesen sei, am Tag der Ankunft. Dass sie *absolument désolée* sei, steht auf der Rückseite. Dass sie ihn nicht habe benachrichtigen können, weil sie keine Telefonnummer von ihm habe, was *désastreux* sei, steht auch noch da. Schmälzle lässt den Inhalt der Rückseite von Sam übersetzen, am Abendbrottisch. Sam sieht ihn vorwurfsvoll an. Ja, was? Er wird doch seine private Telefonnummer nicht rausrücken! Was denkt diese Frau, wer sie ist? Und dann diese Adresse, die sie hinterlassen hat: *Rue du Val 38, St. Denis*.

«Papa, das ist keine vornehme Gegend», sagt Sam.

Bilder der Aufstände in den Banlieues schießen Schmälzle in den Sinn. «Nein», stimmt er seinem Sohn zu.

«St. Denis gehört zu den Vororten von Paris, in denen es gebrannt hat», sagt Sam.

Schmälzle ärgert sich. Dass der Fall «Erzeugerin» schwerer wiegen kann als ein Kilo Heroin, in sechsundvierzig Fingerlinge abgepackt und kurz runtergewürgt, hätte er sich nicht im Traum vorstellen können. Aber Manouche Deguis ist eine, über die er nicht viel weiß. Genau genommen gar nichts. Dass sie vorgibt, seine Mutter zu sein. Okay. Aber ... da schießt ihm ein Gedanke durch den Kopf, wie ein Pfeil, der auf eine Wildsau zielt: Er wird sie durch die genealogische Datenbank jagen! Wird nachweisen, dass sie nichts mit ihm zu tun hat. Wird beweisen, dass sie sich in sein Leben geschleimt hat, nichts weiter. Er wird für Ruhe sorgen. Endlich und endgültig. Gleich morgen will er sich drum kümmern.

Lächelnd beäugt er seinen Sohn, und Zärtlichkeit steigt in ihm auf, Beschützerinstinkte werden wach, als er den Elfjährigen ansieht, der ungelenk mit seiner Schlaksigkeit kämpft und seine heranwachsende Unsicherheit in Hipsterklamotten versteckt. Unter dem Gangstakäppi lugen kurze Rastalocken hervor, die Schmälzle an seine Jugend erinnern. Bald wächst er mir über den Kopf, denkt er.

Und genau in dem Moment taucht er auf, der zweite Geistesblitz. Mitten in seine Gedanken fährt er ein. Versteckt sich in einem Begriff: Passagierliste. Wie für Fluggäste gibt es für Schiffsreisende Passagierlisten. In diesen und aus jenen Zeiten. Irgendwo im Netz gibt es Informationen. Selbst wenn die Tote nie abgereist ist, wird sie Vorkehrungen getroffen haben. Er zieht sein Smartphone aus der Tasche und sagt zu seinem

Sohn: «Hast du Lust, mir bei einer Recherche zu helfen? Ich muss eine Auswandererdatenbank durchforsten.»

«Wetten, ich bin schneller als du?» Die Braids wippen leicht, so rasch bearbeitet Sam sein Handy.

Schmälzle studiert die Bremerhavener Passagierlisten. Sein Sohn knöpft sich die Hamburger Passagierlisten vor. Einträchtig sitzen sie nebeneinander, und Schmälzle ist ganz warm ums Herz. Zehn, fünfzehn Minuten geht das so. Bis Sam «Papa, guck!» ruft.

Schmälzle guckt. Und sieht. Eine Frau aus Nonnenmiß ist in Hamburg an Bord gegangen. Am 26. September 1882 ist die zweiundzwanzigjährige Marie Großhans zu einer dreiwöchigen Reise nach Rio Grande do Sul in den Süden Brasiliens aufgebrochen. Rund zwanzig Jahre, nachdem die Schmugglerin ihren letzten Weg antrat. Folglich ist eine Verbindung zwischen beiden Frauen denkbar. Nonnenmiß hatte damals nicht viele Einwohner, vielleicht fünf, sechs Häuser. Jeder kannte jeden.

Schmälzle ist zufrieden. Für einen Moment ist er versucht, seinem Sohn über die Rastalocken zu streichen, doch er hält sich zurück. Boxt ihm stattdessen anerkennend auf den Trizeps. Der erste Schritt ist getan. Jetzt gilt es, aus der Wurzel ein Ergebnis wachsen zu lassen. Schmälzle weiß zu gut, dass man die Wurzel wässern muss, damit ein Pflänzchen sprießt. Ob Unkraut oder Nutzpflanze, wird die Zeit zeigen.

Doch die Uhr zeigt etwas anderes: Die Zeiger rücken vor, es ist fast 18 Uhr. Der Startschuss für den berühmten Stäffeleslauf fällt gleich! Deutschlands längste Treppe, diese Sensation lässt sich Schmälzle auch in diesem Jahr nicht entgehen. 1997 Stufen geht es bergan, mehr als zum Empire State Building. Auf bis zu 52 Prozent Steigung hecheln Menschen jeder Alters-,

Gewichts- und Gehaltsklasse an der Bergbahntrasse entlang rauf auf den Sommerberg. Die ganze Kurstadt ist auf den Beinen – ein Event ganz nach seinem Geschmack. Auch Claudia will mit den Kolleginnen dazustoßen.

Ebenso wie Sam: «Auf jeden Fall, Papa! Die ganze Klasse ist da. Ich zieh mich nur schnell um.»

Beim Warten auf seinen Sohn fasst Schmälzle einen Plan. Wir werden viel öfter etwas unternehmen, gemeinsam, alle drei, wie eine normale Familie, bei der beide Eltern regelmäßige Arbeitszeiten haben. Ein paar Jahre haben wir noch. Drei, vier, vielleicht fünf. Dann wird sich Sam für andere Dinge interessieren. Doch der Moment ist hier, und jetzt hat er Grund, sich auf ein gemeinsames Abenteuer zu freuen. Auf Sam, der umgezogen vor ihm steht. Im schwarzen Trikot mit Herz, Flagge, Fußball. Und der Aufschrift H... Schmälzle stutzt. Nein. Er hat sich nicht getäuscht. Hai... steht auf dem Trikot. Kein Zweifel. Sein Sohn trägt ein T-Shirt der Haitianischen Fußballnationalmannschaft. Schmälzle wusste nicht mal, dass es die gibt. Er hüstelt. Und schlüpft in ein frisches Polizei-T-Shirt.

Samstag, 1. Juni

Auch Schmälzle hat ein Verfallsdatum.

Erschöpft fiel er nach dem Lauf ins Bett, wie ein Stein, denn die 1997 Stufen waren kein Pappenstiel. Er hätte es langsamer angehen sollen, hätte sein Tempo den Vierzigjährigen anpassen müssen, aber nein, Schmälzle hetzte mit den Jungspunden die Stufen rauf. Dennoch brachte ihn die Aktion auf andere Gedanken, und der Après-Abend beim Italiener war lustig. Claudia war mit Kollegen da, Sam kam mit zwei Freunden vorbei, sogar Scholz stieß mit einer Begleiterin dazu, die er nicht vorstellte. Auch Leonie schaute mit ihrer Clique kurz vorbei.

Jetzt sitzt er mit einer Jumbotasse auf dem Fensterbrett vor seinem Flurfenster, von wo er die Haustür im Blick hat, durch die der Apotheker muss, wenn er in seine Wohnung rein oder aus ihr raus will. Heute ist sein Tag! Sobald der Mann auftaucht, wird er in drei Sätzen da sein. Die Sneakers trägt er schon. Auch die Heckler & Koch liegt umschnallbereit neben der Jumbotasse. Weil Warten nicht seine Stärke ist, holt Schmälzle den Laptop aus dem Wohnzimmer und meldet sich in der genealogischen Datenbank an. Prompt erledigt er die Formalitäten – er muss dazu nicht einmal den kostenpflichtigen Premiumaccount erstellen. Gleich wird er die DNA von Manouche Deguis hochladen. Gleich wird er wissen … Die Nervosität steigt. Und fällt.

Denn er hat bloß die Postkarte von ihr. Klar, sie ist voller DNA-Spuren, ist mit Doppelhelixen und genealogischen Fingerabdrücken bestückt. Doch diese müssen erst ausgewertet werden. Das kann allein Lothar. Außerdem ... dürften viele DNA-Spuren auf der Postkarte sein. Die des Postbeamten, der sie gestempelt hat. Jene des Postboten, der sie gebracht hat. Und seine eigenen. Lange hat er die Karte in der Hand gehalten, hat sie mehrfach gedreht und von allen Seiten in Augenschein genommen. Als könnte sich der Inhalt auflösen, wenn die Karte kräftig durchgeschüttelt wird. Entschlossen fährt er den Rechner runter. Flaniert in die Küche zum großen Kühlschrank und reißt die Klappe auf. Er stockt, denn es besteht kein Zweifel. Aus den Augenwinkeln sieht er ihn. Den Nachbarn, den er sucht.

Schmälzle lässt die Klappe offen stehen, sprintet zur Tür, hetzt die Treppe nach unten, so, wie er ist, im Jogginganzug und einem albernen Motto-Shirt. Im Sprint ruft er Scholz an.

«Harry, komm schnell, ich habe ihn.»

«Wen, Schmälzle, wen hast du?»

«Den Apotheker!»

«Bin gleich da.»

Als Schmälzle die andere Treppe nehmen will, hoch, gleich drei Stufen auf einmal, um den Flüchtigen abzufangen, trickst dieser ihn aus. Hat er ihn gesehen? Hat die Nachbarin ihn verraten? Der Mann nimmt keineswegs die Stufen und kommt ihm entgegen, nein, er flitzt über den Rasen die Böschung runter, durchs Gartentor die Alte Steige Richtung Stadt. Dabei hüpft er über das eine Schlagloch und weicht dem anderen geschickt aus. Schmälzle rennt dem Mann hinterher, der flink wie ein Wiesel um die erste Kurve biegt. Bald ist sein rotweißes Polohemd als undefinierbare Fläche zu sehen, dann als bloßer Punkt. Noch bevor er ihn erreicht hat, ist der Punkt verschwunden, verglüht wie eine rote Sternschnuppe. Schmälzle ruft Scholz wieder an.

«Harald», keucht er in sein Smartphone. «Er kommt dir entgegen, du musst ihn aufhalten, er trägt ein rotes Poloshirt!»

«Ich bring ihn dir mit, Schmälzle», schnurrt der Kollege zurück. «Liefere ihn dir frei Haus.»

Als Schmälzle den Berg nach oben trabt, atemlos, kommt ihm ein älterer Herr entgegen.

«Kann ich Ihnen helfen?», fragt er.

«Der Mann da ...», fängt Schmälzle an und überlegt, was er sagen und was er besser verschweigen soll, doch der Mann hat schon verstanden.

«Mein Mieter!», sagt er. «Hat der was ausgefressen?»

«Der Apotheker ist Ihr Mieter?», fragt Schmälzle, der sich wieder gefangen hat. Er lehnt sich an den Gartenzaun, sodass er dem älteren Herrn, der fünfzehn, zwanzig Zentimeter kleiner ist als er, in die Augen sehen kann.

Der Vermieter trägt hochgekrempelte Jeans und ein langes, weites Hemd, das über dem Bauch ein wenig spannt. «Sie sind doch einer der Kommissare im Posten», sagt er und wartet keine Antwort ab. «Ein wenig seltsam ist der schon.»

«Wie meinen Sie das?»

«Na ja, er kommt spät in der Nacht heim, schleicht sich ins Haus ...»

«Woher wissen Sie das?»

«Was?»

«Dass er spätnachts heimkommt, wenn er sich reinschleicht?»

«Wie alt sind Sie, Herr Kommissar?»

«Einundvierzig.»

«In diesem Alter hab ich auch noch geschlafen wie ein Murmeltier.» Der Vermieter hebt die Augen und starrt wehmütig in die Ferne, als habe er dort die Quelle der Jugend entdeckt.

Schmälzle lächelt den Mann an, der fünfundsechzig sein dürfte, plus/minus ein, zwei Jahre. Er kann also nachts nicht schlafen und bekommt deshalb mit, was in seiner unmittelbaren Nachbarschaft geschieht, denkt er.

«Der jagt nachts seine Dämonen», sagt der Vermieter. «Herr Beierle wandelt auf den Spuren der Vergangenheit. Das ist ein Rächer, der die Ungerechtigkeit sühnen muss.»

Schmälzle runzelt die Stirn und überlegt, ob im Kino im Städtle gerade ein Tarantino-Film läuft.

Endlich biegt Scholz in seinem alten Saab um die Ecke. Schmälzle späht ins Wageninnere, doch da sitzt nur die finstere Miene des Kollegen. «Wo ist er?»

«Sag du es mir, Schmälzle», antwortet Scholz.

«Der Beierle ist da langgerannt, in deine Richtung, Harald! Du musst ihm doch begegnet sein. Ich dachte, du schnappst ihn dir?»

«Hätt ich. Wär er da gewesen», sagt Scholz. «War er aber nicht.»

Schmälzle rubbelt sich hektisch die Stirn, als müsste diese geputzt werden und er hätte keinen Dampfreiniger parat. Wieso ist der Mann auf der Flucht? Wenn er nichts angestellt hat, würde er die Aussage nicht verweigern und vor ihnen fliehen. Ist er wirklich ein Stalker, ein Erpresser, ein Verbrecher? Doch das Verhalten des Apothekers soll nicht das einzige Thema sein, das auf seiner Sorgenagenda steht. Denn ein Grund für Unruhe kommt selten allein.

Montag, 3. Juni

*Selbst für den frühen Vogel
kann der Wurm drin sein.*

Kaum sitzt Schmälzle am Schreibtisch, pressen seine Zähne mit einem Druck von 400 Kilogramm pro Quadratzentimeter aufeinander. Bis zu 600 Kilogramm pro Quadratzentimeter schaffen zwei gesunde Zahnreihen. Das hat er gelesen, nachdem Claudia ihn darauf hingewiesen hat, dass er nachts knirsche. Natürlich knirscht er nachts nicht! Aber an diesem Vormittag hat er guten Grund dazu. Missmutig checkt er sein Handy, geht durch seine Mails, die von heute und auch die von gestern hat er noch nicht lesen können. Als könne dieser Aktionismus den Unmut über den Apotheker wie auch den Schnapsbrenner vertreiben. Denn Willi Hauck hat für weiteren Ärger gesorgt. Noch bevor er die Empörung über die Flucht des Apothekers verdaut hatte, kam der nächste Stress. Nämlich dass es keinen gab. Mit einer Flasche Schnaps und einem Silbertablett voll Gläsern war Willi Hauck um 8 Uhr 37 MEZ aus seinem Glasanbau marschiert. Mit erhobenem Haupt stolzierte er zu der Delegation, die sich in einem Grüppchen vor seinem Glaskasten versammelt hatte. Zunächst servierte er dem Bürgermeister ein Kirschwasser, stieß in bester Laune mit ihm auf das Bauvorhaben an, gaukelte Klaus Mack vor, sich über das baldige Auftauchen einer gehobenen Klientel zu freuen, trompetete: «Da kippt der eine oder andere bestimmt gern an Schnaps!», und posaunte hinterher: «Des wird Zeit, dass Nonnenmiß größere Beachtung erfährt. Wie schön es hier isch, isch einfach zu wenig bekannt.» Im Anschluss schenkte er dem Vermessungsingenieur, dessen Assistenten sowie den übrigen Teilnehmern der Delegation ein. Die Kommissare schüttelten einvernehmlich die Köpfe, als er sie in die Runde einladen wollte. Sie beobachteten die Szenerie lieber aus fünf Metern Entfernung. Sahen, wie der Vermessungsingenieur und sein Assistent höflich an ihren Gläsern nippten und sogleich das Gelände abschritten, Messungen vornahmen, Fotos schossen, Notizen machten. Beobachteten, wie sich die Herrschaften nach einer Stunde die Hände reichten. Wie der Bürgermeister den Daumen in die Luft reckte und der Vermessungsingenieur ankündigte, die Ergebnisse am nächsten Tag per Mail ans Bauamt zu schicken. Von dort käme alles Weitere.

Die Filmrolle vom Vormittag spult vor Schmälzles innerem Auge ab. Er legt die Rolle noch mal ein, spult sie wieder ab, doch die Szene verändert sich nicht. Er hat nichts übersehen. Kein Ausrasten, keine Drohgebärden, keine Fäkalsprache. Nichts, was den Schnapsbrenner belasten würde. Er war die Ruhe selbst, ganz Gentleman, hundert Prozent Geschäftsmann.

Schmälzles Handy surrt. «Ich komm bei euch nicht durch», raunt Lothar.

«Du bist doch durchgekommen!» Schmälzle ist dankbar über die Ablenkung. Schnell betätigt er die Lautsprecherfunktion und lässt die Kollegen mithören.

«Moin, moin!», tönt Lothars badischer Singsang aus dem Apparat. «Ich komm gleich zur Sache, auch wenn ihr keine Schätzchen seid. Also das Messer, das ihr mir geschickt habt ...»

Schmälzle schickt ein erwartungsvolles «Ja ...?» in den Apparat, und Scholz wirft «Spucken Sie's ruhig aus!» hinterher.

«Das ist auf jeden Fall zum Töten da gewesen.»

«Perfekt, Lothar.» Schmälzle triumphiert. Ein Fortschritt.

«Ich muss dich enttäuschen, Just. Ich wollte damit andeuten, dass es töten kann und auch getötet hat. Die Blutspuren waren zwar eingetrocknet, aber auswertbar. Bloß ...»

«Bloß?»

«Es handelt sich um die Blutgruppe A positiv.»

«Und die Tote hatte?»

«Blutgruppe A negativ.»

Schmälzle kann seine Enttäuschung nicht verbergen. Sogar Scholz beugt sich weit über das Handy des Kollegen, als könnte diese Geste das Vorzeichen der Blutgruppe verändern.

Lothar legt noch einen drauf: «Selbst wenn die Blutgruppen identisch gewesen wären, verursacht so ein Faschinenmesser kein Verletzungsmuster, das auf spitze Gewalt hindeutet. Die Kehle kannst du damit sicher durchschneiden. Oder die Äste von deinem Haselnussbaum, die kannst du auch damit trennen, sogar dein Gras kannst du mit einem Faschinenmesser mähen, Just.»

«Mein Gras mähen?» Schmälzle sieht nicht, dass Scholz direkt hinter ihn getreten ist.

Der Postenleiter schmatzt ihm in den Nacken, doch seine Aufmerksamkeit gilt dem Rechtsmediziner. «Ich fürchte, der Kollege hat kein Interesse an seinem Garten, Herr Meyer.»

Schmälzle sieht sein vernachlässigtes Rosenbeet vor sich und stöhnt: «Und ob mir mein Garten wichtig ist!»

Der Rechtsmediziner geht unverzüglich auf das Spiel ein. «Der Kollege hat sicher einen Rasenmäher, Herr Scholz. Der mäht sein Gras vollautomatisch.»

«Klar, der hat so was Schniekes, mit Vierradantrieb, Herr Meyer.»

«Sie meinen einen Aufsitzmäher. Mit elektromagnetischer Messerbetätigung!»

«Vergessen Sie das Hydrostatgetriebe nicht.»

«Und den Seitenauswurf ...»

«... den Fangkorb!»

Schmälzle geht dazwischen: «Um mich als Gärtner anzuheuern, hast du sicher nicht angerufen, Lothar.»

Der Rechtsmediziner lässt endlich die Katze aus dem Sack. «Bingo!», maunzt der Stubentiger. Leckt sich die Pfoten. Miaut. «Die Frau war schwanger.»

«Was?» Schmälzle. Scholz. Im trauten Duett.

«Der Test lügt nicht.»

«Warum läuft sie weg, wenn sie schwanger ist?» Leonie sieht von ihrem Bildschirm auf, ungewohnt nachdenklich.

«Sie war im dritten Monat», sagt der Rechtsmediziner.

«Vielleicht hat sie es nicht gewusst?», überlegt Scholz.

«Das liegt nahe», sagt Lothar. «Damals gab es keine Stäbchenschnelltests.»

Schmälzle muss nicht lange nachdenken, um zu vermuten: «Es könnte eine Eifersuchtstat gewesen sein.»

«Du meinst, es war der Ehemann, Schmälzle? Warum ...»

«Warum wohl, Harry», fällt ihm Leonie ins Wort. «Weil sie von einem anderen schwanger war.»

Scholz streckt beide Arme von sich, dehnt sie dann weit nach hinten, bevor er seinen Kopf zur Schulter neigt, langsam, bis es knackt. «Aber Sie sagten doch, es war eine Frau, also eine Täterin, Herr Meyer.»

«Ich sagte, die Person war nicht groß. Es kann sich ebenso um einen kleinen Mann gehandelt haben.»

«Das heißt, sie ist vor ihrem Ehemann geflüchtet, und er ist ihr gefolgt», mutmaßt Schmälzle.

Scholz lässt den hingeworfenen Faden durch seine Spindel laufen: «Er hat sie gestellt. Sie hat ihn ignoriert. Verhöhnt. Hat das Weite gesucht. Also hat er von hinten zugeschlagen. Mit einem spitzen Gegenstand, der nicht dieses Faschinenmesser ist.»

«Exakt», sagt Lothar. «Ich vermute immer noch, dass es eine Spitzhacke war. Oder ein Stein mit einer scharfen Kante.»

«Er hat zweimal zugeschlagen», erinnert Schmälzle. «Ein Hinweis auf Rage, auf eine persönliche Sache, das war Affekt, keine geplante Tat. Deshalb wurde die Frau nicht ausgeraubt. Ein Täter mit einem räuberischen Motiv hätte sie durchsucht, hätte die Geldstücke in ihrem Mantel gefunden und mitgenommen.»

Es wird still im Posten. Kein Ton fällt, die Gedanken rasen lautlos durch die Hirne. Bis das Räuspern des Rechtsmediziners aus Schmälzles Handy dringt. Lothar verabschiedet sich mit einem «Alla dann».

Scholz wendet sich Schmälzle zu. «Die Frau hat mit einem anderen angebandelt, wollte ausbüxen und wurde von ihrem Ehemann erwischt, der sie umgebracht hat. Tat rekonstruiert, wir können den Fall abschließen.»

«Dann hätte sie nicht geschmuggelt, Harald. Das macht man nicht aus einer Laune heraus. Dazu muss sie einen Grund gehabt haben.»

«Sie war halt emanzipiert, Justin», sagt Leonie.

«Im neunzehnten Jahrhundert?»

«Lass gut sein, Kollege.» Scholz steht auf.

Weil sich sein Akku fast vollständig entladen hat und schon auf Rot steht, will Schmälzle Lothar noch mal vom Festnetz anrufen. Soll er ihn bitten, eine DNA-Auswertung des Fötus vorzunehmen? Würde ihn das zu einer Spur führen? Der Vater, egal welcher, ist längst tot. Schmälzle starrt auf den Stecker, der achtlos auf dem Boden liegt. «Du hast den Stecker gezogen, Harald? Deshalb kam Lothar nicht durch!»

«Man hat keine freie Minute mehr, Schmälzle. Es klingelt dir die Ohren voll, kaum hast du den Posten betreten.»

«Du kannst doch den AB anschalten, wenn du deine Ruhe brauchst!»

«Wer soll den abhören? Der ist jetzt schon quasselvoll.»

«Leonie?» Keine Antwort. Schmälzle sieht sich um. Eben war sie doch noch da.

«Unsere Assistentin macht Feierabend, Kollege. Sie hat gesagt, dass ihr Überstundenkonto für einen neuen Kurzurlaub reicht. Reif für die Insel ist sie, Schmälzle. Und wären alle Inseln ausgebucht, würde sie notfalls noch mal in die Wüste fahren. So übel ist es, sagt sie. Dass sie einen Abend durchschnaufen muss», klagt Scholz.

«Wir könnten ihr einen Yoga-Kurs bezahlen!»

«Und da geht sie während der Arbeitszeit hin?»

Schmälzle hebt die Achseln. Dann fragt er: «Wie viele haben sich eigentlich auf unseren Aufruf gemeldet?»

«Weit über hundert. Die auf dem AB nicht eingerechnet. Und das ist alles deine Schuld.»

Schmälzle räuspert sich. Mehrfach. Hat er es übertrieben? Neben dem Schwabo, der die Botschaft auf Leonies Geheiß auf die erste Seite der Regionalnachrichten gesetzt hat, hat er noch den Pforzheimer Kurier, die Pforzheimer Zeitung und das Wildbader Anzeigenblatt kontaktiert. Alle haben die frohe Botschaft in Windeseile verbreitet, nicht nur übers gedruckte Medium, sondern durch sämtliche Netze gejagt, über Twitter, Facebook, Instagram gepostet: Münzen im Wert von einer viertel Million Euro wurden im Wald gefunden und warten auf ihre rechtmäßigen Erben. Wer das Erbe antreten will, muss sich jedoch einer aufwendigen DNA-Prüfung unterziehen. Dies stand kleingedruckt dabei. Ganz weit unten.

Dienstag, 4. Juni

Schwere Stunden im Polizeiposten

Das Telefon schellt ohne Unterlass. Auf beiden Leitungen. Schmälzle hat den Stecker wieder in der Buchse festgemacht und den AB ausgeschaltet. Er will die Erbschaftsgeschichte endlich abschließen. Dazu muss er Daten sammeln. Jeder Anrufer kann ihn weiterbringen. Vielleicht der letzte, vielleicht der nächste. Oder jener, der gerade in den Hörer haucht und eine sie ist.

Nicole Hauck will Scholz sprechen. Schmälzle reicht den Hörer weiter, doch er stellt sich dicht neben den Kollegen und vernimmt, dass Nicole den Stalker gesehen hat.

«Seit Tagen treibt sich einer bei uns auf dem Gelände herum - überall! Der war gestern wieder hier. Ich hab ihn gesehen, bevor er abgehauen ist. Ist das der Kerl, der uns seit Monaten ausspioniert?»

«Gut möglich», sagt Scholz.

«Wenn du ein Phantombild brauchst, komm ich gern mit meinen Buntstiften vorbei.»

Beim Wort Buntstifte verzieht Schmälzle das Gesicht, und Scholz meint: «Das ist nicht nötig, Nicole. Wir können uns das Bild von seinem Facebookprofil runterladen. So sieht er doch noch aus, oder?»

«Was will der von uns, Harry?»

Scholz, der sonst selten um eine Antwort verlegen ist, weiß nichts hinzuzufügen.

Schmälzle hat hingegen eine Antwort. Er wählt auf seinem Handy die Nummer von Dr. Baisch und schaltet auf Lautsprecher. Er hat Glück. Erwischt den Mann.

«Ungünstig.»

«Ungünstig?», fragt Scholz, der hinter Schmälzles Rücken mithört.

«Nein, ich bin nicht auf dem Golfplatz, Herr Scholz», blafft der Staatsanwalt. *«Ich bin im Büro. Was glauben Sie!»*

«Dass wir mit unseren Nerven am Ende sind», jammert Scholz.

«Was ist nun wieder?»

«Wir müssen jemanden zur Fahndung ausschreiben», sagt Schmälzle.

«Wollen Sie jetzt eine Großfahndung gegen den Schnapsbrenner einleiten?», fragt der Staatsanwalt.

«Nein», sagt Schmälzle. «Es geht nicht um Willi Hauck. Es geht um einen Eduardo Beierle.»

«Von dem fühlt sich Nicole Hauck verfolgt», erklärt Scholz und fügt mit Nachdruck hinzu: «Geradezu bedroht, Herr Staatsanwalt!»

Schmälzle fügt hinzu: «Nicole Hauck ist die Frau des Schnapsbrenners, Dr. Baisch. Der Mann stalkt sie seit Wochen. Jetzt schleicht er sich auch noch auf ihrem Gelände herum. Wir haben ihn selbst gesehen. Wir müssen ihn befragen, bevor noch Schlimmeres passiert.»

«Dazu müssen wir ihn schnellstens finden», sagt Scholz. «Oder wollen Sie, dass wir das Gelände vom Schnapsbrenner Tag und Nacht bewachen?»

Ein Seufzer dringt durch den Hörer. *«Das wird nicht nötig sein, Herr Scholz.»*

«Wir zählen auf Sie, Herr Staatsanwalt.»

«Ich setze mich gleich mit Dr. Schroth in Verbindung.»
«Dr. Schroth?»
«Frau Dr. Schroth, Herr Scholz.»
«Wieso Frau?»

Dienstag, 4. Juni

Die schweren Stunden gehen in die Verlängerung.

Am späten Nachmittag desselben Tages sitzt Willi Hauck im Besucherzimmer. Er hat ohne Murren der «Einladung, es ist keine Vorladung» Folge geleistet, die Leonie vor einer Stunde telefonisch durchgegeben und für 16 Uhr anberaumt hat. Zehn Minuten zu früh stiefelte er in den Posten, bestens gelaunt. Nicht mal einen Anwalt hatte er im Schlepptau. Auch nicht den Geruch von Schnaps. Selbstbewusst bestellte er bei Leonie einen Kaffee. «Mit Milch und Zucker.»

Schmälzle will ihn in den oberen Raum führen. Scholz winkt ab. «Immer rein in die gute Stube», sagt der Postenleiter und marschiert voran, an seinen Schreibtisch.

Der Schnapsbrenner folgt, und Schmälzle, obwohl voll angefressen, ist den beiden auf den Fersen. Um zu vermeiden, dass gleich ein fröhliches Geplänkel den Posten erfüllt, eröffnet er das Gespräch: «Das geht so nicht, Herr Hauck.»

Willi Hauck setzt sich vor Scholz' Schreibtisch auf den Besucherstuhl und verschränkt die Arme vor seiner Brust. Er wirkt unbeteiligt, gelangweilt, als ginge ihn das alles nichts an. Schmälzle stiert ihm in die Augen. Schickt Giftpfeile los. Erntet Gleichgültigkeit. Ist verwirrt.

Scholz stützt die Ellbogen auf dem Schreibtisch ab und rückt den Oberkörper weit nach vorn, bis ihn wenige Zentimeter von Willi Hauck trennen. «Willi, du hast mit dem Gewehr auf den Notar gezielt.»

Hauck zieht die verschränkten Arme enger an sich heran. Erwidert Scholz' Blick. «I hab net auf den zielt! I hab den bloß a wenga eigschüchtert. Wenn der uff meim Grund romlatscht, derf i des!» Der Schnapsbrenner lächelt Leonie an, als diese ihm freundlich den Kaffee serviert.

«Es ist nicht auf deinem Grund geschehen, Willi. Es war auf dem Gelände der Ferienanlage», erläutert Scholz. «Der Mann ist nur seiner Arbeit nachgegangen. Und wäre es dein Grund gewesen, hätte dich das immer noch nicht autorisiert, mit dem Gewehr zu drohen.»

Willi Hauck gibt die beiden Stücke Zucker, die auf seiner Untertasse liegen, in seinen Kaffee und rührt ihn seelenruhig um.

«Wir sind vielleicht im Wilden Süden, aber nicht im Wilden Westen», bellt Scholz, dem es offenbar zu bunt wird.

«Ihr Anbau», kläfft Schmälzle. «Der ist nicht genehmigt!»

Willi Hauck bellt nicht zurück, er kläfft auch nicht, er trinkt genüsslich Kaffee.

«Willi! Glaubst du wirklich, dass du mit allem davonkommst?» Scholz schlägt mit den Handflächen auf den Schreibtisch.

Schmälzle sieht ihn besorgt an. So kennt er ihn gar nicht, normalerweise bringt den Postenleiter so schnell nichts in Wallung. Ich muss ihn mal zum Zenmeister mitnehmen, denkt er. «Das ist ein Schwarzbau. Ihr gläserner Showroom», sagt er.

«Schwarz oder weiß, des isch doch egal», sagt Willi Hauck.

«Schwarz ist illegal», erläutert Scholz.

Soll das eine Anspielung auf meine Hautfarbe sein?

Schmälzle ärgert sich, hüstelt. Sagt: «Der Kollege meint, ein Schwarzbau ist nicht legal.» Und fügt hinzu: «Sie sollten eine Therapie machen, Herr Hauck. Sie haben sich nicht unter Kontrolle.»

«I hab mi unter Kontrolle!» Hauck leert seinen Kaffee. «Sie waret doch bei der Begehung dabei?»

«Die eine Stunde lang haben Sie sich eben zusammengerissen. Wahrscheinlich hat Ihnen Ihre Frau ein Beruhigungsmittel in den Kaffee getan.»

«Sonst wären Sie ausgerastet», fährt Schmälzle fort.

Hauck streicht über sein graues Leinenhemd. Die obersten Knöpfe sind geöffnet, ein weißes Fell aus Brusthaaren lugt hervor. Ein echter Silberrücken. Schmälzle denkt an den Besuch in der Wilhelma. Er weiß auch so, dass ein alter männlicher Gorilla sein Fell auf friedliche Weise verteidigt und es nicht nötig hat, aggressiv zu werden. So aggressiv, wie er und Scholz es gerade sind. Der Schnapsbrenner schaukelt bräsig auf seinem Stuhl.

«Wir können dich festnehmen, Willi», sagt Scholz. «Der Haftbefehl ist quasi unterwegs.»

Hauck drückt seine Brust raus. Es kommt Schmälzle vor, als realisiere der Mann nicht, was um ihn herum geschieht, als fasse er nicht, dass nicht jeder nach seiner Pfeife tanzt. Dass nicht alle im Kreis herumwirbeln, wenn er in die Hände klatscht. Hauck ist einer, der die Gesetze für sich selbst erstellt.

Schmälzle ändert die Strategie. «Sie haben fünfzigtausend Euro von Ihrem Konto abgehoben.»

Hauck schweigt.

«Bar! Bei der Sparkasse», blafft Scholz. «Wo du hoch verschuldet bist.»

«Schulden. Die hat jeder, Harry.» Der Schnapsbrenner gibt ein schmatzendes Geräusch von sich. Gegessen, vergessen – glaubt er das wirklich?

«Bei Ihnen geht es um Millionen», fährt Schmälzle ruhig fort. «So viel würde ich bei keiner Bank bekommen.» Er visualisiert lebhaft das Gespräch bei der Bank, als er einen sechsstelligen Betrag aufgenommen hat, um seinen Bungalow zu finanzieren. Hört die Stimme seiner Mutter, die mahnte: «Dreihunderttausend Euro? Justin! Nicht dass du dich übernimmst.»

Hauck gestikuliert ausladend, wie bei einem Verkaufsgespräch. «Des isch für die BlueBerrEvents!» Er blitzt die Ermittler verschmitzt an.

«Was für Events?» Scholz runzelt die Stirn.

«BlueBerry, Harry.»

«Blaubeeren», übersetzt Schmälzle.

«Im Garde», schwärmt Hauck weiter. «Aber des isch kein normaler Garde, mei Garde wird a Sensation. Da wachset die Beere en'd Höh! Die glatte Wand klettert die nauf.»

«Vertical Gardening.» Schmälzle hat ein wenig recherchiert, sich von Bosco Verticale begeistern lassen, einem Projekt, bei dem die Baumfläche die Außenseiten zweier Wohntürme einnimmt und sich siebentausend Quadratmeter Wald über zwei Hochhäuser verteilen. Dafür gab es den internationalen Hochhauspreis.

«Ein vertikaler Garten, hier, in Nonnenmiß, wo dir der horizontale Wald die Nasenlöcher kitzelt?» Scholz fährt sich mit beiden Händen durch die Haare. Dann begutachtet er das Gel auf seinen Handflächen. «Willi, Willi.»

«I hab euch zwei Grashopfer schon gsagt, dass mer heut in Events denken muss. Als kleiner Hersteller brauchsch du

Grips! Nur wenn du Grips hasch, hasch du Ideen. So überlebsch. Aber ihr seid ja Beamte.»

«Pass auf, was du sagst!» Scholz' erweiterte Pupillen heften sich an Haucks Wangen, die sich leicht gerötet haben.

Der Schnapsbrenner neigt sich vor, rückt dicht an den Postenleiter heran. Scholz weicht nicht zurück. Schmälzle, der an seinem Schreibtisch lehnt, pirscht jetzt vor, baut sich vor Hauck auf, so nah, dass er die ätherischen Öle von dessen alkoholisiertem Mundwasser einatmet.

Der Schnapsbrenner fragt: «Henn Sie mal a Stund' lang Heidelbeere zopft, Herr Kommissar?»

Zopft, freut der sich. Auch dieses Wort hat er gelernt. Zopfen heißt pflücken.

Hauck badet immer noch im Oberwasser. «Sicher net. Weil Heidelbeerbüsche Bodenkriecher sind. Da musch dich bücke, weit nonder auf de Erdbode. Des macht heut keiner mehr. In d'Büsch neilange und die Beerle sammle, bis der Eimer voll isch.»

«Nur die alten Frauen, Willi.» Scholz knackst seine Finger durch. «Die bücken sich noch. Die Omas greifen mit dem Heidelbeerkamm nach den winzigen Beeren. Die anderen kaufen lieber gezüchtete Chemieriesen im Supermarkt.»

«Oder die Polen», zischt Schmälzle. «Und die Rumänen. Die machen das auch. Denen kann man das zumuten. Diesen Osteuropäern.»

Hauck schnaubt. «In Polen wachset Kulturheidelbeere, Herr Schmälzle. In Rumänien au. Da messet die Büsch zwei, drei Meter, und die Beere senn so groß wie mein Daumennagel. Die pflückt mer net mit dem Kamm ab. Dafür gibt's Erntemaschine. Des isch kein Vergleich.»

«Was willst du damit sagen, Willi?»

«Bei meine BlueBerrEvents ...» – Hauck strahlt, als hätte er eine eingebaute Glühbirne eingeschaltet –, «... da werdet die Leut bloß nauflange. En Himmel greife. Und scho henn se ihr Körble mit Blaubeere gfüllt.»

«Himmel, Arsch und blaue Beeren», sagt Scholz.

Der Schnapsbrenner wiehert vor Vergnügen. «Du hasch es kapiert, Harry. Des isch a Weltneuheit. Die Leute werdet in Ströme nach Nonnenmiß komme, damit sie am Glashaus naufpflücke könnet. Aus Frankreich, aus Japan, aus Korea ...»

«Aus Afrika», sagt Schmälzle, und Hauck blickt ihn amüsiert an.

Dann träumt er weiter: «Damit kommet mir in'd Zeitung. Machet in de soziale Medien von uns rede. Stellet an YouTube-Film ins Netz. Damit profiliersch du dich heutzutag aufm Weltmarkt.»

«Dafür hast du das Geld abgehoben, Willi?»

«Ja, glaubsch du, i kauf meiner Frau a Handtasch für fuffzigtausend Euro, Harry?»

«Du hast also für Büsche, die an deinem Glasbau hochwachsen sollen, dein letztes Hemd gegeben, Willi.»

«Noi, Harry. S'vorletschte.» Der Schnapsbrenner prustet los, auf einmal schnarrt er, als würde er einen Traktor starten.

Schmälzle hält kurz inne. Wählt seine Worte mit Bedacht. «Da kann man schon mal ausrasten, wenn einem das weggenommen werden soll.»

Die Miene des Schnapsbrenners verfinstert sich.

«Einen Mann mit einer Waffe bedrohen, einen in die Wade schießen. Was kommt als Nächstes, ein Kopfschuss?»

Willi Hauck sieht ihn lange an. Dreht den Kopf von links nach rechts. Von rechts nach links. «Sie sehet zu viel Till Schweiger, Herr Kommissar.»

«Ich steh auf Bruce Willis, Herr Hauck.»

«I au, Herr Kommissar!» Willi Hauck lacht. Steht auf. Rückt seinen Stuhl zurecht. «Außerdem hab i jetzt an Termin.»

Mai 1869

Warum hatte ich den dummen Abschied geschrieben? Sogar ein Gedicht hatte ich dazugelegt, von Johann Wolfgang von Goethe. Ich hatte es aus einem Buch geschnitten. Gleichwohl ich wusste, dass Gustav es nicht verstehen würde. Ich sah ihn vor mir, den Kopf in beide Hände gelegt, Wort für Wort lesend: *Nur wer die Sehnsucht kennt, weiß, was ich leide! Allein und abgetrennt von aller Freude, seh' ich ans Firmament nach jeder Seite. Ach, der mich liebt und kennt, ist in der Weite. Es schwindelt mir, es brennt mein Eingeweide. Nur wer die Sehnsucht kennt, weiß, was ich leide.* Ja, der Johann Wolfgang hätte mich verstanden. Mir war, als hätte er die Zeilen für uns verfasst. Für mich. Und für den Hans.

Aber was würde ich Gustav erzählen? Dass ich im Wald spazieren war und mich verlaufen hatte? Was würde er denken, wenn er aufwachte unter dem Engelbild und mich neben sich liegen sah, würde ihm mein Jammern genügen? Mein Klagen, wie erschöpft ich war? Würde er die Sofie holen, damit sie nach mir sah? Sie war mir nicht verhasst, sie war meine Cousine. Dass sie die Mannsbilder mochte, war, wie es war. Dennoch sollte die Cousine nicht wissen, was ich vorhatte. Nicht im Fiebertraum durfte ich darüber sprechen. Allein den geschmuggelten Schnaps würde ich gestehen. Dass ich das Geld benötigte, weil der Gustav zu wenig verdiente, würde ich sagen. Sie würde nicken, hatte selber nicht genug. Die Kinder seien hungrig, würde ich sagen, und dass es ihre Kinder waren, würde ich hinzufügen. Sie würde sich verschämt zur Seite drehen. «Martha», würde sie sagen, und ich würde erwidern: «Ich weiß alles, Sofie», und sie würde weinen. Ich würde sagen: «Ich bin müde, Sofie», und sie würde mir eine Kanne Rosmarintee zubereiten, der die Erschöpfung hinwegfegte, über Nacht. Danach würde ich beide hintergehen. Sie und meinen Gustav. Den Rußbrenner aus Nonnenmiß. Was wusste der von den Raffinessen schwäbischer Sirenen, die sein Schicksal wie einen Ball in emsigen Händen hielten und mit ihm Fangerles spielten? Die Sofie würde nicht bei ihm bleiben. Sie würde dafür sorgen, dass sein Herz erkaltete. Wie im Märchen vom Wilhelm Hauff, da verkauft der Kohlenmunk-Peter sein Herz an den Holländermichel und tauscht es gegen einen Stein.

Ich hörte die Mutter in mir schimpfen: «Kind! Erhebe dich nicht gegen deinen Schöpfer, du versündigst dich.» Und ich entgegnete ihr: «Ja, Mutter.» Dann rief ich den Herrgott an, er möge mir verzeihen.

Mittwoch, 5. Juni

Das Drama ist so groß, dass das Datum klein und unwichtig erscheint.

Gerade als Schmälzle seinen Fahrradhelm aufsetzen will, um in den Posten zu radeln, sieht er, dass eine Whats-App-Nachricht auf seinem Handy eingegangen ist. Es ist Scholz:

Katastrophe eingetreten! Beeil dich, ich brauch dich hier.

Schmälzle wählt die Nummer des Kollegen, doch der geht nicht ans Handy. Also ruft er im Posten an. Und erfährt von Leonie, dass der Notar vor einer halben Stunde auf dem Gelände der Ferienanlage krankenhausreif geschlagen wurde. Ein Zeuge habe gesehen, wie sich ein Mann vom Gelände wegschlich. Die Tatwaffe sei ein langer schmaler Stab gewesen, der metallisch glänzte. Mehr habe der Zeuge nicht gesehen, weil er den Notarzt rufen musste, der den Mann kurz darauf im Krankenwagen abtransportierte. Scholz, erzählt sie weiter, sei am Tatort. Den Zeugen befragen. Danach komme der Chef in den Posten.

«Ich fahr sofort los.»

«Nicht nötig, Justin. Harry ist gleich hier. Wir haben Herrn Hauck vorgeladen. Du sollst dazukommen.»

«Willi Hauck? Wenn er der Täter war, kommt er sicher nicht freiwillig vorbei, der wird einen Teufel tun, uns ...»

«Er ist bereits auf dem Weg. Und wo bist du?»

«Schon da.» Schmälzle tritt in die Pedale.

Scholz begrüßt ihn mit einem Redeschwall. «Krankenhaus, Schlag auf den Hinterkopf, Notar» vernimmt Schmälzle, und vage Bilder eines Rachefeldzugs steigen vor ihm auf. Sind dem Schnapsbrenner jetzt doch die Sicherungen durchgebrannt, hat das Ergebnis der Begehung das Bauamt veranlasst, ihn zum Abriss seines Glaspalastes zu bewegen? Hat er sich von seiner Wut einnehmen lassen, ist zur Wut selbst geworden? In seine düsteren Gedanken hinein stapft Willi Hauck in den Posten.

Hauck pfeift ein Liedchen, als er die Tür öffnet. Er klopft Scholz auf die Schulter und reicht Schmälzle die Hand. «Da kann i mi ja glei bei euch einquartiere, wenn ihr so viel Sehnsucht nach mir habt», zwitschert er.

Barsch eröffnet Scholz das Gespräch: «Willi! Vermisst du dein Fünfer-Eisen?»

«Willsch a Runde spiele, Harry? Da verliersch! Mit meim Fünfer-Eisen schlag i jeden Ball hundertachtzig Meter weit.»

«Dieser Schläger ist vermutlich die Tatwaffe», sagt Scholz.

Schmälzle sieht den Kollegen erstaunt an. Der lange, schmale Stab war ein Golfschläger?

«Ha, was isch jetzt scho wieder bassiert?»

«Der Notar liegt im Krankenhaus. Er wurde schwer verletzt und ist nicht ansprechbar.»

«Sicher net mit meim Golfschläger. Mit dem spiel i Golf. Wie sich's gehört.»

«Auf dem Schläger ist Blut, Willi.»

«Uff meim Schläger isch höchstens Schweiß. Und Dreck.»

Scholz ist aufgebracht. Er kratzt sich am Hals, als suche er einen Kragen, doch da ist kein Kragen, den er öffnen kann.

Schmälzle versucht, die Szene zu rekonstruieren. Willi Hauck ging also mit einem Golfschläger auf den Notar los. Klar, die Wildkatze musste aus dem Zwinger, nachdem sie so lange im Käfig auf und ab getigert war und dann die Füße stillgehalten hatte. Es musste so kommen.

«Wir werden Ihre Schläger kriminaltechnisch untersuchen und abgleichen», sagt er.

«Ohne Durchsuchungsbeschluss?»

«Das ist eine Formalie, Herr Hauck.»

«So wie meine Buntstifte, mit dene darf mer aus meim Showroom spaziere. Isch des au bloß a Formalie?» Hauck hat Schmälzle fest im Blick. Der räuspert sich.

Scholz mischt sich ein: «Da war Gefahr im Verzug, Willi. So wie jetzt.»

«Die einzige Gefahr, die i erkenn, geht von euch aus. Wenn die Polizei die Rechte der Bürger nicht mehr vertritt, senn mir älle am Arsch.» Er wendet sich an Schmälzle. Übersetzt: «Am Allerwertesten, Herr Schmälzle.»

Der saugt die Luft scharf ein. «Wenn Sie Ihren Golfschläger als Tatwaffe eingesetzt haben, geht es um ein schweres Delikt, Herr Hauck. Versuchter Totschlag, möglicherweise. Grund genug, Sie festzusetzen.»

Hauck weicht Schmälzles Blick nicht aus. Dabei massiert er seinen Nacken. Nervös, durchfährt es Schmälzle. Verspannt. Der Choleriker kriecht aus dem Zwinger. «Sonscht henn ihr nix in der Hand», bellt Hauck. «Nur an Schläger, der net meiner isch, und a Vermutung! Mehr net?» Ein paar Speicheltröpfchen sind ihm aus dem Mund gebüxt und auf seiner Unterlippe gelandet. Er wischt sie mit der Zunge weg.

Scholz räuspert sich. «Das Opfer ist Familienvater», sagt er leise.

«I au, Harry. I hann au a Tochter.»

«Sie haben den Mann mehrfach bedroht. Wir hatten Sie verwarnt!», sagt Schmälzle.

Hauck schüttelt den Kopf.

«Der Mann liegt im Koma, Willi!»

Der Schnapsbrenner beugt sich vor. Klingt erstaunt: «Ha, noi.»

«Ha, doch», erwidert Scholz.

«Ha, was. Des war i net.»

«Wer einmal lügt ...», tobt Schmälzle, in dem es brodelt.

«Und wenn er auch die Wahrheit spricht! Was isch dann?» Mit einem Ruck steht Willi Hauck auf und verabschiedet sich von Scholz. Im Anschluss sagt er zu Schmälzle: «Meine Frau bringt Ihne des Set Golfschläger her. Da senn alle Schläger drin. Der Dreier. Der Vierer. Sogar der Fünfer.»

Schmälzle saugt den Sauerstoff im Schneckentempo ein und gibt ihn im Schneckentempo wieder her. Aufs Atmen konzentrieren, allein das ist wichtig.

Hauck passiert Leonies Schreibtisch und drückt ihr zwinkernd etwas in die Hand. Hernach begibt er sich erhobenen Hauptes vor die Tür. Als wäre der Großherzog hier gewesen, um seinem Fußvolk eine Lektion zu erteilen.

Schmälzle eilt zu Leonie und raunt: «Der hat dir aber kein Trinkgeld gegeben, oder? Will der uns bestechen?»

Leonie winkt mit einem Zettel. «Ne, das ist eine Bestätigung vom Zahnarzt.»

«Was willst du damit andeuten?», fragt Scholz.

Leonie studiert den Zettel. Sagt: «Dass er von einer Wurzelbehandlung kommt.»

«Was?» Scholz starrt auf den Zettel.

«Wann?», fragt Schmälzle.

«Heute. Bis vor einer Viertelstunde war er dort.»

Donnerstag, 6. Juni

Wer war wann wo wie und weshalb?

Nachdem die Kommissare am Tag darauf an ihren Arbeitsplatz zurückgekehrt sind, es ist sehr früh, sogar das Sonnenlicht ist noch müde, da pult Scholz an seinen Fingernägeln. Dem missbilligenden Blick von Schmälzle weicht er nicht aus. Er sieht ihm direkt ins Gesicht, als der fragt: «Harald. Was, wenn Willi Hauck wirklich beim Zahnarzt war?»

«Dann hat ein anderer mit seinem Golfschläger auf den Notar eingedroschen.» Scholz klingt, als traue er seinen eigenen Gedanken nicht.

«Wer soll das gewesen sein?»

«Warten wir auf das Ergebnis der KTU.»

«Dieser Zeuge, den du befragt hast, hat der Willi Hauck identifiziert?»

«Ne, Schmälzle. Der hat den Notarzt gerufen. Dann ist er umgekippt. Kann wohl kein Blut sehen. Der Notarzt hat ihm eine Beruhigungsspritze gegeben. Seitdem liegt er daheim, im Bett. Jammert, wie schlimm das gewesen sei. Wenn man ihn auf den Täter anspricht, brabbelt er was von einer düsteren Gestalt.»

«Dunkel, düster, Mittelfinger», erinnert Schmälzle. Er fährt sich mit den Händen über die Haare, die nicht mehr stoppelig sind, weil er neuerdings weder Zeit noch Muße hat, sich den Kopf zu rasieren. Die halbe Nacht hat er sich im Bett gewälzt und nach Antworten gesucht, die sich nicht eingestellt haben.

Scholz steht auf und geht zur Magnetwand. Starrt drauf. Als hinge dort die Lösung. Was nicht der Fall zu sein scheint, denn er vergräbt seine Hände in den Hosentaschen und bruddelt vor sich hin. «Wenn er wirklich beim Zahnarzt war, ist er aus der Schusslinie», vernimmt Schmälzle. Dann wechselt Scholz das Thema. «Was ist jetzt mit diesem Stalker? Wenn du nicht weiterkommst, Schmälzle, müssen wir endlich die Fahndung nach dem einleiten.»

«Harald, ich bin dran!»

«Wir müssen sie auf ganz Deutschland ausweiten. Wenn der in Hannover ist, oder in Hildesheim ...»

«Dann können wir gleich eine Ringfahndung einleiten.»

«Eine Sofortfahndung zur Vereitelung einer Straftat oder Gefahrenabwehr? Die würde schnelle Ergebnisse bringen. Ist aber nicht verhältnismäßig.»

Schmälzle nickt. Er ist planlos. Richtig planlos. Und wenig eloquent. «Ich hab seine Haustür im, na ja, also quasi permanent, im Auge, Harald, wenn ich nicht gerade hier bin und ... also ... wenn er irgendwann mal rein- oder rausgeht, hab ich ihn. Und wenn ich mich mit einem Sofakissen ans Fenster setze.»

«Morgens um fünf, Kollege», schlägt Scholz vor. «Da klingelst du ihn raus. Wenn der Hahn kräht, erwischt man jeden. Deshalb kommt die Steuerfahndung immer so früh.»

Schmälzle ist wenig überzeugt. Weil jedoch Nichtstun nicht seine Stärke ist, steht er auf, um die Lage in der Alten Steige erneut zu sondieren. Bevor er sich auch auf die Lauer legen wird, will er daheim den Sprenger einschalten. Denn ab Mittag soll es heiß werden. Und der neue Rasen vor, neben und hinter seinem Bungalow ist schon am Vertrocknen, dabei hat er ihn mit Sam erst vor ein paar Abenden ausgerollt.

Während er sich auf seinen Drahtesel schwingt, erhebt sich seine innere Stimme. *Die Wahrheit*, haucht sie, *liegt vor deiner Nase*. Er will sie greifen, doch er sieht sie nicht. Sie tanzt auf seinem Zinken. Wie beim Wiener Walzer. Stets im Kreis herum.

Als er am späten Nachmittag unverrichteter Dinge zurückkehrt – allein die Aktion mit dem Rasensprenger war ein Erfolg –, stößt er fast mit Leonie zusammen, die aus dem Posten stürmt. Er sieht sie fragend an. «Ich fahr in die Praxis!», ruft sie. «Ich werde denen auf den Zahn fühlen. Wehe, der Wisch vom Hauck ist ein Fake.»

«Mach das, Leonie. Erst wenn wir wissen, dass er mit offenem Mund im Stuhl saß, ist er entlastet», gibt ihr Schmälzle mit auf den Weg.

Gerade will er die Postentür von innen schließen, noch steht er im Türrahmen, da keucht Frau Meichle die Stufen hoch. Sie scheint es eilig zu haben, denn sie will sich an Schmälzle vorbeidrängeln. Der macht sich ganz schmal, ist auf Abstand bedacht, will weiter, doch sie bleibt direkt vor ihm stehen. Im Türrahmen. Stellt sich auf die Zehenspitzen und tippt ihm auf die Schulter.

«Herr Schmälzle», sagt sie.

«Frau Meichle!» Er zieht die Bauchmuskeln ein.

«Wenn i Ihne weiterhelf beim Ermitteln, dann will i beteiligt werde», sagt die Perle.

«Beteiligt? Woran?» Schmälzle kann ein Schmunzeln nicht unterdrücken.

«Am Erfolg.»

«Glauben Sie, wir bekommen eine Gewinnausschüttung,

Frau Meichle? Pro Verbrecher ein Prozent vom Bruttoinlandsprodukt?», prustet Scholz aus der Polizeistube. Nachdem er sich aus dem Türrahmen befreien konnte und erleichtert in den Posten ausgewichen ist, fängt auch Schmälzle an zu lachen, und Scholz kriegt sich nicht mehr ein, so sehr scheint ihn die selbsternannte Kollegin zu amüsieren.

Schmälzle überschlägt es grob. «Wir wären stinkreich!»

«Du hättest Wasserhähne aus Titan, Kollege.»

«Platin, Harald.»

«Und ich würde mich absetzen, nach St. Barth.»

«Nicht nach Blumenau?»

Scholz hat einen Lauf: «Ich miete mir eine Riesenhütte und quartiere mich neben den Rolling Stones ein.»

«Noi», sagt Frau Meichle, die noch immer im Türrahmen steht.

«Dann sitz ich in der Bar neben Keith Richards», träumt Scholz weiter, «und geb ein Kirschwasser aus.»

«I will koi Geld», sagt Frau Meichle.

«Haben wir ja noch mal Glück gehabt!», frotzelt Schmälzle.

«Eine Nacht für dreitausend Euro. Rechts von mir Kate Winslet, links Penelope Cruz ...» Der Postenleiter scheint nicht in dieser Welt zu verweilen. «Und Rihanna wohnt neben dir, Schmälzle», schwärmt er.

«I will was anderes», sagt Frau Meichle.

«Wieso Rihanna?», fragt Schmälzle, der zwischen dem Hier und Dort schwankt, darüber sinniert, für welche Seite er sich jetzt entscheiden soll.

«Nur sieben Kollegen auf der ganzen Insel», spricht Scholz aus dem Dort.

Die Einzige, die im Jetzt verweilt, verkündet klar und deutlich: «I will Anerkennung.»

Alles hält inne, einschließlich der Zeit. Für eine kurze Weile ist es totenstill im und sogar vor dem Posten. Nicht mal eine Fliege wagt es, sich zu rühren. Allein die Luft ist zu hören, nach der die Postenperle schnappt.

«Wir loben Sie doch ständig, Frau Meichle», sagt Schmälzle ungläubig, als sei er die personifizierte Großzügigkeit, als reiche ein Dankeschön für die ganze Woche.

«In d'Zeitung», sagt sie. «I will erwähnt werde. Mein Name lese. Oi Mal! Mehr verlang i net.»

Das Prusten, das dem Wiehern folgt, kann sie nur im Ansatz hören. Denn umgehend ist die Perle in den Posten gerauscht. Schneller als Penelope Cruz, die vor dem Postenleiter der Kurstadt flieht, fixer, als Keith Richards einen letzten Fünfzigprozenter hätte kippen können, bevor er Scholz den Allerwertesten gezeigt hätte. Kurz danach jault der Staubsauger auf.

Mai 1869

Mein Entschluss stand fest. Ich kehrte um. Einen Monat später würde ich mich erneut auf den Weg machen. Die Männer würden wiederkehren. So war es abgemacht. An jedem ersten Montag im Monat würden sie zur selben Zeit an der gleichen Stelle stehen. Ich musste also vier Wochen warten. Riskieren, dass der Pfarrer im Dorfkrug plauderte, dass er meinen Plan zunichtemachte. Dennoch hatte ich keine Wahl. Ich versteckte die Flasche hinter dem Hohlohturm im Dickicht. Deckte sie mit abgebrochenen Ästen und Zweigen zu. Erleichtert, die Last auf dem Kopf los zu sein, kam ich schneller vorwärts. Auch wenn der Weg zurück leicht war, kam er mir noch schwerer vor. Ich war aufgewühlt, meine Gedanken wirbelten durcheinander. Irgendwann setzte ich mich auf einen Stein, um eine Verschnaufpause einzulegen. Zog die Dose aus meinem Mantel und hob den Deckel. Kurz erfüllte mich die Zuversicht. Ich lächelte. Las die Karte abermals. Bis ich ein Geräusch hinter mir vernahm. Es war kein Rascheln. Auch keine freundliche Stimme blies mir in den Nacken. Es war ein keifender Schrei, der aus zwei, drei Metern Entfernung zu mir drang: «Martha! Was machsch du denn hier?» Unweit vom Hohlohsee überschlugen sich die Ereignisse. Nicht Gustav erhob das Wort gegen mich. Nicht der Pfarrer. Und auch der Bruder nicht.

Freitag, 7. Juni

Noch vor dem Auftakt ins Pfingstwochenende

Kurz vor Pfingsten wendet Scholz das Blatt. Am späten Vormittag – Schmälzle hat schon vermutet, der Postenleiter habe sich ins lange Wochenende verabschiedet – betritt er den Posten, gefolgt von Nicole Hauck. Über seiner Schulter hängt eine Golftasche. Metallene Köpfe, aus Stahl oder Graphit, lugen hervor. Ein großer runder Kopf aus Titan überragt die Untertanen. Schmälzle starrt auf die Tasche. «Alle Schläger sind drin», sagt Scholz. «Auch der Driver.» Er zeigt auf den großen runden Titankopf. «Nur ein Schläger fehlt.»

Schmälzle sieht ihn fragend an.

«Der Fünfer, Schmälzle. Der ist nicht dabei.»

«Die Tatwaffe.»

Scholz nickt. Dann bittet er Nicole, vor seinem Schreibtisch auf einem Besucherstuhl Platz zu nehmen. Er stellt die Golftasche daneben und setzt sich auf seinen Schreibtisch. Lässt die Füße baumeln.

«Der Notar liegt immer noch im Koma», sagt Schmälzle, der eben mit der Ärztin telefoniert hat.

«Das ist schlimm», sagt Nicole Hauck. «Aber mein Mann hat damit nichts zu tun.»

«Er wurde vor Ihrem Grund und Boden krankenhausreif geschlagen!» Schmälzle erhebt sich von seinem Schreibtisch und sieht sich die Golfschläger näher an.

«Musst nicht stöbern, Schmälzle», sagt Scholz. «Ich habe es überprüft. Es ist eindeutig der Fünfer-Schläger, der fehlt. Alle anderen Eisen sind da. Das Zweier, Dreier, Vierer, Sechser, Siebener, sogar das Achter und das Neuner. Auch Driver, Putter, Wedge. Und das Fairwayholz.»

«Wo ist dieser Fünfer-Schläger?», fragt Schmälzle Frau Hauck.

Sie zuckt mit den Schultern. «Was weiß ich, bei der Reparatur oder so ...»

«Wenn es die Tatwaffe ist, ist Ihr Mann dran.»

«Er war beim Zahnarzt, Herr Schmälzle.»

«Wir überprüfen das noch, Frau Hauck.»

«Leonie hat angerufen», sagt Scholz. «Willi hatte tatsächlich eine Wurzelbehandlung. Er war über eine Stunde beim Zahnarzt.»

«Im Warteraum», sagt Schmälzle.

«Nein, Schmälzle. Er saß auf dem Behandlungsstuhl. Den Mund sperrangelweit auf.»

«Na, da seht ihr's.» Die Erleichterung steht Nicole im Gesicht.

Schmälzle sieht nur eines. «Wenn der Schläger, der am Tatort sichergestellt wurde, hier drin war ...» Er starrt wieder auf die Golftasche. «Dann ist er in die Sache verwickelt.»

«Wir schicken die Schläger gleich ins Kriminaltechnische Institut», unterbricht Scholz. «Die werden in jedem Fall feststellen, ob die Tatwaffe, die sie gerade untersuchen, aus diesem Set stammt. Danach sehen wir weiter.»

«War's das?» Nicole Hauck will aufstehen, da zieht Schmälzle seine Schreibtischschublade auf.

«Noch eine Sache, Frau Hauck», sagt er und holt den Armreif hervor, den er im Schuppen gefunden hat, während er sich durch das Hauck'sche Anwesen geschnüffelt hat. Dass der Schmuck ihr gehört, hat die Inschrift verraten: NH. Nicole Hauck. Ganz klein ist es auf der Innenseite eingraviert. Das Labor hat ihn darauf hingewiesen.

«Den such ich die ganze Zeit!», sagt sie und greift dankbar nach dem Schmuck.

Schmälzle hält ihn fest. «Sorry! Ihre Fingerabdrücke sind drauf.»

Sie sieht ihn verständnislos an. «Klar, das ist ja mein Armreif.»

«Sie sind auch auf dem Rotstift, die Abdrücke, es sind dieselben, Frau Hauck. Das Papier, auf dem die Drohbotschaft steht, weist Ihre DNA auf. Wir haben alles abgeglichen.»

«Nicole!» Die Entrüstung steht Scholz nicht, aber sie klingt echt. «Was hast du mit der Sache zu tun?»

Sie holt ein Taschentuchpäckchen aus ihrer Handtasche, greift mit drei Fingern nach einem der Tücher, zieht es aus der Packung, putzt sich endlos lange die Nase. Sie zittert. Hustet. Sagt: «Ja.»

Scholz' Kinnlade klappt nach unten, scheint im Bodenlosen zu verschwinden. «Was?»

Nicht einmal Schmälzle hat so schnell ein Geständnis erwartet. «Sie geben es zu?»

«Komm ich jetzt ins Gefängnis?» Sie klingt nicht weinerlich, nein, Schmälzle wundert sich, wie fest ihre Stimme ist.

«Nicole», beschwichtigt Scholz. «Erzähl erst mal, was du getan hast.»

«Ich hab bloß was auf ein Blatt gekritzelt, und ja ... Ja, ich hab es diesem Notar unter die Scheibe geklemmt.»

«Und die Reifen, Frau Hauck? Die haben Sie auch aufgestochen, gleich im Anschluss?»

«Nein! So ein Quatsch.»

«Das waren Sie nicht?»

«Ich schwör's!», sagt sie. «Ich war das bloß mit dem, mit diesem Wisch.»

«Das war ein Drohbrief, Frau Hauck», sagt Schmälzle.

Sie seufzt. «Ich hatte Angst, dass ...»

«Dass ihr alles verliert, Nicole. Dass sie euch das Glashaus nehmen.»

Sie winkt ab. «Das Glashaus ... darauf kann ich gerne verzichten, Harry. Aber wir haben eine Hypothek drauf. Nicht nur auf den Anbau, auf alles, was wir besitzen. Sogar auf unser Wohnhaus. Sonst hätten wir doch diese Kredite nicht bekommen. Bei uns geht's um alles.»

Schmälzle zupft an seinem rechten Ohrläppchen. «Sie haben sonst nichts auf dem Kerbholz, Frau Hauck, ich meine, irgendwelche Vorstrafen?»

Sie zeigt auf Scholz. «Fragen Sie ihn, Herr Schmälzle. Harry kennt mich.»

«Mit einer Geldstrafe müssen Sie dennoch rechnen», sagt Schmälzle. «So eine Bedrohung ...»

«... das ist keine Bagatelle, Nicole», pflichtet Scholz bei.

«Ich bin durchgedreht», sagt sie. «Mit dem Willi konnt ich ja nicht reden, den hab ich kaum mehr gesehen. Ich weiß überhaupt nicht mehr, was mein Mann tut, was er nicht tut, was ihm gerade einfällt, was er vorhat, was als Nächstes kommt.»

«Der Haftrichter dürfte das auch so sehen.» Scholz sieht zu Schmälzle rüber.

Der saugt die Lippen ein, bis sie im Mund verschwinden. Kaut darauf herum. «Der Notar kann Sie anzeigen. Zivilrechtlich verklagen.»

«Wenn er wieder aufwacht.» Scholz klingt nachdenklich.

Schmälzle neigt den Kopf zur Seite. «Sie werden mit einer Geldstrafe davonkommen. Wenn Sie das mit dem Schuss nicht waren.»

«Neiiin», ruft sie, «ich kann gar nicht mit einem Gewehr umgehen.»

«Außerdem ...», setzt Scholz an.

Sie hebt ein sanftgeschwungenes Brauenpaar. Ein Hauch Make-up hat sich in ihrer Lidfalte festgesetzt.

«... hilfst du uns, den Fall zu lösen», fährt Scholz fort.

Sie rutscht unruhig auf ihrem Stuhl hin und her, dann fragt sie: «Ich soll meinem Mann nachspionieren?»

Schmälzle taxiert sie.

«Da war doch einer auf eurem Anwesen», sagt Scholz.

«Der uns das Leben zur Hölle macht», erwidert Nicole.

«Wir haben den immer noch nicht. Leider.»

«Rufen Sie uns an, wenn er wieder aufkreuzt, Frau Hauck.»

«Sofort, Nicole! Egal wann, Tag oder Nacht.»

«Klar, mach ich.» Sie wirkt erleichtert. «Dann könnt ihr den Willi jetzt vom Kieker nehmen.»

Scholz bringt die Frau zur Tür, und Schmälzle massiert seine Schläfen.

Pfingstsonntag, 9. Juni

Mehr zu feiern, als ein Tag verkraftet

Ist er eingeschlafen beim Bewachen des Nachbarhauses? Schmälzle muss irgendwie ins Bett gelangt sein, denn als er erwacht, scheint die Sonne durch den Vorhang ins Zimmer. Claudia liegt nicht neben ihm, also schlurft er durchs offene Wohn-Esszimmer dem Kaffeevollautomaten entgegen. Er traut seinen Augen nicht. Schließt sie kurz, öffnet sie, schließt sie, öffnet ... Sam wirbelt in der Küche umher. Winzige Kopfhörer in den Ohren, steppt, summt, singt sein Sohn, als würde er bei DSDS vortanzen. Schmälzle starrt auf die üppige Tafel, die der Junge gedeckt hat: Frisch aufgebackene Brötchen stehen vor Schalen mit Obst. Schälchen mit Haferflocken in groben, feinen und ultrafeinen Variationen buhlen nebst gekochten Eiern, Bechern mit Oliven, Tellern mit Käse und Schüsseln mit Gurken, Paprika und Tomaten plus Quark in diversen Fettstufen und Geschmacksrichtungen um Aufmerksamkeit; dazu Kokos-, Lupinen- und Sojajoghurt. Das Tischtuch ist unter all den Köstlichkeiten kaum mehr zu sehen.

Schmälzle lässt seinen Kaffee aus dem Automaten, dann fragt er: «Feierst du eine Party?» Sam hört ihn nicht. Schmälzle nimmt behutsam die Stöpsel aus den Ohren seines Sohnes, dann flüstert er: «Sam.»

«Morgen, Papa!», ruft Sam, so laut, als müsste er den Sound, der noch in seinen Gehörgängen wummert, übertönen.

«Eminem?» Schmälzle zeigt auf den Kopfhörer.
«Ne!», widerspricht Sam. «John Legend.»
«John Legend? Das ist R & B vom Feinsten!»
«Mein Geschenk für Mama.»
Schmälzle sieht seinen Sohn an. Was hat er verpasst?
«Sie hat Geburtstag!», stößt der Elfjährige hervor. Als fiele ein Universum in sich zusammen, ruft Sam: «Das hast du nicht vergessen, oder? Mensch, Papa.»

Natürlich hat Schmälzle das nicht vergessen, er hat es bloß vertagt. Er rennt ins Schlafzimmer und reißt seine Nachttischschublade auf.

Als Claudia aus dem Bad kommt, ruft sie ihrem Gatten zu, dass sie die goldenen Wasserhähne eigenhändig von den Becken reiße, wenn er nicht endlich die schönen Designerhähne, die sie in Italien bestellt hat, montieren lasse. Von wem, sei ihr wurscht, er könne von ihr aus ein paar Schwarzarbeiter kommen lassen.

«Schwarzarbeiter!» Schmälzle versteckt seine geschlossene Faust hinter dem Rücken. «Claudia, ich bin Polizist.» Sie zuckt mit den Schultern, und er verspricht, sich alsbald darum zu kümmern. «Aber jetzt», sagt er verschwörerisch, «jetzt frühstücken wir bis in die Puppen. Und am Nachmittag marschieren wir auf den Baumwipfelpfad.» Und dann küsst er sie lange. Sehr, sehr lange.

So lange, dass Sam hustet. Und ruft: «Ich esse jetzt.»

«Ich auch, Sam», sagt Schmälzle. Dann öffnet er die Faust und drückt seiner Frau ein kleines Päckchen mit einer hübschen Schleife in die Hand. Es hat ihn einen halben Monatslohn gekostet.

Sommer 1882

Ich hatte es mit eigenen Augen gesehen und konnte es doch nicht glauben. Erst jetzt, so viele Jahre später, begreife ich, was geschehen ist. Was sie getan hat. Sie, meine eigene Mutter, hat dich, geliebte Tante, angegriffen.

Du saßt ruhig auf einem Stein und schriebst in dein Büchlein, das auf deinem Schoß lag. Sie sprach mit dir, erst ruhig, dann lauter. Ich konnte nicht alles hören, denn ich stand reglos hinter einem Baum. Wagte kaum zu atmen, als sie dir drohte.

«Du machst dich nicht alleine davon, Martha!», schrie sie.

«Lass des, Sofie», erwidertest du, erhobst dich, und das Büchlein fiel zu Boden.

«Ich habe es gewusst!», kreischte sie. «Der Gustav weiß es auch, Martha, dass du schmuggelst. Wir alle wissen, dass du ihn hintergehst und etwas vorhast, das du uns verschweigst.»

«Die Einzige, die jemanden hintergeht, bisch du, Sofie! Du hasch dich an mein Guschtav rangmacht. Sei doch froh. Wenn i weg bin, isch der Weg frei!», schriest du.

«Wo ist das Geld?», keifte sie und hob einen Stein vom Boden auf.

Die Spucke gefror in meinem Mundwinkel. Ich sah, wie du davonmarschiertest, dich nicht umdrehtest, lachtest. «Des sag i dir net.»

Mir war, als würde es in diesem Moment geschehen, doch es ist dreizehn Jahre her, dass es passierte.

Sie rannte hinter dir her, den Stein in der Hand. Sie schlug ihn dir auf den Kopf. Du legtest beide Hände auf die Wunde. Das Blut strömte aus deinem Schädel.

Du schriest sie an: «Hör auf, Sofie. Was tusch du da!»

Doch sie schlug noch einmal zu. Du verlorst das Gleichgewicht, rudertest mit den Armen in der Luft, fielst nach hinten, schlugst auf dem schlickigen Boden auf und regtest dich nicht mehr. Dein Röcheln drang an mein Ohr. Sie beugte sich über dich, spie dich an, obgleich du keinen Laut mehr von dir gabst, kein Ton mehr aus deinem Mund kam. Doch das Blut, so viel Blut strömte aus deinem Kopf, Tante Martha. Es versickerte im Boden und wurde eins mit ihm. Das Bild steht vor mir, wie eingerahmt, es besetzt meine Gedanken, führt mir jeden Tag vor Augen, was für ein Mensch sie war. Was für ein Mensch ich war. Ich kam dir nicht zu Hilfe. Überließ dich deinem Schicksal. Konnte es mir nie verzeihen. Werde es nie können. Ich war klein, so klein. Doch meine Augen waren groß. Riesengroß. Sahen deinen reglosen Körper bei den Insekten und den Ameisen liegen. Sahen Mutter, lamentierend, den blutigen Stein in der Hand. Sie schrie, wie ich sie noch nie schreien hörte, sie klang wie ein waidwundes Tier. Auf einmal warf sie den Stein ins Gebüsch und lief fort.

Ich verharrte, gab mich nicht zu erkennen. Als ich sie nicht mehr sehen konnte, rannte ich zu dir. Legte meine Hände auf dein Gesicht, Tante Martha. Es war kalt. Sanft schloss ich deine Lider. Hob das Büchlein auf, das in den Dreck gefallen war, und steckte es ein. In der Nacht schlich ich heim. Zu einer Mörderin. In ein Haus, das nicht länger mein Zuhause war. Zu einer Mutter, mit der ich nie wieder sprach. Keinen Ton.

Martha, geliebte Tante, du warst mir stets, was mir die Mutter nie gewesen ist. Drum schwör ich dir zu vollbringen, was sie dir nahm. Deinen Tod muss sie uns büßen, ihr Blut, auch ihr Blut, es wird fließen. Und schaffe ich es nicht, den Tribut einzufordern, so wird die Zeit die Wunde heilen, denn die Missetaten bleiben nicht ungesühnt. Das verspricht der Herr, unser Gott. Der dich vergaß. Doch ich vergess dich nie. Auf immer und ewig werde ich dich in meinem Herzen tragen. Ist sie auch meine leibliche Mutter, bist allein du die Mutter meiner Seele. Also verlasse ich diesen Ort der Schande. Ich breche auf und lasse nichts als dieses Tagebuch zurück. Ich werde ihn suchen, Tante Martha, und ich werde ihn von dir grüßen. Hans. Den Mann, für den du alles aufzugeben bereits warst.

In ewiger Liebe,
Deine Marie.

Dienstag, 11. Juni

Von früher über später bis richtig spät

Kaum hat er die Tür zum Posten aufgestoßen, wird Schmälzle angeherrscht. Von Scholz. «Man müsste durchgreifen, Schmälzle. Viel härter.»

«Wie meinst du das, Harald?», fragt er.

«Wir werden verseggelt und verarscht und können nichts dagegen tun. Unsere Gesetze sind viel zu lasch.»

«Sollen wir unsere Verdächtigen in Käfigen halten wie in Fuchu? Oder in Polareule, wo die Inhaftierten keinen Platz zum Sitzen haben?»

«Schmälzle, ich bin ein vehementer Verfechter der Menschenrechte. Aber irgendwann platzt auch mir der Hemdkragen.»

«Was ist passiert?»

«Nichts ist passiert. Das ist es ja! Dass immer erst etwas passieren muss, bevor wir handlungsfähig sind.» Scholz hat einen wunden Punkt in Schmälzle gefunden und seinen Finger noch mal draufgelegt: «In unseren weichgespülten Einrichtungen geht man mit Verbrechern um wie mit Plüschbären. Hier ein bisschen liebkosen, da ein wenig pampern. Das ist keine Abschreckung! Da gesteht keiner freiwillig!»

«Willi wird sich ans Messer liefern, Harald», tröstet Schmälzle. «Bei der nächsten Sache, die ihm auf den Sack geht, wird er erneut zuschlagen. Diesmal sind wir dabei, wenn sein

Blutdruck auf ungesunde hundertsechzig oder gefährliche hundertsiebzig hochschnellt. Wir beobachten ihn, weisen ihm die Tat nach, schnappen ihn.»

«Träum weiter, Schmälzle.»

Das tut der. Und wie: «Wir stellen ihm eine Falle. Schlagen ihn mit seinen eigenen Waffen.»

Scholz nickt. «So wie der Wilsberg.»

«Der darf das», bestätigt Schmälzle.

«Aber wir ...»

«Wir dürfen das nicht.»

«Gar nichts dürfen wir!» Scholz schreit so laut, dass Leonie besorgt von ihrem Rechner aufsieht.

«Ihr vertretet die Polizei von Bad Wildbad, vergesst das nicht», rügt sie.

«Wie könnten wir das vergessen, Leonie.»

«Dann habt ihr vielleicht ein Ohr für mich.» Die Assistentin zeigt auf die Magnetwand, an die sie eben ein A4-Blatt gepinnt hat. Die Aufmerksamkeit ist ihr gewiss, als sie verkündet: «Der Apotheker hat ein Alibi. Er war zur Tatzeit in Hildesheim.»

«Wie jetzt?»

«Er war bei der Versteigerung seiner Apotheke, als der Anschlag mit dem Golfschläger verübt wurde.»

«War er da wirklich? Ich mein, hast du Zeugen befragt?» Scholz klingt skeptisch.

«Harry! Ich habe das gecheckt. Hab heute Morgen dort angerufen.»

«Und?»

«Das Alibi ist bestätigt.»

«Du hast das Leck nicht gesehen, Leo.»

«Ich sehe jedes Leck, Harry.»

Schmälzle weiß, wie sehr sich Leonie ins Zeug hängt, wie sie recherchiert, entschlüsselt, was keiner außer ihr vermag, Termine vereinbart, ins Kriminaltechnische Institut fährt, Passwörter knackt, im Darknet schnüffelt und Wände für sie aushöhlt. Dabei verdient sie weniger als er und Scholz. Er streift seine Samtpfötchen über. «Manchmal übersieht man eine Kleinigkeit.»

«Ich weiß, was ich tue, Justin.»

«Selbst wenn», sagt Scholz. «Sein Motiv ist eh nicht schlüssig.»

Schmälzle wägt ab. «Wenn er glaubt, dass ihm ein Teil des Erbes zusteht, ist es sehr wohl schlüssig.»

Scholz: «Du denkst, er könnte sich gerächt haben, weil der Willi auf dem Grund und Boden seiner Ahnen sein Geschäft aufgebaut hat.»

Leonie: «Klammheimlich.»

Schmälzle: «Er hat es im Guten versucht. Wurde mit einer lächerlichen Summe abgespeist. Hat nicht aufgegeben. Doch der Hauck ...»

Scholz: «... hat ihn abblitzen lassen.»

Schmälzle: «Das ist ein ganzer Blumenstrauß an Motiven.»

Leonie: «Missgunst, Neid ...»

«Rache, Leonie.»

«Alles gut und schön», sagt der Postenleiter, «aber es gibt noch eine andere Theorie.» Er steht auf.

«Was hast du vor, Harald?», fragt Schmälzle.

Mitkommen, deutet Scholz mit einem Kopfzeichen an. Gleichzeitig erklärt er dem zögernden Kollegen: «Denk an die Maultaschen.»

«Ich geh jetzt nicht essen!» Schmälzle kann nicht glauben, was er vernommen hat.

«Leo», sagt Scholz. «Sag's ihm.»

«Der Chef meint das symbolisch, Justin.»
«Symbolisch.»
«Metaphorisch, Kollege. Das hast du selbst gesagt.»
«Das war in einem anderen Zusammenhang.»

Er hofft, auf der Fahrt ins Boot geholt zu werden, doch der Postenleiter rudert sein Schiff stumm durch den Meisterntunnel. Als der Youngtimer am Lauterhof vorbeicruist, fragt Schmälzle, ob Scholz seine Erkenntnis mit ihm teilen möchte.

«Wenn sie bestätigt ist, gerne», sagt Scholz.

«Wir können dem Mann nichts, wenn er ein Alibi vorgelegt hat. Ein Amtliches.»

«Das ist richtig, Schmälzle.»

«Das gilt für den einen wie für den anderen. Keinen von beiden können wir festnehmen.»

«Das hab ich auch nicht vor, Schmälzle.»

«Sondern?»

«Wart's ab, Kollege.»

«Es wäre kein Luxus, Harald, wenn du mir sagst, welche Spurensau du gerade jagst.»

«Du wirst es früh genug erfahren.»

Schmälzle nimmt noch mal Anlauf: «Teamgeist, Harald.» Das bedeutet, dass man die Kollegen an seinen Ideen teilhaben lässt. Das sagt er jetzt nicht. Er denkt es nur. Und zerbricht sich den Kopf: Der Apotheker hat ein Alibi. Sollte er wirklich bei der Versteigerung seiner Apotheke gewesen sein, können sie ihn nicht offiziell vorladen. Ein wenig befragen, höflich mit ihm reden, plänkeln, schwätzen. Falls sie ihn je zu Gesicht bekommen.

Als sie Nonnenmiß passieren und nicht in den Dietersbrunnenweg einbiegen, der sie zum Schnapsbrenner führt, sondern weiter in die Freudenstädter Straße fahren, ahnt er, was ihm blüht. Denn Scholz hält vor der Forellenzuchtanlage, steigt aus und winkt Schmälzle zu sich her.

«Fische sind nicht vegan», ruft der aus dem Auto. Weil Claudia aber fangfrische Forellen liebt, schlendert er mit dem Kollegen um die Becken und tut so, als hätte er Freude daran, Fische fröhlich herumschwimmen zu sehen, um ihnen kurz darauf einen Schlag ins Genick zu verpassen und dann ein Messer in die Kiemen zu rammen. Er hat als Kind die Kaulquappen freigelassen, die seine Klassenkameraden in einem Glas zur Beobachtung aufs Fensterbrett gestellt hatten. Jetzt setzt er sich mit einer prallgefüllten Tüte neben Scholz ins Auto. Auf dem Rückweg kommt keiner mehr zu Wort. Abgesehen von *Uriah Heep*, aber die benötigen keine Metapher. David Byron singt sich den Schmerz halt aus dem Leib. «*She came to me one morning, one lonely Sunday morning, her long hair flowing in the mid-winter wind, I know not how she found me, for in darkness I was walking, and destruction lay around me, from a fight I could not win, ah, ah, ah, ah, ahhhh, ahhhh ...*»

Mittwoch, 12. Juni

Die Zeit heilt nicht jede Wunde.

Das Kriminaltechnische Institut hat am Telefon Klartext gesprochen. Bei der Tatwaffe handelt es sich um den Golfschläger von Willi Hauck. Es ist sein Fünfer-Schläger. Sie hatten kaum aufgelegt, als ein neuer Anruf im Posten einging. Frau Meichle teilte panikartig mit: «*I bin in Gefahr!*» Sie stieß den Hilferuf so heftig hervor, dass Schmälzle mithören konnte, auch ohne aktivierte Lautsprecherfunktion.

«Sind Sie über Ihren Flachwischer gestolpert?», fragte Scholz besorgt, doch sie beruhigte sich nicht.

«*Sie müsset mi rette, Herr Scholz, Herr Schmälzle ... Schnell! Bevor no mehr bassiert.*» Die Kommissare pufften sich in die Seiten und hatten Mühe, ihre Amüsiertheit zu unterdrücken. Da drang ein Schluchzer aus dem Hörer: «*In gröschter Gefahr!*» Dann hörten sie ein Rumpeln. Es dauerte eine Weile, bis sie kapierten, dass sich Frau Meichle «*im Schubbe vom Willi Hauck*» befand und «*net rauskann, weil direkt vor mir an Kampf stattfindet*».

«Ein Kampf?», fragte Scholz ungläubig, und sie beteuerte: «*Beeilet Se sich! I muss jetzt ufflege.*»

Also verlangten sie dem Polizeiwagen alles ab. Blaulicht auf dem Dach, rasten sie mit Höllenlärm im Höllentempo nach Nonnenmiß zur Befreiung der Postenperle. Von Kampfhähnen war nichts mehr zu sehen. Das Gelände war still wie der Buddha, der es bewachte. Doch im Schuppen polterte es. Noch während sie die völlig aufgelöste Frau Meichle aus dem Bretterverschlag zerrten, verpasste ihr Scholz einen Einlauf.

«I hann bloß a wenga romguckt», entschuldigte sie sich.

«Sie haben geschnüffelt, Frau Meichle», stänkerte Scholz. Schmälzle half ihr vom Stroh auf, in dem sie kniete, am ganzen Leib zitternd. Das Handy, von dem sie den Notruf abgesetzt hatte, hielt sie noch in der Hand. Sie richtete sich auf, stützte sich mit der Hand an der Hüfte ab, strich den Sweatshirtstoff glatt, dem die Aktion nichts hatte anhaben können. Der Tiger, der vorne aufgeflockt war, hatte keine einzige Knitterfalte im Gesicht.

Willig ließ sie sich in den Posten bringen, wo sie gerade verhört wird. Es ist keine halbe Stunde vergangen, und sie steht noch immer unter Schock. Sie spricht Worte, die nicht zueinanderpassen, schnappt mehrfach nach Luft und leert bereits das zweite Wasserglas. Die Ohren der Kommissare sind gespitzt, doch ihre Mienen spiegeln die Ungeduld.

«Legen Sie ruhig die komplette Beichte ab, Frau Meichle», sagt Scholz und fügt ungewohnt sanft hinzu: «Sie müssen nichts auslassen.»

Endlich erzählt Frau Meichle, was sie gesehen und gehört hat, vor einer guten Stunde in ihrem Versteck. Berichtet in einem vollständigen Satz, dass zwei Männer in Willi Haucks Garten eine lautstarke Fehde austrugen.

«Was waren das für Männer?», will Schmälzle wissen, und Scholz fragt: «War Willi einer der beiden?»

Frau Meichle ist viel zu aufgeregt, um Fragen zu beantworten. Sie spricht in ihrem eigenen Tempo weiter: «‹Ich vergifte deinen Schnaps!›, hat der gschrie.»

«Wer?», fragt Scholz.

«Den hann i no nie gsäh, in Nonnenmiß. Der isch sportlich

gwä, a paar Millimeter kleiner on a wenga schmaler als der Willi, aber er hat dem scho ähnlich gsäh», behauptet sie.

«Sein Cousin», schlussfolgert Schmälzle.

«Der Stalker», ergänzt Scholz.

Frau Meichle sieht die Kommissare ungläubig an.

«Weiter», drängelt Scholz.

Als hätte sie einen Märchenerzählkurs in der Volkshochschule absolviert, so flüssig und spannend beschreibt Frau Meichle, was ihr zu Ohren gekommen ist in Nonnenmiß, auf dem Gelände von Willi Hauck, wo sie lauschte und die Zwischentöne erfasste wie weiland Hercule Poirot.

«‹Du spinnst›, hat der Willi gsagt. ‹Mit Thallium›, hat der andere gesagt. ‹Nach dreizehn Tagen fallen die Haare aus.› – ‹Was redesch du da!›, hat der Willi gsagt. – ‹Nieren und Leber versagen. Und keiner wird wissen, woran es gelegen hat. Irgendwann werden sie herausfinden, dass dein Schnaps schuld ist, Willi. Dann bist du dran.› So hat der dem droht, Herr Scholz. Des derf der doch net, Herr Schmälzle!»

«Was hat der Willi geantwortet?», fragt Scholz.

«‹Du bisch des Teufels! Was willsch du von mir?› – ‹Du weißt, was ich will, seit Wochen sag ich dir, was mir zusteht. Ich hab dich über Facebook kontaktiert, höflich hab ich dich angeschrieben, aber du hast nicht reagiert, wie oft habe ich um Antwort gebeten, aber du hattest es nicht nötig, dich mit mir abzugeben. Hast mich im Regen stehen lassen. Hast aufgelegt, wenn ich angerufen habe, mehrmals!› Des hat er gsagt. I hab mir jedes Wort gmerkt!» Frau Meichle schielt nach ihrem Wasserglas.

«Respekt, Frau Meichle», lobt Schmälzle, eilt in die Küche und füllt das Glas mit Leitungswasser.

«‹I hab dir Geld gebe!›», zitiert sie Hauck, als Schmälzle zurückkehrt. Bevor sie den Ermittlern anvertraut, dass der Kontrahent danach angefangen habe, zu toben, nimmt sie einen großen Schluck Wasser. ‹Mit fünfzigtausend wolltest du mich abspeisen. Das ist lächerlich. Du weißt, dass das Doppelte und Dreifache nicht genug ist!›, hat der tobt.»

«Eindeutig», sagt Scholz. «Das war der Vetter. Also der Ururige.»

Schmälzle bestätigt. «Mein Nachbar aus der Alten Steige.»

Frau Meichle zitiert den Mann weiter. «‹Das Rezept ist Gold wert!›, hat der gsagt. On der Schnapsbrenner hat gmeint: ‹Immer reitesch du uff dem alten Rezept rom, des isch doch nix mehr wert.› – ‹Ich brauch das Geld.› – ‹Hättsch dei Apothek net en de Sand gesetzt ...› – ‹Die Apotheke gehörte meiner Frau, Willi. Sie und ihre Verwandtschaft, die haben sich alles unter den Nagel gerissen.›»

Schmälzle drischt mit den Sneakern auf den Holzboden ein. Scholz hat sich weit zurückgelehnt, die Augen aufgerissen.

Frau Meichle atmet tief durch, ehe sie fortfährt: «‹Du hasch in meim Haus nix verlore!›, hat der Schnapsbrenner gesagt. On der andere hat gspottet: ‹Du hattest die Chance, mir freiwillig zu geben, was mir zusteht. Jetzt hol ich es mir. Notfalls durch den Hintereingang!› – ‹Mei Schloss isch fünffach verriegelt. On des Glas vo meim Anbau isch einbruch- und schusssicher. Des isch Panzerglas!› – ‹Ich habe es nicht nötig, das Schloss zu knacken oder eine Scheibe einzuwerfen, Willi. Ich kenne das Versteck.› – ‹Du kannsch des Versteck net kenne! Keiner kennt des Versteck. Des kenn nur ich, mei Frau und mei ...› – ‹Sie hat mir das Versteck verraten.› – ‹Nicole? Nie im Lebe hat dir mei Frau des Versteck g'nannt. Die steht hundertprozentig hinter mir.› – ‹Ich meine nicht deine Frau.› – ‹Die Marikka! Was willsch du ...!› – ‹Deine süße Tochter ...›

Da ischer ausgraschtet, der Schnapsbrenner. Isch uff den andere los, hat dem beide Hände um den Hals glegt und brüllt: ‹Die Marikka hat des au net verrate. I hab ihr des x-mal eibleut. Die weiß, was sich g'hört.› Dann hat der andere gsagt: ‹Meine Mutter, Willi, die hat mir das Familiengeheimnis anvertraut.› – ‹Was schwätsch du?›, hat der Schnapsbrenner gsagt, on der andere hat gmeint: ‹Du hast deinen Ersatzschlüssel im ausrangierten Schuppen deponiert. So, wie unsere Ahnen das getan haben. Weil wir es seit Jahrhunderten so handhaben. Mit dem einzigen Unterschied, dass du einen Safe eingebaut hast. Und der stand offen, Willi.›»

Schmälzle sieht Scholz an, der sieht Schmälzle an, danach sehen beide Frau Meichle an, die diese Aussagen abspult, als hätte sie alles protokolliert, was nicht möglich ist. Also hat sie alles in ihrem Kopf abgespeichert.

Kurze Pause. Dann gibt Frau Meichle weiter die Worte von Willi Hauck und die Widerworte seines Kontrahenten wieder: «‹Du warsch bei mir im Schuppe! Du warsch des! Du hasch mei Winchester klaut! Des isch Einbruch! I zeig di an!› – ‹Am Sterbebett, Willi. Am Sterbebett hab ich gesessen. Ich habe ihr die Hand gehalten, bis sie den letzten Atemzug tat. Der Krebs hatte sie zerfressen. Von innen ausgehöhlt. Schmerzen hatte sie, bis zum Schluss. Körperliche Schmerzen. Doch die seelischen Schmerzen, Willi, die waren noch viel schlimmer.› – ‹I hab kei Ahnung, von wem du sprichsch!› – ‹Von deiner Urgroßtante. Meiner Urgroßmutter. Die deinen Großvater aufgezogen hat ...›»

Frau Meichle niest. Einmal, zweimal. Hält inne. Wartet. Niest noch mal, bevor sie weiter Bericht erstattet: «‹Wie oft bin ich rübergeflogen, von Hildesheim nach Brasilien, hab die Apotheke wochenlang zugesperrt. Abend für Abend saß ich bei ihr am Bett. Da hab ich es ihr versprochen.› – ‹Was hasch du ihr versproche?› – ‹Dass ich mich für sie räche. An dir und deiner Familie. Für alles, was ihr getan habt.› – ‹I hab koi Ahnung, was ihr da in Brasilie...› – ‹Sie hat sie umgebracht. Unsere Ururgroßmutter. Hat gemeuchelt. Für die Gier, Willi. Sie war ein Opfer der Gier. So wie du.› – ‹Was redsch du für an Scheiß!›»

Frau Meichle schnauft. Und gleich noch mal.

«Was haben sie dann gesagt, Frau Meichle?», drängelt Schmälzle nach einer Weile, es dürften gut zwei Minuten vergangen sein.

«Es darf gerne heute noch sein», bläst Scholz ins selbe Horn, als habe er nicht schon genug Geschichten gehört.

Frau Meichle nimmt noch einen Schluck Wasser, schon sprudelt es weiter aus ihr heraus: «‹Sie hat es ihr Leben lang bereut, Willi. Die Sofie Großhans. Sie hat sich aufgehängt, das weißt du so gut wie ich. Hinten, in deinem alten Schuppen, hat sie sich in einen Strick fallen lassen. Deshalb reißt du den Schuppen nicht ab, weil du glaubst, es spukt darin.› – ‹Ja, des isch wahr. Des hat mir mei Mutter verzählt. Dass i den Schuppe net anrühre darf. Dass des Unglück bringt.› – ‹Sie hat sie umgebracht. Willi. Unsere Ururgroßmutter ist eine Mörderin. Sie hat die Martha erschlagen, unsere Ururgroßtante. Das hat sie gestanden, mit ihrem letzten Atemzug.› – ‹Des senn alte Kamelle, was hab i damit zu tun!› – ‹Ich hatte nicht vor, dir zu schaden, Willi. Aber irgendwann wurden die Albträume schlimmer. Und dann hat mir das Schicksal in die Hände gespielt.› – ‹Was soll des heiße?› – ‹Das mit dem Anbau. Es stand in der Zeitung. Ich hab alles verfolgt, was über dich zu lesen war. Der Großkotz von Nonnenmiß. Der sein Geschäft auf einem Verbrechen aufgebaut hat.› – ‹Des isch Bullenscheiße!› – ‹Dieses Kirschwasser sollte die Ururgroßtante in die Freiheit führen.

Von ihr stammt das Rezept, sie hat die Kirschen mit den Beeren und Kräutern versetzt, die du heute noch verwendest. Ihr hast du die Mischung zu verdanken, die dich reich gemacht hat. Aber du hast vergessen, die Urheberin zu erwähnen. Hast den Schnaps zu deinem gemacht.› – ‹I hab den Bottich g'funde, im Schuppe! Glei hab ich g'merkt, dass des an b'sonderer Tropfe isch. Dann hab i romexperimentiert, bis i den G'schmack troffe hab. Wochenlang hab i braucht, ach was, Monate! Des isch *mein* Rezept! Du bisch bloß an Neidhammel.› – ‹Besser als ein Haderlump. So wie du.›»

«Haderlump ...» Nachdenklich wirkt er, der Postenleiter, als Frau Meichle verstummt.

Schmälzle schließt die Augen. Die Szene spielt sich vor ihm ab. Eduardo Beierle hat den Schuss auf den Notar abgegeben, so viel steht fest. Der Mann hat im Affekt gehandelt – möglicherweise im wiederholten Affekt. Sie werden es beweisen. Aber diese angedrohte Giftsache beunruhigt ihn.

«Wieso sind Sie überhaupt in diesem Schuppen gewesen?», fragt Scholz. «Das ist Hausfriedensbruch, Frau Meichle!»

«I war doch zum Putze da. Von dem Geld im Poschte kann i ja net lebe.»

Schmälzle hebt den Zeigefinger. «Putzen heißt Saubermachen, Frau Meichle. Nicht Schnüffeln.»

«I hann bloß den Staub von derre Truhe wegputze welle», sagt sie. «Die isch no nie saubergmacht worre. Und wo die Streithähne auftaucht senn, hab i gwusst, was i do muss. Weil i doch bei der Polizei schaff.»

Schmälzle hustet. Scholz lehnt sich weit nach vorne, stützt seine Ellbogen auf dem Schreibtisch auf, legt seinen Kopf in beide Hände, als müsste die Botschaft festgehalten werden. «Wie meinen Sie das, Frau Meichle?», fragt er.

«Ha, schaff i net bei Ihne?»

«Natürlich arbeiten Sie bei uns. Als Fachkraft für Bodenhygiene!» Scholz macht Anstalten, den Zirkus zu beenden, aber er taugt nicht als Dompteur, denn sie lässt sich nicht unterwerfen, plappert munter weiter.

«Dann senn die Männer fort. Die Nicole hat se zur Räsöh bracht.»

Schmälzle wendet sich an Scholz. «Wenn es stimmt, was Hauck ihm an den Kopf geworfen hat, und Beierle Zugang zum Waffenschrank hatte ...»

«... hat er die Winchester genommen und den Notar angeschossen. Höchstwahrscheinlich war er auch das mit dem Golfschläger. Der war so sauer auf seinen Urururvetter, dass er für ihn zum Verbrecher wurde.»

«Brauchet Sie mi no?», fragt Frau Meichle, die, ein großes Taschentuch in der Hand, mit dem sie sich immer wieder übers Gesicht fährt, die Konversation aufmerksam verfolgt.

«Danke, Frau Meichle.»

«Sie haben uns sehr geholfen.»

«Soll i net weitermache in der Sach'?»

«Auf keinen Fall!»

Schmälzle hat die Tat rekonstruiert. Bleibt eine letzte Frage offen: Wie kann der Apotheker gleichzeitig in Hildesheim und in Nonnenmiß gewesen sein?

Donnerstag, 13. Juni

*Der große Zeiger der Stadtkirche
rückt auf die Zwölf.*

Leonie klärt das Thema in einer aufwendigen Telefonaktion, und es sind laute, mitunter aggressive Aussagen vonnöten. Schmälzle vernimmt Satzfragmente, deren Sinn er in etwa so interpretiert: «Nein, ich rufe nicht noch mal morgen an ... Dann platzen Sie halt in die Konferenz Ihres Chefs!», und: «Deshalb verlieren Sie Ihren Job sicher nicht.» Nachdem sie aufgelegt hat, ist ihr Gesicht leicht gerötet, so sehr hat sich die Assistentin ereifert.

«Der Apotheker war tatsächlich nicht in Hildesheim, als die Apotheke versteigert wurde», sagt sie jetzt. «Seine Frau war da. Und sein Anwalt.»

«Nicht dein Ernst!», herrscht Scholz seine Assistentin an.

«Als Rechtsvertreter und mit Vollmacht ausgestattet, entspricht dies einem persönlichen Zugegensein, hat sie beteuert. Die Notargehilfin.»

«Gehilfin», Scholz betont das Wort abfällig.

«Super, dass du so hartnäckig warst», lobt Schmälzle.

Leonie sieht ihn dankbar an. «Sie hat nicht überprüft, ob der Mann persönlich da war, sondern ist einfach davon ausgegangen. Außerdem heißt seine Frau Erika.»

«Erika», echot Scholz.

«E. Beierle», versteht Schmälzle. «Wie ihr Mann.»

«Was denkst du?», fragt Scholz, der sich langsam beruhigt.

«Beierle ist unser Mann. In beiden Fällen.»

«Drei, Kollege.» Scholz fasst zusammen: «Reifenaufstechen plus Schuss in die Wade des Notars. Und als Krönung hat er ihm den Golfschläger übers Haupt gezogen.»

Das Motiv hängt Schmälzle an die Wand: *Racheakt = Eduardo Beierle gibt sich als Willi Hauck aus = Verdacht soll auf den Cousin gelenkt werden.*

Alibi eins ist also geplatzt. Was ist mit Alibi zwei? Schmälzle sagt: «Leonie, überprüf ...»

«Bin schon dran, Justin.»

«Wenn er in beiden Fällen schuldig ist, müssen wir schleunigst handeln. Es besteht Fluchtgefahr. Möglicherweise weiß er, dass der Notar im Koma liegt.»

«Du meinst, er haut ab? Nach Brasilien?»

«In Lissabon sprechen die auch Portugiesisch», sagt Leonie.

«So wie in Angola», sagt Schmälzle.

«Dahin wird er sich kaum absetzen», erwidert Scholz.

«Wir müssen schnell sein, Harald.»

«Besorgen wir uns den Haftbefehl.» Der Postenleiter sieht sich um, ruft Leonies leerem Schreibtisch zu: «Leo! Wir brauchen ...»

«Schon erledigt», sagt die Assistentin und geht mit dem Telefon vor die Tür.

Schmälzle hebt den rechten Daumen. Scholz schließt seine Schreibtischschublade auf und betrachtet zufrieden sein Verhaftungsbesteck: auf Hochglanz geputzte Handschellen. «Lass uns losfahren», sagt er und schnallt den Pistolenhalfter um seine Mitte.

«Halt», unterbricht Leonie, die gerade aufgelegt hat. «Der Staatsanwalt ist auf dem Weg zu uns. Er war in der Gegend, hat er gesagt. Er ist gleich hier.»

Schmälzle sieht Scholz an, der schließt die Schreibtischschublade. «Na dann», sagt er, «wollen wir mal schauen, ob es einen sauberen Platz gibt in diesem Hasenstall.»

Natürlich tut es das nicht, denn Frau Meichle war tagelang nicht mehr zum Putzen da. Schmälzle entleert eine auf seinem Schreibtisch herumstehende Tasse über dem Kaktus. Kippt die Flüssigkeit, deren Bestandteile nicht klar aus der trüben Farbe hervorgehen, über das kümmerliche Gewächs, das schon ganz gaga sein muss ob der ungezählten Gießaktionen der letzten Wochen. Dann eilt er in die Küche und sucht nach sauberen Gläsern im Schrank. Klappt Türen auf und zu. Nimmt drei Gläser von der Spüle, lässt kaltes Wasser drüberlaufen, trocknet sie an seinem T-Shirt ab und fragt den Staatsanwalt, der bereits im Flur steht: «Apfelsaft, Dr. Baisch?»

Weil Leonie in der Polizeistube lautstark telefoniert, bitten sie den Staatsanwalt abermals an den Resopaltisch in der Küche. Nach ein paar trüben Tagen ist die Sonne zurückgekehrt – es ist warm im Posten, und der Dreiteiler wirkt deplatziert. Obwohl der Mann heute keine Krawatte trägt.

Scholz kommt direkt zur Sache: «Herr Staatsanwalt, Willi Hauck ist nicht unser Täter. Der hält uns zum Narren, aber er war es nicht.» Der Postenleiter hält im Satz inne und bringt den filigranen Küchenstuhl, auf dem er sitzt, in Schräglage.

«Das beruhigt mich», sagt der Staatsanwalt.

Lässig an den Küchenschrank gelehnt, entgegnet Schmälzle: «Inwieweit Herr Hauck involviert ist, steht noch nicht fest, Dr. Baisch. Er verweigert immer noch die Aussage.»

«Das ist sein gutes Recht.» Der Staatsanwalt setzt sich auf den Klappstuhl neben Scholz, der ihm ins Ohr flötet: «Der

Willi meint, ein Golfschläger ist zum Golfspielen da. Das gebietet die Etikette. Wenn er einem an den Kragen will, macht er das mit bloßen Händen.»

«Der Willi ist ein exzellenter Golfer. Seine Bälle fliegen zweihundert Meter weit, manche direkt ins Loch.» Aufrichtige Anerkennung liegt in der Antwort des Staatsanwalts. Zufrieden nippt er an seinem Apfelsaft.

Scholz tischt den neuen Sachverhalt auf: «Es geht um eine Fehde, Herr Staatsanwalt.»

«Da liegen zwei miteinander im Clinch. Die sind seit Urzeiten verfeindet», sagt Schmälzle.

«Spinneverfeindet», bestätigt Scholz.

Der Staatsanwalt stellt das Glas ab. «Sie meinen, der Willi und ...?»

«Eduardo Beierle. Ein Cousin x-ten Grades. Die tragen eine Erbstreitigkeit aus, die seit Jahrzehnten in der Familie schwelt. Der Beierle ist auf einem Rachefeldzug. Er kämpft gegen die Ungerechtigkeit dieser Welt, gegen die Bereicherung und die Habgier, gegen die Familie, die sich seit Jahrhunderten gegen seine verschworen hat ...»

«Musst nicht so pathetisch sein, Schmälzle», tadelt Scholz und übersetzt: «Der Kollege will damit andeuten, dass wir diesen Beierle verhaften müssen, Herr Staatsanwalt.»

Dr. Baisch leert sein Saftglas. Dann fragt er: «Was ist mit dem Opfer? Hat der Mann diesen Herrn Beierle als Täter identifiziert?»

«Der Notar ist nicht vernehmungsfähig. Die Ärztin hat unmissverständlich versichert, dass er für eine Zeugenbefragung nicht zur Verfügung steht. Wir sollen von Besuchen absehen, bis sie sich meldet», sagt Schmälzle. «Nur seine Tochter darf zu ihm.»

«Das ist furchtbar», erwidert der Staatsanwalt.

«Schädel-Hirn-Trauma, Dr. Baisch», zitiert Schmälzle die Ärztin weiter, mit der er am Morgen telefonierte. «Kiefernhöhlen- und Orbitabodenfraktur.» Er hat im Anschluss Claudia angerufen und sich das medizinische Fachchinesisch übersetzen lassen, bis er es kapierte. «Das ist die Augenhöhle.» Schmälzle deutet auf seine Jochbeine. «Durch den Schlag ist er gestürzt. Dabei muss er mit dem Hinterkopf aufgeschlagen sein, was eine sofortige Hirnblutung ausgelöst hat. Er ist unverzüglich intubiert worden und seitdem nicht ansprechbar.»

Der Staatsanwalt ist leichenbleich. Entsetzen steht in seinem Gesicht. Dennoch ist er wenig einsichtig. «Bringen Sie mir ein Geständnis. Beweisen Sie, dass Straffälligkeit vorliegt. Erhebliche Straffälligkeit.»

«Es ist die dritte Tat in Folge. Wenn wir nicht achtgeben, folgt die vierte hinterher. Er hat angedroht, den Schnaps von Willi Hauck zu vergiften», sagt Scholz.

Der Staatsanwalt öffnet den Hemdknopf, der ihm offenbar den Hals zuschnürt. Er schwitzt. «Angedroht, meine Herren», sagt er. Und schweigt.

Schmälzle muss einen anderen Weg finden, den Mann aus der Reserve zu locken. Da hilft: persönlich werden. Funktioniert fast immer. «Sie spielen doch regelmäßig Golf.» Er weiß, dieses Spiel ist perfide, aber er spielt es zu gut, um ihm nicht zu verfallen.

«Jede Woche in Herrenalb», sagt Scholz. Er sieht zu Schmälzle rüber und zwinkert ihm mit dem linken Auge zu. So schnell, dass es der Staatsanwalt nicht sehen kann.

Schmälzle bohrt seine Pupillen in die des Staatsanwalts. «Und Sie spielen nicht nur mit Willi Hauck, sondern mit hoher Wahrscheinlichkeit auch mit dem Haftrichter.»

«Da kann man Dinge auf dem kleinen Dienstweg erledigen», sagt Scholz.

«Frau Dr. Schroth? Die spielt eher Polo.» Eins zu null für den Staatsanwalt.

«Wer ist eigentlich diese Frau Dr. Schroth?»

«Eine sehr fähige Haftrichterin, Herr Scholz.»

«Und was ist mit Konrad Kranich?»

«Konrad ist in Rente. Frau Dr. Schroth ist seine Nachfolgerin.» Der Staatsanwalt triumphiert. Und fragt: «Und die Tatwaffe, war das wirklich ein Golfschläger? Könnte es kein Baseballschläger gewesen sein?»

«Oder ein Tennisschläger», schnaubt Scholz.

Schmälzle lässt Luft ab. Viel Luft. Und zischt: «Wer weiß, vielleicht war es ein Federballschläger.»

«Ein Rohrstock!»

«Oder ein Besenstiel.»

«Vom Hochdruckreiniger.»

Der Staatsanwalt unterbricht rüde: «Meine Herren, ich muss doch bitten!»

«Es war ein Golfschläger», sagt der Postenleiter. «Er lag am Tatort. Mit Blut drauf.»

«Da war kein Luminoltest nötig», fügt Schmälzle hinzu. «Das Blut war mit bloßem Auge erkennbar.»

«Es war auch nicht irgendein Golfschläger», sagt Scholz. «Es war ein Fünfer-Eisen. Marke TaylorMade.»

Schmälzle hat genug vom heißen Brei. Er schleudert dem Staatsanwalt die Fakten direkt ins Gesicht: «Und dieser konkrete Schläger gehört Willi Hauck. Das KTI hat ihn mit den anderen Schlägern aus Haucks Golfbesteck abgeglichen. Das Ergebnis ist eindeutig.»

«Es heißt Golfset, Herr Schmälzle», korrigiert der Staatsanwalt. «Außerdem ... haben Sie doch eben gesagt, Willi Hauck war es nicht.»

«Es war dieser Urururige. Der Apotheker ...», sagt Scholz.

«... aus Hildesheim», führt Schmälzle den Satz zu Ende.

«Und Frau Dr. Schroth, Herr Staatsanwalt. Die soll ihren hübschen Arsch mal hierherbewegen. Wir kennen sie nicht mal, das ist ...»

«Herr Scholz! Diese sexistische Ausdrucksweise ist völlig inakzeptabel. Die findet Sonja sicher nicht gut.»

«Sonja?»

«Von wem auch immer, wir brauchen einen Haftbefehl», sagt Schmälzle. «Das Blut auf dem Golfschläger stammt vom Notar. Wer dieses Fünfer-Eisen in der Hand gehalten hat, ist unser Täter. Der hat Andreas Langner ins Koma geschlagen.»

Der Staatsanwalt öffnet den zweiten Hemdknopf. «Aber wie kam der ... dieser Apotheker an Willis Golfset?»

«Die Golftasche steht im Schuppen», sagt Scholz. «Und der ist nicht abgeschlossen. Wir haben uns selbst davon überzeugt.»

«Das Motiv, ich brauche ein Motiv!»

«Er wollte Willi Hauck eins auswischen», sagt Schmälzle.

«Hat sich als er ausgegeben», sagt Scholz.

«Der hat seinen niedrigen Instinkten freien Lauf gelassen, Herr Staatsanwalt.»

«Der eine wie der andere.»

«Wenn sie nicht gerade Golf spielen, spielen sie alle Gott.»

Der Staatsanwalt erhebt sich. Marschiert auf und ab, was nicht lange dauert, weil die Küche winzig ist. Er gestikuliert. Dann spuckt er sie aus, die Nöte, die ihn plagen: «Das sind Indizien! Anhaltspunkte. Überlegungen. Keine Beweise.»

«Wir haben alles, Dr. Baisch. Nur die Fingerabdrücke auf der Tatwaffe, allein die fehlen uns», sagt Schmälzle.

«Die hat er vermutlich abgewischt», ergänzt Scholz.

Abrupt hält der Staatsanwalt inne. Umfasst mit beiden Händen den Tisch. Stützt sich ab. Mustert Schmälzle, mustert Scholz, dann sagt er es. Deutlich und unmissverständlich: «Wieso abgewischt? Der trägt Handschuhe. Wie jeder Golfer. Ich, der Willi – alle tun das.»

Daran hat Schmälzle nicht gedacht. Er ist über den Minigolfplatz nie hinausgekommen. Sein Vater hat nicht Golf gespielt. Klar, Tiger Woods, den hat er mal bei einem Turnier gesehen, aber er hat nicht auf die Handschuhe geachtet.

Auch Scholz hüstelt und dankt dem Staatsanwalt verlegen.

«Sehen Sie», sagt der. «So unvorteilhaft ist es nicht, mit der Staatsanwaltschaft zu kooperieren.» Dann schielt er nach der Flasche mit dem Apfelsaft, gießt sein Glas noch einmal voll und leert es in einem Zug.

Scholz lehnt sich in seinem Stuhl zurück. Ganz beiläufig, als würde er über einen Sonntagsausflug plaudern, sagt er: «Wir nehmen ihn gleich hier in Untersuchungshaft.»

«Wozu haben wir die Arrestzelle im Untergeschoss», bestätigt Schmälzle.

«Du liebe Zeit!» Der Staatsanwalt holt ein Taschentuch aus seiner Hosentasche, faltet es umständlich auseinander, tupft zwei, drei Tropfen von seiner Stirn. «Das können Sie dem Mann nicht antun! Sagten Sie nicht, er ist Apotheker?»

Schmälzle ist der festen Überzeugung, dass ein Krimineller, Akademiker hin oder her, kein fließendes Wasser braucht, was Scholz ähnlich zu sehen scheint, denn er bekräftigt: «Immerhin ist ein Scheißhaus drin», woraufhin Schmälzle entgegnet: «Ein

Loch im Boden. Da lernt er richtig Golf spielen. Muss er nicht mehr wild mit dem Schläger um sich hauen.»

«Machen Sie sich über das Golfspiel nicht lustig!» Der Staatsanwalt peilt die Tür an. Im Hinausgehen sagt er, dass die Anordnung zur Untersuchungshaft in den Posten gemailt werde, sobald ein Geständnis vorliege. Auch mit einem Zeugen, der ein Phantombild zeichne oder den Mann bei einer Gegenüberstellung eindeutig identifiziere, würde er sich zufriedengeben. Darüber hinaus würde ihn eine DNA-Analyse überzeugen, anhand einer Hautschuppe des Täters – die sich ja zweifelsohne auf dem Golfschläger befinden müsse, denn winzige Partikel könnten auch Handschuhe nicht abhalten. Dann betont er noch einmal, dass der Mann nach Pforzheim oder Heimsheim gebracht werden solle.

«Heimsheim», schlägt Scholz vor. «Dort gibt es einen großen Außensportplatz.»

«Da gibt es garantiert ein Mauseloch, das man zu einem schönen Hole umfunktionieren kann», fügt Schmälzle hinzu, doch der Mann der Gerichtsbarkeit hat die Tür bereits von außen verschlossen.

«Hole?», fragt Scholz.

«Golfhole», sagt Schmälzle und lässt sein Handy mit der geöffneten Wikipediaseite in seiner Tasche verschwinden.

«Verstehe», sagt der Postenleiter. «Wie Asshole. Bloß in Grün.»

Donnerstag, 13. Juni

Reise durch die Zeit – Teil 2

Der Wind fegte um unser Haus und nahm die Dachziegel mit. Gustav maulte, des fehlt gerade noch. Er stapfte hinauf auf die Bühne und suchte nach alten Ziegeln. Er würde eine Weile beschäftigt sein. Also schlich ich in den Keller, stieg ins Erdreich hinab und schaute nach der Flasche, die ich hinter den Holzscheiten versteckt hatte. Ich hob den Korken von einem der drei Gärbottiche und ließ den Duft der gegorenen Früchte in meine Nase steigen. Der Schnaps roch würzig. Weil die Kirschen vom Baum hinter dem Haus nicht genug waren, streckte ich den Brand. Tat Holunderblüten hinein. Sogar Beeren vom Garten kamen in den Bottich. Und Kräuter, die vor meinem Haus wuchsen. Ich probierte, bis ich zufrieden war. Vier Winter lang. Ich verschloss den Gärbottich wieder und legte mir den Sack mit den Gulden, die ich im Heu aufbewahrt hatte, über die Schulter. Ohne mich noch einmal umzusehen, schlich ich davon. Eine Stunde lief ich durch den Wald. Vor dem Kaiser-Wilhelm-Turm grub ich ein Loch, so tief, als wollte ich mein eigenes Grab schaufeln. Ich legte den Sack hinein und füllte es mit Erde auf. Sogleich kehrte ich um. Noch war es nicht so weit», liest Nicole Hauck vor.

Vor einer knappen Stunde stand sie unten auf der Alten Steige, vor Schmälzles unrenoviertem Bungalow, neben Scholz, der sich heiser schrie, denn der Weg von der Garagenebene bis ins Haus ist auch für eine kräftige Stimme weit. Scholz wedelte mit einem zerfledderten Gegenstand.

«Schmälzle!», krakeelte er. «Deine Klingel ist kaputt!»

«Es ist nach Feierabend, Harald!», brüllte Schmälzle zurück.

«Wir kommen rauf, es ist wichtig!», schrie Scholz. Gefolgt von Nicole Hauck, stürmte er die Treppe.

Wenig später machte es sich Frau Hauck neben Claudia, die eben von ihrer Schicht in der Klinik zurückgekehrt war, auf einer der beiden Couchen im Wohnzimmer bequem, und es duftete alsbald von der einen Seite nach Sandelholz, von der anderen nach wildem Jasmin. Claudia legte die Füße hoch und viele Kissen drauf, auch Frau Hauck – die sich mit «Nicole» vorgestellt hatte – verschwand hinter einem Berg voller fluffiger Sofakissen. Und erzählte, dass sie das zerfledderte Buch im Schuppen gefunden habe. Nachdem Frau Meichle den Schuppen sauber gemacht hatte, habe sie die alte Truhe zum ersten Mal wahrgenommen. Nachdem sie das Tagebuch entdeckt und dessen brisanten Inhalt gelesen hatte, war sie gleich zu Scholz gefahren.

Der setzt sich jetzt Schmälzle gegenüber auf eine Lehne des Sofas. Beide blicken über Nicoles Schulter in das zerfledderte Büchlein. Auf eine Schrift, die der eine so wenig lesen kann wie der andere.

«Das ist eine Kurrentschrift», sagt Nicole.

Schmälzle erinnert sich an den Besuch bei Herrn Merkt. «Sütterlin?»

Nicole Hauck schüttelt den Kopf. «Sütterlin kam erst im zwanzigsten Jahrhundert auf, Herr Schmälzle.»

Er nickt ihr zu.

«Die Kurrentschrift gibt es seit dem fünfzehnten, sechzehnten Jahrhundert. Erst wurde sie mit dem Federkiel, später, wie hier, mit der Spitzfeder geschrieben.»

Schmälzle schaut auf die verschnörkelte Schrift. Zurück zu Nicole Hauck.

«Sie ist Graphologin, Schmälzle», erklärt Scholz.

Der legt seine Stirn in Falten. «Graphologin?»

Nicole Hauck lacht. «Alte Schriften sind mein Hobby.»

Bevor er seine Ohren auf weiteren Empfang einstellt, schließlich sprach Nicole von «brisantem Inhalt», geht er in die Küche und kocht einen Rooibuschtee. Er platziert ihn neben Tässchen und Keksen auf einem Tablett. Kurz hält er inne. Dann stellt er noch ein Sechserpack Bier dazu. Mit Alkohol.

Nachdem sie die Getränke verteilt haben – Schmälzle hat für sich Tee in eine Tasse gegossen, und Scholz, ja doch, auch der Postenleiter hat sich für den würzigen Rooibusch entschieden, während Nicole und Claudia an den Bierflaschen nuckeln –, rezitiert Nicole:

«Alles, was ich besaß, als ich aufbrach, trug ich am Leibe: einen Jutesack voll Geld. Es würde für den Anfang in der neuen Heimat reichen. Ich würde nicht nach Nonnenmiß zurückkehren. Würde dich, Gustav, nie wiedersehen. Nicht dich, Sofie. Meine Sofie, der ich vertraut habe. Mehr noch als dem Mann. Ihr habt mich nicht verdient, nicht der eine, nicht die andere.»

In der Alten Steige ist es mucksmäuschenstill. Claudia hat die Augen geschlossen, sogar Scholz sitzt da, als würde er jeden verhaften, der einen Atemzug wagt. Auch Nicole verharrt reglos, das Buch auf dem Schoß. Dann widmet sie sich noch mal der alten Schrift.

«In wenigen Tagen gehe ich in Hamburg an Bord», übersetzt sie die handgeschriebenen Buchstaben. *«Die Geldstücke, die ich im Mantel versteckt habe, reichen für eine Passage im Zwischendeck. Es sei eng im Zwischendeck, hat Hans geschrieben, doch das ist für mich von wenig Belang. Ich werde mir so viele Brotlaibe kaufen, wie ich an Land ergattern kann. Ich werde die vielen Wochen auf dem Segelschiff überstehen. Der Hunger kann mir nichts. Ich bin ihn gewohnt.»*

Sie hält inne.

Schmälzle ist, als höre er die Luft flirren. Als flüsterten ihm die Staubpartikel zu: *Nimm dich in Acht. Pass auf, gleich geschieht etwas!*

Und das tut es. Leben kommt in die Kissenburgen.

Claudia mäkelt: «Zwischendeck klingt nicht nach Luxussuite.»

Nicole rümpft die Nase. «Da ist es stickig. Und kalt.»

Claudia zieht ein Kissen eng an sich.

Schmälzle räuspert sich. Dann belehrt er die Frauen: «Vor 1870 fanden die Überseereisen auf Segelschiffen statt. An Bord herrschten katastrophale Zustände. Häufig wurden mehr Passagiere untergebracht, als erlaubt waren. Der Proviant war knapp, die Qualität der Verpflegung schlecht, der Umgang mit den Menschen entwürdigend. Auf der Leibnitz starben im Winter 1867 einhundert von vierhundertfünfzig Passagieren.»

Doch die Frauen hören ihm gar nicht richtig zu.

Scholz späht rüber, auf Schmälzles Display. «Zwischen 1816 und 1914 sind fast eine halbe Million Württemberger nach Übersee emigriert. Die Gründe waren zum einen wirtschaftlicher und sozialer Natur, zum anderen hatten die Umsiedlungen religiöse beziehungsweise pietistische Motive», liest er vor.

Die Frauen sind mittlerweile ganz versunken in die Schilderungen von einem gewissen Hans, der in Brasilien am Hafen stehen und seine Jugendliebe mit der Kutsche nach São Leonardo bringen wird. Eine Stadt, die einen Strich über dem a stehen hat. Da sei es warm, in diesem São Leonardo. Viel wärmer als im Schwarzwald.

«Sie wollte alleine auswandern», sagt Claudia. «Vor hundertfünfzig Jahren.»

«Was für eine mutige Frau», sagt Nicole.

«Sie wollte ihren Mann verlassen, alles hinter sich bringen», seufzt Claudia. «Da waren sicher nur Männer auf dem Zwischendeck. Starke Kerle.»

Auch Nicole lässt ihrer Phantasie freien Lauf: «Sie war eine junge, attraktive Frau. Denen wehrlos ausgeliefert.»

«Die waren regelrecht ausgehungert», weiß Claudia. «Gierig haben die sie angeglotzt, die ganze Zeit.»

«Sagt mal, geht eure Phantasie mit euch durch?» Schmälzle steht auf und vertritt sich die Beine, bevor sie einschlafen. Er kreuzt das Wohnzimmer einmal, dann durchquert er es.

Claudia beachtet ihn nicht. Nicole sieht ihn nicht. Sie liest weiter:

«Das Zwischendeck auf dem Segelschiff mit den riesigen Masten ist kaum einen Meter achtzig hoch. Es gibt kein Licht, keine frische Luft. Martha, du musst umsichtig sein. Überall sind Auswanderer, die Decks sind überfüllt, aus allen Teilen des Landes strömen die Menschen zu den Schiffen. Deine Reise nach Rio Grande do Sul wird drei Monate dauern. Viele Passagiere werden die Fahrt nicht überleben. Ihr Grab ist das Meer. Die Cholera wird mit an Bord sein. Die Seekrankheit kommt über die Brücke herein. Deinen Mitreisenden brechen die Knochen, und ihre Organe versagen. Der Gestank ist fürchterlich. Du bekommst Speck und Salzfleisch, dazu hartes Brot. Das Wasser stinkt nach faulen Eiern, und trotzdem streiten die Passagiere um jeden Tropfen. Die Starken drängen die Schwachen zurück. Du musst deine Ellbogen gebrauchen. Und deinen Proviant einteilen. Wenn du nicht aufpasst, wirst du bestohlen. Achte auf dich, Martha. In Sorge, Dein Hans.»

Nicole blättert eine Seite des Tagebuchs um.

«Das ist für mich nicht schlimm, lieber Hans, habe ich zu dir gesagt, in meinem Traum letzte Nacht. Der Gedanke an dich, er ist mir Proviant genug.»

Sie schlägt das Buch zu.

«Sie hat ihn geliebt.» Die Emotion, die Claudia erfasst, ist physisch spürbar.

«Über zweitausend Kilometer Distanz.» Auch Nicole verschluckt ein paar Tränen. «Jahrzehntelang hat sie ihn nicht gesehen, nicht mal mit ihm telefoniert.»

«Es gab kein Skype, kein WhatsApp, nur Briefe», stöhnt Claudia.

«Lange Briefe», ergänzt Nicole. «Voller Sehnsucht.»

«Ich glaub, wir sollten mal lüften und den Kitsch verscheuchen, was meinst du, Schmälzle?», ruft Scholz.

Schmälzle eilt zum Fenster und reißt alle Flügel auf.

«Jetzt macht die schöne Stimmung nicht kaputt!» Claudia blitzt die Kommissare an.

«In einen Frachter hineingepfercht zu werden, mit Hunderten von stinkenden Leibern, das nennst du schön?», poltert Schmälzle.

Scholz nickt beipflichtend. «Du weißt nicht, ob du jemals ankommst, und wenn ja, wie, und dann gehst du nach Wochen heil an Land, wirst aber nicht mit offenen Armen aufgenommen. Wenn du Pech hast, wirst du in die Sklaverei getrieben, vor einen Karren gespannt und als Esel gehalten.»

Claudia sieht in die Ferne, und Nicole sagt: «Irgendwann waren wir alle Auswanderer. Und Sklaven.»

Schmälzle wirft ihr einen vielsagenden Blick zu. «Ist das so?»

Nicole hüstelt. Dann blättert sie ans Ende des Tagebuchs. Sie lässt ihren Tränen freien Lauf, als sie zu der Passage gelangt, die eine Marie Großhans verfasst hat und in der sie den Mord an ihrer Tante beschreibt. Von der eigenen Mutter begangen. Die Siebenjährige war die einzige Zeugin. Sie sprach fortan keinen Ton mehr. Zu niemandem. Blieb stumm, bis sie im Jahr 1882 auswanderte. Nach Blumenau. Um die Reise für die geliebte Tante zu Ende zu führen, ihre Mission zu erfüllen.

Nachdem Nicole das Tagebuch zugeschlagen hat, zieht

Claudia die Ärmel ihres Schlabbershirts lang und tupft über beide Wangen. Sogar Schmälzle spürt einen dicken Kloß im Hals, und es bedarf mehrerer Schluckvorgänge, bis dieser verschwunden ist. Scholz verabschiedet sich eiligst. «Muss noch was erledigen ...»

Da vibriert ein Handy, und Sabrina Setlur, bekannt als Schwester S, singt: «*Wie gesagt, ich bin die Schwester, doch wer bist du? Who the fuck are you ...*» Claudia drückt den Anruf weg und sagt: «Hab keine Bereitschaft heute.» Dann wirft sie ein Sofakissen nach ihrem Gatten. Das bunte Schmetterlingsmotiv flattert durch die Luft. Schmälzle fängt das Kissen mit der Linken auf. Mit der Rechten wischt er über sein Handy, öffnet die App von Chefkoch.de und verkrümelt sich in die Küche.

Freitag, 14. Juni

Zeit, alle viere von sich zu strecken?
Träum weiter, Schmälzle!

Nachdem Scholz und Nicole Hauck weg waren, wurde es noch ein richtig lauschiger Abend. Schmälzle nutzte die romantische Stimmung voll aus. Er servierte Claudia eine aphrodisierende vegane Mahlzeit: erst Artischocken mit Vinaigrette, dann Granatapfelmousse mit Vanillesoße. Den Mittelteil ließ er weg, weil ein voller Magen träge macht.

Er lässt gerade die vergangenen Stunden in seinen Gedanken Revue passieren und nimmt sich vor, viel mehr Zeit mit Claudia zu verbringen, so wie früher, als sich was regt. Aus den Augenwinkeln nimmt er es wahr, dann reißt er die Lider auf. Die Haustür gegenüber wird bewegt! Er muss zweimal hinsehen. Nein, er hat sich nicht getäuscht. Mist! Er schnallt seine Heckler um und ruft Scholz an.

«Ist der Haftbefehl schon eingetroffen?», hechelt er atemlos, denn er ist bereits auf der Außentreppe, rast die achtundsechzig Stufen nach unten, um dann über siebzig wieder nach oben zu nehmen.

«*Soeben eingetrudelt*», sagt Scholz. Dann fragt er: «*Bist du joggen, Schmälzle? Du keuchst so.*»

«Nein, Harald, ich hab ihn. Der Apotheker ist vor einer Minute in sein Haus gegangen.»

«*Warte auf mich. Ich bin gleich da. Kein Alleingang, Kollege! Der Mann könnte bewaffnet sein.*»

Schmälzle trippelt auf der obersten Stufe, bis Scholz mit heulender Sirene um die Ecke biegt.

Minuten später öffnet der Apotheker die Tür. Sie haben nur einmal kurz geklingelt, und schon werden sie mit einem freundlichen «Da sind Sie ja» begrüßt.

Hat der Stalker die Kommissare erwartet, die vor ihm stehen – der eine den Pistolengurt um die Hüften, der andere mit Handschellen wedelnd? «Darf ich meine Jacke holen?», fragt der Mann.

Schmälzle gibt Scholz ein Handzeichen. Der antwortet mit Kopfnicken und bewacht die Tür. Schmälzle folgt dem Apotheker in ein Apartment, das keine dreißig Quadratmeter messen dürfte. Er betritt ein Zimmer mit ausgedientem, aber sauberem Mobiliar. Das Sofa scheint gleichzeitig als Bett zu fungieren, denn die Decke bildet zusammengeknüllt ein Rückenpolster. Schmälzles Blick streift ein Bücherregal. Die Rücken sind verschlissen. Goethe, liest er. Schiller winkt ihm entgegen. Klassiker, denkt er, ungewöhnlich für eine Ferienwohnung.

Der Apotheker ist seinem Blick gefolgt. «Sie war so. Alles möbliert und voll ausgestattet. Ein pensionierter Deutschlehrer hat hier gewohnt, bevor er ins Altersheim gezogen ist.» Eduardo Beierle sieht sich in dem Zimmer um, als trete er eine längere Reise an und plane sorgfältig, was er mitnehmen möchte. Er geht strategisch vor, holt sein Handy, das auf dem Glastisch vor dem Sofa liegt, seine Jacke, die über einem Stuhl hängt, Straßenschuhe, die er gegen seine Hausschuhe eintauscht. Schließlich dreht er sich zu Schmälzle um und sagt: «Na, dann nehmen Sie ihn mal fest, diesen Haderlumpen.» Er lacht gequält, doch Schmälzle findet den Witz nicht gelungen. Er fasst den Mann am Ellbogen, ohne Druck. Die Handschellen, mit denen Scholz wedelt, braucht er nicht. Der Apotheker geht einfach mit.

«Warum?», fragt Scholz, als sie gemeinsam die Treppe nach unten nehmen.

Eduardo Beierle hält inne. «Was glauben Sie, warum tut man so etwas?»

«Weil man seinem Erzfeind eins auswischen will», sagt Schmälzle.

«Irrtum, Herr Kommissar. Ich wollte ihm nichts Böses. Ich hatte ein Versprechen, das ich einlösen musste. Es gab keine Alternative. Ich habe nichts unversucht gelassen.»

«Dafür gehen Sie in den Bau», sagt Scholz. «Ist es das wert?»

«Was heißt das schon.»

«Das heißt, dass Sie bestraft werden und Ihr Kontrahent ungeschoren davonkommt», sagt Schmälzle.

Inzwischen haben sie den Wagen fast erreicht. Der Apotheker bleibt auf der untersten Stufe stehen. Sieht von Scholz zu Schmälzle. Und zurück. Stößt «Ach!» hervor. «Den lassen Sie laufen?»

«Er hat für die Tatzeit ein Alibi, Herr Beierle», sagt Schmälzle ruhig.

«Nach der Tat ist vor der Tat, Herr Kommissar.»

«Der Satz könnte von mir stammen», meint Scholz.

«Willi Hauck bekommt sein Fett auch so weg», beschwichtigt Schmälzle.

Während er dem Apotheker den Rücksitz zuweist, prophezeit er, dass der Schnapsbrenner seinen Anbau versetzen müsse und dass diese Aktion die Existenz seines Kontrahenten bedrohen dürfte. Dass sie seiner Frau und Tochter die Lebensgrundlage nehme und dass der Anfang eines großen Dramas das Ende der Familienharmonie und oft der Familie per se bedeute. Dass er sich überlegen solle, welches Schicksal schwerer wiege. Der Apotheker schweigt. Scholz ebenso.

Bedrückt kehren die beiden Kommissare von Heimsheim ins Kurstädtchen zurück. Jeder hängt seinen Gedanken nach. Scholz biegt in den ersten Kreisverkehr ein, der sie in die Bätznerstraße führt.

Schmälzle denkt laut nach: «Harald, wenn der Notar nicht schwer verletzt ist, wenn seine Kopfwunde keine Schäden hinterlässt, wenn er in ein paar Tagen aufwacht und unversehrt ist, kommt der Beierle vielleicht mit einer kleineren Freiheitsstrafe davon.»

«Ein Golfschläger ist wie ein Baseballschläger. Damit kannst du töten. Für mich läuft das auf gefährliche Körperverletzung raus.»

«Dann wird er für Jahre hinter Gitter wandern.»

«Es sei denn, der Staatsanwalt plädiert auf versuchten Totschlag.»

«Dann addieren sich ein paar Jahre obendrauf.»

Nachdem er in den zweiten Kreisverkehr eingebogen ist, sagt der Postenleiter: «Wir werden das heute nicht lösen, Schmälzle. Gehen wir erst mal Maultaschen essen. Und dann machen wir Feierabend.» Gleich noch mal fährt er im Kreis herum, als wisse er nicht, wohin des Wegs.

«Feierabend? Es ist vier Uhr!», protestiert Schmälzle.

«Wir haben fünfunddreißig Überstunden auf dem Konto. Allein von der letzten Woche. Wann willst du die abbauen? Morgen kommen noch mal drei, vier neue obendrauf.»

«Okay. Aber nur nicht wieder so einen fleischigen Schuppen ansteuern, der schuld daran ist, dass unser schöner Planet uns bald um die Ohren fliegt!»

«Kollege, du kapierst es nicht. Der Gag an Maultaschen ist, dass kein sichtbares Fleisch enthalten ist. Das haben die Zisterziensermönche von Maulbronn so gehandhabt mit den Herrgottsbscheißerle. Das Fleisch ist, schwupps, verdeckt, versteckt, und der Herrgott sieht es nicht. Passt perfekt in die Fastenzeit. Und in deine heile Ökowelt.»

«Das ist doch die volle Verarsche.»

«In Tübingen gibt's Maultaschenfüllungen aus Kürbis.»

«Tübingen? Ich habe mich wohl verhört!»

«Oder aus Zucchini, Schmälzle.»

Statt die zweite Ausfahrt rechts zu nehmen – die grünen Fensterläden des Postens sind fast in Sicht –, fährt Scholz weiter. Die Mundwinkel hängen ihm an den Ohrläppchen, so hoch hat der Postenleiter sie gezogen. Er nimmt die dritte Ausfahrt Richtung Calmbach. Die Reifen beschweren sich unüberhörbar, und selbst Schmälzles Protest geht im glühenden Gummi unter. Er schafft es gerade noch, sein iPhone aus der Tasche zu ziehen und eine Nummer zu wählen.

«Leonie», hechelt er in sein Telefon. «Telefonier bitte mit dem Krankenhaus und frag nach, wie es Andreas Langner geht.»

«Klar, Justin.»

Scholz schaut ihn an. «Mitleid, Kollege?», fragt er.

Schmälzle spürt wieder einen Kloß in seinem Hals.

Scholz blafft Schmälzles Handy an: «Leo! Recherchier bitte, ob dieser Beierle vorbestraft ist, ob irgendwas gegen ihn vorliegt. Wenn er Ersttäter ist, was ich vermute, ist er schneller draußen.»

«Ich bin nicht taub, Harry», sagt Leonie.

«Und die Nicole, Leo!» Scholz denkt nicht daran, seine Lautstärke zu drosseln. «Der musst du auch sagen, was passiert ist.»

«Noch Wünsche?», fragt Leonie. *«Soll ich vielleicht einen interaktiven*

Zwerg für deinen Garten besorgen, Harry, vielleicht darf's ein Rechen für dein Zengesteck sein, Justin?»

«Unser Chef will jetzt essen gehen», jammert Schmälzle. «Das wird die Mittagspause sprengen.»

«Wo soll's hingehen?»

«Nach Tübingen.»

«Sei froh, dass er dich nicht nach Baiersbronn entführt. Dort wärst du ein paar hundert Euro los.»

Schmälzle weiß sehr wohl, dass im südlichen Schwarzwald mehr Sternelokale angesiedelt sind als in ganz Baden, und er ist kein Kostverächter, aber er möchte den Fall abschließen, und Google Maps flüstert ihm zu: «Das sind dreiundsechzig Kilometer.»

«Kollege, ich bin zum Mittagessen schon nach Straßburg gefahren.» Scholz hat Calmbach verlassen und führt den Saab sicher in die richtige Richtung. Über Oberreichenbach, an Wildberg vorbei, durch Sulz am Eck nach Herrenberg, Ammerbuch und von dort direkt nach Tübingen.

«Nicht im Dienst, Harald.»

«Ja, wo denn sonst?»

Scholz' Laune ist so gut geworden, dass er auf den Startknopf des CD-Spielers drückt und den Pegel nach rechts dreht, bis zum Anschlag. Da hat das Donnerwetter, das sich über ihnen zusammenbraut und dem ein Temperatursturz folgt, nichts zu melden. Greg Lake singt vom *«Twenty-first century schizoid man».* Wetten, der wäre mitgefahren, nach Tübingen, in der Mittagspause, ins Neschtle, wo es so viele Maultaschenfüllungen gibt wie nirgendwo sonst im Ländle. Wäre noch der Hölderlin reingeflattert, hätten sie eine super Zeit gehabt, beim Tannenzäpfle. Denn der Hölderlin, der gerade mal fünfzehn Jahre vor der Moorleiche gestorben ist, wäre aus dem Turm gekommen, in den er sich verschanzte und Sätze schrieb wie: *Ich bin nichts mehr, ich lebe nicht mehr gerne.* Weil er sechsunddreißig Jahre lang keinen zum Saufen hatte. So schön hätte das sein können, mit dem Greg und dem Friedrich, dem Justin und dem Harald, mit den gefüllten Maultaschen und dem Bier aus dem Zapfhahn. Der Hölderlin wäre sicher nicht tobsüchtig geworden und hätte seine unglückliche Liebschaft, die Hausherrin Suzette, abserviert, statt vor dem Hausherrn zu kuschen und der Geliebten zu schreiben: *Es ist himmelschreiend, wenn wir denken müssen, dass wir beide mit unseren besten Kräften vielleicht vergehen müssen, weil wir uns fehlen.* So schön hätte das sein können, hätte die Zeit diesem Ereignis keinen Strich durch die Rechnung gemacht. Wie oft. Bei vielem, das wahre Größe hat.

Samstag, 15. Juni

*Weil alles so aufregend ist,
hat keiner den Wochentag im Blick.*

Andreas Langner ist nicht mehr aus dem Koma erwacht. Am Morgen kam die Nachricht aus dem Krankenhaus. Sie haben so darauf gehofft und gewartet, dass er den Tathergang schildern, den Täter benennen und finale Klarheit schaffen könne. Aber er ist in der Nacht verstorben. Seinen Hirnblutungen erlegen.

«Es ist also Totschlag», sagt Scholz in das Schweigen hinein. «Wenn nicht Mord.»

Sie haben die Nachricht betreten entgegengenommen. Alle drei. Für eine Weile sagt keiner einen Ton. Leonie traut sich nicht mal, in die Tasten zu greifen. Schmälzle denkt an Langners Tochter. Vanessa. Er könnte sie besuchen. Sie in den Arm nehmen. Ihr eine Schwarzwälder Kirschtorte mitbringen. Oder lieber Blumen? Pralinen? Er will Claudia fragen. Nicht nur als psychologisch geschulte Ärztin weiß sie, was in solchen Fällen zu tun ist. Sie hat das im Blut. Auch Scholz scheint mit seinen Gefühlen zu kämpfen, denn er mahlt mit den Zähnen. So laut, dass Schmälzle sich vernehmlich räuspert.

Irgendwann sagt Scholz leise: «Da ist noch was, Schmälzle.»

Er sieht auf.

«Eine Versicherung», sagt der Postenleiter.

«Eine Lebensversicherung?», fragt Schmälzle.

«Nicht nur das.»

«Was noch?»

«Willi hat seinen Bau gedeckt. Mit einer Million.»

Bei Schmälzle bricht die Götterdämmerung herein. Massiv. «Du meinst, es geht um Versicherungsbetrug? Wie kommst du darauf?»

«Erinnerst du dich an den Abend, an dem wir um den Forellenteich herumspaziert sind?»

«Meine Hirnzellen funktionieren astrein.»

«Im Anschluss bin ich, im Gegensatz zu dir, verehrter Kollege, nicht nach Hause gegangen, um einen netten Abend zu verbringen. Ich bin zu Daniel gefahren.»

«Der die Sparkassenfiliale leitet», erinnert sich Schmälzle.

Leonie räuspert sich. «Glaubst du, wenn der Bau weg ist, bekommt der Willi Hauck das ganze Geld ausbezahlt?»

«Die Summe wird ausbezahlt. Bei Vandalismus», erklärt Scholz.

«Es liegt doch kein Vandalismus vor», stellt Leonie fest.

«Noch nicht», sagt Schmälzle. «Aber bei einer Million Euro ...»

«Ihr wollt sagen ... der hat was vor?»

«Und ob der was vorhat», sagt Scholz. «Willi lässt sicher nicht zu, dass sein Bau abgerissen wird und er ohne was dasteht.»

«Aber Harry, das heißt doch ...»

«Das heißt es, Leo.»

«Wenn er das vorhat, dann jetzt. Am Wochenende», prophezeit Schmälzle.

«Das glaube ich auch, Schmälzle.»

«Und tschüss, Freizeit», mosert Leonie.

«Irrtum, Leo. Diesmal springen die Kollegen für uns ein.»

«Welche Kollegen?»

«Eine Soko aus Calw. Die hat sich bereit erklärt, das Grundstück von Willi Hauck rund um die Uhr zu bewachen. Eine Fünf-Mann-Schicht will sich abwechseln. Sobald sich was regt, melden sie sich.»

Schmälzle sieht ihn an. Mit offenem Mund.

«Wir müssen halt erreichbar sein. Aber wenn nichts ist, haben wir unsere Ruhe. Auch mal.»

Leonie verabschiedet sich freudestrahlend. Kaum hat Schmälzle seinen Rechner runtergefahren, geht ohne Vorwarnung die Tür zum Posten auf, und ein Leuchten steht im Rahmen.

Klaus Mack stellt eine Torte auf den Tisch. Mit einem turmhohen Reh aus Schokolade obendrauf. Scholz leckt sich die Lippen. Schmälzle ist irritiert. Hat sich der Bürgermeister wirklich auf den Weg gemacht, um ihnen eine Torte vorbeizubringen? Natürlich nicht. Er verkündet: «Gute Arbeit, Herr Scholz, Herr Schmälzle. Ich wollte mich bei Ihnen bedanken. Sie haben den Fall bravourös gelöst.»

«Danke», sagt Schmälzle.

«Die Torte ist vegan», sagt der Bürgermeister mit einem Zwinkern. Schmälzle sieht ihn verwundert an.

Scholz ruft: «Da ist aber hoffentlich Kirschwasser drin!»

«Was glauben Sie, Herr Scholz! Die Torte stammt von den besten Konditorinnen der Stadt.»

Der Postenleiter holt ein großes Messer aus der Küche, und Schmälzle eilt hinterher, auf der Suche nach drei Tellern. Sie hieven je ein doppeltes Stück auf die Blumenmuster und sitzen kurz darauf einträchtig an den Schreibtischen. Herr Mack davor, Schmälzle darauf, Scholz dahinter.

«Aber lassen Sie noch was für die Kollegin übrig», sagt der Bürgermeister, bevor er seine Kuchengabel in die hauchzarte Füllung sticht.

«So was von», sagt Scholz, und Schmälzle fügt hinzu: «Den Rest putzt unsere Frau Meichle weg.»

Der Bürgermeister seufzt. «Das ist aber auch ein Sündenpfuhl bei uns neuerdings.»

«Keiner gönnt dem anderen die Butter auf dem Brot», pflichtet ihm Schmälzle bei.

«Die gönnen sich nicht mal das Brot», sagt Scholz. Der Bürgermeister sieht besorgt aus, als Scholz fortfährt: «Der Sumpf ...»

«... der ist überall», sagt Schmälzle.

«Besonders dort, wo man die Kehrwoche ernst nimmt.»

«Wo man das Böse am wenigstens erwartet, da schlägt es gerne zu.»

Der Bürgermeister schüttelt den Kopf.

«Doch, doch, Herr Mack», bekräftigt Scholz.

«Unbedingt», bestätigt Schmälzle.

«Nicht in unserem schönen Wildbad. Hier pflastern keine Leichen den Weg.»

Scholz sieht den höchsten Vertreter der Stadt fragend an.

«Dafür sorgen Sie schon, meine Herren», sagt der Bürgermeister. «Dass alles seine Ordnung hat. Sie schaffen das. Ich bin richtig stolz auf Sie.»

«Es ist nicht so einfach, wie es aussieht, Herr Mack», stößt Scholz hervor.

«Das erfordert sehr viel Kombinationsvermögen, Herr Bürgermeister.»

«Überstunden!»

«Und psychologisches Gespür.»

«Am Sonntagabend Tatort schauen, Herr Schmälzle.» Dem ist, als zwinkere ihm der Häuptling der Kurstadt zu. «Genau hinsehen», präzisiert der Bürgermeister. «Beobachten, wie der

Lannert und der Bootz das lösen. Und der Friedemann Berg und die Franziska Tobler.»

«Herr Mack!», ruft Scholz. «Wir sind doch keine Hampelmänner, die durchs Fernsehen turnen.»

Schmälzle grinst. «Und ob wir das sind. Wir sind schließlich im Tatort Nordschwarzwald.»

Der Bürgermeister klopft ihm auf die Schulter. «Sie haben mich verstanden, Herr Schmälzle.»

Dann kündigt er an: «Am Wochenende ist perfektes Wetter für die Wildline.»

Schmälzle strahlt. «Mein Sohn war oben. Mit der Schulklasse.»

«Herr Schmälzle, das dürfen Sie sich nicht entgehen lassen, da schweben Sie fünfzig Meter über dem Enztal!» Der Bürgermeister breitet die Arme aus. «Diese Hängebrücke ist einzigartig in Europa. Solche Aussichten gibt es nur bei uns.»

Schmälzle hustet verlegen. Dann tupft er die letzten Krümel seiner Schwarzwälder Kirschtorte mit dem Zeigefinger auf.

«Auf dem Baumwipfelpfad waren Sie aber, Herr Schmälzle!» Klaus Mack klingt vorwurfsvoll.

Zu Unrecht, denn Schmälzle kann sagen: «Klar, mehrfach.»

«Und eine Segway-Tour, haben Sie die auch schon gemacht?» Scholz grient. Schmälzle versteht nicht.

«Eine geführte Tour von der Kälbermühle hierher, das ist spitzenmäßig», sagt der Bürgermeister. Als Schmälzle nicht reagiert, setzt er sein Verkaufsgespräch fort: «Auch Ihr Sohn wird das großartig finden, das verspreche ich Ihnen.» Dann steht der Chef der Kurstadt Bad Wildbad auf und schreitet zur Tür. Noch einmal dreht er sich lachend um. Und sagt leise: «Servus.»

Montag, 17. Juni

Noch hat die Uhrzeit eine Ziffer.

«Herr Scholz, Herr Schmälzle!» Atemlos betritt die Perle den Posten, ohne Eimer, ohne Flachwischer, ohne einen einzigen pinkfarbenen Fleck an ihrem Leib. Dafür steckt sie in einer klatschmohnroten Chiffonbluse, einer schwarzen Hose, und ihr Lippenstift ist äußerst dezent.

«Die Meichglöckchen!» Scholz eilt in den Flur und reißt seine schwarze Jacke vom Garderobenhaken, als müsse er eiligst das Weite suchen.

«So elegant, Frau Meichle», merkt Schmälzle an. «Haben Sie ein Rendezvous?»

«Ha, ja!», ruft sie und wischt sich mit dem Handrücken über die Stirn. Die Haare sind ein wenig zerzaust, sodass sie zwei vorwitzige Strähnen an den angestammten Platz zurückbefördern muss. Sie pustet nach, weil die Strähnen widerspenstig sind.

«Da hängt noch das Preisschild dran», sagt Scholz und streift seine Jacke über. Schnurstracks eilt die Putzfrau zum Schreibtisch des Postenleiters, zieht eine Schere aus der Schublade und macht sich an ihrem hinteren Halsbereich zu schaffen.

«Vorsicht!» Schmälzle ist in einem Satz bei ihr. Legt seine Samtpfötchen an. «Lassen Sie mich mal.» Dabei greift er nach der Schere und entfernt geschickt den 59,90 Euro-Anhänger vom zarten Stoff, der sich anfühlt wie Seide. «So putzen

Sie heute aber nicht», sagt er und legt die Schere auf Scholz' Schreibtisch ab.

«Ha, noi», erwidert sie eifrig. «I bin nachher beim Bürgermeischter.»

«Beim Bürgermeischter!» Scholz schickt eine eigenwillige Pfiffkombination durch die heilige Halle.

«I bin eiglade!» Sie strahlt. «Ins Mokni.»

«Ins Edelrestaurant», sagt Schmälzle. «So vornehm?»

«Dann können wir den Rest der Kirschtorte alleine verputzen.» Scholz reibt sich die Hände, zieht die Jacke wieder aus und verschwindet in der Küche.

«Die ist für Leonie!», brüllt Schmälzle hinterher. Und senkt die Stimme. «Toll sehen Sie aus, Frau Meichle.»

Sie erwidert sein Lächeln. Dann lässt sie sich auf Scholz' Stuhl fallen, der unbesetzt ist, weil der Postenleiter in der Küche hantiert. Sie stößt sich vom Boden ab, bis sich der Schreibtischstuhl im Uhrzeigersinn dreht und sie wie auf einem Karussellpferdchen durch den Posten reitet. Sie ruft: «Der Herr Mack, der weiß, was i gleischtet hab.» Erneut wirbelt sie auf dem Stuhl herum, diesmal in die andere Richtung.

Schmälzle sieht zu Scholz, der mit Tellern im Türrahmen steht. «Unsere Lauscher sind auf Empfang, Frau Meichle.»

Sie steht ruckartig auf, streicht ihre Bluse glatt und strafft die Schultern. «I bekomm a Ehrung», verkündet sie.

«Das ist doch schön!» Schmälzle freut sich aufrichtig mit ihr, und nicht einmal Scholz kann seinen Jubel unterdrücken. «Jeder kriegt, was er verdient», gurrt er.

Sie reckt ihre Nase keck in die Luft. «I werd für meine uneigennütze und wertvolle Mithilfe geehrt.»

«Uneigennütz», unterstreicht Scholz.

«Wertvoll», bestätigt Schmälzle.

«Ha, freilich! I hab doch wesentlich dazu beidrage, dass der Fall g'löst worre isch.»

«Soso», sagt Scholz.

«Aha», sagt Schmälzle.

«Au des mit derre Bibel, des hann i gwusst.»

Scholz verzieht das Gesicht. «Die Bibel haben Sie auch noch bemüht?»

«Ungestraft», hebt sie an, «ungestraft lässt er niemand, sondern sucht die Missetat der Väter heim an Kindern und Kindeskindern bis ins dritte und vierte Glied.»

«Ich dachte, Sie lesen in Ihrer Freizeit Brecht?», wundert sich Schmälzle.

«Em zweite Buch Mose, Kapitel vierunddreißig, Vers sieben.» Frau Meichle steht auf und baut sich vor Schmälzle auf. Sie reicht ihm kaum bis zur Schulter, doch ihre Größe steckt in ihrem Mundwerk. «Da steht des!», sagt sie eindringlich, als müsse sie sicherstellen, dass es in den Ohren beider Kommissare ankommt. «Dass jede große Sünde an die nächste Generation weitervererbt wird. Und an die übernächschte au no.» Dann flüstert sie ihrem Chef ins Ohr: «Damit die Gerechtigkeit wieder herg'stellt isch, Herr Scholz.»

«Der war Atheist», erwidert der Postenleiter. «Der Bertolt.»

Nach einem Blick auf die Wanduhr ruft sie erschrocken: «I muss!», und verabschiedet sich. Von der Tür aus kräht sie noch fröhlich in die Runde: «Soll i den Bürgermeischter von Ihne grüße?»

«Auf jeden Fall», sagt Schmälzle, und Scholz meint: «Unbedingt, Frau Meichle.»

Nachdem sie das Weite gefunden hat, wird Schmälzle nachdenklich. «Sie hat recht, unsere Perle.»

Scholz' ratlose Mimik wirkt wie eingefroren.

«Was sie aus der Bibel zitiert, bestätigt auch die Traumaforschung», erklärt Schmälzle. «Das Thema ist hochaktuell.»

«Was heißt das, Schmälzle?»

«Dass traumatische Erlebnisse Extremstress für den Körper bedeuten. Immer wenn eine Situation eintritt, die so dramatisch ist, dass du sie kaum aushältst, stellt sich das Gehirn auf Kampf ein. Oder auf Flucht. Darauf können psychische Störungen folgen, Panikattacken, Suchtverhalten, such dir was aus. Und das muss nicht allein dich betreffen, es kann sich auf deine Kinder und deren Kinder übertragen.»

«Du meinst, die misslungene Flucht und der Mord an unserer Moorleiche haben mit den Problemen vom Willi zu tun? Und mit denen des Apothekers?»

«Das mein ich, Harald. Wenn einschneidende, brisante Ereignisse nicht verarbeitet werden, wenn man sie verdrängt, nicht darüber spricht, bleibt das Stresshormon auf Alarm eingestellt. Das Nervensystem erholt sich nicht mehr. Sogar die Strukturen im Gehirn verändern sich. Und das wird vererbt.»

Scholz hat die Hände in den Hosentaschen vergraben und den Kopf zur Seite geneigt. Es kommt Schmälzle vor, als nehme ihn der Postenleiter zum ersten Mal richtig wahr. «Willst du andeuten, dass sich traumatische Erlebnisse in den Genen festsetzen?», fragt Scholz erstaunt.

Schmälzle nickt. «Sie werden Teil des Erbguts.»

«Woher weißt du das alles, Schmälzle?»

«Meine Frau ist Traumaspezialistin.»

Scholz schweigt. Dann nimmt er die Hände aus den Hosentaschen und legt sie Schmälzle auf die Schulter. «Pass auf sie auf.»

Schmälzle lacht. «Die passt schon selber auf sich auf, Harald!»

«Meine Frau ist verschollen», sagt Scholz nachdenklich.

«Was?» Schmälzle hustet, er hat sich verhört – nein, Scholz sagt es noch mal: «Karin wird vermisst. Seit 2016.» Dann marschiert er langsam zum Fenster, blickt hinaus, als hoffte er, seine Frau wandere gerade um den Kreisverkehr und käme gleich um die Ecke gebogen.

Schmälzle weiß nicht, was er sagen soll. Er probiert es mit: «Vielleicht ist sie weggegangen? Das kommt vor. Ich mein ...»

«Nein, Schmälzle, sie hat keine Zigaretten geholt.» Scholz wendet sich vom Fenster ab und Schmälzle zu. «Sie ist auch nicht davongelaufen, hat keinen Selbstfindungstrip gestartet, wohnt nicht in einem indischen Ashram, hat keine Yogalehrerausbildung gemacht und kein neues Leben angefangen mit einem anderen Kerl. Auch nicht mit einer anderen Frau.»

«Sicher?»

«Ganz sicher.»

«Was weißt du?»

«Die letzte Meldung kam aus Irland.»

«Du hast deine Frau zuletzt in Irland gesehen?»

«Ich habe sie nicht gesehen. Ich habe Hinweise erhalten.»

«Wann genau?»

«Vor drei Jahren. Dann noch mal letzten Sommer.»

«Und seither?»

«Nichts.»

«Keine Spur?»

«Vor vier Wochen kamen neue Anhaltspunkte. Seitdem höre ich immer mal was. Aber nichts Konkretes.»

Schmälzle fasst sich an den Kopf. Er versteht. Die geheimnisvollen Aktionen des Kollegen! Er schämt sich ein wenig, ja, doch, durchaus. «Wir suchen sie, Harald. Ich helfe dir. Versprochen.»

«Nett von dir, Schmälzle. Aber es ist aussichtslos. Nicht nur ich bin jeder noch so winzigen Information nach. Wir haben eine Soko gebildet. Mussten sie wieder auflösen. Danach ist Nicole wochenlang hinter jedem klitzekleinen Hoffnungsschimmer hergereist.»

«Nicole?» Schmälzle stockt. «Du meinst ...»

Scholz senkt den Kopf. «Nicole Hauck.»

«Die Frau vom Schnapsbrenner?»

«War ihre beste Freundin.»

Schmälzle atmet langsam aus. Denkt nach. «Ihr habt wirklich alle Möglichkeiten ausgeschöpft?»

«Alle.»

«Alle alle?»

«Alle alle, Schmälzle.»

Wir haben Angst vor dem Tod, wir haben Angst vor der Trennung, wir haben Angst vor dem Nichts, sagt Thich Nhat Hanh in Schmälzles Kopf. Er sagt bloß: «Alle alle sind manchmal nicht genug.»

«Gut, dass du da bist, Schmälzle», brummt Scholz und scharrt mit den Füßen auf dem Boden.

«Echt jetzt?», fragt Schmälzle und fixiert Scholz.

«Kein Scheiß», sagt der und schickt einen festen Blick zurück in Schmälzles braune Augen. Was fast zu viel des Guten ist, denn ein Schwabe – ob eingeboren, eingeheiratet, eingeschleust oder eingeschleimt –, so einer weiß genau: Nicht geschimpft ist des Lobs genug.

Vegane Schwarzwälder Kirschtorte – nach dem Rezept von Waltraud Schmälzle

Die Zutaten:
(Für Backform mit 24 cm Durchmesser)

Biskuit:

450 g Mehl (gesunde Version: Dinkelvollkornmehl)
300 g Zucker (gesunde Version: Kokosblütenzucker)
1 Pck. Vanillezucker (alt: reine Vanille)
1 Pck. Backpulver (z. B. Reinweinstein)
4 EL Kakao
12 EL Rapsöl (oder ein sonstiges neutral schmeckendes Öl)
500 ml lauwarmes Wasser

Füllung:

1–2 Gläser Sauerkirschen (ca. 800 g)
45 g Speisestärke
50 g Zucker (s. o.)
5 EL Schwarzwälder Kirschwasser

Creme:

400 g Schlagcreme (Schlagfix). (Achtung: Zusatzstoffe.
Es gibt leider keine vegane «gesunde» Alternative,
da die Creme sehr fest sein muss.
Ggf. Biosahne in Erwägung ziehen.)

5 g Agartine (oder Sahnesteif)
100 ml Wasser
40 g Zucker

Schokospäne:
aus Schokolade raspeln (Menge nach Geschmack)

Die Taten:

Bisquit:
Die trockenen Zutaten vermischen. Langsam Öl und Wasser zugeben und alles gut verrühren. Die Backform (mit hohem Rand/Springform) mit Papier auslegen und den Teig einfüllen. Backen bei 170 Grad, ca. 45 Minuten (Stäbchenprobe).

Füllung:
Von den Sauerkirschen 12 schöne Früchte aussortieren (für die Dekoration) und auf einem Küchentuch trocknen lassen. Den Saft der Kirschen aufkochen und den Zucker dazugeben. Die mit etwas Saft angerührte Speisestärke einrühren. Kochen, bis die Masse eindickt. Vom Herd nehmen, Kirschen und Kirschwasser unterrühren, abkühlen lassen.

Creme:
Wasser kochen, Agartine zugeben und alles 2 Minuten sprudelnd kochen. Abkühlen lassen.

Die gutgekühlte Schlagcreme steif schlagen. Esslöffelweise zur Agartine geben und gut unterrühren, damit keine Klümpchen entstehen.

Zu guter Letzt den ausgekühlten Bisquit zweimal durchschneiden. Auf den unteren Boden die Hälfte der Kirschmasse und ein Viertel der Creme geben. Den zweiten Boden auflegen, leicht festdrücken und genauso belegen. Dann den dritten Boden auflegen, festdrücken. Mit der restlichen Creme wird die Torte oben und am Rand verziert. Zur Krönung 12 Rosetten aus einem Spritzbeutel mit großer Sterntülle aufdrücken. Kirschen draufsetzen. Rand und Tortenoberfläche mit Schokospänen verzieren. 4 Stunden kalt stellen. Genießen!

Fälle gelöst! Zeit für die Kniefälle.

Mein herzlichster Dank geht an den Rowohlt Verlag: Iris Homann für die sensationelle Betreuung und fürs Lektorat. Elisabeth Mahler fürs Lektorat. Annika Depping für die Recherche. Und an all die anderen engagierten Heinzelfrauen und -männer vom Marketing über die Herstellung bis zum Vertrieb: Anne-Claire Kühne, Katja Trautvetter, Traugott Schreiner, Stefanie Lauck und viele andere.

Weiter danke ich meiner großartigen Agentin Dr. Dorothee Schmidt von Hille & Schmidt.

Viele Kniefälle verdient die Stadt Bad Wildbad: «Hardy» Hartmuth Giemsch und Bettina Schreiner vom Schwarzwaldlädle für den Vertrieb und «Hardy» für den Auftritt in diesem Buch. Bürgermeister Klaus Mack für seine Unterstützung und Präsenz im vorliegenden Fall. Dr. Marina Lahmann und Winfried Hahner wie auch Hannah Winz von der Touristik. Die Frau- und Mannschaft des Polizeipostens Bad Wildbad (sorry, lieber Herr Pfeiffer, dass die Kommissare schon wieder in der Wirtschaft ermitteln – es macht sich dramaturgisch einfach besser). Henia und Mimi aus der Alten Steige.

Danke, Alexander Merkt vom Landratsamt Calw für die ausführlichen Informationen und Ihre Rolle im Buch. Kniefall auch vor der Pathologin, die nicht genannt werden möchte (für die Beratung zu spitzer vs. stumpfer Gewalt).

Ich danke allen geduldigen Testlesern: meiner Schwester Halo fürs Mitplotten, Fehlerfinden, X-mal-Korrigieren. Martina Brendebach, Trudel Fauser, Sebastian Graze, Kristin Louis, Aurélie Nassal, Regina Steiner – mille grazie!

Nicht zuletzt: Danke, liebe Leserin, lieber Leser. Fürs Mitfiebern, bis zum Schluss.